国家社科基金项目
"英国殖民时期非洲豪萨语和斯瓦希里语本土文学嬗变研究（1900-1960）"
（编号：16BWW085）结项成果

A Study on the Transformation of African Literatures in Native Languages during the British Colonial Period (1900-1960)

英国殖民时期非洲本土语言文学嬗变研究（1900~1960）

孙晓萌 著

社会科学文献出版社
SOCIAL SCIENCES ACADEMIC PRESS (CHINA)

谨以此书献给宋磊和宋叶蓁

目 录

序　言

　　孙晓萌博士的第一部著作《语言与权力：殖民时期豪萨语在北尼日利亚的运用》于2014年出版。这部著作是在我指导她撰写的博士论文基础上修改而成，但我毕竟不是语言专家，只能从历史学或相关学科的角度给她提出一些意见或建议。现在，她的第二部著作《英国殖民时期非洲本土语言文学嬗变研究（1900~1960）》即将出版，她邀请我作序。我为她的学术成长感到由衷的高兴，还是那句话，对非洲语言文学我缺乏专门的训练和研究。然而，这既是一种荣誉，也是一种责任。

　　这部著作的主题是关于豪萨语和斯瓦希里语本土文学在英国殖民统治时期的嬗变。我觉得，她选择这个主题很有眼光，具有语言学、文学和历史学等多个学科交叉研究的意义，既包含着语言和文学的关联，比较文学的内容，"虚构"与"真实"的分界，还有口头传说、叙事小说、书面文学的关系，政治权力与宗教文化的渗透以及散文、小说、诗歌和戏剧各类文学作品的分析。这些内容、关系、比较和分析均放在英国殖民时期这样的历史背景中考察。作者展现了殖民主义的文化政策与非洲本土语言文学之间的互动，并通过非洲本土文学的自主性表现揭示了殖民主义的悖论："殖民主义的文化政策为本土语言文学反映转型中的非洲现代社会经验提供了制度性支持，在客观上推动了本土语言的发展，拓展其使用范围，随之也推动了书面文学的发展。殖民化进程也提供了本土语言文学与西方文化交互的等级化语境，而殖民主义的悖论决定了在这种对立的等级结构中，殖民霸权无力全面控制权力关系在微观层面的变化，这意味着，本土语言文学必定会在某种程度上遵循文学自身的自然发展规律，如有意识或无意识继承传统、文类之间的相互流转变化、创作者想象的自由发挥等，因而创造了逃逸出殖民权力辖

1

制的可能性。"

这部著作在选择主题、确定内容、研究视野、分析角度和运用方法等方面都反映了作者对非洲文学的理解和非洲历史文化知识面的彰显。我想从历史学角度谈一点自己的看法。

非洲大陆的语言似乎远比其他地区复杂。非洲拥有亚非语系、尼日尔-科尔多凡语系、尼罗-撒哈拉语系和科伊桑语系四大本土语系。由于殖民统治的影响，欧洲语言在诸多非洲国家占有很大市场，本土语言在书面记录方面的空间很小。有的国家以一种欧洲语言和一种（或多种）本土语言作为官方语言。以英语和法语作为官方语言的国家有20余个，有12个国家以阿拉伯语、5个国家以葡萄牙语、3个国家以斯瓦希里语作为官方语言，以西班牙语作为官方语言的有1个国家。此外，还有其他的官方语言，如阿姆哈拉语（埃塞俄比亚）、提格雷尼亚语（厄立特里亚）、索马里语（索马里）、奇契瓦语（马拉维）、塞苏陀语（纳米比亚）、斯瓦提语（斯威士兰）等。在南非这个被称为"彩虹之邦"的国度，竟有11种官方语言［即英语、阿非利卡语、祖鲁语、科萨语、斯瓦提语、恩德贝莱语、南索托语、佩迪语（北索托语）、茨瓦纳语、聪加语和文达语］。在诸多本土语言中，豪萨语是西部非洲和中部非洲使用的通用语，斯瓦希里语是东部非洲的通用语。

从历史学角度看，豪萨语和斯瓦希里语有诸多共同点。一是斯瓦希里语和豪萨语均为非洲本土语言，被广泛使用。斯瓦希里语为坦桑尼亚、肯尼亚和乌干达三个国家的官方语言，同时也在东部非洲、中部非洲、东南部非洲和科摩罗岛等地区广泛流行。豪萨语是尼日利亚32%的人口和尼日尔半数人口约1400万人使用的主要语言，还在加纳北部和中部非洲，如刚果（金）等国流行，在西部非洲、北部非洲、中部非洲和东北部非洲的几乎所有主要城市都有其存在的社会基础。由于西部非洲和东部非洲均居住着人数众多的阿拉伯人，又有长途贸易和麦加朝觐的宗教传统，这两种语言在周边地区传播的范围极广。

二是豪萨语和斯瓦希里语与阿拉伯语一样，作为非洲大陆最重要的非欧洲语言，均受到伊斯兰教的深刻影响。非洲大陆孕育了博大精深的本土文化。正如肯尼亚国父、第一任总统肯雅塔在著名的人类学著作《面对肯尼亚山》中所言："一个人所继承的文化赋予了他人格的尊严。"古埃及的文化传统自不待言，非洲大陆其他地区的历史文化不容忽略。埃塞俄比亚于公元 327 年奉基督教为国教，基督教文化也由此在非洲扎根。大批阿拉伯人移入非洲大陆，从而使阿拉伯文化及伊斯兰教的独特魅力在非洲文明史上占有重要地位。在非洲历史上，本土文化、基督教文化和伊斯兰文化交相辉映，产生了斯瓦希里文明和豪萨城邦文明等不同类型的文明。斯瓦希里语和豪萨语这两种语言的形成过程与阿拉伯人的到来密切相关，如阿拉伯语的字母、外来词和概念在两种语言中起到重要作用，这两种语言在商业和贸易交往中特别适用。在批判安德森有关民族主义形成需要三个文化条件（普通话的形成、印刷资本主义和由普通话小说提供的想象的共时性）这一观点的基础上，孙晓萌认为在豪萨语文学背景下这三个条件均不成立，并指出："豪萨书面文字在历史上经历过两次外化的形成过程，其书写系统曾先后被用阿拉伯字母和拉丁字母创制过两次，具有一定的特殊性。"词汇和字母借用不仅是语言现象，它促进了文化的交流，带来了阿拉伯-伊斯兰文化对这两种语言使用地区的政治、经济和社会等各方面的影响，同时也为文明互鉴提供了范例。

三是这两种本土语言均受到欧洲殖民统治的复杂影响。1926 年，国际非洲语言与文明学会（the International Institute of African Languages and Civilizations）成立，该学会后来更名为国际非洲学会（the International African Institute, IAI）。当时参加成立大会的有来自南非、德国、比利时、埃及、美国、法国、英国、意大利和瑞典的代表。学会自成立起就通过各种方式一直使用罗马字母记录非洲语言。这些方式包括教育、宣传或在杂志上刊登有关非洲语言、文化、习俗、宗教等方面内容的文章。学会后来又研制出"国际非洲字母表"（International African Alphabet），用于对非洲书写文字的改造。随着殖民政策对传播西方文明这一使命的强化，这种字母体系成为书面记录60 种非洲语言的基础。在殖民统治的相关措施以及西方文化的直接影响下，斯瓦希里语和豪萨语在 19 世纪后逐渐采用现代字母。然而，随着殖民统治的建立与各种殖民手段用现代字母推行，这种基于拉丁语的书面字法后来被不断用于教育、报纸、图书和其他用途。斯瓦希里语和豪萨语在某种程度上得以推广。

1929 年，学会设立了一个奖项，旨在"帮助和鼓励土著人，使他们能用

3

自己的语言创作出能流传下去并使他们为之自豪的作品"。1942 年，这个奖项开始将重点放在用非洲语言撰写的基督教文学作品上。这一做法持续到 1950年，大概是因为殖民主义者认为其目的已经达到。这一年，国际非洲学会设立了玛格丽特·朗奖金（the Margaret Wrong Prize）。玛格丽特·朗是非洲基督教文学国际委员会秘书（于 1948 年在乌干达逝世），之所以设立该奖项，据说是因为"她在生命最后 20 年间对非洲的精神和文化发展发挥了领导作用"。然而，令人不解的是，这一项有关非洲作品的奖金却是为了鼓励"使用欧洲语言"的文学作品，所有用非洲语言或阿拉伯语写成的作品，除用阿非利卡语（Afrikaans）、法语、英语或葡萄牙语出版外均不能获奖。一种用前荷兰移民及后裔使用的语言出版的作品可以获奖，而用数千万非洲人使用的语言出版的作品却被排除在外。殖民主义者强化欧洲语言的用心可见一斑。该学会设立的"非洲学校教科书"项目（African School Textbook Project）的规定十分明确："这些教科书旨在向学生介绍西方文明和思想，它们（教科书）将首先涉及与欧洲生活有关的科目，但它们也将展示非洲及其居民如何成为认真研究的对象，特别是涉及历史、地理、自然史、社会生活和宗教的科目。越来越有必要向受过教育的非洲人提供用欧洲语言编写的精良图书，因为他们的影响力预计将对未来酋长的培训起决定性作用。"

这种强化欧洲语言的传统延续至今。较为突出的是设立于 2000 年的凯恩奖（Caine Prize for African Writing），旨在奖励非洲作家原创的短篇小说，作者是否生活在非洲不限。然而，其小说必须是用英语出版的。一年颁奖一次，奖金为 10000 英镑。该奖项赞助者包括布克公司等许多大公司，四位非洲的诺贝尔文学奖得主沃莱·索因卡、纳吉布·马哈福兹、纳丁·戈迪默和约翰·库切均为凯恩奖的赞助人。可喜的是，斯瓦希里语文学已有自己的奖项，如 2015 年设立的斯瓦希里语非洲文学奖（the Mabati-Cornell Kiswahili Prize for African Literature）。2021 年公布的诺贝尔文学奖由阿卜杜勒拉扎克·古尔纳这位来自坦桑尼亚桑给巴尔并移民英国的作家获得，这可以说是非洲文学界的盛事。实际上，非洲文学家已多次在世界文坛上获得殊荣，表现出独有的创作魅力。更值得一提的是，联合国教科文组织的《非洲通史》（1~8 卷）也出版了豪萨语和斯瓦希里语等多种非洲语言版本。第一卷的英文版于 1981 年出版，豪萨语版于 1991 年出版，第二卷的英文版于 1981 年出版，豪萨语版于 1989 年出版。斯瓦希里语版的《非洲通史》除第五、第七卷于 2000 年出版外，其他各卷均于 1999 年出版。

从孙晓萌博士的著作中可以看出，斯瓦希里语和豪萨语作为非洲主要本土语言，虽然受到殖民统治的多重影响，但仍然保持着自身的生命力，不仅在社会生活中发挥着应有的作用，也在非洲文学中占据着重要地位。常言道：生命之树长青。我相信，豪萨语和斯瓦希里语将以其顽强的生命力和强大的适应力在非洲人民的日常生活中不断适应新的形势。

衷心祝愿孙晓萌博士在学术上稳步前行，敢于创新，为中国学者在国际学术界赢得话语权树立典范。

李安山

2021 年 10 月 20 日于京西博雅西园

导　言

　　本书以英国殖民时期非洲豪萨语和斯瓦希里语本土语言文学的嬗变为研究对象。研究的具体时间跨度从 20 世纪伊始英国在豪萨语和斯瓦希里语使用地区确立殖民统治政权，至 20 世纪 60 年代英国殖民统治的终结，以上这些地区相继建立新兴民族国家。殖民统治使非洲大陆经历了重大的社会转型，也催生了社会关系方面的变革。一是国家边界线内各地区、自然环境、民族的"横向"整合，二是相关国家社会体系内社会阶层的"纵向"整合。① 这一时期的非洲两大本土语言文学，尤其是书面文学日臻发展和成熟。而文学的发展绝非一个封闭的体系，作为文学"内部研究"的文学体裁、题材、文学思潮、语言都发生了重要变化，这种变化的发生离不开文学所处的英国殖民统治这一特殊历史时期，也离不开作为"外部研究"的文学机构、出版社及报刊的发行，殖民地教育体系等诸多政治、社会和文化因素，以上种种或明或晦地对文学的生成、发展和传播产生影响，进而促成了非洲本土语言现代文学的建构与转型。本书将豪萨语和斯瓦希里语本土语言文学嬗变回置到殖民统治下的非洲这一重大历史转型过程之中，考量文学与历史之间的互动关系。由于非洲语言状况极其复杂，阿拉伯语、斯瓦希里语和豪萨语被视为最重要的非洲三大本土语言，从地域分布上讲，撒哈拉沙漠以北的阿拉伯语文学对世界文化产生了巨大影响，其与阿拉伯-伊斯兰文化有着密切联系，长期以来学界已经进行了相当深入的探讨。因此，本书选择了最具典型性、使用地区最广泛的豪萨语和斯瓦希里语本土语言文学进行研究，旨在从

---

① 〔英〕迈克尔·克劳德：《剑桥非洲史·20 世纪卷（1940~1975）》，赵俊译，杭州：浙江人民出版社，2019 年，第 773 页。

1

整体上把握英国殖民时期非洲本土语言文学发展的基本特征和规律，解析其在与外来文化互动过程中的抉择，反思西方文化霸权以文学为载体实施的动因和策略，力图改变当前学术界以非洲英语文学为主要研究对象的非洲文学研究范式，充分肯定非洲本土语言文学的重要价值及其地位，进而完善非洲文学研究的内涵。

一 概念的界定

"豪萨"（Hausa）是一个具有广义内涵的概念，涵盖了民族、地区和语言。从人口统计学方面而言，包含了"正统"豪萨七邦后裔，由于社会历史接触、政治联系和通婚等因素在语言与文化上被豪萨同化的富拉尼（Fulani）、阿拉伯、图阿雷格（Tuareg）和努佩（Nupe）人的后裔，每个民族都是构成豪萨文化的重要组成部分。由于富拉尼在豪萨民族建构过程中发挥的显著作用，因此这一进程也被描述为豪萨-富拉尼（Hausa-Fulani）的形成。从地理方面而言，豪萨主流研究将北尼日利亚视为豪萨的正统发源地，但是"豪萨"本身又是一个超越当今北尼日利亚空间范畴的概念。因此，这是拥有共同身份意识的不同民族与族群之间动态的跨文化产物，在未失去核心价值的前提下，"豪萨"在不同地区不断被重新定义。[①] 作为民族而言，豪萨是北尼日利亚最重要的民族，自中世纪起，其文明独特性就激发了学者、政治领袖和宗教领袖的浓厚兴趣。豪萨民族具有显著的"同化"特征，法国非洲史学家盖伊·尼古拉斯（Guy Nicolas）认为："豪萨人讲的是相同的语言、遵循的是相同的习惯、服从的是相同的政治制度，所以他们构成了非洲最重要的民族之一。许多近邻为他们的文化所吸引，放弃了自身的语言、习俗，进而构成豪萨人的一部分。"[②] 就社会结构而言，传统豪萨社会组织架构中除乌理玛（Ulema）与富商（Attajirai）之外，数个世纪以来主要由四个阶层构成，一是作为统治阶级的酋长

[①] Ousseina Alidou, "The Emergence of Written Hausa Literature," in F. Abiola Irele and Simon Gikandi eds. , *The Cambridge History of African and Caribbean Literature* (Cambridge: Cambridge University Press, 2004), pp. 329-330.

[②] 〔塞〕D. T. 尼昂主编《非洲通史：十二世纪至十六世纪的非洲》（第四卷），张文淳等译，北京：中国对外翻译出版公司，1992年，第219页。

（Sarakuna）和廷臣（Fadawa）；二是受奴役或自由的城镇居民（'Yan birni）；三是由自由农民与服务于农场主经济的农奴（Rinji）构成的农村人口；四是富拉尼游牧民。[1]

豪萨语是撒哈拉以南非洲最重要的本土语言之一，作为西部非洲的地区通用语（lingua franca），豪萨语的使用范围非常广阔，除通行于北尼日利亚和尼日尔共和国的豪萨地区之外，长途贸易和麦加朝觐传统使其在西非、北非、中部和东北部非洲的几乎所有主要城市都有分布。[2] 柯克-格林（Kirk-Greene）认为，豪萨语不仅是北尼日利亚地区的通用语，还是西非两千万人的通用语，对于他们而言，有些将豪萨语作为母语，有些作为交际用语。[3] 本书涉及的豪萨语文学主要指涉的是豪萨语的核心使用地区，北尼日利亚的卡诺、卡齐纳、索科托和扎里亚的该语种文学。豪萨语属于亚非语系的乍得语族，是一种吸收了闪语和西苏丹语言的混合语言形式。基本单词顺序是主语-动词-宾语（SVO）。作为一种音调语言，在豪萨语正字法中未标记音调。音高差异会像辅音和元音一样增加单词的含义。豪萨语的形态特征是声音和音调序列的复杂交替。如同其他亚非语言，豪萨语具有丰富的词根系统，属于屈折变化丰富语言，具有性、数、格的变化，可以通过推导的过程从名词和动词中创建新词。标准豪萨语基于豪萨地区最大的商业中心卡诺方言，最重要的两个方言地区是西北地区，即尼日尔使用的大多数方言以及尼日利亚的索科托方言（Sakkwatanci）和卡齐纳方言（Katsinanci）；东部地区是卡诺方言（Kananci）、扎里亚方言（Zazzanci）和包奇方言（Guddiranci），方言变体并未妨碍整个豪萨地区内的相互沟通。豪萨语的文字涵盖了使用阿拉伯字母书写的豪萨阿贾米（Ajami）以及使用拉丁字母的

① Mervyn Hiskett, *The Development of Islam in West Africa* (London: Longman, 1984), p. 97.
② 据统计，不同规模的豪萨语群体分布在塞拉利昂、象牙海岸、加纳、几内亚、喀麦隆、利比里亚、多哥、马里、中非共和国、加蓬、刚果、塞内加尔、毛里塔尼亚、布隆迪、布基纳法索、乍得和苏丹。参见 H. A. S. Johnston, *A Selection of Hausa Stories* (Oxford: Clarendon Press, 1966), p. 1.
③ A. H. M. Kirk-Greene, "The Hausa Language Board," *Africa und Übersee*, Band 47 (1964), p. 188.

现代书写方式（Boko）。①

豪萨语文学通常被文学评论家和学者以"口头"（adabin baka）和"书面"（rubutaccen adabi）来界定，但就其自身的特点而言，这种分类方法则含混不清，遮盖了不同豪萨文学之间的动态变化关系。弗尼斯指出，口头和书面不应被简单视为不同类别，而应作为具有特性和过程沟通的媒介，不同文类的表达和传播方式都有所不同。② 本书依据的分类方法为韵文与散文叙事。韵文由诗歌（waka）构成，形式上既可以是口头诗歌（wakar baka），也可以为书面诗歌（rubutacciyar waka）。散文叙事则分为"非虚构"的历史故事与"虚构"的民间故事，后者指动物/恶作剧精灵故事、人与人之间的互动叙事、人与超自然生物的互动叙事。

"斯瓦希里"（Swahili）一词源于阿拉伯语，意指"沿海而居的人"，也同时指一个群体、一种语言、一种混合型文化及这一文化所处的区域。在古代印度洋贸易的推动下，从公元 1 世纪起，居住在东非沿海的非洲黑人与来自阿拉伯半岛、波斯、印度等地区的外来移民，在东非沿岸地区通过长期的共同生活，相互影响、融合而逐渐形成了斯瓦希里人。斯瓦希里文化是一种多元交织的、开放型的区域文化，它汇集了非洲黑人文化、阿拉伯文化、波斯文化、印度文化甚至中国文化等多元文化，从本质上讲，斯瓦希里文化是东非本土的班图黑人文化的发展受到外来文化强烈影响的结果。③

斯瓦希里语属于尼日尔-刚果语系班图语支，是坦桑尼亚、肯尼亚、乌干达、刚果民主共和国、卢旺达的国语或官方语言，是非洲联盟的工作语言

---

① 关于豪萨语言的研究，可参见 J. F. Schön, *Grammar of the Hausa Language*（London：Church Missionary House, 1862）, written by a German missionary; Sergio Baldi, *Systematic Hausa Bibliography*（Rome：Pioda, 1977）; Nicholas Awde, "A Hausa Language and Linguistics Bibliography," in Graham Furniss and Philip J. Jaggar eds., *Studies in Hausa Language and Linguistics in Honour of F. W. Parsons*（London：Kegan Paul International, 1988）; Philip J. Jaggar, *Hausa*（Amsterdam and Philadelphia：John Benjamins, 2001）; Paul Newman, *The Hausa Language：An Encyclopedic Reference Grammar*（New Haven and London：Yale University Press, 2000）; Ekkehard Wolff, *Referenzgrammatik des Hausa：Zur Begleitung des Fremdspra chenunterrichts und zur Einführung in das Selbststudium*（Hamburg：LIT Verlag, 1993）。

② Graham Furniss, *Poetry, Prose and Popular Culture in Hausa*（Edinburgh：Edinburgh University Press, 1996）, p. 14.

③ 魏媛媛:《本土与殖民的冲突与共生：1498~1964 年斯瓦希里文化在坦桑尼亚的发展》，博士学位论文，北京外国语大学，2013 年，第 1 页。

之一，也是东非共同体的交际语言。斯瓦希里语形成于环印度洋贸易，其词汇中有很多阿拉伯语外来词。此后因近代的殖民历史和当代的全球化发展，英语外来词不断增加。斯瓦希里语曾使用阿拉伯字母书写，19世纪末改用拉丁字母。其方言变体繁多，其中最著名的是帕泰方言、拉穆方言、蒙巴萨方言和桑给巴尔方言。现代标准斯瓦希里语基于桑给巴尔方言，标准化进程始于20世纪20年代末。现代斯瓦希里语使用24个拉丁字母，以附带合写和加标音符号的方式标注主要的5个元音和25个辅音。词形多为辅音元音交替的结构。斯瓦希里语不是音调语言。除借词外，均为开音节，重音在倒数第二个音节。该语言属于黏着语，也是屈折变化丰富的语言，大部分名词有单复数区别，也有名词类（形容词前缀、主语前缀、宾语中缀等一致关系）的区别。数变形从属于类变形，单复数差别使得句子成分保持一致关系的句法要求和名词类别引发屈折变形的原理相同。

斯瓦希里语文学广义上被定义为使用斯瓦希里语书写的文学作品，是马兹鲁伊所界定的非洲三重遗产的产物，即非洲本地传统、伊斯兰遗产和西方影响三股力量作用下的产物。[①] 古典时期的斯瓦希里语文学源于肯尼亚沿岸，而斯瓦希里语现代文学则来自非洲和欧洲的相遇，发源地是标准斯瓦希里语的诞生地坦桑尼亚。殖民主义不仅巩固了斯瓦希里语文学中的世俗传统，同时也催生了散文小说和书面戏剧等新文类。伊斯兰文明与非洲本土班图文明的交往，是建立在相互调整、适应的基础之上，而非"同化"，因此二者的文学发展同时包含了班图传统习俗与东方伊斯兰元素，在社会阶层之间、城市和乡村之间形成了代表神学家、朝臣和伊斯兰学者等特权阶层的"伟大传统"（Great Tradition）与代表民间文学的"微小传统"（Small Tradition）。前者的特色是圣徒传说、宗教规训和社会功利主义。[②] 斯瓦希里语文学史自身的建构过程显示出斯瓦希里文化的多元复杂性，以及其与外来文化在互动交往过程中做出的抉择。

---

① Alamin M. Mazrui, "The Swahili Literary Tradition: An Intercultural Heritage," in F. Abiola Irele and Simon Gikandi eds., *The Cambridge History of African and Caribbean Literature* (Cambridge: Cambridge University Press, 2004), p. 199.

② Rajmund Ohly, "Literature in Swahili," in B. W. Andrzejewski, S. Pilaszewicz and W. Tyloch eds., *Literature in African Languages: Theoretical Issues and Sample Surveys* (Cambridge: Cambridge University Press, 1985), pp. 461-462.

非洲本土语言文学在当下非洲文学批评话语中的地位关涉两个基本议题：非洲文学的基本定义和创作媒介问题。这两个议题相互指涉，又同时落脚于语言问题，因为非洲文学必定包括使用各种本土语言创作的作品。然而事实是，使用欧洲语言，尤其是英语书写的非洲文学以其帝国语言裹挟的霸权优势，与本土语言文学形成等级化差异，后者明显处于弱势地位。非洲文学使用何种语言进行创作被问题化，这一激烈论争从 20 世纪 60 年代一直持续至 90 年代。其根源在于殖民统治者在各殖民地实施的差异化语言政策，由此导致非洲人对宗主国语言及自身语言的认同产生巨大差异。一部分人主张真正的非洲文学应使用非洲语言创作，主张文化融合的作家则认为应使用经过转化的新的欧洲语言进行书写。

文学论争中凸显的问题之一是与西方－本土语言相对应形成的先进－落后观念。宗主国语言在殖民权力关系结构中被赋予先进性和权威性，因此有学者认为如果非洲作家坚持使用处于"落后"水平的本土语言进行书写，将使非洲文学陷入"不发达"状态。然而，许多使用欧洲语言写作的实际经验表明，用欧洲语言写成的非洲文学与用本土语言写成的非洲文学，相互裹挟，互为生成，共同再现了非洲经验。尽管如此，非洲本土语言文学仍在批评话语中处于边缘位置。在 20 世纪 90 年代成为第三世界主流批评话语的后殖民理论批评中，以非洲和其他前英、法殖民地使用欧洲语言为媒介创作的作品为主要研究对象，在很大程度上规避使用本土语言创作的文学作品，加剧了本土语言文学的边缘处境。

非洲文学研究中的本土语言文学常被冠以传统、口头、地方性、同质性等特征，与使用西方语言书写的非洲文学的现代、书面、世界性、异质性形成鲜明的二元对立范式。"口头性"特点明显的非洲文学很难进入文学研究学者的视野，反而常被作为社会人类学的原始材料使用；抑或直接将用非洲语言书写的文学作为使用欧洲语言书写的非洲文学的口头素材来源。后殖民批评有意无意间造成一种错误认知，即非洲现代文学起源于用欧洲语言写成的文学。然而，非洲本土语言文学的创作在间接统治期间受到鼓励，这恰恰成为非洲现代文学的重要起源之一。自 20 世纪上半叶，殖民宗主国的文化与语言政策促进了豪萨语与斯瓦希里语的拉丁化，并将西方的小说、现代戏剧等文学体裁引进非洲。本土语言作家挪用外来的文类，在非洲社会的母体中杂糅了虚构叙事与本土经验，创作出第一批初具小说形态的作品，开启了非洲现代文学的开端，并对后世文学创作产生了深远影响。

总体而言，殖民主义通过文化建制确立霸权话语体系及其合法性，很大程度上抑制了本土语言文学的自然发展。而后殖民理论从未摆脱西方话语范式的束缚，使本土语言文学逡巡于批评话语之外。但非洲本土语言文学发展到现代阶段，实现了书面与口传形式的交融，传统与现代的交织，已然打破了西方中心预设的诸多二元对立，朝向多元发展。在非洲各国的"去殖民化"进程中，非洲本土语言与文学作为积极的政治因素，与使用西方语言书写的文学一起参与了重构非洲身份与主体性的集体表述。

二　研究价值与研究方法

在学术价值方面，首先拓展了非洲文学研究领域。本书对完善非洲文学的结构性认知具有重要意义，在一定程度上弥补了学界重非洲英语文学、轻非洲本土语言文学这一缺憾。本书着眼于非洲两大本土语言文学在英国殖民时期特殊的历史文化语境中的嬗变过程，从非洲国别文学研究走向区域文学研究，进而开展比较研究，其成果对理解和把握非洲文学的丰富内涵起到了重要的促进作用。此外，聚焦使用非洲本土语言书写的文学文本，研究与文本翻译并重，其成果为未来学界开展多层面、本土化的非洲文学研究奠定了坚实的基础。其次，完善了东方文学学科体系。由于历史原因，国内东方文学界对亚洲文学的研究较为成熟，对非洲文学的研究相对薄弱。本书对东方文学的研究对象、研究范围、研究方法等方面都进行了新的思考，在区域文学的整体研究与国别文学的个案研究、纵深研究与横向比较研究的过程中，梳理和总结非洲本土语言文学独特的话语方式和叙事结构的特点，总结归纳出嬗变规律和共性，为东方其他地区本土语言文学的研究提供参考、对照和映证，具有广泛的适用性，对完善中国东方文学的学科体系具有积极的促进作用。再次，提升了中国非洲文学研究话语权。本书使用非洲本土语言撰写的一手文献，在一定程度上缩小了我国与国际学界在非洲文学研究领域的差距。由于殖民主义等因素的影响，西方对非洲本土语言文学的研究难以摆脱殖民主义色彩，而中国学者的学术立场更为中立、客观。本着东西方文学、文化平等对话的原则，持不同文化立场针对同一研究对象进行探讨，本书试图构建我国在非洲文学领域自身的话语体系。因此，本书对于形成具有中国东方文学自身特色的研究范式、突破西方在非洲文学研究方面的话语霸权，增强中国东方文学的国际学术话语权具有重要的推动作用。

在应用价值方面，非洲本土语言文学蕴涵着浓郁的非洲气息，承载着鲜明的非洲文化特色。时至今日，尽管多数非洲国家已摆脱殖民统治多年，但西方实施文化霸权的烙印仍不容小觑，并深刻影响了当今国际文化格局。通过对非洲本土语言文学嬗变进行研究，我们可以更好地了解非洲的传统文化、深化对非洲的精神内核、文化心理与行为逻辑的认知，对增进中国同非洲国家相互理解、促进中非文化交流、构建和谐的中非关系具有重要作用。亦可为审视当今世界文化关系、为不同文明之间的交流互鉴、为构建人类命运共同体提供重要参考。

本书的创新之处，首先在于研究领域的新开拓。书中使用的大量用非洲本土语言书写的文学文本，目前学界在研究中鲜有涉及，有些甚至是第一次进入研究者视野。将非洲本土语言文学在英国殖民时期的发展和演变作为整体进行纵深研究，在国内外同类研究中尚属少见，进而为非洲文学乃至东方文学研究开拓一片新的研究领域，在完善学科建设方面具有重要意义。其次是学术观点的新开创。注重通过非洲本土语言文学嬗变研究，在语言学、文学、历史学和政治学的跨学科研究中对殖民时期的文化霸权进行反思，通过对本土语言文学作品的开掘，对国际学术界尤其是后殖民文学研究中的偏颇进行拨正，展示中国学者在东方文学和反西方文化霸权领域的深刻思考。再次是研究方法的新应用。本书跳出目前国内大量亚非作家作品评论的窠臼，综合运用社会语言学、历史学、政治学等多学科研究方法开展文学研究，将非洲语言文字等文学载体的发展和变迁纳入研究视野，在文学研究方法上具有一定的创新性。

本书采取了四种研究方法。一是历史事实还原法。在英国殖民时期的社会文化背景中研究"非洲两大本土语言文学嬗变"的各种问题，从文本解读和史料爬梳出发，使用殖民地原始档案、报刊、传教士档案、文学文本等内容进行文献对比研究，力图还原非洲本土语言文学发展的本来面目。本书始终遵守"历史事实还原"，从第一手材料中寻求论据，在研究过程中依据"原典"和"实证"，求得结论的"确证性"。二是比较研究法。研究对象涉及非洲国别文学之间的比较研究，同时将文化研究引入非洲本土语言文学领域。三是影响分析法。在原典实证的基础上，探讨本土语言文学在各因素影响下嬗变的途径、对影响的超越等问题，不局限于史实的考证，还会深入到具体文本进行审美的分析与研究。四是跨学科研究法。除了采用历史-美学的批评方法外，还采用文献研究、文化研究以及跨越历史、政治、宗教、民俗等多学科加以综合研究。

　　本书在写作过程中也遇到了诸多难点。首先，非洲本土语言文学嬗变研究一定程度上超越了传统的文学研究范畴，需要深入涉及非洲社会、政治、思想及文化等方方面面，在一个相对宏大的视野中考察文学的变化发展。尤其需要指出的是，非洲大陆在民族国家整合方面具有复杂性，而文学嬗变是非洲社会内部和殖民统治外部力量共同作用的结果，这个过程汇集了多种变量，以多向度的视角来考察这种复杂性，对于研究者而言提出了较大的挑战。其次，本研究涉及的两大本土语言具有地区通用语特点，本土语言文学自身已经超越国别文学而上升到区域文学，这需要研究者具备对非洲本土语言文学的整体把握能力。此外，本研究使用的一手文献语言涉及英语、豪萨语、斯瓦希里语和阿贾米文等，多数文学文本均首次被翻译整理，这使得研究进展过程中的工作量大幅增加。再次，本研究隶属于文学史断代研究范畴，要求研究者自身具备文学发展的全局观，秉持始终一致的文学评价标准及研究的理论框架，对著者的学术素养提出了较高的要求。最后，非洲本土语言文学依旧是被学界较少耕耘的领域，从知识生产角度而言有颇多新的文学现象、文学形式有待界定、分析和阐释。

三　研究内容框架

　　本书拟从历史发展的视角，审视豪萨语和斯瓦希里语两大本土语言文学在英国殖民时期的嬗变过程，以非洲文学传统的源头——本土语言文学的口头叙事——为研究起点，探究殖民统治进程中新文类的生成和旧文类的发展，以及殖民主义文化制度对此产生的干预性影响；在具体分析中兼顾内部与外部研究，以文学产生的外部制度与环境观照内部的文类发展和文本内涵，力图呈现两种非洲语言文学在特定历史条件下既受英国殖民主义文化制度规约，又从某种程度上颠覆霸权宰制、自主发展的复杂过程。

　　第一章"非洲本土语言文学中的口头叙事传统"以两种本土语言在历

史发展进程中形成的丰富的口头叙事文学为研究对象，追溯自19世纪以来豪萨语和斯瓦希里语口头文学的收集、整理与文本化工作，对两种语言口头传统中的典型文类——包括豪萨语民间故事（tatsuniya）、非虚构的历史故事（labari）、赞美和斯瓦希里语民间故事、史诗——的定义、类型、叙事模式及特征加以探究、分析和概括，旨在打破学界，尤其是西方学界对非洲本土语言文学形成的口头与书面对立两分的本质主义成见，并证明口头文学依然是非洲当前活跃的文学形态，一方面与书面文学并行发展，另一方面为后者提供宝贵的借鉴资源。

第二章"非洲本土语言书面文学的产生及发展"探讨豪萨语和斯瓦希里语书面文学的生成过程，追溯前殖民时期两种本土语言的第一次书面化过程及其书面文学的产生，着重探讨伊斯兰教影响下书面诗歌的体裁、题材、创作手法、社会功能与发展特征。通过阐明两种语言在书面化过程中所产生和发展的主要文类，比较二者之间的异同。

第三章"英属非洲殖民地本土语言文学的制度化"聚焦英属非洲殖民地的文化建制以及其他国际文化机构对非洲本土语言文学发展的影响；通过分析英属殖民地基本政治制度与治理观念，探讨非洲语言与文化国际研究所、殖民地教育机构、基督教传教团、英属非洲殖民地文学局等一系列制度化机构的功能、流变及运作特征，揭示非洲本土语言文学赖以产生和发展的制度条件，并证明殖民主义的建制化为本土语言及其文学产生提供了制度保证，但另一方面制约了文学的自然发展。

第四章"英国殖民时期的非洲本土语言小说"聚焦英国殖民入侵及其统治所导致的社会转型，以及在此转型过程中由殖民主义代理人引入的小说。本章通过追溯拉丁化豪萨语与斯瓦希里语小说的生成，以及其在殖民统治不同时段的发展变化经过，探讨殖民时期的小说在叙事模式、主题内容、创作者观念、亚文类发展等方面的特征，并通过比较揭示出两种本土语言小说的异同。本章试图证明，小说文类在非洲大陆的产生和发展，改变了非洲本土语言文学的整体样貌。一方面，它标志着非洲本土语言文学的重大转型，即标志着两大非洲语言文学现代性的开端；另一方面，在本土语言小说发展过程中发挥主导作用的是殖民主义在文化上的宰制，但小说创作主体并未全然受制于其规约。

　　第五章"英国殖民时期的非洲本土语言诗歌"聚焦两种本土语言诗歌在殖民入侵及统治过程中的流变与发展，探讨两种本土语言诗歌在形式、内容与风格上的具体变化。本章力图证明，作为非洲发展历史久远的传统文学形式，豪萨语诗歌与斯瓦希里语诗歌在殖民时期继承了传统书面诗歌的音韵、形式和意识形态特征，但受殖民语境的影响，诗人更多关注现实的政治、社会问题，从宗教诗歌演化出抵抗传统，发展出多种亚文类，以反对殖民统治、反映民族文化自觉为主题。此外，本章试图通过小说与诗歌之间的文类发展对比揭示，尽管诗歌因小说的发展在非洲文学空间中失去了主流地位，但其发展反映了创作主体进行自觉选择、文类遵循内在规律发生流变、传统因素与外来文化因素相互竞争的过程。

　　第六章"英国殖民时期的非洲本土语言戏剧"聚焦本土语言戏剧在殖民主义文化影响下获得有限发展的过程。本章通过探讨本土语言书面戏剧的生成机制，揭示殖民主义对本土语言传统戏剧元素——传统舞蹈与宗教仪式——的遏制，并说明从西方引入的书面戏剧形式很大程度上受制并服务于殖民主义意识形态。

　　第七章"殖民语境下的非洲本土语言经典作家个案研究"选取英国殖民统治时期两大本土语言文学中最负盛名的两位作家伊芒与夏班为研究对象，对二人的创作经历、主要作品、个人成就与特色以及其与本土传统文化及殖民主义因素的关系等进行全面审视与评估。通过对两位作家的个案研究，本章旨在揭示，两位作家以极为相似的被殖民经历和文学创作历程，促进了本土语言及民族文学的发展，促进了口传文学向书面文学的转化，并融合外域因素推动了本土语言文学风格、体裁及文类的发展，同时为推动民族觉醒、教育启蒙发挥了关键作用。殖民主义以其文化影响与制度规训使殖民地作家产生双重认同，但作为能动的创作主体，二者在文学想象中自觉或不自觉地逸出了殖民文化的规约。

四　文献综述

（一）非洲文学整体研究

　　本书以英国殖民时期非洲豪萨语和斯瓦希里语本土文学嬗变为研究对

象。国内学术界关于非洲文学的研究起步较晚，最初以译介和选编国外研究成果为主。随着非洲作家获得诺贝尔文学奖等国际殊荣，非洲文学研究日益成为国内学术界新的学术增长点，名家、名作研究受到诸多关注。然而，当前学术界关注非洲知名作家个体远多于关注作家群体、关注非洲英语文学明显胜于关注非洲本土语言文学。另外，国内学术界开始在后殖民文学批评研究中意识到非洲本土语言文学研究对当代学术研究的意义，提出要阐释"东方人的东方"，就不能忽视"非英语的第三世界国家的文学"[①]。近年来，我国学术界逐步形成了需更加重视亚非本土语言文学研究的共识，并已有部分研究聚焦了这一领域，主要体现在民族主义文学思潮方面，如《东方现代民族主义文学思潮研究（全2册）》（黎跃进等，2014）力图从整体上把握近现代非洲文学的发展脉络并剖析其发展规律。《非洲当代中短篇小说选》（高长荣，1983）是一部反映当代非洲文学概貌的翻译作品集，选择了在几十年间迅速发展起来的非洲小说创作群体的19部佳作。中短篇小说作为主要的非洲当代文学体裁，在反映各国不同的社会、经济、历史、文化发展情况之外，也体现了起步晚、发展快的共同特点。在这些创作者中，有些作家已蜚声世界文坛，如尼日利亚的钦努阿·阿契贝、肯尼亚的恩古吉·瓦·提安哥、塞内加尔的桑贝内·乌斯曼、埃及的纳吉布·马哈福兹等。创作手法多以现实主义和批判现实主义为主，主题上表现传统与现代文化冲突、社会风习、反殖民主义与反种族主义以及革命斗争等内容。此外，高长荣于同年编选的《非洲戏剧选》，择选了七位非洲戏剧家的剧本，这些作品选自英语、俄语、斯瓦希里语版本的非洲戏剧家选集和单行本，广泛地反映了非洲的现代社会风貌，不仅在非洲舞台上受到大众欢迎，在欧美国家的演出也受到赞誉。囿于语言因素，国内学界尚未开展针对非洲本土语言文学的整体性研究。

国外学术界关于非洲本土语言文学的研究，长期以来在文学研究领域处于相对边缘的位置。首先，由于非洲本土语言状况的复杂性，鲜有学者可以熟练使用本土语言开展深入研究，殖民地行政官员、传教士、人类学家在各自的领域开展涉及非洲文学文本的研究。其次，传统文学研究领域过于强调

[①] 王宁：《后殖民主义理论思潮概观》，《外国文学》1995年第5期，第82页。

研究对象的"书面性"，使得"口头性"特点鲜明的非洲文学很难被纳入正统文学研究学者的视野，反而常被作为社会人类学的原始材料使用。哈罗德·斯科伍博（Harold Scheub）在《非洲口头传统与文学述评》一文中通过列举阿拉伯语、豪萨语、斯瓦希里语、祖鲁语等部分口头文学的形式并重点分析了埃及的口头文学，论述了非洲口头传统对书面文学的重要性。他指出非洲口头传统超越了简单的口头艺术，成为一项法令、一个事件、一个仪式和一种表演。他细数了阿契贝、索因卡、恩古吉、夏班·罗伯特等非洲著名作家的作品，认为他们无一不受到非洲民间文学的影响。他同时提出"抄写者"（copyist）的重要性，认为抄写者控制了书面文字，从某种程度而言也操控了口头文学。其作用首先是记录，其次在抄写记录过程中他们所做的改编又可以形成一种新的文学样式。一些作家本身就是口头文学的记录者，他们的创作就是从模仿口头文学开始的。[1] 在非洲民间文学分类问题上，斯科伍博并未开展系统阐述，只提及非洲民间文学中故事、史诗、英雄诗、谜语、谚语等若干文类，直指这些文类之间的内在联系一直是学界研究的短板。[2] 斯科伍博对于非洲民间文学的分类有重合之处，例如他将史诗与英雄诗并列作为民间文学，而且忽视了神话这个民间文学中的一个重要类型。

英国开放大学的露丝·芬尼根从 20 世纪 60 年代开始研究非洲口头文学，在其著述《非洲口头文学》（Finnegan，1970）中，芬尼根驳斥了 19 世纪广泛流行的观念，即非洲大陆至少是撒哈拉以南非洲是没有文化的、原始的、土著的，且数个世纪亘古不变，这样一个"传统的非洲"被认为是统一的、静态的。在芬尼根看来，对于非洲文学尤其是非洲口头文学的分析都必须置于社会和历史背景之中。在很多情况下，口头与书面形式之间的关系是相互作用、相辅相成的。例如，一首诗先被创作出来形成书面形式，随后被口口相传，演变为口头传统；而那些口口相传的文学作品，继而通过书写被记录保存下来，成为书面文学。因此书面和口头之间并非

---

[1]　Harold Scheub，"A Review of African Oral Traditions and Literature,"*African Studies Review*, Vol. 28，No. 2/3（1985），pp. 30-33.

[2]　Harold Scheub，"A Review of African Oral Traditions and Literature,"*African Studies Review*, Vol. 28，No. 2/3（1985），p. 45.

泾渭分明。外界对于非洲文化与非洲文学的陌生，往往缘于对其内容和社会历史背景认知的缺乏。芬尼根首先提出了非洲"非书写"文学（African unwritten literature）的"口头性"本质。非洲文学同时具有书写传统和非书写传统，而口头文学的最基本特征就是实际表演（actual performance），即演述者（performer）在特定场合使用语言进行表达。在此基础上，即兴创作和原创作品之间错综复杂的关系也是芬尼根所关注的重点，这其中就涉及了演述者与听众之间的互动，听众的反应会直接影响演述者的现场发挥以及演述内容。芬尼根还提出了非洲口头文学的类型，包括挽歌、赞美诗、抒情诗、宗教诗、虚构散文、修辞、时局讽刺诗以及戏剧。然而，从日常生活中提炼出口头文学的类型并非易事，这一问题至今在学术界尚未形成定论。

对非洲民间文学了解最为全面、研究最为深入的当属非洲本土学者，他们无论从语言上还是文化上都具有天然优势。非洲本土学者普遍认为文学，尤其是口头文学是一门艺术，是用来表达人类自身情感的一种手段，口头文学是依靠背诵或讲述达到传播目的的文学，可以通过文字形式记录保存下来传给后代。书面文学是通过文字形式传播和保存的。非洲学者们对口头文学的见解不尽相同。基隆比（Kirumbi）认为，口头文学是口口相传的口头讲述，并非从一开始就是书写形式，所以存在着口头表达的技巧问题。马特鲁（Matteru）指出，口头文学通过口头的形式进行创作，传播至受众。此外，他还提及口头文学作为一门用语言来表达思想的艺术，大多要依靠可视、可听的工具来自我表达。姆索基莱（Msokile）将口头文学解释为一项使用语言的艺术形式。这项工作通过头脑来记忆，通过口头讲述的方式来传播，口头文学得到一代又一代人的传承。他指出，口头文学随着时间的流逝会发生变化。姆拉查（Mlacha）认为，口头文学的主要贡献在于从很久以前开始，就关于社会的起源、文化的发展，以及社会生活等诸多方面进行阐释。瓦米提拉（Wamitila）则认为，口头文学从根本上讲，指的是依靠讲述或口头的方式来相互传达（hupokezanwa）信息和感情的一种文学形式。他提出，文学的这一类别在社会中被用来互相传授信息或经验，例如某种文化、社会历史、某种欲望、某个观点等。由此可见，口头文学是社会生活的一个重要工具。文学家吉玛尼·恩觉古（Njogu）认为口头文学具有独创性和生命力，它促使了社会学、经济学、政治学理论的产生。他同时将口头文学置于人类发展的历史长河之中思考，认为口头文学包含讲述、表演、对环境的评估和社会关系。① 姆里卡利亚（Mrikaria）认为，口头文学是一门艺术，它通过使用面对面交谈的语言以达到向听众传达信息的目的。此处的信息存在于面对面传播的两个层面，即传承者和继承者。通过这种口头讲述的方式，口头文学可以将社会中一些既定观念一代一代地传承下去。当然，依靠这种口头传承方式获得的信息，或许存在问题，抑或存在误导和重要信息的缺失。所以若能将口头文学记录下来，那么它们所要传达的信息就可以保留其本来面目。此外，他认为口头文学在构建社会、纠正社会、教育社会和改良社会方面皆发挥了重要作用。本书认为，将口头文学的内容用文字的形式保存记录下来固然有利于传承，但是这不代表就要用文本形式完全取代口头文学，最需要的是研究活形态的口头文学，研究民间艺人现场演述内容的改变、增加、缺失，以及造成种种现象的原因，这是民间文学研究的重要环节，从中我们可以探究口头演述的本质与内核，深层次地挖掘演述者与活形态的演述内容之间的关联性。麦锁德（Method）及其同仁普遍认为，口头文学这个术语来源于英语的"oral literature"，指的是一种通过口头和动作来讲述的文学，尽管科技取得了发展，口头文学也可以用书写的方式保存记录下来。② 总体而言，非洲本土学者将口头文学的功能归纳为教育社会、娱乐大众、唤起公民的敬畏之心、警告违背社会主流规范的人、传承社会历史和习俗、对作家文学有所贡献、促进社会合作及语言发展等。

　　西方学界最初针对非洲本土语言文学开展整体性拓荒研究始于杨海因茨·杨，他使用大量二手文献整理的《黑非洲文学书目》（*Gesamtbibliographie der neoafrikanischen Literatur*）关注了非洲 50 种语言的书面文学作品，首次为该领域提供了大量基础书目信息。杨于 1966 年出版了《黑非洲文学史：两个大陆的书写》（Jahn，1966），将黑非洲文学定义为非洲文化的新文学，

---

① Jubeck A. Masebo, Nyambari Nyangwine, *Kiswahili Kidato cha 3&4* (Dar es Salaam：Nyambari Nangwine Publishers, 2018), pp. 55-56.

② Jubeck A. Masebo, Nyambari C. M. Nyangwine, *Nadharia ya Fasihi：Kiswahili 2：Kidato cha 5&6* (Dar es Salaam：Nyambari Nyangwine Publishers, 2018), p. 101.

体现出传统的黑非洲文学与西方文学之间的历史交互。① 赫尔德克的《非洲作者：1300～1973 年间的黑非洲书写指南》（Herdeck，1973）涉及 37 种非洲语言以及 233 位作者的生平、著作及其评论。三位捷克学者弗拉基米尔·克里玛、卡莱尔·F. 鲁日奇卡、彼得·兹玛合作撰写了《黑非洲：语言与文学》（Klíma，Růžička and Zima，1976）。在比较文学领域颇有建树的杰拉德出版了著述《四种非洲文学》（Gérard，1971），论及阿姆哈拉语文学与其他三种南部非洲本土语言文学，此后还将研究拓展到更广泛的领域，其所著的《非洲语言文学：撒哈拉以南非洲的文学史》（Gérard，1981），将非洲文学史的发展置于萨巴遗产、伊斯兰遗产与西方影响三波浪潮之中，并系统梳理出本土语言文学发展的区域年表。他因此也被誉为非洲现代文学研究的"伽利略"。② 《非洲语言文学：理论问题与案例》（Andrzejewski，1985）通过将非洲本土语言文学与世界其他地区的文学进行比较，为文学理论研究提供了全新的视野。尤其指出在文学分类体系中，原有的西方文学的分类方法无法完全适用于非洲本土语言文学的多样性特点，而每一种非洲文学都扮演着其自身的社会角色，在社会共同体的价值等级中占有一席之地。研究尤其强调口头文学与书面文学具备同等的文学价值，以及文学文本对于社会学、历史学以及新兴的文化史研究的重要意义。艾瑞尔与吉坎迪主编的二卷本《剑桥非洲和加勒比地区文学史》（Irele and Gikandi，2004）成为迄今为止研究非洲和加勒比文学最为全面的指南，对非洲文学的定义做出如下界定：非洲大陆产生的所有文学，包括来自任何一种特定起源的口头文本和书面文本，采用在非洲大陆上言说的所有语言和模式，遵循一切惯例传统写成的作品。编者没有采用传统的历史线性时间顺序，而是按照区域、语言、文学表达形式进行梳理，挑战了原有非洲文学研究中口头文学的"传统性"与书面文学的"现代性"之间的对立关系，所探讨的内容不仅包括非洲自身的想象表达，也涉及黑人离散文学。英国学者艾勒克·博埃默所著的《殖民与后殖民文学》（Boehmer，1995）考察了殖民化进程及此后各个历史阶段的文学想象活动，试图把后殖民理论扩展为更长时段的历史叙述，由此探析

---

① 该著述作为德文版专著的译本，译者为 Oliver Coburn 与 Ursula Lehrburger。
② 参见 Albert S. Gérard, *Contexts of African Literature*（Amsterdam：Rodopi，1990），p. viii。

帝国主义如何在全球范围内散布欧洲影响。阿卜杜勒·穆罕默德的著述
《摩尼教美学：殖民地非洲的文学政治》（JanMohamed，1983）利用法农对
殖民社会结构的深刻理解，提出关于白人与黑人、善与恶、理智与情感、自
我与他者、主体与客体的摩尼教寓言。他认为殖民者的排斥与依附、被殖民
者的爱慕与憎恨之间的矛盾吞噬了整个殖民地社会，殖民者的思想是将非洲
人置于混沌和低下境地之中。

　　《非洲短篇小说选集》是非洲现代文学之父阿契贝与澳大利亚学者
C. L. 英尼斯编选的《非洲短篇小说选》和《当代非洲短篇小说选》之合
集，阿契贝秉持"非洲自己书写非洲人的故事"的原则，怀揣向世界传播
非洲文化的宏愿，编选过程中注重作品在区域、民族和时代上的代表性，体
现非洲短篇小说创作多样化的形态特征与具有非洲审美特性的文学性，致力
于展现非洲的风土人情与非洲人的生命理念、生存状态和生活方式，呈现非
洲本真的形象、声音、色彩与文化性格。第一部分《非洲短篇小说选》选
自 1983 年以前的 20 部非洲短篇小说作品，多采取现实主义白描手法，杂糅
民间传说、儿童故事、神话传说与寓言故事等，从中可以窥见浓厚的非洲口
传文化色彩。第二部分《当代非洲短篇小说选》收录 20 篇发表于 20 世纪
80~90 年代的短篇小说，包含了极其优秀的当代非洲作家，包括纳丁·戈
迪默、本·奥克瑞、莫桑比克的米亚·科托、加纳的科乔·莱恩等的作品，
创作手法各具特色，既有对严酷现实的摹写，也有对奇幻世界的想象，既有
魔幻现实主义的试验，也有超现实主义的尝试，反映了当代非洲生活的变化
与作家们对文类发展做出的努力。这些小说将传统叙事技巧与现代小说艺术
手法相融合，显现了从口头叙事向现代小说发展的轨迹。这些作品展现了非
洲从殖民时代到后殖民时代的生活变迁与非洲小说的现代性发展。

　　在叙事方面，利文斯顿在《帝国的话语》一文中阐释了二元对立的结
构导致的欧洲对待非洲的普遍模式，即浪漫主义叙事（quest-romance），在
这种模式中，"自我"将其身份或完整性寄托在与一个具有威胁性或诱惑性
的"他者"的相遇上，为了实现自我的命运，必须克服和融入他者的力量。
这种叙事将原本静止的对立投入实践之中，通过绝对的对立产生悬念。这种
角色的分配类似于黑格尔的"主奴辩证法"。浪漫主义叙事被视为理解欧洲
和非洲关系的关键，作为一种普遍的话语模式，并不局限于特定的文学文

本，同时也是非虚构叙事的基础。因此，对于帝国话语而言，非洲代表着巨大的未知，是缺乏系统知识的地域，它的存在对西方的理性概念构成了挑战，甚至是对启蒙运动力量的挑战性限制。历史上，气候、疾病以及文化上的抵抗阻碍了欧洲对非洲知识的探索进程，如果不将其道德化，就会导致非洲成为欧洲的知识空白；另外，非洲作为典型的冒险之地出现，成为欧洲人展示其能力的地方，这随着现代性在欧美国家的巩固而尤为凸显，非洲提供了在所谓"文明"世界所无法实现的行动和野心的出口。在这里，二元对立将空间差异转为时间差异，形成了人类学家约翰尼斯·费边所言的"对共生性的抵赖"①。②

（二）非洲殖民主义史研究

本书是将非洲本土语言文学的发展嬗变置于英属非洲殖民地社会背景之中展开的，更为重要的是，这也是非洲现代文学生成时期，因此对于殖民历史的把握为阐释处于剧烈社会、文化转型之中的文学嬗变研究提供了重要支撑。在殖民主义史研究方面，《殖民主义史·非洲卷》（郑家馨，2000）系统研究了1415年以来500余年间西方列强在非洲殖民活动的发展轨迹，论及各个殖民时期彼此奉行的差异化殖民政策和制度与各国的资本主义发展取向之间的关系，以及殖民主义因素对非洲政治、经济和社会等诸多方面的影响。《英国—非洲关系史略》（高晋元，2008）中指出，英国实施的间接统治引发了非洲知识阶层同殖民当局的对立，同时阐释了间接统治与现代民族主义运动之间的直接相关性。《文化相对主义与间接统治制度》（洪霞，2003）一文探讨了文化相对主义思潮对传统种族主义观念的修正，进而强调土著地区有其独特的文化特性，认为间接统治制度是根据文化相对主义理

---

① 受到福柯话语思想的影响，约翰尼斯·费边在《时间与他者——人类学如何制作其对象》中，以带有哲学反思色彩的方式探讨了作为西方人类学书写的内在维度——时间是如何潜行在西方人类学的书写之中的。时间成为生产距离的重要因素，人类学的政治性便在这个生产过程中得以体现。征服者可以为被征服者划定时间，从而将他们置于距离化的空间中，这种距离化的手段产生了一个后果，那就是"对共生性的抵赖"。

② Robert Eric Livingston, "Discourses of Empire," in Abiola Irele and Simon Gikandi, eds., *The Cambridge History of African and Caribbean Literature* (Cambridge: Cambridge University Press, 2004), pp. 258-259.

论发展演进出来的统治方式，解决了维护英国权威与尊重土著种族权利之间的平衡问题。专著《殖民主义与社会变迁：以英属非洲殖民地为中心（1890~1960）》（李鹏涛，2019）关注英属非洲殖民地社会变迁的趋势，分析了殖民地国家建立的背景及其特征，以及殖民地国家推动"传统文明"的限度。论文《英法殖民地行政管理体制特点评析（1850~1945）》（高岱，2000）认为，间接统治体制在稳定大英帝国殖民统治的过程中起到了重要作用，但这一体制的实施具有维护殖民统治和导致英帝国解体的双重作用。具体到北尼日利亚而言，《论英国对尼日利亚的间接统治》（张象、姚西伊，1986）一文对英国在尼日利亚建立、推行间接统治制度进行了历史分期，认为间接统治保留了非洲传统封建制度与最保守的势力，阻碍了近代民族资本主义的发展，成为导致非洲长期落后的根源之一。

国外学术界关于殖民主义的讨论呈现不同的观点和流派，对于其历史评价的探讨尤其热烈，《非洲殖民主义（1870~1914）》（Gann and Duignan，1969）明确反对将殖民主义与剥削画上等号，将欧洲在非洲的帝国主义解释为文化变革与政治统治的一种动力，直言"帝国制度是非洲历史上传播文化最有力的动力之一，总体而言功大于过"。[①] 英国学者伽拉赫和罗宾逊合作出版的专著《非洲与维多利亚时代的英国人》（Ronald and John，1961）指出，非西方国家内部所发生的社会变化，直接关乎帝国扩张政策以及帝国主义的控制方式和手段的改变，而非西方国家内部。当代著名的殖民主义问题研究专家、剑桥大学教授菲尔德豪斯的著述《1870~1945 年间的殖民主义》（Fieldhouse，1983）从研究各个帝国的殖民政策出发，探讨了其政治和经济上的固有矛盾，为殖民主义阐释提供了全新视角。

（三）豪萨语文学研究

就豪萨语文学研究而言，我国学术界尚处于翻译和描述的起步阶段。文学作品翻译与研究论文成果屈指可数。现有的豪萨语文学中文译本，仅见于1985 年黄泽全所译的阿布巴卡尔·伊芒代表作《非洲夜谈》（*Magana Jari*

[①] L. H. Gann and Peter J. Duignan, *Burden of Empire: An Appraisal of Western Colonialism in Africa, South of the Sahara* (London: Pall Mall, 1968), p. 382.

Ce）。以该作家、作品为研究对象的论文，包括刘丽的《英国殖民时期豪萨民族主义作家阿布巴卡尔·伊芒思想流变研究》与《豪萨作家阿布巴卡尔·伊芒作品分析》。黄泽全、董洪元的论文《豪萨语和豪萨文的发展演变》对尼日利亚国家文学委员会在20世纪30年代举办的文学创作比赛中的获奖作品，以及20世纪80年代北尼日利亚出版公司举办的文学创作比赛中的获奖小说作品有所论述。① 此外，涉及豪萨文学起源与早期发展的论文包括孙晓萌的《豪萨语文学的独特现代起源》与《西化文学形式背后的民族性——论豪萨语早期五部现代小说》。她对北尼日利亚1933~1934年文学创作比赛中获奖的五部小说《治愈之水》《历险记》《乌马尔教长》《提问者的眼睛》《身体如是说》开展了系统研究，总结出该时期豪萨语小说的典型特征，认为从片段形式和人物塑造来看，获奖小说模仿和借用了西方小说形式，但叙事方面仍然与西式文学不同。虽然英国殖民统治者希望通过发展新的文学体裁来削弱豪萨传统诗歌中伊斯兰文化的影响力，但豪萨语小说仍然受到豪萨传统文学和文化的形塑，同时也保留了豪萨语民族文学的核心要素。② 孙晓萌的专著《语言与权力——殖民时期豪萨语在北尼日利亚的运用》从权力视角探讨豪萨语言与殖民权力之间的复杂关系，考察了豪萨语在英国殖民统治时期的流变，深刻揭示出殖民地语言文化发展机构一方面压制了文学创作主体的身份认同和艺术想象，另一方面在客观上推动了现代豪萨语言及其文学的发展。

相较于中国的豪萨语文学研究，西方学术界在此领域的研究起步较早，成果亦更为丰富。早期豪萨语语言的收集与整理工作是由欧洲的航海家与探险家完成的，旨在向殖民统治者传递有关中苏丹地区的相关信息。探险队深入非洲腹地后，随着实地考察的深入，意识到本土语言的重要性，认为开展当地语言学习有助于传播宗教和促进交流，一批收集、整理词汇的作品与传教士翻译作品便应运而生。弗兰克·埃德加（Frank Edgar）于1911~1913年出版了三卷本《豪萨民间故事》，被视为有史以来由单一作者所收集的、

---

① 黄泽全、董洪元：《豪萨语和豪萨文的发展演变》，《西亚非洲》1984年第3期，第55~61页。
② 孙晓萌：《西化文学形式背后的民族性——论豪萨语早期五部现代小说》，《文艺理论与批评》2017年第6期，第57页。

范围最广的非洲民间文学作品，其中涉及了从阿贾米到拉丁化的豪萨文转写，材料来源于博尔顿与埃德加酋长国执政的前十年间所收集的800余种手稿，与标准的卡诺豪萨语相比，文中更多使用的是西部索科托方言。作品因未经翻译、整理与分类，未曾进入英语世界的视阈。特雷梅尔纳所著的《豪萨迷信与风俗》（Tremearne，1913）是关于豪萨文化的信息宝库，囊括了豪萨族的风俗习惯、民间传说以及对故事的中心人物及其特征的分析，成为研究豪萨文化必备的参考书。美国威斯康星大学非洲语言与文学学院豪萨语教授斯金纳对推广豪萨口头文学做出了重要贡献。20世纪60年代，斯金纳对埃德加的版本开展全面系统的整理和译介，出版了《豪萨读本：埃德加民间故事选》（*Hausa Readings：Selections from Edgar's Tatsuniyoyi*）。1969年，斯金纳翻译整理了埃德加的三卷本《豪萨民间故事》，以《豪萨传说与传统：豪萨民间故事英译本》（*Hausa Tales and Traditions：An English Translation of 'Tatsuniyoyi Na Hausa'*）出版，涵盖了443部寓言和240个故事，首次尝试以英文为媒介呈现豪萨口头文学作品。斯金纳在此基础上归纳了豪萨口头文学的十二种文类，并指出口头文学的讲述者和听众可以在口头叙述中扮演有所差别但又互为补充的角色，即叙述者和观众的差异化关系是决定故事类型的核心要素。斯金纳的《豪萨文学选集》（*An Anthology of Hausa Literature in Translation*）进一步厘清了豪萨文学的不同体裁，他指出前殖民时期的豪萨文学诸体裁囊括了民间故事（tatsuniya）、历史叙事（labari）、赞美诗（kirari）、戏剧（wasanni）、谚语（karin magana）、歌曲（wakoki）以及谜语。[①]

　　20世纪80年代，由苏联作家伊·德·尼基福罗娃等所著的《非洲现代文学》被译介为中文出版，学者们普遍认为尼日利亚北部豪萨语文学的发展与英语文学不同，它并不追求具有全非洲或世界的影响，而更像是"自己人"之间就种种"自己的"家庭问题进行推心置腹的谈话，作者和读者之间有一种促膝长谈的关系。非洲本地语言文学像文献一样精确地描绘现代非洲人，正确评价非洲文学不仅要从纯艺术性的角度，而且应把它看成心理学、文化史和民俗学的文献资料。学者们同时拓展了豪萨语文学的外延，认为除通常意义的一

---

① Neil Skinner, *An Anthology of Hausa Literature in Translation* (Zaria：Northern Nigerian Publishing Company，1980)，pp. 5–6.

切文学作品外，还应包括使用非洲语言编写和出版的任何文字资料。①

乌塞娜·阿里多（Ousseina Alidou）从性别角度划分了豪萨口头文学的类型。她在《性别、叙事空间与现代豪萨文学》中指出，尽管此前学者们对豪萨传统口头叙事结构的理解做出了重要贡献，但口头文本作者身份问题尚未得到解决。她认为豪萨传统中支配故事讲述的社会规则由故事类型所决定，这种类型通常与说书人和听众的性别和年龄有关。② 格雷厄姆·弗尼斯等所著的《权力、边缘化与非洲口头文学》（Furniss and Gunner，1995）侧重研究豪萨口头文学中的赞美诗，试图从"主导""边缘""权力"等维度进行阐释，认为豪萨文学作品中的赞美诗并非只作为文学作品存在，而是受到"权力"的支配。诗歌服务于伊斯兰宗教意识形态下的文化文学建构，其表达受制于赞助体系。③ 在《内战时期的豪萨诗歌》一文中，弗尼斯也提到类似的观点，认为诗歌中的赞美或者诋毁，构成了豪萨诗歌最典型的传统与特色。④

在豪萨语书面诗歌研究领域，默文·希斯基特在《豪萨伊斯兰诗歌史》（Hiskett，1975）中探讨了伊斯兰教对豪萨文学的影响。他阐释了豪萨伊斯兰诗歌与各种文类发展之间的关系，并就豪萨宗教诗歌与书面化的本质关联做出了论断，即豪萨宗教诗歌不同于豪萨世俗诗歌，前者始终是书面传统的组成部分，后者则最初是口头传统的一部分。希斯基特认为，尽管这一时期的诗作主题涵盖范围很广，但其潜在的思想以及诗人所做的判断完全基于伊斯兰社会背景。M. G. 史密斯在《豪萨赞美诗的社会功能与意义》一文中揭示了豪萨赞美诗的社会意义，认为豪萨赞美诗是反映豪萨社会和文化复杂性的一面镜子。⑤ 在豪萨阿贾米诗歌研究领域，大量学者聚焦于谢赫之女娜

① 〔苏〕伊·德·尼基福罗娃等：《非洲现代文学》（北非和西非），刘宗次、赵陵生译，北京：外国文学出版社，1980年，第417~418页。

② Ousseina Alidou, "Gender, Narrative Space, and Modern Hausa Literature," *Research in African Literatures*, Vol. 33, No. 2 (2002), pp. 137-153.

③ Graham Furniss, "The Power of Words and the Relation between Hausa Genres," in Graham Furniss and Liz Gunner eds., *Power, Marginality and African Oral Literature* (Cambridge: Cambridge University Press, 1995), pp. 137-139.

④ Graham Furniss, "Hausa Poetry on the Nigerian Civil War," *African Language and Cultures*, Vol. 4, No. 1 (1991), p. 27.

⑤ M. G. Smith, "The Social Functions and Meaning of Hausa Praise-Singing," *Africa: Journal of the International African Institute*, Vol. 27, No. 1 (1957), pp. 26-45.

娜·阿斯玛乌（Nana Asma'u）的作家生平与作品研究。娜娜先后撰写了大量豪萨语劝诫诗，是豪萨阿贾米诗歌创作的先锋人物。贝弗利·麦克和琼·博伊德从 20 世纪 90 年代伊始着手编辑整理娜娜的全部作品，收录出版了《娜娜·阿斯玛乌作品集》（Mack and Boyd，1997）。学者们将娜娜的作品从豪萨文、富拉尼文和阿拉伯文译介为英文，为研究这一时期的豪萨文学、教育、历史等诸多领域提供了颇为翔实的资料。不仅如此，麦克和博伊德在研究 19 世纪豪萨穆斯林妇女阿贾米文学作品的同时，对西方的女权主义思想家也提出了全新的挑战，即她们需要重新审视和接纳非西方的现代穆斯林女性知识分子，进而填补了批判研究豪萨阿贾米文学传统的历史性空白。① 在阿贾米文学的发展过程中，女性学者的贡献迄今仍然较少受到豪萨主流学者的关注。正因如此，麦克与博伊德合著的《哈里发的妹妹：娜娜·阿斯玛乌教师、诗人和伊斯兰领袖（1793~1865）》（Mack and Boyd，1989）、《一个女人的吉哈德：学者和记录员娜娜·阿斯玛乌》（Mack and Boyd，2000）都成为该领域颇具开创性的研究成果。

在北尼日利亚殖民地的语言文学研究方面，乌马尔·阿卜杜拉赫曼（Umar Abdurrahman）讨论了殖民政府在宗教和语言方面的政策转向。他认为在英国殖民统治下，北尼日利亚通过废除阿贾米文字、使用拉丁字母取而代之，并宣布确立其为官方行政语言，实现了北尼日利亚文字的世俗化和现代化进程。② 在豪萨语言文学机构研究方面，曾经供职于北尼日利亚殖民当局的柯克·格林在《豪萨语文局》（Kirk-Greene，1964）一文中对该机构成立的背景、宗旨、机构设置与出版物做了系统梳理。

目前学术界普遍认为，豪萨语现代文学肇始于 1933 年北尼日利亚翻译局举办的文学创作比赛。豪萨语现代文学是殖民主义文化建制的产物，其生产过程受殖民统治者的规训，生产伊始便开始接受宗主国文学视野的审视。伊斯特（Rupert Moultrie East）被誉为非洲文学第一位现代评论家，他不仅

---

① Ousseina Alidou, "The Emergence of Written Hausa Literature," in F. Abiola Irele and Simon Gikandi eds., *The Cambridge History of African and Caribbean Literature* (Cambridge: Cambridge University Press, 2004), p. 336.

② Umar Abdurrahman, "Religion and Language in the Transformation of Education in Northern Nigeria during British Colonial Rule, 1900 – 1960," *Intellectual Discourse*, Vol. 20, No. 2 (2012), p. 183.

是 1933～1934 年豪萨文学创作比赛的组织者之一，还指导了非洲本土知识分子从事创作。在担任翻译局局长期间，他通过推动豪萨语读物的出版以及开设教师培训学院等措施推动豪萨语现代文学的发展。伊斯特在《第一篇非洲想象文学》一文中指出，虽然尼日利亚有一批温和的、快速发展的豪萨白话文人在用拉丁字母书写，但迄今为止，尚未开发出他们书写文学作品的真正潜能。[①] 文中详述了英国殖民政府为推广现代文学采取的措施以及遇到的实际困境。在伊斯特看来，尼日利亚当地精英的口头文学叙事模式和伊斯兰情节是深入骨髓的，很难在文学作品中获得改变。

阿里多在《豪萨书面文学的产生》一文中，对豪萨书面文学历史发展进程中的关键阶段做出了重要评价。她认为"豪萨性"作为一种身份建构的复杂性，是指豪萨族以及其他在文化和语言上已被豪萨同化的民族。通过对豪萨文学传统历史发展的分析表明，豪萨语书面文学是豪萨—阿拉伯文学在宗教上的衍生品。随着欧洲在豪萨地区实施的殖民统治，豪萨—伊斯兰文献开始显示出的发展轨迹反映了特定殖民当局所采用的语言和文化政策，并逐渐出现世俗化转向。[②] 弗尼斯的专著《豪萨诗歌、散文与流行文化》（Furniss，1996）将语言作为文化的最终表达，并将这种文化扩展到流行文化的现代语境中，例如歌曲和戏剧、散文和诗歌等。他使用跨学科的研究方法，提供了包括口头和书面在内完整的非洲文学、文化历史发展全貌。乔安娜·沙利文（Joanna Sullivan）在《从诗体到散文体：现代豪萨小说》一文中，阐释了 20 世纪 70 年代的豪萨小说与 1933～1934 年本土语言文学创作比赛获奖作品以及前殖民时期的诗歌传统之间的承继关系，进而厘清了豪萨语虚构文学的发展线索与方向。[③] 她在豪萨诗歌传统与殖民时期及后殖民时期的豪萨语现代小说之间建立适当的连接，为豪萨语诗歌、小说的发展提供了全景式观照，并辨析了豪萨文学各种文类之间的互构关系。

① Rupert Moultrie East，"A First Essay in Imaginative African Literature，" *Africa：Journal of the International African Institute*，Vol. 9，No. 3（1936），pp. 350-358.

② Ousseina Alidou，"The Emergence of Written Hausa Literature，" in F. Abiola Irele and Simon Gikandi eds.，*The Cambridge History of African and Caribbean Literature*（Cambridge：Cambridge University Press，2004），p. 354.

③ Joanna Sullivan，"From Poetry to Prose：The Modern Hausa Novel，" *Comparative Literature Studies*，Vol. 46，No. 2（2009），p. 335.

豪萨本土学者在建构豪萨语文学史，尤其是书面文学史方面做出了诸多尝试，迄今为止最具代表性的著述是耶海亚所著的《豪萨书面文学史》（Yahaya，1988），该书以豪萨语言文学的历史线性发展为脉络，全面系统地呈现了豪萨语言和文学的整体嬗变进程，作为豪萨文学史上第一部文学文献学经典著述，其文学工具书的属性也不容忽视。《非洲文学的本真性判定》一文则从非洲口头文学及书面文学的历史出发，对非洲文学的本真性提出质疑。作者认为，这一过程无法脱离豪萨语口头文学等非洲民族语言文学传统，当时学界所热衷研究的散文、诗歌、戏剧、电影等创作，无法完全代表非洲文学，文中呼吁学界加大对本土语言文学的研究及创作。① 尼日利亚巴耶鲁大学尼日利亚语言研究中心出版的《尼日利亚语言》（Harsunan Nijeriya）一书，收录了1976年对阿布巴卡尔·伊芒的访谈记录，其中与伊芒本人探讨了包括《一潭圣水》《非洲夜谈》《无知很可怕》《十问十答》等多部小说的创作思路，及其在翻译局、文学局、真理公司中所承担的工作，重点提及了伊芒与伊斯特共同创作的经历，以及在访问英国前后与成为尼日利亚公职人员后，伊斯特对其小说创作产生的影响，② 成为研究豪萨语文学史的珍贵文献。关于豪萨语小说的起源和发展，尼日利亚本土学界亦存在诸多探讨。伊萨·穆塔尔（Isa Muhtar）在《豪萨文小说创作》（Yanayin Kagaggun Labarai na Hausa）一文中指出，在欧洲殖民者进入北尼日利亚豪萨社会之前，就已经出现了类似于小说的豪萨口头文学创作。他列举了《麦加》（Makka）、《死亡》（Mutuwa）等几部作品，对豪萨语小说发展的各个时期进行了系统梳理，希望通过创作豪萨小说改善豪萨人的现代生活。此外，马努法什与艾哈迈德所著的《文学创作比赛和豪萨文小说的发展：一部殖民遗产》（Malumfashi and Ahmed，2007）指出，殖民地教育体系的建立使非洲人获取了解殖思想，本土文学创作比赛对于非洲本土作家在思想层面的影响不容小觑。③ 哈姆扎特等学

---

① Abba Rufa'i，"Shin Adabin Afrika Sahihi ne ko kuwa ba sahihi ba ne？" in Abba Rufa'i, Ibrahim Yaro Yahaya and Abdu Yahya Bichi eds.，*Nazari a kan Harshe da Adabi da Al'adu na Hausa*：*Littafi na Uku*（Zaria：Gaskiya Corporation，1993），pp. 112-142.

② N. Pwedden，"The Abubakar Imam Interview," *Harsunan Nijeriya* Vol. XVII（1995），pp. 86-110.

③ Ibrahim Malumfashi and Aliya Adamu Ahmed，"Writing Competitions and the Development of Hausa Novels：The Colonial Legacy," in Saleh Abdu and Muhammed O. Bhadmus eds.，*The Novel Tradition in Northern Nigeria*（Kano：SK Amodu Printing and Publishing House，2007），p. 77.

者的著述《北尼日利亚的文学整合与和谐》（Hamzat，2017）从不同角度探讨了北尼日利亚文学如何促进地区一体化和社会意识形态的复兴。作者以北尼日利亚特定语境下的不同文化产品为研究对象，剖析其中的意识形态及特征，认为其促进了多语环境中的人际和谐。本土语言文学作品和改编自外国元素的作品在实现社会文化融合和促进北方人民的集体价值形成方面发挥了多重作用。①

（四）斯瓦希里语文学研究领域

我国的斯瓦希里语文学研究起步较晚。20 世纪 60 年代初，东非国家相继独立，为发展我国与东非国家的友好关系，国内高校开始开设斯瓦希里语专业，直到 20 世纪 80 年代，我国对斯瓦希里语语言文学的研究方才起步。以葛公尚、蔡临祥、章培智、沈志英、冯玉培等为代表的一批从事非洲本土语言教学与文学研究的中国学者，尝试开展非洲文学经典作品的译介和研究工作，并取得了一系列重要成果。包括《夏班·罗伯特寓言选》（张治强，1979）、《想象国》（葛公尚，1980）、《可信国》（葛公尚，1980）、《农民乌吐波拉》（葛公尚，1980）、《阿迪利兄弟》（葛公尚，1980）、《匿名电话》（蔡临祥，1981）、《混乱人世》（葛公尚，1982）、《白痴》（葛公尚，1982）、《心灵的创伤》（章培智，1982）、《善与恶，水火不相容》（章培智，1982）、《海港风云》（饶少平，1982）、《渴》（冯玉培，1982）、《到过天堂的人》（葛公尚，1983）、《艰辛世道》（沈志英、葛公尚，1983）、《未开的玫瑰花》（蔡临祥，1988）、《金吉克蒂勒》（蔡临祥，1988）、《沉沦》（蔡临祥，1989）、《阴谋——一起轰动世界的奇案侦破》（蔡临祥，1989）等。除翻译文学作品以外，早期的斯瓦希里语学者在各类期刊上也发表了数十篇关于非洲文学研究的学术论文。这些研究以描述、介绍为主，尚缺乏深入系统的研究成果。魏媛媛的博士论文《本土与殖民的冲突与共生：1498~1964 年斯瓦希里文化在坦桑尼亚的发展》论述了殖民时期斯瓦希里文化的发展与转型，试图从整体上把握近代以来斯瓦希里文化发展的基本特征和规

---

① Hamzat I. Abdulraheem, Saeedat B. Aliyu and Ruben K. Akano, *Literature, Integration and Harmony in Northern Nigeria* (Malete, Kwara State, Nigeria: Kwara State University Press, 2017), p. 288.

律。她指出，来自西方文化的扩张冲击，成为影响近代斯瓦希里文化变迁进程和走向的一个关键性因素。论文以时间为线索，循着斯瓦希里文化的发展和殖民主义的推进这两个同时进行、互相交织的历史进程，考察斯瓦希里文化与外来文明的冲突与共生，解析斯瓦希里文化在与外来文化互动过程中的抉择与发展。

西方学者对斯瓦希里语言文学的研究肇始于 19 世纪末期，涉及领域广泛、研究成果亦十分丰富。德国在非洲语言研究方面的传统颇为悠久，自1887 年起柏林大学主办的东方研讨班就开始教授非洲语言。在语言研究领域，斯瓦希里语研究肇始于 19 世纪中期，进入东非地区的欧洲传教士和西方学者出于宗教传播、考察民俗和人种学研究的目的，整理了大量斯瓦希里语语法和词汇，并使用拉丁字母书写，从而服务于殖民地间接统治。他们认为斯瓦希里语是一门可以用于向非洲人传授基督教的语言，传教士在商道沿线建立驻地，发现斯瓦希里语可以作为与来自非洲不同族群的居民交流的工具。一位西方的传教士就曾感叹道，"斯瓦希里语完全可以满足我们传教的需要，用她来解释和宣传我们的宗教思想是轻而易举的事。同时，她给我们提供了了解其他非洲语言的钥匙"。① 英国圣公会差会（Church Missionary Society）的德国籍传教士约翰·路德维希·克拉普夫（Johann Ludwig Krapf）和约翰尼斯·雷伯曼（Johannes Rebmann）是第一批系统研究斯瓦希里语的学者。1850 年，克拉普夫编写了第一部斯瓦希里语语法书《斯瓦希里语语素概述》（Krapf，1850）。1882 年，克拉普夫编纂的第一部《斯瓦希里语—英语词典》出版。除具备普通辞书的功能外，这部词典还涉及有关斯瓦希里文化方面的诸多内容。克拉普夫等探险家同时也是语言学家，他与雷伯曼在探险过程中着手进行斯瓦希里语及其他本土语言的研究，翻译了《圣经》的《新约》（Biblia）。早期研究斯瓦希里语的传教士和学者之中，与克拉普夫比肩的学者还有英国大学传教团中非差会主教、英国语言学家爱德华·斯蒂尔（E. Steere），与克拉普夫侧重研究蒙巴萨方言不同，斯蒂尔主要关注桑给巴尔方言。从 1865 年起，斯蒂尔就开始编纂斯瓦希里语词典，并将

---

① Shihabuddin Chiraghdin and Mathias E. Mnyampala, *Historia ya Kiswahili*（Nairobi：Oxford University Press，1977），p. 7.

《圣经》翻译成斯瓦希里语。他先后出版了《斯瓦希里语语法手册》（Steere，1870）和《斯瓦希里语练习》（Steere，1882），这些图书成为早期学习和掌握基础斯瓦希里语的经典参考书和工具书。此外，法国圣灵会的查尔斯·萨克勒（Charles Sacleux）于1885~1895年在桑给巴尔和巴加莫约从事传教工作。他使用法语编写了斯瓦希里语语法书和包含不同斯瓦希里语方言的字典，同时将许多宗教图书译介为斯瓦希里语。德国路德教莱茵传教协会①传教士卡尔·布特纳（Carl Gotthilf Büttner）曾经在柏林的东方研讨班担任斯瓦希里语教师，出版了关于斯瓦希里语研究的著作。因此，西方在对东非的殖民统治正式实施之前以及整个殖民统治时期，学习非洲本土语言并将之规范化已经发展为众多传教团的重要工作。除此之外，传教团还拥有出版社，用于印刷《圣经》、赞美诗集、语法书及其他传教团体文书。因此，宗教团体成为坦桑尼亚大陆地区传播和普及斯瓦希里语读写能力最重要的力量之一。除此之外，一些语言学家也开始系统研究包括斯瓦希里语在内的班图语族诸语言，德国语言学家卡尔·弗里德里希·迈克尔·迈因霍夫（Carl Friedrich Michael Meinhof）明确指出斯瓦希里语属于班图语，他认为斯瓦希里语具有班图语的所有特性，是第一位提出班图语是黏着语的语言学家。②伦敦大学亚非学院（SOAS）班图语系教授、英国语言学家马尔科姆·格思里（Malcolm Guthrie）在其四卷本巨著《比较班图语》中，也对班图语系诸语言开展了细致研究。

英国殖民政府在英控东非地区实行间接统治，为了满足殖民统治的需要，当局在坦噶尼喀、桑给巴尔、肯尼亚和乌干达的基础教育中使用斯瓦希里语，并于1930年成立了东非地区语言（斯瓦希里语）委员会［East African Inter-territorial Language（Swahili）Committee］，开展斯瓦希里语的标准化及推广工作。殖民政府在不同时期和不同地区采取的语言政策不尽相同，这一时期的语言政策研究是学者们普遍关注的焦点，著述颇丰。最早对

①　Rhenish Missionary Society，另译礼贤会。

②　历史上关于斯瓦希里语的起源问题主要有三种观点：一是认为斯瓦希里语是阿拉伯语的方言，二是认为斯瓦希里语是班图语和阿拉伯语的混合语言，三是认为斯瓦希里语属于班图语。前两种观点主要是基于斯瓦希里语中有大量阿拉伯语借词的现象而得出的。20世纪以来，经过近代语言学家们的努力，第三种观点逐渐成为学界的主流观点。

这一领域开展研究的当属英国社会语言学家威尔弗雷德·豪厄尔·怀特利（Wilfred Howell Whiteley），他曾任东非地区语言（斯瓦希里语）委员会书记，同时也是坦桑尼亚达累斯萨拉姆大学和斯瓦希里语研究所的创始人之一，长期不遗余力地推广现代斯瓦希里语语言、促进斯瓦希里文学的发展。怀特利的研究涉猎十分广泛，涉及斯瓦希里语语言学、文学、方言、历史文化，同时也包括东非地区的其他民族语言。作为早期推广斯瓦希里语的先驱者之一，怀特利亲自参与了斯瓦希里语标准化工作，其代表性著作是《斯瓦希里语：一个民族语言的兴起》（Whiteley，1969）。该书回顾了斯瓦希里语的历史发展进程，分析了英国殖民统治时期在坦噶尼喀、肯尼亚、乌干达、桑给巴尔实施的语言政策，梳理了标准斯瓦希里语的产生与兴起历程，以及现代斯瓦希里语演变为坦桑尼亚唯一国语的过程。他判断斯瓦希里语可能会成为一种泛非的语言。①

　　持相同观点的学者还包括肯尼亚肯雅塔大学斯瓦希里语系社会语言学教授伊雷利·姆巴布（Ireri Mbaabu），他认为随着斯瓦希里语在东非的传播和发展，它不仅是东非沿海地区"斯瓦希里人"的语言，而且是所有东非居民的语言，并很有可能成为整个非洲大陆的通用语言。② 姆巴布专攻斯瓦希里语语言发展史、语言政策和语言规划，他的博士论文聚焦 1930 ~ 1990 年肯尼亚的语言政策及其影响。其多部著述涉及斯瓦希里文化及语言研究，其中《斯瓦希里语：国语》（*Kiswahili*：*Lugha ya Taifa*）论述了斯瓦希里语的起源、分析了斯瓦希里语的语音结构，斯瓦希里语与外来语言和其他非洲班图语言相互融合借鉴的情况，以及斯瓦希里语在东非地区的传播和各种方言的使用情况。姆巴布的另一部重要著述是《斯瓦希里语标准化历史》（*Historia ya Usanifishaji wa Kiswahili*），该书详尽地阐述了现代斯瓦希里语拉丁化、标准化进程，是研究殖民时期斯瓦希里语发展和语言政策的重要历史著作。此外，姆巴布所著的《斯瓦希里语新视野：发展、研究和文学》（*New Horizons in Kiswahili*：*A Synthesis in Developments*，*Research*，*and Literature*）涉及肯尼亚政府和国家教育机构在推广和实施语言政策方面所做的努力。

---

① W. H. Whiteley, *Swahili*：*The Rise of a National Language*（London：Methuen, 1969），p. 126.

② Ireri Mbaabu, *Kiswahili*：*Lugha ya Taifa*（Nairobi：Kenya Literature Bureau, 1978），p. 1.

美国罗格斯大学非洲语言与文学系马兹鲁伊继承了家族的学术传统，长期专注于非洲语言、文学、文化与政治研究。代表性著述是《超越边界的斯瓦希里语：文学、语言与身份认同》（Mazrui，2007），他指出斯瓦希里语及其文化超越了种族和国家的界限，而斯瓦希里语文学最重要的特点是混杂性，是本土传统、伊斯兰文化和西方文化三重力量融合的产物。东非本土文化与外来文化接触的特点是"相互适应"，而非文化间的相互征服。① 在与阿里·马兹鲁伊合著的《斯瓦希里国家与社会：一门非洲语言的政治经济学》（Mazrui，1995）中，两位学者论及了斯瓦希里社会的兴衰历史以及斯瓦希里语在东非国家争取民族独立过程中发挥的重要作用。书中系统回顾了从殖民势力入侵之前到获得民族独立后，斯瓦希里语在东非各国殖民统治以及教育体制中的使用和发展情况。此后，两位学者合作编著的《巴别塔的权力：非洲经验中的语言与治理》汇集了数十年来发表的有关非洲语言、国家和民族主义的论文成果，大部分内容与斯瓦希里语直接相关。作者回顾了非洲殖民时期的语言经验，以及不同欧洲国家的政策对非洲本土语言造成的威胁。斯瓦希里语作为一种通用语言而崛起，在比较了英语和斯瓦希里语在东非地区的作用后，作者指出，不应把英语等外来语言作为唯一的官方语言，但与此同时，语言多元主义绝不是削弱国家纽带和更广泛政治认同关系的分裂力量，相反，它可以在一个极其多样化的世界里成为一股强大源泉。② 《斯瓦希里语：过去、现在和未来》（Chimerah，1998）详尽汇总了有关斯瓦希里语起源及本质的争议性观点、当代斯瓦希里语在东非各地区的重要地位及其在整个非洲地区的使用情况，回顾了近代斯瓦希里语在非洲乃至国际上所取得的地位和成就，殖民地语言政策以及不同阶层对这一政策的态度和反应。除上述著述外，研究殖民时期语言政策的学者还包括内罗毕大学语言与语言学系荣休教授穆罕默德·哈桑·阿卜杜拉齐兹（Mohamed Hassan Abdulaziz）、肯雅塔大学斯瓦希里语系教授奇图拉·吉恩戈伊（Kitula King'ei）、美国纽约雪城大学副教授罗伊-坎贝尔（Zalin M. Roy-Campbell）等。

---

① Alamin M. Mazrui, *Swahili Beyond the Boundaries*：*Literature*，*Language and Identity*（Athens：Ohio University Press，2007），p. 16.
② Alamin Mazrui and Ali Mazrui, *The Power of Babel*：*Language and Governance in the African Experience*（Chicago：University of Chicago Press，1998），p. 198.

　　在斯瓦希里语古典诗学研究领域，诗歌是传统斯瓦希里语文学中最早产生的文体形式。早期的斯瓦希里语古典诗歌研究同样由西方学者开创，他们热衷于研究本土语言、搜集文学手稿并将其翻译成西方语言或转写为拉丁语版本。英国学者、天主教传教士林顿·哈里斯自 1935 年起在坦噶尼喀南部地区传教并开始研究斯瓦希里语言和文学，其代表性研究成果主要集中于斯瓦希里语古典诗歌和斯瓦希里语语言学，《斯瓦希里语诗歌》（Harries，1962）摘录了 16～19 世纪斯瓦希里语诗歌的经典作品，并对这些古典诗歌开展了文学批评。荷兰语言学家扬·科纳坡特所著的《四个世纪的斯瓦希里语诗歌：文学史和诗歌选集》（Knappert，1979）通过历史遗留的珍贵斯瓦希里语诗歌作品和片段，再现了 17～20 世纪斯瓦希里语文学史。科纳坡特还译介了诸多斯瓦希里语的文学和历史作品，包括历史相当久远的斯瓦希里史诗《塔布克战役之书》（*Utendi wa Tambuka*），并将芬兰民族史诗《卡列瓦拉》（*Kalevala*）译介为斯瓦希里文。科纳坡特搜集了大量斯瓦希里语古典文学手稿并进行了一系列的专题研究，包括《斯瓦希里伊斯兰诗歌》（Knappert，1971）、《斯瓦希里语和其他非洲语言的史诗》（Knappert，1983）、《斯瓦希里语伊斯兰传奇史诗评述》（Knappert，1999）、《传统斯瓦希里语诗歌：对史诗中反映的东非伊斯兰思想研究》（Knappert，1967）和《斯瓦希里语谚语》（Knappert，1997）等。科纳坡特的《斯瓦希里语史诗的文本化》一文，结合其所在非洲东部地区，主要是肯尼亚的拉穆地区开展斯瓦希里语史诗田野调查的经历，全面记载了非洲史诗田野调查过程中的经验和教训。内容涉及非洲史诗的发现、斯瓦希里语史诗的起源、田野调查的地点、斯瓦希里语诗人、研究的合作者、史诗演唱者、优先考虑之事、田野记录、文档化、校对、编辑、分析和翻译、译者与文化等方方面面。科纳坡特对斯瓦希里语史诗在世界民间文学中的地位给予了高度评价，认为其在世界史诗之林独树一帜，具有鲜活、不断发展变化的特点。在斯瓦希里语史诗的界定问题上，科纳坡特认为，并非所有的斯瓦希里语诗歌都是史诗。史诗不能仅仅以长度作为判定标准，而要看其是否具备崇高性，是否具有强有力的韵律，诗行的音律是否可以达到戏剧性的高潮，诗人是否能够将形式与内容进行完美结合从而冲击心灵等。

　　英国学者约翰·艾伦（J. W. T. Allen）同样致力于斯瓦希里语古典诗

学领域的研究。尽管他未曾有学术专著面世，却长期从事斯瓦希里语古典文学手稿的收集工作，共计翻译和注释了 814 份斯瓦希里语手稿，为学术研究的开展奠定了基础。艾伦的主要成就是对斯瓦希里语诗歌形式的分析，即对韵律的分析，此前学者们较少关注这个领域，哈里斯和科纳坡特等都主要专注于诗歌内容的分析，聚焦于文学作品的历史价值和神学背景。①

东非本土从事斯瓦希里语古典诗歌研究的代表人物包括坦桑尼亚斯瓦希里语学者穆洛克兹等，作为一位杰出的诗人和作家，在坦桑尼亚斯瓦希里语研究所工作 30 余年，代表作有《公元 1000~2000 年的斯瓦希里语诗歌史》（Mulokozi，1995）。此外，肯尼亚学者阿卜杜勒阿齐兹所著的《穆亚卡：19 世纪斯瓦希里语流行诗歌》（Abdulaziz，1979）指出，穆亚卡的语言技艺精湛，能够熟练使用口语和惯用语，并且灵活地运用古典语言、斯瓦希里语和外来语的变体，通过词汇的重复、语序的改变等技巧，创造出一种相比于 19 世纪以前的斯瓦希里语诗歌更为世俗的诗歌形式，充分体现出斯瓦希里语诗歌中口头性和书写性之间的原始共生关系。

在斯瓦希里语小说研究领域，欧洲的殖民统治给东非本土语言文学带来了剧烈变革，其中最重要的是小说这一文学体裁的引入。斯瓦希里语文学评论界的权威学者艾莱娜·贝托奇尼-祖布科娃所著的扛鼎之作《斯瓦希里语文学概述：小说和戏剧》（Bertoncini Zúbková，1989），将英国殖民统治下的斯瓦希里语文学出版物定义为"包括宗教文本、初级读本、健康预防、行政、农业和技术文本、历史、地理介绍等，以及对吉卜林、斯蒂文森和斯威夫特等欧洲文学作品的译介。作者多为欧洲军官和英国公民"。② 2009 年经修订后再版，专事斯瓦希里语文学研究的俄罗斯学者格罗莫夫（Mikhail Gromov）、坦桑尼亚学者赛义德·哈米斯（S. A. M. Khamis）和肯尼亚学者瓦米提拉（Kyallo Wadi Wamitila）加入了撰写行列。三位学者分别承担了坦噶尼喀大陆、桑给巴尔地区和肯尼亚三个区域的斯瓦希里语小说和戏剧研究，涉及自 20 世纪 80 年代至 2009 年的整体发展情况。附录部分由"作家名录"和"作品名录"构成，详细列举了 20 世纪 50 年代末至 2008 年的现代斯瓦希里

---

① Friederike Wilkening, "Who Is J. W. T. Allen?" *Swahili Forum*, Vol. 7 (2000), p. 247.
② Elena Zúbková Bertoncini, *Outline of Swahili Literature: Prose Fiction and Drama* (Leiden: E. J. Brill, 1989), p. 32.

语作家、斯瓦希里语小说和戏剧作品共计 685 部，具有重要的文学史料参考价值，是"每一位斯瓦希里语文学学习者必备的参考资料"。① 美国印第安纳大学博明顿分校比较文学教授罗林斯的著述《从早期到 19 世纪的斯瓦希里语散文发展史》（Rollins，1983），系统探讨了斯瓦希里语白话文的发展历史和小说的兴起，内容涉及斯瓦希里语编年史、回忆录、传记和早期的散文小说，考察了故事、寓言、传说、格言等斯瓦希里语文学体裁，并且研究了早期斯瓦希里语散文体小说的一些案例，被称作"文献中的斯瓦希里人历史"。②

东非本土在现代斯瓦希里语小说研究领域也有相应积累。坦桑尼亚学者马杜姆拉与姆拉查使用斯瓦希里文合著的《斯瓦希里语小说》（Madumulla and Mlacha，1991）是研究早期斯瓦希里语小说兴起和发展的重要著述，不仅系统梳理了斯瓦希里语小说的发展历史，并且对近代以来不同类型的斯瓦希里语小说进行了阐释。肯雅塔大学斯瓦希里语系教授奇图吉·恩戈伊的《斯瓦希里语小说的历史与发展》（King'ei，1999）一文，是研究当代斯瓦希里语小说发展的重要参考文献。文中简要地叙述了斯瓦希里语小说从前殖民时期到 20 世纪 90 年代各个不同历史阶段的发展状况。作者认为，斯瓦希里语小说作品相较于诗歌而言要匮乏得多，东非国家语言政策的失衡致使非洲本土作家过度依赖使用英语进行文学创作，直接导致现代斯瓦希里语文学欠发达。他建议通过调整国家语言政策来促进斯瓦希里语文学的发展，提高文学作品的质量。

在斯瓦希里语作家作品研究方面，学界公认的第一部斯瓦希里语小说是 1934 年出版的肯尼亚作家詹姆斯·姆博泰拉（James Mbotela）所著的《奴隶的自由》（*Uhuru wa Watumwa*）。作为现代斯瓦希里语文学的开山之作，在斯瓦希里语文学史上占据重要地位。这部作品还被译介为英文，并多次再版。小说的出现标志着斯瓦希里文学发展步入崭新的阶段。此后，随着现代斯瓦希里语的推广和普及，东非地区出现了一大批有影响力的斯瓦希里语本土作家和作品。夏班·罗伯特是英国殖民统治时期使用斯瓦希里语创作的先锋作家和诗人，是 20 世纪东非文学史上最为瞩目的人物。他的多部作品被

---

① Alamin Mazrui, "Review of Outline of Swahili Literature: Prose Fiction and Drama," *African Studies Review*, Vol. 52, No. 3 (2009), p. 204.

② Jack D. Rollins, *A History of Swahili Prose*, Part 1: *From Earliest Times to the End of the Nineteenth Century* (Leiden: E. J. Brill, 1983), p. 1.

要，开展了大量非洲口头叙事的收集、整理和译介工作。① 随着非洲语言学研究的兴起，欧洲传教士为了满足在非洲传播宗教之目的，出版了语法、词汇和文集。语言学家和传教士之间的合作颇为密切。19 世纪的很多文集都是由专业或非专业的语言学家在传教士的赞助下出版的，囊括了各种各样的叙事——动物故事、人物故事、历史文本、谚语、谜语、描述当地习俗的方言文本，有时还有收集者的方言作品，偶尔会有歌曲或诗歌。② 夏兰特（Chatelain）指出，其他地方的神话、人物和事件同样也出现在非洲叙事中，因此，非洲民俗是"同一宇宙的一个分支"。从夏兰特的论断中可知，19 世纪中叶学者收集到的非洲口头文学作品主要以民间故事、谚语、谜语、方言口头作品为主，各种题材的叙事诗数量较少。20 世纪 30 年代，人类学家开始转向经验主义和对非洲社会第一手资料的研究。英国人类学的功能学派认为，非洲的口头文学具有实践目的，而非审美目的。以拉德克利夫-布朗（Radcliffe-Brown）为代表的结构功能主义学者则更加专注于"功能"，特别是现行事物秩序的稳定性或实证性功能。他们有一个隐含的假设，即非洲口头文学本身并不值得作为一门学科来研究，只有当其与社会的某些特定解释相关时才具有研究价值。因此在 20 世纪上半叶，几乎没有英国的人类学家对非洲口头文学进行收集或研究。非洲口头文学总是被淡化审美的一面，而强调其功能性和"传统"素材，这些人类学家甚至拒绝记录任何带有创新性的内容。③ 与英国的人类学家不同，20 世纪初，美国人类学家受到了历史地理学派的影响，希望建立一个针对整个非洲大陆的口头文学研究体系。他们不仅注重记录包括口头诗歌在内的口头艺术，而且将其与社会背景联系起来，仅对叙事的母题加以分析和分类。人类学家们指出，演述者的个人灵感与原创性与"传统""部落"的习俗同等重要，同样，演述者和听众的作用与主题也同等重要。

---

① 同时包括对社会和政治制度的比较分析的驱动，以及文学领域，比较神话学派以及德国格林兄弟的出版物对文本的收集整理起到了推动作用。已知最早的非洲寓言"翻译"是法国人罗杰的《塞内加尔沃洛夫语寓言》（*Fables Senegalaises recueillies dans l'Ouolof*），属于纯粹复述或重述。同时包括索托语、卡努里语、祖鲁语、斯瓦希里语、豪萨语、科萨语、契维语、泰姆奈语、霍屯督语、金邦杜语等版本的记录和翻译。

② Ruth Finnegan, *Oral Literature in Africa* (Nairobi: Oxford University Press, 1970), p. 28.

③ Ruth Finnegan, *Oral Literature in Africa* (Nairobi: Oxford University Press, 1970), p. 38.

毋庸置疑，早期欧洲人类学家、语言学家针对非洲口头叙事的收集、整理和翻译工作在认识论上做出了显著贡献，他们将其所记录的文字视为一种真正的文学类型，并认为其在本质上类似于欧洲国家的书面小说、历史和诗歌。[①] 作品呈现的形式十分多样，既包括故事情节梗概或摘要，也有完整的故事文本，但由于种种原因，这些翻译的质量难以保证，使得原始素材与译本之间形成较大差距。[②] 尽管如此，这些文字材料依旧构成了开展本研究的重要文本来源。

第一节　豪萨语民间故事

民间故事是民间文学的重要门类之一。从广义上讲，民间故事就是人民创作并传播的、具有假象（或虚构）的内容和散文形式的口头文学作品。狭义的民间故事指神话、传说以外的那些富有幻想色彩或现实性较强的口头创作故事。[③] 还有学者认为，广义的民间故事包括神话、传说和民间故事在内的所有口头叙事文学。学者们通常用"散文传承"（prose tradition）或"散文体叙事文学"来定义民间故事，以便区别于民间歌谣。[④]

豪萨语的口头叙事被称为 Tatsuniya，民间故事（Folklore）是最为接近的术语，包括神话、寓言和史诗等各种传统叙事在内，通常指的是豪萨各个成员的口头散文叙事。口头文学赋予了豪萨文学丰富的文化遗产，民间故事中蕴含的道德训教不仅增强了尼日利亚人民的民族自豪感和自我价值感，而且实现了道德价值观在社会中的传播。口头文学也是知识的宝库，如果加以批判性的研究和适当的处理，就能改变任何一个新兴国家民众的思维定式。[⑤] 由

---

① Ruth Finnegan, *Oral Literature in Africa*（Nairobi：Oxford University Press, 1970），p. 33.

② 芬尼根认为，需要评估非洲口头文学研究的各种资源，并以历史的眼光来看待它们。因为非洲口头艺术的数量远远超过通常的认知，质量却参差不齐，其实用性往往受到收集者理论上的影响。Ruth Finnegan, *Oral Literature in Africa*（Nairobi：Oxford University Press, 1970），p. 30.

③ 钟敬文主编《民间文学概论》（第二版），北京：高等教育出版社，2010 年，第 149 页。

④ 毕桪主编《民间文学概论》，北京：民族出版社，2004 年，第 156 页。

⑤ Moses Africa Adakonye, Baba Dahiru Jen, "Oral Literature as An Imperative for Rekindling Nigeria's Ethical Values for Sustainable Development," *Journal of Good Governance and Sustainable Development in Africa*, Vol. 3, No. 2（2016），p. 36.

于民间故事源于人类心理和经验的全部范围，因此它们的意义很可能同时涉及社会和个人、心理和宗教、历史或简单的娱乐。此外，即使故事的核心梗概是明确的，但它似乎经常在社会的不同层次获得不同的意义。故事的发展和变化过程是由一些具有重要意义的社会或历史事件所激发的，有时是入侵和征服等巨大的社会创伤，有时甚至是社会内部的重大事件。

一　豪萨语民间故事的收集、整理与文本化

民间故事的收集与整理工作，是豪萨语文学领域开展系统研究的重要前提和基础。这一进程始于19世纪尚恩编撰的《豪萨文学》（Schön，1885）①、《豪萨语词典》中的豪萨文学附录和罗宾逊的《豪萨文学实例》。20世纪初英国对北尼日利亚殖民统治初期，殖民官员试图加深对统治对象的了解，开始参与豪萨语民间故事的收集、整理和出版工作。索科托的首任驻扎官约翰·阿尔德·伯登（John Alder Burdon）收集了豪萨地区已有的文本，并邀请或指导当地豪萨学者将其所掌握的口头叙事使用豪萨阿贾米记录下来，总共涉及1000则故事和2000条谚语。文本收集工作面临诸多困难，首先，殖民官员需要获得非洲土著的信任，在殖民地权力关系架构及其存在的张力中，殖民官员即使对内容进行简单的探究都会遭受非洲土著的质疑；其次是非洲语言本身的问题，记录者很难完全跟上母语讲述者的速度完整地将故事记录下来。② 此后，为了向殖民官员提供有关民间故事、历史和各类风土人情的阅读材料，弗兰克·埃德加于1911~1913年基于以上收集整理工作，出版了三卷本《豪萨民间故事》（Edgar，1911~1913）③，内容涵盖谚语、历史和历史故事以及长达70页的豪萨地区所使用的《马利基法典译本》

---

① 《豪萨文学》（*Magana Hausa*）根据一位豪萨奴隶多卢古（Dorugu）的口述经历收集整理、出版而成。英国殖民统治时期，多卢古返回北尼日利亚为殖民当局担任翻译，并曾于1908年费舍尔开办的卡诺学校中接受教育。

② A. J. N. Tremearne, *Hausa Superstitions and Customs: An Introduction to the Folk-lore and the Folk* (London: John Bale, Sons & Danielsson, 1913), p. 6.

③ 迄今为止，伯登与埃德加的工作仍被视为非洲本土语言民间故事最大规模的收藏。然而颇为遗憾的是，豪萨文版的三卷本善本至今已无法获取。除此之外的两部豪萨故事文集是同时期拉特里的二卷本《豪萨民间故事》（*Hausa Folk-Lore*）和特雷曼的《豪萨迷信和习俗》（*Hausa Superstitions and Customs*），两部作品的规模尽管不大，内容多是重复伯登与埃德加的版本，但仍被视为珍贵的民间故事素材。

（*Risala of Abu Zaid*）等。

20 世纪 60 年代，斯金纳对埃德加的版本进行整理和译介，出版了《豪萨读本：埃德加民间故事选集》。该书由信息性很强的导言和教学笔记组成，包含 32 个篇目，开篇是故事来源、语言风格、方言使用、字体与正字法等内容，并附有阿贾米文版本供不同读者阅读和书写，读本对于从事豪萨历史研究的学者而言同样具有特殊的史料价值。[①] 作为一本豪萨语言文学课程读本，文本的选取大抵基于如下原则：涵盖埃德加《豪萨民间故事》中的全部豪萨口头文学文类，唯独将赞美诗排除在外；规避使用复杂方言表述的民间故事，以及书记员只记录简洁内容梗概的故事；文本供中级水平学员学习两个学期的传统词汇和句法，相较于现代报刊中的豪萨语而言，书中的句法更加简单易学。[②] 1969 年，斯金纳再次编排整理了埃德加的成果，将之译介为英文《豪萨故事与传统》并出版。其中翻译了 443 部寓言和 240 个故事，并制订了对照分类标准。基于埃德加的分类，斯金纳认为，豪萨文学包括了虚构民间故事，由"反讽滑稽—伦理及其他模式"的动物故事、魔幻故事、道德说教故事、困境故事（dilemma tales）、疾病故事等构成；非虚构的历史故事通常涵盖城邦与王国起源、伊斯兰宗教领袖的光荣事迹、战役、战争或统治者维齐尔的历史叙事。[③]

早期传教士和欧洲殖民官员对豪萨语民间故事开展系统的收集、整理、出版等文本化过程，也是其参与非洲本土文学史的建构过程，为历史学家、人类学家和非洲文学，尤其是口头文学研究者提供了丰富的史料素材。但毋庸置疑的是，这一进程是以西方对非洲文学的界定和审美标准为审视视角，进而对非洲本土语言文学进行干预性选择或摒弃，例如刻意规避在豪萨地区

---

① C. G. B. Gidley, "Review of Neil Skinner 'Hausa Readings: Selections from Edgar's Tatsuniyoyi'," *Bulletin of the School of Oriental and African Studies*, Vol. 33 (1970), p. 456.

② Neil Skinner, *Hausa Readings: Selections from Edgar's Tatsuniyoyi* (Madison, London, etc.: University of Wisconsin Press for the Department of African Languages and Literature, 1968), p. x.

③ 希斯科特强调区分动物故事与人物故事，尤其关注伊斯兰教的传入，以及豪萨人与外来者之间的关系。亨威克探讨了阿拉伯历史编年史及不同口头版本的卡诺当地历史。See Graham Furniss, *Poetry, Prose and Popular Culture in Hausa* (Edinburgh: Edinburgh University Press, 1996), p. 56; Stanislaw Pilaszewicz, "Literature in the Hausa Language," in B. W. Andrzejewski, S. Pilaszewicz and W. Tyloch eds., *Literature in African Languages: Theoretical Issues and Sample Surveys* (Cambridge: Cambridge University Press, 1985), p. 191.

具有深厚历史文化根基、作为豪萨社会制度存在的赞美诗传统，反而将《马利基法典译本》纳入豪萨民间故事范畴。通过民间故事的文本化，西方视阈中的豪萨语民间文学得以生成，但这显然无法呈现客观、真实的豪萨语民间文学全貌。

值得关注的是，民间故事在豪萨社会中的地位处于动态调整之中，其自身价值不断被重新评估。19世纪初的伊斯兰宗教改革运动时期，伊斯兰知识精英将豪萨语口头叙事视为"闲谈"（idle chatter），不鼓励穆斯林参与其中，尤其城市男性和公共文化应尽量避免使用口头叙事，此类活动被限于妇女和儿童在家庭场景中独自开展。20世纪70年代，伴随着豪萨文化复兴运动的兴起，包括耶海亚在内的学者一致认为"豪萨语民间故事作为教育工具"具有灌输道德观念的功用，遂将民间故事纳入正式教育体系并赋予其豪萨"传统文化"的合法性。①

二　豪萨语民间故事中的动物故事与人物故事

在世界范围内以各种形式存在的故事母题"传统"中，豪萨语民间故事显得尤为丰富。毋庸置疑的是，豪萨语民间故事具有不断被修改的痕迹，影响因素之一是本土民间记忆，另一个因素则是伊斯兰教。由于《古兰经》本身是建立在相较于中东传统更早的亚历山大大帝时代及犹太、波斯、印度和早期基督教的传说基础之上；另外，民间故事重要的伊斯兰来源是《天方夜谭》和其他阿拉伯文学经典著作，但《天方夜谭》本身不仅记录了晚期的凯里恩阶层，还有诸如辛巴达的奇幻故事这样更为古老的故事。因此，只有通过追溯共同的遥远祖先，才有可能建立其与豪萨语文学版本最为直接的联系。②

（一）动物故事

对于众多欧洲读者而言，动物故事是非洲口头叙事中最受欢迎和传播范

---

① 耶海亚作为牛津大学出版社编纂的小学教科书的作者，重述了大量豪萨语民间故事。Graham Furniss, *Poetry, Prose and Popular Culture in Hausa* (Edinburgh: Edinburgh University Press, 1996), pp. 60-61.

② M. Hiskett, "Some Historical and Islamic Influences in Hausa Folklore," *Journal of the Folklore Institute*, Vol. 4, No. 2/3 (1967), pp. 147-148.

围最广的类型。这些故事本身往往趣味十足，也符合欧洲人对图腾主义或非洲人所谓"幼稚心态"的刻板印象，导致动物故事的出版数量远大于其他角色题材。豪萨语动物故事蕴含的基本观念是，整个动物社区曾一度以友好的方式共同居住生活，但是蜘蛛的诡计以及鬣狗的恶作剧打破了这份和谐。动物们因此依据人类族群类似的组织形式进行划分，在某些较发达的故事中还会遵循豪萨民族的血统习俗。故事情节引人入胜之处在于，观看每种动物本身的已知角色如何按照既定模式进展。观众可以预见蜘蛛的诡计和鬣狗的灭亡，并在达成预期后从中获得乐趣。[1]

动物故事中的动物作为刻画某些特定习俗的媒介，通常被赋予某种典型特质。蜘蛛（gizo）作为聪敏、机警的化身，是豪萨语动物故事中最重要的主角。森林之王狮子（zaki）是权力和荣耀的代表，豺有"森林之师"的美誉，代表着聪慧，但通常有失公正。山羊（akwiya）和绵羊（tunkiya）是聪慧的化身，鸟类通常与人被归属为同类。[2] 此类故事之所以缺乏真实性和客观性，是由于故事讲述者只关注动物持有这些美德或恶习能否吸引观众，反而忽视了自然世界的真实现象。这些故事与高度形式化的动物故事《卡里来和笛木乃》（*Kalila wa-Dimna*）十分相似，这部东方寓言故事起源于公元前 3 世纪出现的印度梵文名著，公元 8 世纪由波斯高等教育家伊本·穆格法（Ibn al-Muqaffa）翻译为阿拉伯文《卡里来和笛木乃》，属于君王镜鉴文学。通过讲述动物王国的故事，阐述了社会生活和君王智慧的相关问题。豪萨语民间故事中出现的动物数量远多于《卡里来和笛木乃》。此外，有研究表明非洲民间传说与印度口头民间传说之间也存在一定联系。[3]

豪萨语民间故事中最典型的动物是蜘蛛与螳螂（koki）恶作剧精灵。根据斯金纳的统计，《豪萨民间故事》一书中涉及蜘蛛故事的篇幅长达 55 页，

---

[1]　M. Hiskett, "Some Historical and Islamic Influences in Hausa Folklore," *Journal of the Folklore Institute*, Vol. 4, No. 2/3 (1967), pp. 148-149.

[2]　Stanislaw Pilaszewics, "Literature in the Hausa Language," in B. W. Andrzejewski, S. Pilaszewicz and W. Tyloch eds., *Literature in African Languages*: *Theoretical Issues and Sample Surveys* (Cambridge: Cambridge University Press, 1985), p. 193.

[3]　See M. Hiskett, "Some Historical and Islamic Influences in Hausa Folklore," *Journal of the Folklore Institute*, Vol. 4, No. 2/3 (1967), pp. 151-152.

总计 130 余个动物故事，其中半数都与蜘蛛有关。① 蜘蛛同时穿梭于人物故事与动物故事之间，是贪婪、懒惰、懦弱、放荡的化身，有时也是诡诈、聪颖和成功的骗子。蜘蛛所处的世界充斥着欺骗、伪装和诡计，在故事中有时过度贪婪，有时面目可憎，有时无比愚蠢，有时又聪明伶俐。这种多样却看似矛盾的性格特点使蜘蛛这个角色相较于单一维度的人物而言极具复杂性。蜘蛛故事常被视为"权力实施"的对话，艾哈迈德的版本中就谴责了由王子、酋长、法官、财主、丈夫所实施的压迫行为。如果他们的权力得以公正行使，普通故事会接受以上人物权力的合法性。蜘蛛故事则将哄骗、欺诈等不道德的行为预设为成功，以此作为社会角色中的弱者面对强权时的生存策略。蜘蛛不会因为偷盗、过失杀人、制造恐慌而遭受惩罚，因此蜘蛛故事成为社会中弱者和无权阶层用以表达讽刺幽默、无道德原则的唯一武器。② 蜘蛛在许多故事中都以恶作剧精灵主人公身份出现，除豪萨语民间故事外，也广泛存在于其他非洲故事之中。故事《傻孩子和蜘蛛》体现了蜘蛛贪婪、善于撒谎等特点。

《蜘蛛、鹤和狮子》的故事体现了豪萨语民间故事中蜘蛛角色的最典型特征，故事包含三段插曲：饥饿，友情，背叛友情，惩罚；需逃脱困境，友情，背叛友情，成功逃脱；受不公待遇，施与报复性惩罚，逃脱。③ 这则故事同样由在其他故事中反复出现的母题所组成。蜘蛛的三次冒险发生在空气、水和土地三个元素之中。蜘蛛在处理自己与对手的关系时惯于使用伎俩，或使对方吃亏，或使其受害，诡计得逞后往往能够安然脱身而不受惩罚，有时也不免自食其果。

对比以上两则故事可以看出，第一，豪萨语民间故事的叙述并非一成不变。尽管讲故事者认为一字不差地复述故事是一种原则，但这种原则在具体讲述实践中并不容易实现；第二，蜘蛛作为骗子的形象并不完全相似，如在故事《傻孩子和蜘蛛》中蜘蛛表现得很愚蠢，但骗子通常都有很强的适应

---

① Neil Skinner, *An Anthology of Hausa Literature in Translation* (Zaria: Northern Nigerian Publishing Company, 1980), p. 33.

② Graham Furniss, *Poetry, Prose and Popular Culture in Hausa* (Edinburgh: Edinburgh University Press, 1996), p. 67.

③ Graham Furniss, *Poetry, Prose and Popular Culture in Hausa* (Edinburgh: Edinburgh University Press, 1996), p. 67.

能力，常常能使形势发生对自己有利的扭转；第三，蜘蛛有时因不义行为而受到惩罚，甚至赔上性命，此类故事显然着力于传递道德价值；第四，蜘蛛与鹤、鱼和狮子的关系，在某种程度上映射了豪萨社会中普通人物的生存方式，以及人与人之间适度紧张的关系。骗子与蜘蛛角色的重合，其形象是作为人类社会的镜像来呈现的，反映的是人们所期待的人类品行或行为的反面。骗子再现了让人们惧怕的性格特征，如对社会的威胁，通过骗子所代表的威胁，可以帮助人们应对恐惧；① 第五，如果进一步拓展故事情境，或将这种寓言故事置于具有等级差异，或现实条件严酷的社会语境中，蜘蛛耍弄诡计的行为可能更值得同情，因而得到辩护。蜘蛛的聪明诡计可能代表了弱势群体对压迫性权力的挑战，也可能是在极端恶劣的自然条件下为求生存而诉诸的策略。

（二）人物故事

作为豪萨语口头叙事中最重要的部分，人物故事涉及的内容非常复杂，有些与重大事件和人物相关，有些呈现出伊斯兰文化的深远影响，有些涉及乡村生活中的日常事件，有些则结合了以上诸多元素。多数情况下，人物故事主要涉及日常生活事件与人物，如关注一夫多妻制中妻子之间的关系，及其对子女或丈夫产生何种影响；两个平等主体之间或主体与客体之间的嫉妒；同伴间表现出的极端友谊和情感等。由于在场景、事件或角色中通常引入了一系列虚幻元素，这类故事常常远离现实。

豪萨语民间故事中的人物故事主人公一般会呈现类型的多样化。人物的塑造会基于地区内某个特定民族，如豪萨土著（Maguzawa）②、瓜里人（Gwari）、富拉尼人（Fulani）、卡努里人（Barebari）的缺点。游牧民族富拉尼也经常出现在故事中并被作为取笑的对象。除此之外，对于卡诺人（Kano）、索科托人（Sokoto）、卡努里人（Kanuri）、图阿雷格人（Tuareg）和努佩人（Nupe）也有固定的故事呈现模式，据此可以断定，豪萨人对自

---

① Ruth Finnegan, *Oral Literature in Africa*（Nairobi: Oxford University Press, 1970），p. 343.
② Bamaguje，复数为 Maguzawa，专门指位于卡齐纳、卡诺和索科托地区，讲豪萨语，但未皈依伊斯兰教的人群。

身具有高度的批判精神。①

人物故事中的经典角色通常呈现对立关系，如城市骗子与乡巴佬、豪萨土著与穆斯林毛拉、卡诺人与卡齐纳人、豪萨人与瓜里人等。这种二元性的重要意义并非只为呈现故事中的主人公与反面人物间的竞争和冲突，而在于表现同一观念中的思想分歧。对立的角色经常作为破解故事内部矛盾的解决之道。在表达孝顺观念时，故事中常常设置顺从与违抗、依附与独立的对立人物，叙事中使用这些辩证法，构成了勾勒故事主题的独特方式。此外，在任何特定的叙事背景下，叙事者可能会提出一种总体道德观念，并在人物之间分配赞同与反对的立场。②

《卡诺人和卡齐纳人》表现了两个分属北尼日利亚不同地方的骗子之间的一系列尔虞我诈事件和插曲。二者你来我往，相互欺骗，又相互勾结，搭档行骗，相互提防，最后成功分享了不义之财。两个主要人物之间的冲突与竞争是豪萨故事铺陈人物遭遇与互动的主要特点。相互竞争的卡诺人和卡齐纳人事实上共享了豪萨社会关于"诚实"的价值理念：只要骗术足够高明，欺骗与诡计不会带来惩罚。③ 虽然豪萨语民间故事中的对立常常表达以道德为基础的善恶对错观念，但同时与之并存的是豪萨人对敏捷机智的欣赏，许多故事表明，豪萨人认为傻瓜受到愚弄本是命运使然。值得指出的是，豪萨语民间故事中的骗子角色可能在某种程度上获得豪萨社会的认可，抑或作为社会伦理的反面价值，教育人们如何应对欺骗行为可能引发的威胁，进而说明骗子形象的多义复杂特征。

三 豪萨语民间故事的讲述

豪萨语民间故事讲述者通常为家中的女性长者，由祖母向孙辈讲述。民间故事的讲述者如同演员，通过声音的变化表达愤怒、赞许、蔑视、命令或禁止，听众也会以相应方式给予评价或反馈，进而干预讲述活动，讲述者则

---

① Neil Skinner, *An Anthology of Hausa Literature* (Zaria: Northern Nigerian Publishing Company, 1980), p. 34.

② Graham Furniss, *Poetry, Prose and Popular Culture in Hausa* (Edinburgh: Edinburgh University Press, 1996), p. 58.

③ A. J. N. Tremearne, *Hausa Superstitions and Customs: An Introduction to the Folk-lore and the Folk* (London: John Bale, Sons & Danielsson, 1913), p. 48.

据此不断完善作品。讲述者较少编造新的故事或改变现有故事的基本模式。她/他从幼年的聆听经历中回顾故事的基本轮廓，用自己的话语表达，以自己的方式讲述。儿童，尤其是女童，每晚都会从父母或社区的长者那里听到故事。她们成年后又会继续重复讲述这些故事。但这并不意味着民间故事会一字不差地流传下来，相反，在保持基本情节不变的情况下，听众期待的反而是增加、删减和详细说明细节。因此，听众一方面期望表演者遵循既定的故事框架，另一方面又希望他在表演过程中修饰自己的版本以达到取悦观众的目的。[①]

讲述活动通常安排在晚饭后，讲述者与听众之间的互动及其进出民间故事的方式大致如下：

故事开篇："她来了，来听故事吧。"（Ga ta nan, ga ta nan）

听众答复："请她来，我们就可以听故事了。"（Ta zo mu ji ta）；"她来帮我们讲故事"（Ta zo ta taya mu hira）；"她由此经过"（Ta zo ta wuce）。

故事结束时，讲述者使用固定模式强调故事的虚构性：

"全掉老鼠头上了"（Kunkurus kan kusu）；"若不是因为蜘蛛，我才不会讲这么多谎言。"（In ba don gizo ba, da na yi karya da yawa）；"原来我撒了个谎"（Da ma karya na yi）。

"重复"是口头叙事中的重要元素。由于民间故事中的讲述者和听众之间的关系，与作家和读者的关系有显著区别，民间故事的讲述者没有固定内容可以参考，重复的单词可以起到强调的作用。语言之外元素的使用也是区分书面故事和口头故事的关键，例如声音、手势和面部表情的运用在很大程度上完全取决于个人的主动性。通常，使用肢体动作的表演者可以有效地吸引更多的观众。但是，习惯于通过广播讲述故事的表演者因为与观众缺少直接联系，往往会增加口头言语细节来弥补这一劣势。[②] 歌曲也是民间故事表演过程中的必要因素之一，歌曲被不断重复、表达人物的情感并吸引观众参与表演。对于某一个故事而言，歌曲的出现因表演者不同而异，但若被视为

---

① Saidu B. Ahmad, "Stability and Variation in Hausa Tales," *African Languages and Cultures*, Vol. 2, No. 2 (1989), pp. 113-114.

② Saidu B. Ahmad, "Stability and Variation in Hausa Tales," *African Languages and Cultures*, Vol. 2, No. 2 (1989), pp. 118-119.

"同一个故事"，情节梗概和主要人物之间的关系仍被视为共同的核心要素。①

综上所述，讲述者的表演构成了豪萨语口头叙事的重要组成部分，是极富艺术张力的文学形式。正因如此，民间故事一旦经由书面记载，讲述者的举止与模仿等就不复存在，但其中富于变化的形式依旧被部分留存下来，包含简短的语句，直接的表达方式，大量重复的主题、情节甚至语法结构等。

四　历史故事与豪萨民族起源的建构

非虚构的历史故事，与豪萨语口头叙事中虚构的民间故事相对应，二者皆具有说教性。民间故事通常在午后或晚间由女性讲给儿童，历史故事则由男性向同僚或年轻学者讲述。受到伊斯兰教的诸多影响，历史故事的题材大多集中于深受伊斯兰教影响的人物。豪萨文学中大量历史故事聚焦于谢赫，② 包括豪萨及其他非洲伊斯兰文学在内，传统上阿拉伯文书写仅用于更为严苛的宗教主题，如法律、《古兰经》注释、先知传统和传记等，直接导致了豪萨地方性知识主要以口头形式传播，有些也源自阿拉伯语书面文献，甚至来自豪萨和英语的地方文献，反之则被纳入豪萨语口头传统。因此，接受伊斯兰教和西方教育的学者们同样讲述民间故事/历史故事，通常在课后和晚餐后进行，另一种情境是在居丧期间。历史故事同时在布道、斋月、《古兰经》注释等场合背诵，用于阐释《古兰经》的宗教原则。历史故事具有多重功用，涉及娱乐、政治教化、伊斯兰宗教社会化和个人道德教育。正如弗尼斯所言，"豪萨文学的结构远不及故事中传达的道德信息重要"。③ 历史故事兼具历史性与文学性，很多被认为是历史事实，其中流传最为广泛的当属道腊传说（Daura Legend）④，也常被视为豪萨地区的"亚瑟王传说"。

---

① Graham Furniss, *Poetry, Prose and Popular Culture in Hausa* (Edinburgh: Edinburgh University Press, 1996), pp. 59-60.

② Neil Skinner, *An Anthology of Hausa Literature* (Zaria: Northern Nigerian Publishing Company, 1980), pp. 119-120.

③ Graham Furniss, *Poetry, Prose and Popular Culture in Hausa* (Edinburgh: Edinburgh University Press, 1996), p. 27.

④ 道腊传说有多个不同版本，每个版本的细节会有所不同。Neil Skinner, *An Anthology of Hausa Literature* (Zaria: Northern Nigerian Publishing Company, 1980), pp. 88-90.

除此之外，还包括16世纪成功战胜博尔努（Bornu）统治者并大规模征服豪萨地区的科比国王康塔（Kanta）传说。历史故事中许多题材与赞颂19世纪初豪萨地区的伊斯兰宗教改革运动领袖相关。①

首先，道腊传说隐喻了豪萨传统治理体系及其内部的权力关系。道腊传说出现在自19世纪初以来的一系列历史著作中，被伊斯兰宗教改革派、殖民地行政管理人员和接受西方训练的历史学家所使用，用以代表早期豪萨城邦体系的内部结构。在道腊传说中，豪萨王国由正统豪萨七邦和庶出七邦构成，隐喻豪萨及其邻邦被划分为七个合法城邦与其他非法王国。这种比喻源于叙事的中心母题，豪萨王国的创建者或是道腊的后代，或是道腊本人，或是来自东方的英雄，拯救道腊人免受井中的毒蛇之苦。其中还揭示了伊斯兰教促使豪萨社会实现从母系氏族到父系氏族的转型，并将豪萨妇女逐步驱逐出公共权力领域。②

其次，道腊传说体现出豪萨语口头文学与伊斯兰叙事传统之间的深刻联系。道腊传说通过运用语言和文学手段，反映了博尔努和豪萨地区之间的文化边界。例如故事中使用的政治头衔来自博尔努，而非豪萨地区，头衔全部使用卡努里（Kanuri）语表达。这些文学母题通常由中东和北非地区所定义，自15世纪以来通过贸易和宗教将西非地区与之在文化和文学作品上联系起来。包括使用隐喻、母题和宗教边界的特殊表达，折射出伊斯兰叙事传统对豪萨文学的广泛影响。同时，道腊女王和东方英雄巴亚吉达的婚姻明显可被纳入流行的伊斯兰文学遗产范畴。婚姻作为伊斯兰文学的重要主题，经常被用于形容宗教关系。这一传统可以追溯到中世纪的亚美尼亚，当时一系列传说都集中表现叛逆的穆斯林王子与非穆斯林公主的婚姻，同时为欧洲中世纪文艺复兴时期的文学引入了重要的故事母题。③

---

① Stanislaw Pilaszewics, "Literature in the Hausa Language," in B. W. Andrzejewski, S. Pilaszewicz and W. Tyloch eds., *Literature in African Languages: Theoretical Issues and Sample Surveys* (Cambridge: Cambridge University Press, 1985), p.194.

② Mary Wren Bivins, "Daura and Gender in the Creation of a Hausa National Epic," *African Languages and Cultures*, Vol. 10, No. 1 (1997), p. 1.

③ Mary Wren Bivins, "Daura and Gender in the Creation of a Hausa National Epic," *African Languages and Cultures*, Vol. 10, No. 1 (1997), p. 10.

再次，道腊传说的出版历史诠释了起源神话融入现代政治与民族身份的历史谱系。对豪萨史学史研究领域而言，作为历史叙事的道腊传说做出了英国-尼日利亚（Anglo-Nigerian）式的独特贡献。表明在殖民统治的推动下，安德森所谓的印刷资本主义对豪萨民族史诗创作产生的影响。从豪萨语口头叙事传承者自身如何运用道腊传说的角度而言，豪萨地区的现代学者通过重新讲述标准化的道腊传说与豪萨起源，试图系统重建豪萨文化史，始终呈现的是一位代表东方文明的穆斯林英雄，被征服的道腊女王则代表前伊斯兰时期豪萨地区的历史，他们与后代一同开启了豪萨地区的历史。随着道腊传说的普及，特别是通过北尼日利亚出版公司的豪萨语出版物等媒介，道腊传说和豪萨七邦的经典地位得以确立。通过这种方式，前殖民时期的豪萨历史成为殖民政府思想体系的一部分，此后纳入英国-尼日利亚豪萨精英的思想谱系。作为豪萨人起源神话的道腊叙事演变为被接纳的殖民传统，在豪萨地区的后殖民史学中继续运作，反映出豪萨民族"传统的现代发明"。因此，对道腊叙事的研究将历史叙事的高度本地化元素融合并且转化为民族叙事。[1]

豪萨历史的标准化，最初是由19世纪初的富拉尼宗教改革者探索完成的，1826年索科托第三任哈里发穆罕默德·贝洛完成了《塔克鲁尔[2]王国历史百科全书》（*Infaq al-maisur fi ta'rikh bilad al-takrur*）。[3] 贝洛将豪萨祖先定义为博尔努国王的奴隶，在豪萨地区依靠奴隶制作为一种宗教和社会关系并发展为伊斯兰国家的模式。塑造豪萨人作为奴隶的历史身份具有经济和政治需要，可以通过使用被奴役的豪萨俘虏，或将其出口到北非和中东奴隶市场，使索科托哈里发实现自身的经济增长。[4] 20世纪初期，受东豪萨王国卡诺和邻近的卡努里帝国之间的文化和政治关系影响，道腊叙事的变化开始引发欧洲人的关注。此后，由一位博学的卡诺伊斯兰学者在20世纪初创造的

① Mary Wren Bivins, "Daura and Gender in the Creation of a Hausa National Epic," *African Languages and Cultures*, Vol. 10, No. 1 (1997), pp. 23-24.

② 塔克鲁尔王国为古老的富拉尼王国，位于今塞内加尔北部塞内加尔河附近。

③ Mary Wren Bivins, "Daura and Gender in the Creation of a Hausa National Epic," *African Languages and Cultures*, Vol. 10, No. 1 (1997), p. 2.

④ Mary Wren Bivins, "Daura and Gender in the Creation of a Hausa National Epic," *African Languages and Cultures*, Vol. 10, No. 1 (1997), p. 6.

一种独特且高度分歧的叙事方式，使故事脱离了伊斯兰索科托和博尔努的知识传统，重申了其与前伊斯兰时期豪萨语口头文学的基本关系。① 另外，道腊传说的出版历史阐释了殖民地知识分子获得前殖民时期豪萨历史的过程，并赋予了道腊传说标准化的描述，以此作为豪萨历史的隐喻。道腊传说被用来理解豪萨是被索科托哈里发所征服的民族，佐证了殖民时期英国和法国历史学家提出的闪米特假说。然而无法忽视的是，这个传说本身属于当地活跃的口头文化，而现代豪萨历史产物和想象的豪萨民族共同体创造过程，通常通过识文断字与出版社实现。当道腊传说进入被认可的民族史诗或豪萨民族起源神话领域时，传播过程相应地发生了变化。叙述的变体被缩小到一个文本，最初使用阿拉伯文书写，然后以英文、法文和豪萨文翻译和出版。在有关豪萨历史的法文和英文殖民地文献中都发现了道腊传说，20 世纪 30 年代其被完全认可为豪萨起源官方传说，并在 20 世纪 60 年代被纳入民族独立的流行文学。②

19 世纪末到 20 世纪早期，西方传教士和早期殖民官员对大量豪萨语口头叙事进行了收集、整理和翻译等文本化工作，为包括文学学者、历史学家和人类学家在内的研究者提供了丰富的文本与史料，本节通过对豪萨语民间故事中的人物故事、动物故事及其叙事方式的梳理，认为豪萨语民间故事具备如下特点。

第一，豪萨语民间故事的教育功能特点显著。前伊斯兰时期和早期伊斯兰豪萨语民间故事作品都具有保存道德和伦理体系的功能。尤其对儿童而言，故事中的内容和传达的价值观会潜移默化地塑造他们的行为举止。

第二，豪萨语民间故事具有实用性特点。英国殖民统治时期，豪萨语民间故事对于殖民统治者而言包含着智慧或"专门知识"，其内容对殖民地土著的宗教和法律制度给予了极大的关注，在其早期存在形式中，某种民间传说在很大程度上是对民间法律的一种表述。北尼日利亚的驻扎官除了必备的"法庭记录簿"之外，通常还有一本"非正式案例"，包括各种审判记录，

---

① Mary Wren Bivins, "Daura and Gender in the Creation of a Hausa National Epic," *African Languages and Cultures*, Vol. 10, No. 1 (1997), p. 24.

② Mary Wren Bivins, "Daura and Gender in the Creation of a Hausa National Epic," *African Languages and Cultures*, Vol. 10, No. 1 (1997), pp. 24-25.

尤其是婚姻纠纷方面，殖民当局将传统习俗等同于地方法律。①

第三，豪萨语民间故事的内容呈现复杂的社会权力关系。民间故事与书面散文一样，着眼于各种权力关系、家庭领域和公共生活中的互动。另外，民间故事也成为普通百姓发泄对统治阶层不满的场域，在一定程度上避免了普通民众的实际反抗行为，② 因而缓解了豪萨社会内部紧张的政治张力，推动构建社会的和谐与平衡。

第四，民间故事作为豪萨传统文化的根基，构成了豪萨语作家民族想象与创作的重要来源。20世纪30年代的豪萨语书面小说生成之后，豪萨语民间故事对小说这一舶来的文学体裁影响尤其显著，豪萨语小说创作中经常使用口头文学传统中的对立冲突与秩序重建主题，以及大量运用非洲神话叙事结构中现实与虚构相结合的技巧等，这也是早期的小说创作者在传统文学中唯一可以直接借鉴的文学形式。二元对立叙事模式在早期五部豪萨语小说中是主要的叙事形式，两个或数个骗子角色相互竞争的桥段频繁出现在《治愈之水》《身体如是说》《提问者的眼睛》中，善恶冲突则鲜明地表现在《乌马尔教长》中，其他对立因素还涉及罪与罚、爱与恨、忠诚与背叛等。与此同时，民间故事也是早期豪萨语小说的素材来源。巫术、魔鬼和精灵元素在《治愈之水》《身体如是说》《甘多基》中均有反映。典型的骗子角色可见于《提问者的眼睛》《治愈之水》中，使得豪萨文学的现代性之中始终蕴含着深刻的民族性。

第二节　斯瓦希里语民间故事

斯瓦希里语民间故事，被纳入斯瓦希里语文学"微小传统"的范畴，也称叙事性民间散文，可以分为事实性叙事（habari）与寓言性叙事（hadithi）。事实性叙事与社会和历史主题相关，描绘斯瓦希里城镇和域外社

---

① A. J. N. Tremearne, *Hausa Superstitions and Customs: An Introduction to the Folk-lore and the Folk* (London: John Bale, Sons & Danielsson, 1913), pp. 2-3.

② 鲁法伊（Rufa'i）将此比喻为伦敦海德公园的演讲者之角，人们用个人喜好的词语来攻击当权者，然后回到家中安睡。Graham Furniss, *Poetry, Prose and Popular Culture in Hausa* (Edinburgh: Edinburgh University Press, 1996), pp. 65-66.

会团体的发展，但常被排除在民间故事范畴之外，被视为历史、人种学或旅行散文。此外还包括各种斯瓦希里团体用以相互指责对方无知的讽刺性叙述，以双关语的缩写形式流传。寓言性叙事包括具有规则内容的寓言和动物寓言的形式主义叙事，以及具有超自然内容的故事、传说和神话的信仰主义叙事。① "讲述"是斯瓦希里语民间故事最重要的一个特点，讲述的是事件或与事件相关的人或物，通常使用艺术的语言，并伴有一些肢体动作，主题兼具真实性与虚构性，一般具有一定的社会教育意义。②

一　斯瓦希里语民间故事的讲述

通常情况下，斯瓦希里语民间故事由家中孩子的父母、孩子的抚养者或爷爷、奶奶等祖辈讲述给自己的孩子或者孙辈，其目的是将生活的教育意义传授给后代，同时也以此与孩子们共享天伦之乐。家长们通常在一天的工作结束后，等待晚饭做好之前这段时间给孩子们讲故事。故事演述者一般坐在听众面前或者听众中间。在正式讲故事之前，演述者和听众要进行一项程式化的斯瓦希里语问答互动。③ 大致由两种模式构成。

第一种：

演述者："讲故事喽！"（Msimuliaji："Paukwa！"）

听众："听故事喽！"（Wasikilizaji："Pakawa！"）

其中"Paukwa"和"Pakawa"两个斯瓦希里语词汇并无实际意义，它们的目的是故事演述者通过呼喊"Paukwa"来吸引听众们的注意力，听众通过回答"Pakawa"让故事演述者知悉听众已经准备好听故事了。

第二种：

演述者："故事！故事！"（Msimuliaji："Hadithi! Hadithi！"）

听众："故事快来！故事快来！好听的故事！"（Wasikilizaji："Hadithi

---

① Rajmund Ohly, "Literature in Swahili," in B. W. Andrzejewski, S. Pilaszewicz and W. Tyloch eds., *Literature in African Languages: Theoretical Issues and Sample Surveys* (Cambridge: Cambridge University Press, 1985), p. 466.

② M. M. Mulokozi, *Utangulizi wa Fasihi ya Kiswahili: Kozi za Fashi Vyuoni na Vyuo Vikuu* (Dar es Salaam: KAUTTU, 2017), p. 93.

③ M. M. Mulokozi, *Utangulizi wa Fasihi ya Kiswahili: Kozi za Fashi Vyuoni na Vyuo Vikuu* (Dar es Salaam: KAUTTU, 2017), p. 94.

njoo! Uwongo njoo! Utamu kolea!"）

在现代东非社会，第二种互动方式逐渐取代了前者，发展为普遍使用的互动方式。故事演述者和听众互动之后，便开始正式演述故事。他们通常会使用"很久很久以前"（Hapo zamani za kale）作为讲述开头，引出后面的故事。在演述过程中，演述者会用多种方式与听众互动，例如提问讲过的某个细节、让听众一起回应一句斯瓦希里语俗语，或者一起唱一首歌等。通过以上互动方式，故事演述者可以强化听众的注意力，使其更好地融入他所演述的故事当中。故事演述者往往在结尾处加以总结和概括。诸如"这就是为什么长颈鹿的脖子这么长的原因"，或者"这就是为什么狮子会吼叫的原因"。

二　斯瓦希里语民间故事的类型

斯瓦希里语民间故事的分类问题较为复杂，目前学界尚未形成统一的分类标准。由于民间故事之间会有内容上的交叉，而且在传播过程中也会产生很多异文，或者在长度上会有相应变化，因此某一则民间故事可能既属于动物故事，又属于寓言，还可能属于笑话。钟敬文先生认为，民间故事的分类，主要应以能否反映不同民间故事的内容特点为依据。我国民间故事可以分为四大类，即幻想故事、生活故事（或称为"写实故事""世俗故事"）、民间寓言、民间笑话。① 非洲学者对斯瓦希里语民间故事的界定与我国民间文学学界较为相似。广义而言，斯瓦希里语民间故事可以分为事实性叙事（habari）与寓言性叙事（hadithi），本节主要探讨狭义的斯瓦希里语民间故事分类，按照故事的主题可以分为动物故事、幻想故事和生活故事三种类型。

（一）动物故事

斯瓦希里语动物故事具有很强的教育功能，故事中的动物具有某些人格化特征。一个地区或一个民族的动物故事都是以当地普遍出现的动物为叙事对象而创作的。例如，非洲大陆很少出现以老虎为主人公的动物故事，而狮

---

① 钟敬文主编《民间文学概论》（第二版），北京：高等教育出版社，2010年，第149~150页。

子则常常出现在动物故事之中。在斯瓦希里语通行的东非地区，有着丰富的野生动物资源，这种特殊的自然环境导致斯瓦希里语民间故事大多以动物为主要叙事对象。每一种动物都会被赋予或善良、或邪恶的性格特征，这些特征大部分与我们常识中动物自身的性格特征相吻合，但是也有少部分动物呈现较大差异。如狮子代表王者、力量、至尊；乌龟代表智者、慢性子；大象代表力量，但缺乏智慧；狐狸代表狡猾等。兔子通常代表可爱、温柔、足智多谋，但是在斯瓦希里地区，乃至整个东非社会的民间故事中，兔子的动物形象则主要代表狡猾，少数情况下代表聪慧。在斯瓦希里语民间故事中，兔子的性格特征往往兼具狡猾与足智多谋，它的形象并非单一、片面的，而是立体、丰满的。在斯瓦希里语民间故事《狮子与兔子》中，兔子被赋予了正面形象，狮子则被赋予了反面形象。正如前文所言，狮子在斯瓦希里语民间故事中是力量和至尊的代表，兔子是狡猾和足智多谋的典型。两个截然不同的形象，两种风格迥异的性格特征，在这则民间故事中形成了鲜明的对比与冲突。

（二）幻想故事

幻想故事是带有超自然内容的民间故事，具有丰富的想象成分，往往充满浪漫色彩。故事里出现的人物、情节、事物等大都带有超自然的性质。而这些幻想的、超自然的境界，归根结底都具有真实的生活基础可循。[①] 此类超自然故事通常从东方文学中借鉴而来，又结合了斯瓦希里本土主题。斯瓦希里语民间故事中的幻想故事往往会出现无所不能的英雄形象，英雄们与三头六臂的怪兽大战，或逃脱坏人的陷害。从斯瓦希里语民间故事《帕姆贝·米卢伊的锦罗绸缎》可以看出，幻想故事中的主人公通常拥有常人所不具备的能力，同时故事中的动物也有着超常的本领或者怪异的外貌特征。幻想故事具有极富浪漫主义色彩的幻想形象和较为完整的艺术形式。故事看似充满了幻想和想象，但是却能让人受到道德上的教育，具有积极、正面的思想基础，从而获得感人的艺术力量。

---

① 　钟敬文主编《民间文学概论》（第二版），北京：高等教育出版社，2010 年，第 150~151 页。

（三）生活故事

生活故事是现实性比较强的民间故事。它的幻想性较少或完全不具有幻想性。有些故事具有尖锐、鲜明的阶级倾向性。有时也称为"写实故事"或"世俗故事"。[①] 生活故事的题材主要是民众的日常生活，故事主人公基本上是现实中的普通人物，虽然具有一定的幻想性，但是已经不像幻想故事那样被视为故事的核心。[②] 东非地区的斯瓦希里语民间故事中的生活故事，主要围绕穷苦人民智斗昏庸国王的统治或者穷人战胜富人的压迫展开。生活故事的篇幅大多比动物故事和幻想故事长，而且有的生活故事中会加入两行到十几行不等的主人公唱段，多数合辙押韵。斯瓦希里语民间故事《善妒的苏丹》就是典型的生活故事。没有过多的幻想，故事主人公之一——苏丹是东非历史中真实存在过的人物。故事中故去的苏丹之女的落魄与另一个国家苏丹的趾高气扬形成了鲜明对比，映射出两个社会阶层的对比。故事结尾，底层老百姓对统治者进行了报复。由此可以看出，斯瓦希里语民间故事中的生活故事是紧扣社会现实的，表达出广大民众反抗统治者的残暴统治，向往美好生活的理想。

三　斯瓦希里语民间故事的特点

在通行斯瓦希里语的东非地区，水草丰茂，野生动物种类繁多，更有富于想象力的东非人民在此居住。这是斯瓦希里语口头叙事传统赖以生存的自然环境和人文环境。从社会历史背景来看，东非地区的斯瓦希里文化是一种融合了本土班图文化以及外来的波斯文化、印巴文化、东南亚文化等多元文化的混合体，这就使得斯瓦希里语口头叙事带有显著的文化融合特点。从宗教角度来看，东非地区除了本土的原始宗教，还受到伊斯兰教、基督教、琐罗亚斯德教等宗教的影响，口头叙事传统必然受到外来宗教因素的影响，另外，这些宗教教义也通过口头叙事传统达到本土化的目的。总体而言，东非斯瓦希里语民间故事具有如下典型特征。

第一，具有社会教育意义。不论哪种类型的斯瓦希里语民间故事，最终

---

① 钟敬文主编《民间文学概论》（第二版），北京：高等教育出版社，2010年，第156页。
② 毕桪主编《民间文学概论》，北京：民族出版社，2004年，第163页。

目的要么是讴歌真善美，抨击假恶丑，要么是告诉人们某个自然现象或社会现象是如何形成的。一个家庭或一个社区的老人往往会通过向儿童演述故事的方式来教育后代，使他们具有正确的价值观和人生观，掌握社会道德准则，理解善恶美丑。总之，进行社会教育是演述斯瓦希里语民间故事的目的，而具有社会教育意义是其最显著的特征。

第二，民间故事的演述者和听众的互动频繁。首先，斯瓦希里语民间故事的演述者一般情况下都是一个家庭、社区或族群的长者。在正式讲故事之前，演述者都要通过大声说出固定的斯瓦希里语语句来宣布故事即将开始，其目的是引起听众的注意。而作为对故事演述者的尊重，听众也要用固定的斯瓦希里语语句来回复演述者的呼唤，用以表示他们准备好了。这是故事演述者与听众互动之一。其次，在故事演述过程中，有的听众会有问题向演述者提问，此时演述者会就问题作答。最后，故事演述者为了加强听众的记忆，确保他们真正受到了教育，会在故事的结尾为听众设置若干问题。这些问题有的与故事内容相关，大部分问题则是询问听众从故事中学到了什么道理。听众大多是儿童，他们也会争先恐后地回答老人提出的问题。此外，由于斯瓦希里语民间故事的听众是儿童，所以故事演述者在整个演述过程中为了吸引孩子们的注意力，往往会模仿动物们的叫声或者使用符合故事主人公年龄和身份的语气，有时还会增加唱段和动作的表演。这些艺术的语言和动作增加了故事的趣味性和吸引力，能够最大程度吸引听众们的注意力，最终达到民间故事的教育目的。

第三，非洲语言对于斯瓦希里口头叙事传统的影响深远。斯瓦希里语所属的班图语系结构复杂，音调是亚非语言的重要特征，复杂的名词分类在班图语系之中十分普遍。每种语言都有自己的特点、独特的结构和词汇资源，母语者可以用于日常交流和文学表达中。首先，所属班图语系的语言，其文学潜能包括庞大且"相当丰富"的词汇。班图语一直都表现出了特有的适应性，不断吸收外来语言。在"班图人认为的经验领域中，班图人的词汇量往往比欧洲普通语言的词汇量还大"。[①] 其次，班图语的生动而富有想象

---

① G. p. Lestrade, "Traditional Literature," in I. Schapera ed., *The Bantu-Speaking Tribes of South Africa: An Ethnographical Survey* (London: George Routledge & Sons, 1937), pp. 291-306.

力的表达形式非常明显，并经常应用于最常见的动作、对象和描述。班图语的高度象征性特点体现在，彩虹（molalatladi）字面上是"闪电睡觉的地方"，儿子与家族继承人（mojalefa）是"继承的食用者"，东方（bohlaba-tsatsi）是"太阳冲破的地方"。最后，摹拟音作为班图语言方面的重要特点，也成为一种文学工具，通过声音传达想法，通常在班图语中用于增添描述的情感或生动感。[①]

第三节　作为豪萨传统社会制度的豪萨语赞美诗

豪萨语文学中，用以区别散文叙事的韵文被称作 waka，包括口头诗歌（wakar baka）及书面诗歌（rubutacciyar waka）。在形式方面，书面诗歌具有规律的节，行尾韵律，并且通常以阿拉伯语衍生的格律行文，而口头诗歌使用的是可变化长度的音节及叠句，并运用非阿拉伯格律的韵律模式，具有高度的概括功能。在公开表演中，口头诗歌通常有乐器伴奏，由主唱和合唱团一起演唱，表演时不参考任何书面记录，书面诗歌则可以在没有伴奏的情况下公开吟诵，但多数情况下只是默默地阅读。在创作过程方面，书面诗歌由诗人个体所撰写和改写，口头诗歌通常由一个群体集体作曲并根据记忆重新演绎。豪萨语现代书面诗歌是在 19 世纪宗教诗歌传统基础上发展而来，现代口头诗歌则源于宫廷赞美诗传统以及各种其他形式的古代未知流行歌曲。诗人往往是神职人员的学者或学生，唱诵歌手通常为世袭职业，他们与上层社会的顾客之间维持稳固的关系。[②]

一　豪萨语赞美诗的形式和特点

非洲传统王国中的宫廷诗歌传统盛行已久，包括南部非洲祖鲁人或索托人精心创作的赞美诗，博尔努统治者官方歌手的诗歌，豪萨酋长的王室赞美诗，对刚果各个王国的统治者的颂词等。根据现存的历史记载，豪萨宫廷诗歌于公元 14 世纪兴起。《卡诺编年史》（*Kano Chronicle*）中就包含了向统治

---

① Ruth Finnegan, *Oral Literature in Africa* (Nairobi: Oxford University Press, 1970), p. 66.
② Graham Furniss, *Poetry, Prose and Popular Culture in Hausa* (Edinburgh: Edinburgh University Press, 1996), p. 131.

者和酋长吟诵的赞美诗，通常由一至五行诗组成，朗诵者会列举出赞助人的美德和品质，强调他对亲属或臣民的态度，并与人物目录中相对应的人物进行比较。赞美诗通常在鼓乐的伴奏下表演，唱诵者与鼓手通常同为一人，赞美诗对应的音乐形式被称作歌曲（take）或是根据节奏敲击出的鼓乐（kalangu），通过模仿豪萨语言的音调从而被听众所理解，并以此种方式向统治者和具有影响力的朝臣致敬。除了鼓这种乐器外，也使用银锡合金的双锣（koge）、银制或铜质的长喇叭（kakaki）、木质喇叭（fare）或者声音类似风笛的芦苇乐器（algaita）。乐器的使用受诸多条件的限制，只有国王可以在长喇叭的伴奏下接受赞颂，宫廷朝臣可以使用双锣接受赞颂，木质喇叭和芦苇乐器则不能用于地区长官以下的官职。[1] 赞美诗在形式上主要由三部分构成：介绍，包括问候和赞扬以及索取丰厚的回报；赞美诗正文；结尾，包括致谢和祷告。

豪萨传统社会中具有完备的行业（sana'a）体系，其中就包含赞美诗唱诵（roko）。然而，与豪萨社会中的靛染、编织、建筑等行业不同，赞美诗唱诵是一种无形商品，无法用于交换，具有即时消费的特点。它一般不依赖于歌手与其客户之间的自愿协议。赞美诗具备的这种非经济性、非合约的特征，使其构成了具有"间接调节功能"的社会制度。因此，对赞美诗的解读必须将诗歌实践与社会环境有机地结合起来，在此过程中还有助于增强对豪萨社会的理解。[2] 赞美诗制度是在以男性为主导的豪萨文化之中孕育而来的，因此其唱诵者（maroka）通常为男性。[3] 耶海亚认为，歌手通常最倾向于强调统治者的五种特质，即谦卑、虔诚、军事成就、统治经验和慷慨。[4] 19世纪初，欧洲学者着手录制赞美诗，其中包含大量宫廷赞美诗，这些曲目流动性或永久性地附属于一个赞助人。唱诵者通常驻留

---

① M. G. Smith, "The Social Functions and Meaning of Hausa Praise-Singing," *Africa*: *Journal of the International African Institute*, Vol. 27, No. 1 (January 1957), p. 28.

② M. G. Smith, "The Social Functions and Meaning of Hausa Praise-Singing," *Africa*: *Journal of the International African Institute*, Vol. 27, No. 1 (January 1957), p. 27.

③ 唱诵者可以是男性或者女性，但男性更为常见。女性唱诵者将注意力集中在女性身上，男性唱诵者则将注意力集中在男性身上。

④ Ibrahim Yaro Yahaya, "The Hausa Poet," in U. N. Abalogu, G. Ashiwaju and R. Amadi-Tshiwala eds., *Oral Poetry in Nigeria* (Lagos: Nigeria Magazine, 1981), p. 139.

在宫殿周边，作为回报，他们会获得土地、动物、服装、食物、钱财甚至宫廷头衔。

二 豪萨语赞美诗的主要社会功能

第一，赞美诗中充分反映出豪萨社会文化的复杂性。年龄、族裔、官职、社会阶层、财富、血统、性别、职业和居住地区等因素，对于定义各种社会背景下人的地位都至关重要。对于贵族、普通民众和神灵附体等不同对象而言，赞美诗的唱诵方式截然不同，这些差异与不同语境下赞美诗的形式和功能变化相关。唱诵者在年轻人的群体活动、重要的伊斯兰节日开斋节与古尔邦节中具有重要作用。赞美诗制度具有的一个重要社会功能，就是在各种变体中如实地反映以上这些内容。①

第二，赞美诗作为社会规约制度的特点十分显著。唱诵者通常对于听众群体而言是陌生的，因此他们可能成为表达价值观的最佳发言人。通过赞美诗对新贵（nouveaux riches）财富所施加的制裁，其个人主义在社会关系中受到制约，个人福祉的持续发展取决于他们对社会规范和期望的遵守。因此，赠送给游吟诗人的礼物反映了他们对这些社会规范的遵守情况，唱诵者则代表整个社会接受了礼物。假如对酬劳不满，赞美诗有时会巧妙使用暗讽的手段，发展为嘲讽之歌（zambo），这类情况经常发生在社会地位低下的新贵阶层身上。②

第三，赞美诗作为用于传播赞美或羞辱的非正式监管机构，同时施加社会控制权。唱诵者的公开表演不仅表达了统治者的身份和特点，而且还彰显了"达官显贵"（masu sarauta）与"平民百姓"（talakawa）之间的阶层差距，传达某种社会价值和文化价值。赞美诗将宗教领袖和古兰经学者排除在歌颂人物之外，表明作为一种社会制度的运行，赞美诗未被纳入伊斯兰宗教体系。赞美诗中表达尊贵的既定模式代表了对权力、权威、职务、血统、繁荣、传统和影响力的高度评价。因此，赞美诗的发展与最高水平的权力和权

① Ibrahim Yaro Yahaya, "The Hausa Poet," in U. N. Abalogu, G. Ashiwaju and R. Amadi-Tshiwala eds., *Oral Poetry in Nigeria* (Lagos: Nigeria Magazine, 1981), p. 29.

② M. G. Smith, "The Social Functions and Meaning of Hausa Praise-Singing," *Journal of the International African Institute*, Vol. 27, No. 1 (January 1957), p. 42.

威相关，并且定期举行的仪式重新定义贵族阶层和社会结构价值之间的关系。①

三　豪萨语赞美诗的代表性表演者及其作品

豪萨宫廷赞美诗的传统始于索科托哈里发建立之前，这种礼节性的赞美诗歌一直延续下来，并构成豪萨酋长国日常行政事务的一个组成部分。唱诵者会在公共场合亮相表演，例如新官员的任命、年度庆典，或是酋长的官方活动。时至今日，赞美诗唱诵者仍然会将对竞争对手的污辱与对赞助人的赞颂结合起来，后者涉及权力、权威、血统、繁荣、传统和影响力方面。② 赞美诗具备的显著特征是动物与颜色等常见符号的出现，大象（giwa）象征力量和有尊严的权威，狮子（zaki）象征力量、勇气和责任，马（doki）象征影响力与财富，鬣狗（kura）代表贪婪和险恶，驴（jaki）代表愚蠢，骆驼（rakumi）代表忍耐力，豺（dila）代表聪慧，猴子（biri）代表破坏，猫头鹰（mujiya）通常不受欢迎；颜色之中红色（ja）代表危险、勇敢，黑色（baki）代表无敌与凶兆，绿色（kore）代表多产和农业，白色（fari）代表幸福、无害和弱点，水（ruwa）代表纯净、权力与繁荣。③ 下面以豪萨语赞美诗的代表性表演者及其作品为例进行论述。

（一）萨伊杜·法鲁（Sa'idu Faru）

萨伊杜·法鲁 1932 年出生于索科托州一个武士家庭，父亲是邦加军事司令的歌手。他的第一位主要赞助人是萨尔金·基亚旺·考腊·纳莫达·阿布巴卡尔（Sarkin Kiyawan Kaura Namoda Abubakar），萨伊杜·法鲁以吟唱著名歌曲《萨马基的大象》（*Gwarzon Giwa na Shamaki*）而闻名。作为回报，萨伊杜·法鲁被赐予妻妾、房产、马匹和粮食。此后，二者关系趋于冷淡，萨伊杜开始寻求其他赞助人，他转而效忠并被任命为玛奇朵

---

① Graham Furniss, *Poetry, Prose and Popular Culture in Hausa* (Edinburgh: Edinburgh University Press, 1996), p. 130.

② Ibrahim Yaro Yahaya, "The Hausa Poet," in U. N. Abalogu, G. Ashiwaju and R. Amadi-Tshiwala eds., *Oral Poetry in Nigeria* (Lagos: Nigeria Magazine, 1981), p. 175.

③ Muhammad Balarabe Umar, *Symbolism in Oral Poetry: A Study of Symbolical Indices of Social Status in Hausa Court Songs*, MA thesis, Ahmadu Bello University, 1984, p. 48.

（Alhaji Maccido）的官方歌手。玛奇朵与穆萨·丹夸罗（Musa Dankwairo）曾为竞争对手，因此，讽刺和影射充斥在玛奇朵的赞美诗之中。萨伊杜·法鲁通常仅为贵族演唱，众所周知，在公开表演之前，他与弟弟穆阿祖（Mu'azu）及其合唱团的其他成员会进行认真的排练。最著名的歌曲之一是他对赞助人玛奇朵唱诵的《南方之王》（*Wakar Mamman Sarkin Kudu*），作品试图通过伊斯兰宗教改革者谢赫的后裔来建立赞助人自身权力的合法性。[①]

（二）萨利胡·扬基迪（Salihu Jankidi）

萨利胡·扬基迪出生在古绍（Gusau）附近。他一直是索科托苏丹阿布巴卡尔三世的赞美诗歌手，赞美诗歌手被视为赞助人和敌人之间的保护者。扬基迪歌颂阿布巴卡尔和其领导的北方建国党北方人民代表大会（NPC），在20世纪50~60年代成为红极一时的歌手。尽管如此，扬基迪在取悦苏丹的歌曲中包含了反对索科托酋长的讽刺；反之，一首赞美索科托酋长的歌曲中，也包括反对苏丹的讽刺。这把双刃剑是赞美歌手的技能，也意味着赞助人和歌手之间的关系有时会很不确定。扬基迪就说明了赞美诗歌手与赞助人之间关系的灵活性和可协商性。[②]

（三）马芒·沙塔（Mamman Shata）

与相对固定的宫廷赞美诗人相对应的，是四处迁徙的游吟诗人，他们通过寻求富裕的赞助人维持生计。游吟诗人尽管有时也会临时加入宫廷诗人之列，但不会在宫廷之中任职或接受官衔。马芒·沙塔大约在1925年出生于卡齐纳北部穆萨瓦（Musawa）的一个游牧富拉尼家庭。他没有承袭父亲的歌唱职业，而是通过参加地方性活动来唱歌。20世纪50年代，他曾在卡诺的尼日尔俱乐部（Niger Club）工作，自此声名鹊起。多年来，他的表现令人瞩目，除了唱片和盒式磁带销售外，还经常参与广播和电视节目。尽管被

---

① Graham Furniss, *Poetry, Prose and Popular Culture in Hausa*（Edinburgh：Edinburgh University Press, 1996）, p. 176.

② Graham Furniss, *Poetry, Prose and Popular Culture in Hausa*（Edinburgh：Edinburgh University Press, 1996）, p. 180.

定义为游吟诗人，但他的赞美诗作品涉及尼日利亚主要人物、北方王室宫廷。在这种情况下，游吟诗人意味着可以选择赞助人，而非完全游离于赞助体系之外。沙塔所持的立场有时会与主流文化价值观相悖。例如，沙塔在其他诗人可能会详细阐述饮酒为恶行时，指出饮酒并非犯罪。与此同时，他也参与正统价值观赞美，正是这种诙谐与正统的融合使他的作品广受欢迎。[1]

　　20 世纪 60 年代，扎里亚和卡诺颁布了《游吟诗人控制法令》，很大程度上限制了诗人的自由。[2] 在许多领域，王室宫廷这类特别的赞助体系已逐渐淡出历史。这并非由于人们对诗歌或赞美诗的兴趣有所下降，而是二者在不同的社会背景及在新的赞助者支持下继续蓬勃发展。作为对政治领袖或政党候选人的奉承，赞美诗可以在广播或政治集会上听到；在报纸上以书面形式读到；甚至出现在商业唱片公司的赞助下。但随着豪萨社会的发展变迁，原本垄断着高度专业化诗歌的王室宫廷，俨然已经失去政治和经济中心的地位，许多传统的宫廷诗人或放弃了艺术，或转向了其他能为其带来丰厚利润的赞助人。

第四节　斯瓦希里语民间史诗与《富莫·利翁戈》

　　诗歌是斯瓦希里语文学中历史最为悠久的文学体裁。现代研究者普遍认为，斯瓦希里语诗歌最初起源于口传的带有节律的劳动歌谣和舞蹈，斯瓦希里语诗歌与吟诵歌唱联系密切，总体可以分为三种类型。第一种类型是"诗"（mashairi），由形式对称的诗句构成，有相等数量的行，通常不超过 6 行，每句诗有数目相等的音节，一般不超过 16 个，通常会刊载于斯瓦希里语报纸上，或在广播中播放。第二种类型是斯瓦希里语"本土歌曲"（niyimbo），在斯瓦希里人认可的婚礼、割礼仪式和灵礼等传统习俗场合演唱，一般较少受到学者的关注。第三种类型是"史诗"，包含了叙事长诗

---

① Graham Furniss, *Poetry*, *Prose and Popular Culture in Hausa* (Edinburgh：Edinburgh University Press, 1996), p.151.

② Stanislaw Pilaszewics, "Literature in the Hausa Language," in B. W. Andrzejewski, S. Pilaszewicz and W. Tyloch eds., *Literature in African Languages：Theoretical Issues and Sample Surveys* (Cambridge：Cambridge University Press, 1985), p. 200.

（utenzi）和英雄史诗（utendi），尽管都被翻译为史诗（epic），但二者也存在显著差别。穆洛克兹指出，叙事长诗的长度通常有 100~3000 节，有些甚至更长，它可以叙述任何内容；而英雄史诗则主要叙述英雄事迹、社会或族群历史。《富莫·利翁戈》史诗是斯瓦希里语民间文学的经典之作。传说 13 世纪前后有一位诗人名叫富莫·利翁戈，生活在肯尼亚沿海的夏卡（Shaka）、基皮尼（Kipini）和帕泰（Pate）地区，但是并不能确定利翁戈就是这部史诗的真正作者，可以确定的是，史诗大部分内容与之相关。目前学者们普遍认为，《富莫·利翁戈》是穆罕默德·本·巴卡里·基朱姆瓦（Muhammad bin Bakari Kijumwa）使用阿拉伯字母将富莫·利翁戈史诗记录而成。

一 《富莫·利翁戈》与非洲史诗的界定标准问题

露丝·芬尼根认为，撒哈拉以南非洲不存在史诗，她的结论基于虽然非洲的很多史诗例如《松迪亚塔》等都被称为"utendi"，但是这些所谓的史诗并不符合真正史诗的标准。她认为真正的史诗在韵律方面必须是诗歌体；长度方面，史诗需要有足够的长度；情节结构方面，史诗的故事情节要连贯且前后呼应；主题方面，史诗要重视和强调英雄事迹。科纳坡特则认为，史诗只是作家文学的一个类型，民间文学中没有史诗。史诗是宏大、复杂、结构严谨的诗歌，是一种文化的艺术形式。他认为斯瓦希里语存在"创作出来"的史诗。然而，非洲是存在口述史诗（tendi simulizi）的，以《富莫·利翁戈》史诗为例，绝大多数斯瓦希里人都熟知这部史诗并口耳相传。基朱姆瓦听到了民间艺人的演唱或者读到了此前关于这部史诗的文本，才记录下了这部史诗。非洲学者纷纷反驳以上观点，他们通过研究本民族的多部史诗，完善和拓宽了学界关于非洲史诗的思考。

本书认为，非洲大陆有着独特的自然地理环境和风俗传统，不应生硬地照搬欧美学者对于史诗的界定，应该试图重新界定非洲口述史诗的标准。具体而言应具备如下要素：是讲述形式的；是韵文体，以诗歌形式出现，通过演唱尤其是以乐器伴奏的方式表现出来；是有关历史或社会的重要事件；讲述的是英雄和英雄事迹；史诗表演的文本是现场创作的，而不是背诵下来的；史诗艺人记忆的只是史诗的故事线索，艺人需要将其演唱成为史诗；史诗的内容必须前后呼应。依据以上标准，《富莫·利翁戈》所讲述的故事前后呼应，连贯完整；其次，使用了诗体语言，整篇押韵，并以唱颂为主要目的和手段；再则，这部史诗的叙述是围绕历史上的重要事件和社会事件所展开的，讲述的是英雄和英雄事迹。这部史诗唯一不满足西方学者对史诗的界定标准就是"长度"，但是一部史诗的长度取决于故事本身和互文关系。口述史诗的长度在讲述过程中会经常改变。衡量史诗长度是否合理的标准应该是基于史诗艺人能否把史诗完整地讲述下来。如果现有的长度足够讲述故事本身并且能够强调重点事件，那么这个长度就是合理的。《富莫·利翁戈》只有232节，每节4行，显然并不符合芬尼根和科纳坡特所界定的史诗长度标准，但这个长度已经把富莫·利翁戈的英雄事迹讲述完整了，听众和读者也很满意。可见，所谓的节数、行数或字数并不能成为界定非洲史诗的唯一标准。

二　《富莫·利翁戈》史诗的内容梗概

故事从利翁戈成长为一个成熟的小伙子开始。他力大无穷，英勇无比，因而享誉全国。他生活在奥兹（Ozi）省的夏卡地区。加拉人（Wagalla）来到帕泰国拜访苏丹达乌迪（Daudi）。这位苏丹向加拉人称赞利翁戈的英勇，但他们不相信。达乌迪决定给利翁戈写信请他来帕泰国，让加拉人看看。利翁戈看到信后便收拾行李启程赶赴帕泰国。本应四天的行程，利翁戈只用了两天就到了。当他将要到达帕泰国时，便开始吹号角，号角裂开了。他又吹第二个，也裂开了。全城的人都听到了号角声，知道利翁戈要进城。随后利翁戈又吹响了第三个号角，来到了苏丹的官邸。人们都聚集过来看利翁戈。他放下行李，拿出足够填满一整间屋子的东西。加拉人不得不承认，利翁戈确实力大无穷。他们请求苏丹允许他们得到他的种子——精子，苏丹同意了。利翁戈娶了妻子，妻子给他生下一个男孩儿，他的儿子也被抚养成一个力大无比的英俊青年。利翁戈的美名继续远扬，苏丹的不安也愈发强烈了，他担心利翁戈会篡夺王位，于是想方设法置他于死地。利翁戈发现了他的阴谋，便离开了帕泰国，过起丛林生活。苏丹派人杀他，并允诺给杀手们100里亚尔。这些人先与利翁戈交朋友，然后建议一同去吃棕榈果，他们说好每个人轮流爬到树上去摘果子。轮到利翁戈爬树的时候，他们希望他爬上最高的那棵树，再趁机用箭射死他。幸运的是，利翁戈识破了阴谋，决定站在地上用弓箭把棕榈果射下来。阴谋没有得逞，这些人回到城里向苏丹禀告说要杀死利翁戈是不可能的。苏丹让他们返回丛林告诉利翁戈，城里不会再有危险了，让利翁戈随他们一同进城。利翁戈相信了这些人的话，跟着他们进了城。几天后苏丹叫来了乐队，邀请所有的舞者包括利翁戈跳舞。跳舞的时候警察将利翁戈包围，抓住了他，将他投入监狱，并决定将其处死。他们让死到临头的利翁戈提出最后的要求，他请求再跳一次舞。利翁戈便趁乱传出消息给他的妈妈，让妈妈做一个硬面包，在里面放一把锉子。他的妈妈照做了。送饭的时候警察们都抢好吃的软面包，剩下的这个硬面包就给了利翁戈。舞蹈开始后，利翁戈把锉子取了出来，锉断了铐着他的铁链，打破监狱的门，逃回了丛林。

在这次尝试失败之后，苏丹怂恿利翁戈的儿子去他父亲那里询问，究竟用什么方法才能杀死他。苏丹向他许诺，事成之后让他担任部长，并把自己的女儿许配给他。于是这个年轻人就去找父亲问了这个问题。虽然利翁戈意识到儿子是敌人派来的，但他还是毅然决然地将秘密告诉了他，用一根铜针刺进他的肚脐就可以将他杀死。儿子回到苏丹那里告知了这个秘密。苏丹很高兴，给了他很多赏赐，然后给他一根铜针，让他再次回到利翁戈处将他杀死。年轻人等利翁戈睡着之后，将铜针刺入父亲的肚脐。利翁戈从睡梦中惊醒，异常愤怒，拿上弓箭来到井边，单膝跪地，上好了箭，箭头指向城里，接着就死去了。人们看到他时都以为他还活着，所以足足三天时间都不敢去井里打水。大家派利翁戈的妈妈去说服他离开那里，好让大家打水。妈妈每天都去那口井边劝他，但都徒劳而归。最后利翁戈的尸体腐烂了，倒了下去，人们才知道他已经去世了。

苏丹得知他的死讯非常开心，叫来利翁戈的儿子，告诉了他父亲的死讯。这个年轻人不但没有哭，反而笑了。苏丹很生气，剥夺了给他的所有财产，将他赶出了城。他逃到森林里，并在那里终老。

三 《富莫·利翁戈》史诗的主题和人物特征

这部史诗的主题与其他史诗无异，保卫国家、族群或社会，为统治权而斗争。利翁戈是苏丹的欲望和其子对金钱、权力等欲望的牺牲品。这部史诗的教育意义在于，欲望过多害人害己，同时背叛终究不会有好下场。利翁戈的儿子不但没有获得奖赏，反而被驱逐和羞辱，最后悲惨地死去，正是验证了这一点。这部史诗同样为我们勾勒出不同社会结构之间的冲突，即农耕生活、丛林生活与城市生活之间的冲突，向我们展示了自由、幸福、协作的丛林生活画面，从生活方式、风俗习惯、食物、教育等方面而言，丛林生活与城市生活截然不同。在利翁戈的史诗及史诗所吟唱的歌曲中，丛林是可以接受和欢迎利翁戈的地方，也是充满爱和兄弟之情的地方。城市则是一个充满财富、贪婪、自私、残忍和嫉妒的地方。史诗作者基居玛意在保护传统的非洲农村部落文化，批评西方殖民者引入的城市文化。

非洲史诗中的英雄人物通常具有的显著特征包括阳刚之气、智慧和战斗力等方面的巨大力量；掌握魔法，拥有巫师的能力；与支持他的群体联合起来抵御外敌。英雄只有体力而没有魔法是不够的，因为英雄与敌人之间的斗争不仅仅是武器上的斗争，从另一个角度讲，是魔法的斗争。只有拥有更强魔法的人才会赢得战争。同样，英雄不是为了一己私利而孤军奋战，而是为了自身所代表和保卫的群体而共同战斗。这个群体可以是一个村落、一个社区、一个族群，甚至是一个国家。英雄会从这个群体获得动力和力量，但如果他叛变了，这种力量就会消退。因此在非洲史诗中，英雄通常出现在历史上的社会混乱时期以及呼唤完善政治体制的变革时期。英雄往往肩负着变革的使命，从而推翻旧政权，建立新政权。《富莫·利翁戈》中的英雄主人公利翁戈几乎拥有史诗英雄所应具备的全部特征。

首先，在体貌特征方面，他有着健硕的身躯，英勇无畏，无人能及。

> 利翁戈长大了，
> 成为一个坚强的年轻人，
> 他成为一个真正的男人，
> 变得更加美丽。
> 他长得很高，
> 又高又大，
> 闻名各地，

人们慕名而来。

其次，利翁戈拥有超自然的神秘力量。这一点体现在唯一可以杀死他的方式上，他不会被任何方式伤害，只有用铜针刺进他的肚脐才可以致死，这就是他拥有巫术力量的表现。这种英雄身体上的"敏感"或"薄弱"之处，在其他史诗中也同样存在。例如，《伊利亚特》中的阿喀琉斯，他的弱点就是脚踝，所以有"阿喀琉斯之踵"的说法。同样，在《圣经》中，参孙的弱点在于他的头发，如果头发被剪，便会力量全失。

再次，利翁戈与支持他的群体联合，作为群体的保护者广受欢迎。例如，他帮助加拉人得到优秀的后代，与图瓦人（Watwa）一起生活在丛林中，并展开良好的合作。正是他与图瓦人的合作才得知苏丹想要杀害他的阴谋，从而成功脱险。此外，利翁戈与家人之间也有联合，尤其是他的母亲，在拿到母亲给他制作的藏有锉子的面包之后，他成功锉断锁链，逃出监狱。

> 利翁戈是我们的武器，
> 对抗我们所有的敌人，
> 所有人都说，
> 他是我们的盾牌，
>
> 整个城市都沉浸在悲痛之中，
> 没有例外，
> 他们哀悼利翁戈的离去，
> 帷幕已经落下。

有学者指出史诗中的主人公利翁戈是虚构的，然而在斯瓦希里的口头传统中，从故事的传播范围以及主人公的闻名程度来看，这个人物或许是真实存在的，只是他的英雄事迹经过了民间艺人改编。关于利翁戈生活的年代也存在争议。一些学者认为他生活在公元9世纪，另一些学者认为他生活在1160~1204年，还有一些学者认为利翁戈生活在1600年前后，学界普遍认同的利翁戈生活的年代是13~14世纪。因为《帕泰编年史》中提到了奥兹地区的统治者名叫富莫·利翁戈，他生活在富莫·奥马里（Fumo Omari）统治时期，是帕泰国的国王。富莫·奥马里的统治时间是公元 1340~1393 年。所以可以推断，与富莫·奥马里作战并最终打败他的利翁戈就是史诗中的利翁戈，或者是生活在他所处时代前后的族人。这部史诗中关于富莫·利翁戈的叙述并不全面，其他民间艺人也将利翁戈的事迹创作成史诗。但在其他版本的史诗中，利翁戈被塑造为一个残暴的人、人民的敌人。总之，历史上的利翁戈被口头文学中的利翁戈所淹没。历史上的利翁戈作为国家的守卫者，领导了抵抗外来侵略者的斗争成为英雄，这部史诗反映出在他领导下的人民的爱国主义、自我认知和雄心壮志。利翁戈因此也成为斯瓦希里人传统仪式行为中的主角。例如，婚礼上会歌唱有关利翁戈的歌曲或朗诵与其英雄行为相关的诗歌。

作为斯瓦希里语的一部经典民间史诗，《富莫·利翁戈》也被纳入斯瓦希里语的"伟大传统"文献之中。"伟大传统"的文学特色是圣哲的、教化的和社会功利性的。[1] 有学者指出，斯瓦希里语经典史诗是代代相传的，随着时间的推移经常被重新释义或转写，其中的细节和原创性遭到破坏。鉴于 20 世纪以前斯瓦希里社区的流动性和脆弱性，几乎不可能对当时的民间文学形式做出全面而系统的评论。[2] 然而，通过了解非洲对于史诗的界定以及通过对这部史诗的分析，我们可以看到，由于特殊的地理位置、人种、历史等原因，非洲史诗有其自身的独特性。尤其在非洲史诗理论建构方面，应尝试摆脱西方学者基于自身文化语境和文化立场所提出的史诗理论，努力建构出更加符合非洲特点的史诗理论。

小　结

在传统的非洲社会，口头语言与音乐、舞蹈等表演形式相结合产生了一系列口头文学体裁，非洲社会以此为手段和载体，表达其社会、政治和精神存在。口传文化于非洲社会而言，是一种内在的构成性因素，就其社会功能

---

[1]　Rajmund Ohly, "Literature in Swahili," in B. W. Andrzejewski, S. Pilaszewicz and W. Tyloch eds., *Literature in African Languages: Theoretical Issues and Sample Surveys* (Cambridge: Cambridge University Press, 1985), p. 462.

[2]　J. W. T. Alien, *Swahili History* (Nairobi: University of Nairobi, 1977), p. 26.

而言，非洲人的性格特征通过口头表述被塑造和重塑；非洲社会的历史记载于口传文化之中。就其发展而言，它作为一种交流模式，已适应了不同的社会、意识形式和美学需求，并在多样化的存在形式中找到了文化上的平衡，在调节社会关系、巩固个人和社会联系以及非洲人对世界的理解中仍持续发挥着重要作用。

19世纪以来，西方的读写文化逐渐渗入非洲。西方人类学家、语言学家和传教士对口头故事进行收集、整理和翻译，口头叙事中的民间故事、历史记述、神话传说、谚语、谜语、诗歌、歌曲以及本土习俗的方言文本得以转换成标准化的书面形式。但二战之前的口传文学仅作为西方人类学与人种志学的文献来源。二战后，口传文化作为传统的遗产重新被学界关注。西方的学术研究与印刷资本主义的兴起，推动了口头文学作品结集出版，口头史诗的价值被重新发现，口头叙事中的美学元素也获得认可。在本土语言的正字法和新文学体裁移入本土语言文学的过程中，大量口头叙事作为题材来源和讲述模式，连同其中蕴含的道德主题与功能性特征交织于书面文学之中。而就非洲文学的总体而言，其本真性的判定，离不开口头文学等非洲本土语言文学传统，非洲文学的独特性亦在很大程度上归因于此。

经历殖民化过程的口传文化，一度在本质主义的论调中被定位成与书面文化相对的"落后"表述形式，所幸，这种压制性的话语并未使这一文化传统消失，口传文化依然是非洲当下的现实存在。作为文学的一种表达形式，它依旧是活生生的、可被持续采撷利用的资源；在现代世界中，口头文学的形式和功能，在很大程度上仍活跃于广泛的非洲社会文化活动之中。

第二章
非洲本土语言书面文学的产生及发展

　　在大多数非洲—伊斯兰文化中，伊斯兰教的传播与非洲读写文化的发生、发展是同步的，非洲书面文学传统也由此衍生发展。然而，不同文化在面对阿拉伯语这种古典书面文学语言时做出的抉择不尽相同。尽管斯瓦希里语依靠阿拉伯语发展出当地的书面传统，并在写作形式和题材方面深受阿拉伯文学的影响，但高度伊斯兰化的斯瓦希里文化几乎没有孕育出任何类型以阿拉伯语创作的文学作品。这种现象与索马里人书面文学传统的早期发展形成了鲜明对比。至今，传统的索马里语书面文学主要使用阿拉伯语撰写，而索马里语本身的文学以口头文学为主。因此索马里文化发展进程中并未产生阿贾米书写传统。豪萨文学传统的起源则同时结合了斯瓦希里语和索马里语的经验，阿拉伯语文学和富拉尼语文学同时成为 18～19 世纪豪萨阿贾米书面文学的先驱。①

第一节　阿贾米书写体系及其文学传统的产生

　　公元 7 世纪，伴随着阿拉伯人对北非的征服，阿拉伯语到达非洲大陆并

---

　　①　Ousseina Alidou，"The Emergence of Written Hausa Literature，" in F. Abiola Irele and Simon Gikandi eds.，*The Cambridge History of African and Caribbean Literature*（Cambridge：Cambridge University Press，2004），p. 330.

在此后数个世纪都扮演着重要角色，其重要性等同于拉丁语在中世纪的欧洲。阿拉伯语不仅是伊斯兰教宗教经典文本《古兰经》使用的语言，同时也具有广泛的教育用途，使用者除阿拉伯人外，还包括非洲本土穆斯林和神学家。随着伊斯兰教的传播、《古兰经》文本非洲本土化译介以及沟通的实际需要，此前不具备书面形式的非洲语言开始使用阿拉伯语字母记录书写，马达加斯加语、斯瓦希里语、豪萨语和富拉尼语的书写形式及文本相继应运而生。此时的文学体裁囊括散文、神学论著、历史和政治著述。长篇宗教、历史诗歌，通常借鉴阿拉伯文学的形式，部分涉及释义甚至译介。尽管斯瓦希里语和豪萨语等非洲语言具备了阿贾米文字书写体系，但其普及程度相当有限，流通范围仅限于特定的知识精英阶层，多数非洲人依然无法接触读写世界，致使这一时期的书面文学作品主要依靠口耳相传的方式进行传播。[1]

阿拉伯-伊斯兰文学传统在豪萨地区的出现，可以追溯至 15 世纪与北非学者的早期接触以及在桑科尔清真寺大学开始进行经院训练。[2] 18 世纪，伊斯兰教在西非得到广泛传播，其中使用非洲本土语言进行大规模宗教动员发展为一种有效的手段。尽管豪萨宗教学者识文断字的传统已经持续数个世纪，但 19 世纪以前的文学传统仅供表达古典宗教主题。使用阿拉伯语书写非洲本土语言的创新，使得豪萨语、富拉尼语、卡努里语等语言都具备了书面语言，并在 19 世纪西苏丹宗教改革运动中发挥了重要作用，宗教改革者试图通过非洲本土语言和文学更加广泛地传播伊斯兰宗教信仰。默文·希斯克特（Mervyn Hiskett）认为，阿贾米文字系统与传统的伊斯兰教育体系之间的联系颇为紧密，在教学中阿贾米被用于释义阿拉伯语文本[3]并倡导使用非洲本土语言传播伊斯兰教知识，并由此产生了使用阿拉伯语字母书写非洲

---

① Ruth Finnegan, *Oral Literature in Africa* (Nairobi：Oxford University Press，1970)，p. 53.

② 14 世纪，穆斯林学者预见到伊斯兰教神学训练的局限性，指出其阻碍了非伊斯兰世界的新信徒获得阿拉伯语知识，阿拉伯语对于充分了解伊斯兰教至关重要。由此，位于廷巴克图的桑科尔伊斯兰大学清真寺创建而成，并仿照了北非古老的艾资哈尔大学（Al-Azhar）等伊斯兰大学模式。桑科尔大学的毕业生负责传播正统伊斯兰知识传统。Stanislaw Pilaszewics, "Literature in the Hausa Language," in B. W. Andrzejewski, S. Pilaszewicz and W. Tyloch eds., *Literature in African Languages：Theoretical Issues and Sample Surveys* (Cambridge：Cambridge University Press，1985)，p. 202.

③ Mervyn Hiskett, *The Sword of Truth：The Life and Times of the Shehu Usuman dan Fodio* (Evanston：Northwestern University Press，1994)，pp. 33-36.

语言的"阿贾米"文字。虽然迄今无法得知阿贾米书写传统的确切起源时间，但可以合理地推测它是伊斯兰知识分子乌理玛与下属穆阿利姆（mu'allim）之间对话互动的副产品。另外，乌理玛还是经院传统中伊斯兰教义的分析家和诠释者。豪萨阿贾米书写传统成为不断发展的豪萨—伊斯兰身份演变进程中的一种本土传统。鉴于豪萨社会的高度重商主义及其与中东地区商人的互动，阿贾米文的早期著作极有可能仅限于贸易日记、会计票据和其他与商业相关的文本形式，这些书面文字的基本形式很可能早于大量的豪萨诗歌手稿及 19 世纪初发现的编年史。①

　　东非斯瓦希里文化的发展，很大程度上同样受伊斯兰文化的影响，主要缘于从事海上贸易的亚洲移民绝大多数是阿拉伯人，沿海城邦的统治者也大多是阿拉伯人。随着东非海岸对外贸易的持续发展和大规模阿拉伯移民的迁入，大量阿拉伯语词语被引入斯瓦希里语。斯瓦希里语阿贾米书写方式产生的时间也难以确定。据记载，从 12 世纪伊始，一些受过教育的斯瓦希里人开始使用阿贾米文字书写斯瓦希里语。迄今为止发现的 19 世纪以前的斯瓦希里语文献，均采用阿贾米文字书写而成。② 学者们推断其产生可能源于通过有效的诗歌媒介在精神层面触及普通的斯瓦希里人。许多斯瓦希里人在《古兰经》的教学过程中获得了识别阿拉伯字母的能力，但不具备理解阿拉伯语的能力。阿贾米因此成为外来媒介传承与土著语言书面化之间的桥梁。③ 但是斯瓦希里阿贾米文字流通的范围十分有限，仅限于少数阿拉伯贵族和知识分子在创作文学作品和传播伊斯兰教知识时使用。因此，此时的斯瓦希里阿贾米文字及其书写文化尚属于贵族文化，并未成为大众的传播媒介和交流工具。近代以来，除阿拉伯人和斯瓦希里人之外，与斯瓦希里人联系

① Ousseina Alidou，"The Emergence of Written Hausa Literature，" in F. Abiola Irele and Simon Gikandi eds.，*The Cambridge History of African and Caribbean Literature*（Cambridge：Cambridge University Press，2004），p. 332.

② Géza Füssi Nagy，"The Rise of Swahili Literature and the Œuvre of Shaaban Bin Robert，" *Neohelicon*，Vol. 16，No. 2（1989），p. 39.

③ Alamin M. Mazrui，"The Swahili Literary Tradition：an intercultural heritage，" in F. Abiola Irele and Simon Gikandi eds.，*The Cambridge History of African and Caribbean Literature*（Cambridge：Cambridge University Press，2004），p. 202.

密切的民族也开始使用阿拉伯字母书写斯瓦希里语。[①] 斯瓦希里语早期书面文学具有显著的伊斯兰属性，诗人通常是地区内的神学家和教法学家乌理玛，这些早期的诗人在肯尼亚北部海岸生活和工作，用阿拉伯文字书写教义经文，使用的是斯瓦希里语的北部方言。[②] 现存最早的斯瓦希里语手稿是1728 年为帕泰苏丹创作的《塔布克战役之书》（*Chuo cha Tambuka*）或《希拉克略史诗》（*Utenzi wa Herekali*）。[③] 长期以来，编年史写作是斯瓦希里文化的重要类型，包括阿拉伯文和葡萄牙文撰写的《基尔瓦编年史》、斯瓦希里文撰写的《蒙巴萨编年史》和《帕泰编年史》。1928 年，威廉·希琴斯（Willliam Hichens）出版了成稿于19 世纪90 年代的《拉穆编年史》，编年史手稿是历史书写长篇阿贾米传统的产物，这一传统一直维系至欧洲殖民入侵之前。[④]

第二节 豪萨语书面诗歌传统的产生和发展[⑤]

豪萨文的书面传统如果完全依靠书面文献来追溯，存在如下问题。其一，不同文化对于书面文献赋予的价值存在差异。在伊斯兰-豪萨文化之中，伊斯兰知识产品作为集体财富存在，以此达成分享、增进知识和通过众人的贡献丰富文本的目的。因而个人作者权归属于作品的集体所有，在不具备广泛读写能力的情况下，以口头形式对书面作品进行重新配置。其二，印刷技术的落后阻碍原始作品文本的获取，相当数量的作品被记录至今在大多数非洲伊斯兰传统学校中使用的木板上。这些文字被公开阅读和背诵，并在履行完功能后被洗刷。在书面文本历经口头转换的过程中，记忆发挥了核心作用，原始作者的身份则变得无关紧要。其三，该时期记录书面文字的材

---

① Ali A. Mazrui and Alamin M. Mazrui, *Swahili State and Society*: *The Political Economy of an African Language* (Nairobi: East African Educational Publishers, 1995), p. 36.

② Wilfred Whiteley, *Swahili*: *The Rise of a National Language* (London: Methuen, 1969), p. 18.

③ Albert S. Gérard, *African Language Literatures*: *An Introduction to the Literary History of Sub-Saharan Africa* (Washington, D. C.: Three Continents Press, 1981), p. 96.

④ Albert S. Gérard, *African Language Literatures*: *An Introduction to the Literary History of Sub-Saharan Africa* (Washington, D. C.: Three Continents Press, 1981), p. 132.

⑤ 本节根据以下文章修改而成，孙晓萌：《豪萨语书面诗歌的起源及其社会功能研究——以娜娜·阿斯玛乌的作品为例》，《外国语文》2018 年第 3 期，第 35～40 页。

料质地同样值得关注，以谢赫之女娜娜·阿斯玛乌作品的保存方式为例，娜娜在未装订的纸上使用植物染料墨水创作诗作，并存放于皮书袋之中。由于环境变化等因素，她的许多作品早已失传。因此，可以推断出豪萨地区的书面文学传统远早于书面文献所证实的历史。[①]

一　伊斯兰宗教改革运动与豪萨阿贾米文学传统的产生

与东部非洲包容开放的海洋性斯瓦希里文明相比较而言，地处内陆的西苏丹地区则较为封闭保守，对于传统宗教和文化的依附程度也更高，外来的伊斯兰教扎根当地需要做出较大的妥协和让步。因此，西非穆斯林选择性地接受伊斯兰教中与传统宗教不相冲突之处，同时也并未放弃传统宗教的信仰，从而信奉的是"混合"伊斯兰教。非洲传统社会是以家庭-社会-信仰-伦理为基础的社会形态，与伊斯兰教自身对于社会生活的指导相互契合，因此二者之间可以相互影响和作用。豪萨阿贾米文学传统的开端始于谢赫家族成员将其诗歌作品从阿拉伯文或富拉尼文译介为豪萨文的过程，也同时构成了索科托哈里发内部"豪萨化"进程的一部分。

18世纪初期的伊斯兰宗教改革运动在很大程度上促使文学创作的"教化"转向。富拉尼宗教改革领袖谢赫于1804~1810年对豪萨地区发动了宗教改革运动，首先，他需要获取来自长期遭受豪萨传统统治政权压迫的农民和平民阶层的信任；其次，谢赫意识到适当的伊斯兰实践需要通过伊斯兰教育体系加以实现。当时他所创作的大量宗教作品使用阿拉伯文或富拉尼文书写，使得只精通豪萨语的信徒们无法阅读。此时的豪萨语已经发展成为地区通用语，并在文化和语言上实现了对富拉尼及周边其他民族的同化。事实上，豪萨语写作的基础是由谢赫家族所奠定的，包括谢赫的兄弟穆罕默德·贝洛（Muhammad Bello）、女儿娜娜·阿斯玛乌、早期门徒阿希姆·德格尔（Asim Degel）及穆罕默德·图库尔（Muhammad Tukur）等，作为豪萨语写作的先驱，他们的贡献不仅局限于对谢赫作品的译介，更体现为对豪萨语言和文化的全盘接纳。

---

① Ousseina Alidou, "The Emergence of Written Hausa Literature," in F. Abiola Irele and Simon Gikandi eds., *The Cambridge History of African and Caribbean Literature* (Cambridge: Cambridge University Press, 2004), p. 333.

19 世初，包括谢赫本人、阿卜杜拉希·丹·福迪奥和穆罕默德·贝洛在内的富拉尼宗教领袖的文学活动十分活跃，他们遵守中世纪苏丹文学传统，并间接受到马格里布和埃及文学的影响。根据学者统计，北尼日利亚图书馆现存谢赫的阿拉伯语作品 91 件，[①] 阿卜杜拉希的作品 77 件，贝洛的作品 97 件，另有专门敬献给谢赫的 700 首作品，使用阿拉伯文、豪萨文和富拉尼文创作而成，以手稿形式保存流通或由口头传统转写记录而成。[②]

二　豪萨语书面诗歌的形式、题材与创作手法

宗教改革运动催生了使用非洲本土语言创作的书面诗歌，最初在戈比尔（Gobir）与赞法腊（Zamfara）等地以手抄本形式流通并广为传诵，随着索科托哈里发的建立而迅速传播开来，并逐渐发展为印刷本。"吉哈德"运动及此后建立的索科托哈里发政权具有典型的家族统治特点，谢赫家族成员的诗歌创作相当可观，包括劝诫诗、传记诗、史诗、经文批注、悼亡诗等大量作品，其中以谢赫之女娜娜·阿斯玛乌的作品在数量和影响方面最为显著。

关于豪萨阿贾米诗歌的格律界定，学者们的观点呈现如下对立关系，19 世纪的豪萨宗教诗歌在结构方面受到古典阿拉伯格律的影响，并被描述为阿拉伯贾希里亚诗律系统；另一派则使用本土的豪萨格律来阐释阿贾米诗歌，认为前者彰显出外来的阿拉伯文凌驾于本土豪萨文之上的文化霸权。希斯科特指出，在对 20 世纪 50～60 年代出版的 252 首豪萨语诗歌进行系统研究后，发现其中频繁使用 9 种阿拉伯诗律及其变体，即凯米勒（Kamil）、穆泰高利卜（Mutaqarib）、瓦菲尔（Wafir）、拉穆勒（Ramal）、穆泰台力克（Mutadarik）、巴希德（Basit）、拉吉兹（Rajaz）、塔维勒（Tawil）和哈菲弗（Khafif）[③]。

在豪萨语书面诗歌出现之前，豪萨语口头赞美诗和经典的阿拉伯语诗歌已经在豪萨社会的不同阶层中长期唱诵流传。可以说，豪萨语书面诗歌在承继豪萨语口头文学与阿拉伯语文学的基础上，进行了一种创造性转化，并演

---

① 由于谢赫更加精通阿拉伯语和富拉尼语，因此使用豪萨语创作的作品数量十分有限。

② Murray Last, *The Sokoto Caliphate* (London: Longmans, 1967), pp. 237-248.

③ Mervyn Hiskett, *A History of Hausa Islamic Verse* (London: School of Oriental and African Studies, 1975), p. 176.

变为"精灵"崇拜的豪萨传统社会与信奉伊斯兰教的索科托哈里发之间的过渡性沟通媒介，呈现豪萨文化伊斯兰化的典型特征。这一转化过程，虽然是基于文学样式的变化，但体现了豪萨传统宗教与伊斯兰教、传统文化与伊斯兰文化融合的过程。豪萨传统社会中存在着诸多与伊斯兰教相背离的文化传统，诸如不分场合的鼓乐伴奏、精灵崇拜、不合时宜的富拉尼成人仪式"沙罗"（sharo）、隐匿长子或长女的姓名等。谢赫所倡导的"吉哈德"运动旨在反对"混合"的伊斯兰教，力图恢复西非伊斯兰教的纯正性。娜娜是谢赫家族宗教思想和治国理念的继承人，她通过创造性地转化创作形式和题材，将豪萨语书面诗歌作为知识载体，在地区内广泛传播卡迪里苏非主义的理论与实践。

作为"吉哈德"运动中重要的宗教宣传工具，豪萨语书面诗歌是教化、诠释和论争的工具。在创作题材方面，一类是"劝诫诗歌"，通过描述死亡与复生、地狱折磨与天堂享乐的情境，对比宗教信徒与无信仰者的生命历程，进而建立宗教社会（al'umma）的理性与道德传统，用以传道、授业、解惑；另一类则为"神爱诗歌"（maduhu），多数创作者是受苏非主义知识传统长期浸淫的知识分子，豪萨语神爱诗歌通过广义"爱"（kauna）的表达来展现对真主的挚爱之情。此外，伊斯兰法律条文（farilla）、神学（tauhidi）、星象学（nujum）、占卜学（hisabi）和先知传述（hadith）等伊斯兰宗教知识也使用诗歌表达。

在创作手法方面，娜娜展现了作为苏非学者深厚的学术造诣，将阿拉伯语诗歌的创作技巧淋漓尽致地运用在豪萨语书面诗歌创作之中。首先，为了使劝诫诗更具宗教的教育性和普及性，娜娜采用了阿拉伯语诗歌的惯用技巧"释义"（Takhmis），即在原作对句之前添加额外三行同样格律与韵律的注释。《惧怕》就是娜娜以这种方式创作的一部苏非模式诗歌，告诫土著在过世后会遭遇的恐惧。其次，娜娜还借用了阿拉伯文学传统中用于保存历史知识而使用的先知传记（Sira），她跨越时间和空间的范畴，试图将谢赫的宗教改革运动比作对先知穆罕默德7世纪宗教推广行为的模仿。最后，对于散文作品的诗律化也是阿拉伯语诗歌中的常见技巧，娜娜将兄长贝洛针对苏非妇女写作的《建议之书》（Kitab al-nasihah）诗律化并创作出《苏非女性》。作品以娜娜视角重塑了苏非女性角色，彰显了其在哈里发内部树立的知识权威。

娜娜以悼亡诗的形式代替传统的赞美诗，并赋予豪萨语诗歌真正的伊斯兰根基，作为外来的伊斯兰文化与豪萨本土传统文化交流互动的文学产物，豪萨语悼亡诗具有如下典型特征。第一，悼亡诗的内容不涉及家族谱系、军事和政治行为，而更加强调宗教行为。例如在《哀悼布哈里》（*Sonnore Buhari*）中，娜娜将兄长布哈里描述为"一位勇敢而杰出的学者，慷慨且耐心，他是人类的一盏明灯。他一生善言善行，品行完美无瑕"。第二，悼亡诗将"求知"置于特殊的地位。在《哀悼穆斯塔法》（*Sonnore Mustafa*）中，娜娜表达了对于一位伟大学者逝去的特殊情感以及对于社会影响的关切，"如今灯已熄灭，黑暗陡增"。第三，悼亡诗强调维系宗教联系的精神纽带。娜娜在《死亡真相》（*Alhinin Mutuwa*）中追溯了自苏非卡迪里教团（Qadiriyya）创始人谢赫·阿卜杜卡迪尔（Shehu Abdulkadir）到福迪奥苏非教团的发展历程。她写道："谢赫·阿卜杜卡迪尔，我珍视他们，以他们为荣。鲁法伊、阿赫迈德·巴德维、阿尔·达苏基和丹吉尔的谢赫让我与他们同在。"第四，悼亡诗也是作者个人苏非主义思想的体现。她强调人的品行和价值观，忽视身份和地位，甚至为一些普通人书写悼亡诗，并在其中颂扬美德，这些皆与豪萨口头赞美诗强调被歌颂者个体的地位和成就形成鲜明的对比。娜娜为一个权威社会创造了完整的文学文本，为"吉哈德"理论进行了现实书写。

三 豪萨语书面诗歌的社会功能

豪萨语书面诗歌自产生伊始就突破了文学自身的功能，成为政治代言的工具，并形成相应的创作和传播机制，最终演变为宗教改革运动中重要的文化策略。豪萨语书面诗歌在伊斯兰教的传播与动员、教育普及、苏非主义传播等方面发挥了重要作用，推动了索科托哈里发政权的建立、稳固与发展，强化了哈里发内部宗教身份认同，在豪萨地区统治合法性的话语建构及豪萨知识社会的建构方面发挥了巨大作用。

第一，维护和巩固了索科托哈里发政权的合法性。索科托哈里发建立后面临的核心问题是政权合法性的建立，谢赫从"圣徒"（walaya）和"天恩"（karamat）中汲取了宗教权威和政治权威，进而建构起其统治政权的合法性并以豪萨语诗歌作为文本载体进行传播。在苏非主义理论中，天恩是真主意愿的神圣赐予，因此，在谢赫宗教改革运动及此后的政治发展中，天恩成为统治魅力的重要组成部分，包括圣徒名望、影响力、权力等。

第二，推动了伊斯兰教知识的普及及豪萨知识社会的建构。19世纪的豪萨社会，知识阶层权威与宗教权威并驾齐驱，伊斯兰知识体系由神职人员所垄断。豪萨语书面诗歌的出现使宗教领袖在其大量作品中书写宗教教义、日常祈祷、信徒行为等基本知识，通过豪萨语诗歌的形式传递给普通民众，改变了此前仅有阿拉伯语诗歌具备书面形式的局面，打破了原有伊斯兰教对于知识的垄断。此外，占星术、祈雨术、魔法术等也不再以口头形式传播，所有能读写豪萨阿贾米的人都能掌握这些知识。娜娜通过诗歌创作和传播在索科托哈里发建立起的系统性妇女教育体系也一直延续至今，成为西苏丹地区知识普及的重要方式之一。

第三，成为西非地区苏非主义传播的有效途径。18世纪晚期和19世纪初期，撒哈拉以南的卡迪里教团经历了文学作品的激增，"打碎墨水瓶和撕烂书本"被某些苏非视为实践苏非主义的第一步，强调了苏非主义伊斯兰教核心奥秘的个人体验，诗歌成为传播苏非神秘主义的崭新方式。娜娜的作品提供了《古兰经》的基本理解指导及对于神学问题的细致讨论，通过豪萨语书面诗歌为哈里发社会各阶层提供了文本选择。

伴随着19世纪"吉哈德"宗教改革运动及豪萨书面文学发端，20世纪早期的书面文学发展受到两股重要力量的冲击：一是谢赫宗教思想的追随者与马赫迪学者间的意见分歧催生了大量的书面论争；二是英国殖民统治伊始激发了一批豪萨学者为前殖民地时期的重要事件和人物书写历史。[①] 尽管如此，豪萨语书面诗歌历经了伊斯兰化的洗礼形成了豪萨语"经典文学"的范本，与口头文学发展而来的"大众文学"平行发展，书面诗歌演变为"吉哈德"宗教改革运动最重要的文化遗产，并发展为豪萨社会中的永久性文学机制，是豪萨穆斯林社会结构的重要组成部分。

---

① Ousseina Alidou, "The Emergence of Written Hausa Literature," in F. Abiola Irele and Simon Gikandi eds., *The Cambridge History of African and Caribbean Literature* (Cambridge: Cambridge University Press, 2004), p. 337.

第三节　斯瓦希里语书面诗歌的产生和发展

斯瓦希里语文学写作的开端可以追溯到古代东非沿海地区的非洲—阿拉伯人接触。根据《红海航行记》（*The Periplus of the Erythrean Sea*）记载，阿拉伯人和波斯商人早在公元 1 世纪就曾到达过东非海岸，甚至更早。阿拉伯移民不断涌入，由于国家内战而流离失所，便在东非城邦国家避难定居下来。随着时间的流逝，这些定居者开始与当地居民结婚，伊斯兰教植根于地区内，进一步巩固了这一非洲—阿拉伯遗产。斯瓦希里语的书面传统就是从这种文化交往中衍生而来的。[①] 公元 10 世纪之后，随着伊斯兰教和阿拉伯书写传统在东非沿海地区的广泛传播，斯瓦希里语诗歌逐渐发展繁荣并出现了书面形式诗歌。[②] 斯瓦希里语诗歌中的格律和韵脚何时出现至今难以追溯，但可以肯定的是，这个进程是由作为斯瓦希里文人阶层的斯瓦希里诗人所推动的，他们深受伊斯兰文化和诗学的影响，从而刺激了斯瓦希里语诗歌的发展并使其演变为一种综合体，这一过程超越了对阿拉伯语诗歌的单纯模仿。[③]

一　早期斯瓦希里语书面诗歌

有学者指出，斯瓦希里语乌坦迪与所有民族史诗文学的主题相似，包含英雄事迹、浪漫传说、悲剧和历史题材等。具体而言，斯瓦希里语古体长诗乌坦迪由英雄史诗（Utendi wa ushujaa）和哲思长诗（Utendi wa hekima）两种类型构成。二者具有深刻的宗教灵感，典型的伊斯兰属性，多数以赞颂真主和先知的诗句开篇。[④] 15 世纪末至 18 世纪中期，葡萄牙殖民者入侵东

---

① Alamin M. Mazrui, "The Swahili Literary Tradition: An Intercultural Heritage," in F. Abiola Irele and Simon Gikandi eds., *The Cambridge History of African and Caribbean Literature* (Cambridge: Cambridge University Press, 2004), p. 200.

② M. M. Mulokozi, *Utangulizi wa Fasihi ya Kiswahili: Kozi za Fashi Vyuoni na Vyuo Vikuu* (Dar es Salaam: KAUTTU, 2017), p. 175.

③ Alamin M. Mazrui, Alamin Mazrui, *Swahili Beyond the Boundaries: Literature, Language, and Identity* (Athens: Ohio University Press, 2007), pp. 53-54.

④ Lyndon Harries, "Swahili Epic Literature," *Journal of the International African Institute*, Vol. 20, No. 1 (January, 1950), p. 58.

非，这一时期的文学作品以叙事长诗（Utenzi）为主。现存最早的斯瓦希里语书面文稿为姆维格·本·阿苏玛尼（Mwengo bin Athumani）于 1728 年为帕泰苏丹创作的《塔布克战役之书》（Chuo cha Tambuka），也称《希拉克略史诗》。作品对先知穆罕默德亲率的塔布克战役相关素材进行翻译和再创作，记载了公元 7 世纪，拜占庭帝国希拉克略王朝第一任君主与先知穆罕默德之间的军事对抗。[①] 诗歌原文为夹杂歌曲的多篇阿拉伯语散文，斯瓦希里语版本为拉穆方言韵文，文稿使用斯瓦希里阿贾米书写。作品并非对照原文的直接翻译，而是进行了艺术加工和再创作。历经数百年的口口相传，语言和内容都有所改变，所使用的斯瓦希里语已经比较接近于现代的语言。[②]

帕泰神学家阿伊达鲁斯（Aidarusi）翻译了穆罕默德·伊本·萨义德·阿尔布斯里（Muhammad ibn Said al-Busiri）的阿拉伯语史诗《万邦之母》（Umm-al-Qura），将其再创作为斯瓦希里语史诗《哈姆齐亚史诗》（Hamziyya），"哈姆齐亚"是阿拉伯语诗体最后一行的韵脚，作品效仿了 13 世纪对先知穆罕默德的阿拉伯语赞颂诗，根据推断大致创作于 1652 年之前。[③]《哈姆齐亚史诗》中使用的斯瓦希里语和现代斯瓦希里语区别较大，许多词汇迄今已经改变或者消失。[④]

与豪萨语相比，斯瓦希里语诗歌的书面形式和口头形式之间似乎较少重叠。20 世纪前的斯瓦希里语文学以说教诗歌（tendi）为主，长篇史诗（utendi）指由固定的韵律构成的加长叙事诗，结构上通常由四行构成，每行八个音节，语言简单凝练，基本不使用暗喻、讽喻或者象征。简洁的结构和形式十分适用于历史叙事长篇史诗与虚构叙事。诗歌的题材涉及神话人物、宗教、斯瓦希里地区内外的战争以及需要大规模传播的内容。19 世纪

① Albert S. Gérard, *African Language Literatures: An Introduction to the Literary History of Sub-Saharan Africa* (Washington, D. C.: Three Continents Press, 1981), p. 96.

② Clarissa Vierke, "From across the ocean: Considering Travelling Literary Figurations as Part of Swahili Intellectual History," *Journal of African Cultural Studies*, Vol. 28, No. 2 (2016), p. 230.

③ Jan Knappert, *Four Centuries of Swahili Verse: A Literary History and Anthology* (London: Heinemann, 1979), p. 103.

④ 魏媛媛：《本土与殖民的冲突与共生：1498~1964 年斯瓦希里文化在坦桑尼亚的发展》，博士学位论文，北京外国语大学，2013 年，第 58 页。

以来，整个斯瓦希里语的诗学传统都处于复杂的韵律体系之中，步入以诗歌为中心的斯瓦希里语文学黄金时期。① 这一时期的诗人中，萨义德·阿卜杜拉·本·阿里·本·纳西尔（Sayyid Abdalla bin Ali bin Nasir）声名显赫，代表作品是《自我审视》（Al-Inkishafi）。纳西尔在诗中从帕泰的历史遗迹中汲取灵感，提取了死亡的比喻。通过反思帕泰斯瓦希里人曾经取得的辉煌成就，谴责自己的内心，敦促其从堕落的废墟和生命的本质中汲取灵感，让人联想到但丁的《神曲》。作品表明斯瓦希里语诗人逐渐摆脱伊斯兰宗教色彩，转而通过东非社会和历史现实作为传播伊斯兰教律的手段。②

同时期的诗歌也包括了萨义德的《利翁戈之歌》（Takhmisa ya Liongo），作品围绕斯瓦希里英雄诗人利翁戈的一生及悲剧性结局展开；阿卜杜拉·马苏德·马兹鲁伊（Abdalla Mas'ud Mazrui）的《长官之歌》（Utenzi wa Al-Akida），讲述了穆罕默德·本·姆巴拉克·马兹鲁伊（Muhammad bin Mbarak Mazrui）与阿曼蒙巴萨长官之间的权力斗争阴谋；以及阿布巴卡·穆万格（Abubakar Mwengo）的《卡提力夫》（Utenzi wa Katirifu），作品描写了富裕的穆斯林男子与土著国王的女儿哈西娜之间的浪漫爱情，最终导致穆斯林军队与当地的一系列战争。

古典斯瓦希里语诗歌具有道德训诫意义，这些作品通常针对年轻人。著名女性诗人穆瓦纳·库珀娜·宾提·穆莎姆（Mwana Kupona binti Mshamu）于1858年创作的诗歌《穆瓦纳·库珀娜》（Utendi wa Mwana Kupona）是最著名的诗歌作品之一，共102节，使用拉穆方言撰写，原始文稿由阿贾米文字书写。诗歌旨在为她17岁的女儿提供有关女性对丈夫的位置、角色、职责和责任的指导。由于语气幽默、语言流畅和作品固有的风格，《穆瓦纳·库珀娜》成为迄今斯瓦希里语文学最伟大的诗歌作品。它同时引发了作者意识形态取向的争议，一方面，它肯定并

---

① Alamin M. Mazrui, "The Swahili Literary Tradition: an intercultural heritage," in F. Abiola Irele and Simon Gikandi eds., *The Cambridge History of African and Caribbean Literature* (Cambridge: Cambridge University Press, 2004), p. 201.

② Rajmund Ohly, "Literature in Swahili," in B. W. Andrzejewski, S. Pilaszewicz and W. Tyloch eds., *Literature in African Languages: Theoretical Issues and Sample Surveys* (Cambridge: Cambridge University Press, 1985), p. 470.

强化了斯瓦希里社会的父权秩序；而另一方面，它是一种颠覆性的反霸权话语。①

二　斯瓦希里语诗歌的世俗化转向

19 世纪，斯瓦希里语书面诗歌传统呈现世俗化转向，日常的社会和政治重要主题都以诗歌的形式记录，并以阿贾米书写形式留存给后代，与传统的以教化为主的宫廷文学产生了强烈对比。推动世俗化诗歌传统普及的核心人物是穆亚卡（Muyaka wa Mwinyi Haji al-Ghassaniy），他"将斯瓦希里语诗歌从清真寺带到了市场之中"，② 穆亚卡标志着斯瓦希里语诗歌逐渐从拉穆及其群岛等肯尼亚北部海岸迁移到蒙巴萨，这种转变在某种程度上是该地区的历史和政治环境变迁所导致的。穆亚卡精通各种类型的诗歌，尤其是涉及政治、社会生活、风俗习惯等主题的通俗诗歌（mashairi），并在其中赋予哲学反思、抒情、讽刺和歌颂等情感。他确立了斯瓦希里古体韵律诗（shairi）在斯瓦希里语诗学中作为重要流派的地位。通常是四行诗句，十六个音节，其中最严肃的主题是关于死亡。穆亚卡创作的诗歌主题包括爱与不忠、丰收与干旱，他所处时代主要人物的性剥削以及蒙巴萨人的灾难等。③

最为重要的是，穆亚卡成为 19 世纪上半叶蒙巴萨马兹鲁伊统治时期的著名诗人，在蒙巴萨和其他城邦的对抗中，他通过发放诗歌小册子的方式抵御外敌入侵，其创作的战争诗歌持续激发着斯瓦希里人民的爱国想象。穆亚卡的成就在于他将社会与自我有机联系在一起。诗人自我表达的诗歌在非洲—伊斯兰文学中比在非洲—欧洲文学中更加受限，但穆亚卡则在个人隐私与公众的关注之间成功架起了一座桥梁。④ 在如下诗作中，穆亚卡赞扬了蒙巴萨人的英勇善战，讽刺了阿曼人的大肆入侵，通过使用蒙巴萨的古代名称

① Alamin M. Mazrui, "The Swahili Literary Tradition：an intercultural heritage," in F. Abiola Irele and Simon Gikandi eds., *The Cambridge History of African and Caribbean Literature*（Cambridge：Cambridge University Press, 2004）, p. 203.

② Lyndon Harries, *Swahili Poetry*（Oxford：Clarendon Press, 1962）, p. 2.

③ Alamin M. Mazrui, "The Swahili Literary Tradition：an intercultural heritage," in F. Abiola Irele and Simon Gikandi eds., *The Cambridge History of African and Caribbean Literature*（Cambridge：Cambridge University Press, 2004）, p. 204.

④ Lyndon Harries, *Swahili Poetry*（Oxford：Clarendon, 1962）, p. 205.

"贡瓦"唤起当地人民的民族意识和共同记忆，呼吁桑给巴尔土著居民切勿与阿曼人结盟。

> 使者们，当你到达桑给巴尔"王后"阿兹扎的家，
> 告诉阿曼人增加人马，我们会将其一举歼灭，
> 他们不可能在蒙巴萨奠定帝国的基础，实现对海岸的殖民梦想，
> 倘若真的兑现了他们当初的威胁，我们一定会在海滩上决一死战。
>
> 如果你企图进攻贡瓦，你应当记得，这是女王的土地，
> 去向你的朋友、妻子和亲人道别吧，
> 乘着南风而归，你一定能到达这些海岸，
> 至于战争之舞，蒙巴萨人非常熟悉跳法。①

　　19世纪之后，阿拉伯语作为斯瓦希里文学的表达手段逐渐式微，而原始的斯瓦希里语诗歌写作语言恩戈兹语也逐渐消失，取而代之的是拉穆、姆维塔和温古贾等斯瓦希里语方言。在传统的韵律框架内，斯瓦希里语书面诗歌的世俗化进程一直持续到殖民统治时期。尽管穆斯林题材在斯瓦希里语文学中占据重要地位，但在处理世俗话题和当代事件时，殖民当局却选择使用史诗形式。②1885年后，随着反殖斗争的深入及民族意识的觉醒，一批斯瓦希里语作家开始采用尖刻泼辣的创作手法和语言，以史诗形式揭露鞭挞殖民统治。这一创作手法的转变被文学界视为斯瓦希里语文学创作的重要转折点，此前几乎所有的斯瓦希里语作家创作的以反殖斗争为题材的作品，都采用隐喻的手法。坦噶尼喀作家海曼德·本·阿卜杜拉·艾尔巴哈里（Hemedi bin Abdallah El-Buhry）于1895年创作的《反德战争史诗》（*Utenzi wa Wadachi Kutamalaki Mrima*）和阿布杜卡里姆·加马里丁（Abdukar Jamaliddin）创作的《马及马及起义史诗》（*Utenzi wa Vita vya Majimaji*）集

---

① M. H. Muyaka Abdulaziz, *Nineteenth-Century Swahili Popular Poetry* (Nairobi: African Publishing House, 1977), p. 133.

② Albert S. Gérard, *African Language Literatures: An Introduction to the Literary History of Sub-Saharan Africa* (Washington, D. C.: Three Continents Press, 1981), p. 119.

中代表了当时的创作潮流。①

《反德战争史诗》再现了 1888～1889 年东非沿海人民在英雄阿布什尔·本·萨利姆（Abushiri bin Salim）带领下奋勇抗击德国殖民者的斗争。作者本人亲历了这场抗争，史诗场面描写生动，刻画了英雄坚毅果敢的形象，赞颂了人民团结一心反抗殖民者的民族精神。

> 德军来袭，
> 降下教旗，
> 野蛮占领，
> 敌旗升起。
>
> 践踏铁蹄，
> 帕恩噶尼，
> 安营扎寨，
> 利炮重器。②

《马及马及起义史诗》以发生在 1905～1907 年著名的马及马及起义为背景，细腻地描写了当时战争的艰苦情景，热情地讴歌了坦噶尼喀的民族英雄以及殖民地人民顽强的反抗精神。诗人在斯瓦希里语的标准化方面亦发挥了重要作用。正如阿里·马兹鲁伊（Ali A. Mazrui）所指出的，"英语诗歌中有一种思想流派是诗歌应接近普通的对话语言。但是在斯瓦希里文化中，有一种思想流派认为普通的对话应该试图接近优美的诗歌语言"。③

以上两首诗歌作品都从积极方面描述了抵抗运动及其领导人，并在学术刊物上刊发，由著名的学者译介，在斯瓦希里语的政治诗歌讨论中被广泛引

---

① Alamin M. Mazrui, "The Swahili Literary Tradition: an intercultural heritage," in F. Abiola Irele and Simon Gikandi eds., *The Cambridge History of African and Caribbean Literature* (Cambridge: Cambridge University Press, 2004), p. 205.

② Charles Pike, "History and Imagination: Swahili Literature and Resistance to German Language Imperialism in Tanzania, 1885–1910," *The International Journal of African Historical Studies*, Vol. 19, No. 2 (1986), p. 206.

③ Ali Alamin Mazrui, *The Africans: A Triple Heritage* (London: BBC Publications, 1986), p. 245.

用。基于作品创作、收集和出版的学术背景，二者被视为记录了两次武装抵抗运动和失败的过程；见证了斯瓦希里语伊斯兰知识和文化运动的发起；见证了长期的殖民和新殖民势力努力遏制、控制和操纵这些诗歌知识产品的过程。[①]

小 结

殖民统治前的非洲大陆，本土语言文学已形成丰富的口头传统，而与口传文学并存的，是本土语言的书面文学。因此，书写于非洲而言，绝非殖民主义的产物。伊斯兰文化的传播和《古兰经》的译介是非洲出现书写且促进前殖民时期本土语言文学发展的重要原因。伴随着非洲大陆的伊斯兰化，阿拉伯语言与文学也随之到来。在此输入性影响之下，借用阿拉伯语字母拼写的阿贾米文字体系出现，豪萨语和斯瓦希里语的第一次书面化进程得以实现，本土语言书面文学应运而生。由于阿贾米书写体系自身显著的宗教属性，最早出现的非洲本土语言文学多为伊斯兰宗教文学，包括散文体与诗歌体作品，涉及神学、历史、政治等内容；主题上以道德训诫为主；体裁上，韵律丰富的诗歌与以历史记载为主的编年史书写为主。

从历史发展角度而言，豪萨语书面文学和斯瓦希里语书面文学出现的时间不同，生成的语境亦不同，因此，除了因伊斯兰文化影响而具有相通的特征之外，两种本土语言文学的发展亦呈现差异。豪萨语书面文学发生在西非内陆地区，其文化中的多元混杂成分相较处于沿海地区的、受到多种文化影响的斯瓦希里语文学更少，因而伊斯兰宗教对其影响更为深刻。19世纪初，"吉哈德"宗教改革运动催生出诗歌这一主要文学形式，其最鲜明的特征是政治性功能，但这种政治性与宗教密不可分。豪萨语书面诗歌自创作之初便超越纯文学范畴而成为政治代言的工具，进而演化为宗教改革运动的重要文化宣传工具。豪萨语书面诗歌的主要创作者为宗教改革运动领袖的家族成员，鉴于他们的努力，豪萨语书面诗歌继承了豪萨社会传统的口头赞美诗与经典阿拉伯诗歌传统，因而融合了口头文学与阿拉伯文学，连接了豪萨传统

---

① Ann Biersteker, *Kujibizana*: *Questions of Language and Power in Nineteenth-and Twentieth-Century Poetry in Kiswahili* (East Lansing: Michigan State University Press, 1996), pp. 149–150.

社会和索科托哈里发。斯瓦希里语文学的口头形式与书面形式则较少重叠。斯瓦希里语文学虽然也以诗歌为主，但发展出书面的长篇史诗形式，用于历史叙事和虚构叙事，而虚构性在伊斯兰–豪萨语文学中却是大忌。另外，随着东非地区社会和政治环境的变迁，城邦间的战争对抗冲突、家庭关系中的矛盾纠纷、政治上的冲突失和，均成为斯瓦希里语诗人们关注的焦点。相较于豪萨语言文学，斯瓦希里语文学在殖民统治之前更早地转向了世俗化，这种世俗化中所包含的文学政治性因素亦有别于豪萨语宗教诗歌的政治性。

第三章

英属非洲殖民地本土语言
文学的制度化

　　殖民统治时期，英属非洲殖民地本土语言文学的体裁、题材、文学思潮、语言都发生了重要变化，这种变化的发生离不开文学所处的殖民统治特殊历史时期，以及作为文学"外部研究"的文学机构、出版社及报刊的发行、殖民地教育体系等诸多政治和社会因素，以上种种或明或晦地对文学的生产和传播产生影响，进而也作用于非洲本土语言的近代文学建构与转型。本章将探讨英国殖民统治时期非洲本土语言文学嬗变的外部条件，及其对文学发展所产生的制度性干预。彼时英帝国统摄下的殖民统治思想，连同英属非洲殖民地的间接统治制度是影响本土文学外部条件生成的基础和土壤，非洲语言与文化国际研究所承担了帝国发展非洲本土语言文学的重任，进而演变为殖民地"基础设施"，殖民地语言政策、基督教新教与殖民地西式教育、殖民地文学局等皆构成了非洲本土语言文学嬗变的外部条件，并在一定程度上为本土语言文学的发展提供了制度性保障。

第一节　英属非洲殖民地间接统治制度：理念与实践

　　17世纪，英国受重商主义思想的驱使，大举进行贸易拓展与殖民扩张，逐步建立起殖民帝国体系。英国在非洲建立殖民地历经了相对漫长的阶段，以 1661 年在冈比亚河的詹姆士岛建立据点为标志，1884~1885 年柏林会议西方列强开始疯狂瓜分非洲，截至 1914 年，英国已经占领了非洲大陆 1/3 的土地。19 世纪中叶，英国着手推行"文明使命"，通过输出自身的文化、制度和宗教改造落后的社会，将其被动纳入以英国为中心的资本主义现代体系，通过通商（Commerce）、传教（Christianity）、文明（Civilization）、殖民（Colonization）的"4C 政策"完成大英帝国体系的建构。与此同时，帝国主义思潮内的"社会达尔文主义"甚嚣尘上，广泛分布在社会各个领域，不仅作为帝国瓜分非洲的思想根基，更对当时英国的政策制定者产生了诸多影响。"间接统治"是英属殖民官员卢加德总结英国在印度等地的统治经验而制定的一套行之有效的统治方式，在 19 世纪 20 年代以后的英属殖民地得到普遍推广，这种制度加上英语教育有利于培养一批亲英的上层和"知识精英"，成为英国统治的社会基础。[1]

在此制度下，殖民当局承认现存的非洲传统政治机构，将他们置于监督、控制之下，通过这些传统势力来统治广大民众，指导传统首领适应地方统治的职能，它被证明是一种有效地处理土著事物、强化对于殖民地基层统治的"良策"。[2] 间接统治制度在北尼日利亚殖民地的体现最为完整。北尼日利亚是英国在非洲统治地域最大、人口最多的殖民地。英国实施间接统治，由诸多历史条件构成。第一，人力和财力匮乏，不具备直接统治的基本条件。19 世纪末 20 世纪初，英国陷入黄金海岸的阿散蒂战争和南非的英布战争之中，需要大量军队增援，财政紧缩在尼日利亚早期殖民地管理中是很大的挑战，19 世纪大英帝国政策以节俭为主导，此举一直持续到 20 世纪 20 年代，因此，殖民地统治者要获得其行政管理所需的资金并不容易。[3] 第二，英国的殖民入侵在当地遭遇了顽强抵抗，使其开始反思非洲民众内部蕴藏的强大反殖、反侵略潜能，在此

---

① 郑家馨主编《殖民主义史·非洲卷》，北京：北京大学出版社，2000 年，第 422 页。

② 陆庭恩、彭坤元主编《非洲通史》（现代卷），上海：华东师范大学出版社，1995 年，第 46~47 页。

③ John E. Flint, "Nigeria: The Colonial Experience from 1870 to 1914," in L. H. Gann and P. Duignan, eds., *Colonialism in Africa*, *1870 - 1960*, Vol. I: *The History and Politics of Colonialism*, *1870-1914* (Cambridge: Cambridge University Press, 1969), p.254.

过程中，也开始意识到非洲土著酋长具有的权威。英国入侵前的索科托哈里发是由富拉尼穆斯林领袖谢赫·乌斯曼·丹·福迪奥（Sheikh Usman Dan Fodio）于 19 世纪初建立的，历史上曾作为西非最强大的伊斯兰王国占据重要的宗教地位。虽日渐衰落，但仍是一个由埃米尔国组成的松散联盟。各埃米尔国依旧承认索科托的哈里发为最高政治、宗教领袖，哈里发内存在着一套完整的土著政权系统和司法、税收制度，可被英国加以利用，服务于殖民统治。英国人在非洲所进行的殖民扩张活动，不断遇到当地土著居民的激烈反抗。它使英国人认识到在这些地区建立殖民统治的最好办法，便是利用土著社会的制度和上层首领进行间接统治。第三，当时北尼日利亚的土著帝国——索科托帝国虽已由盛转衰，时任北尼日利亚高级殖民专员的卢加德，对借助土著政权来协助殖民统治进行了一系列努力，并就此发布了许多公告、指示和法令，对间接统治进行了系统的阐述，使之从单一的统治手段，发展成为一整套包括政治、经济和法律等内容的殖民统治体制。

间接统治制度具体包括土著当局（Native Authority）、土著法院（Native Court）和土著金库（Native Treasury）的设立。在北尼日利亚获得成功后，间接统治制度先后在其他英属非洲殖民地获得推广应用，同时在英属西非的内陆地区、乌干达部分地区、坦噶尼喀、马来西亚苏丹国、婆罗洲、斐济、汤加等殖民地推行这一间接统治体制。[1] 这一进程一方面受到卢加德施政拥趸者的大力支持，如时任坦噶尼喀总督的卡梅隆[2]在殖民地进行的制度实践；另一方面，以佩勒姆为代表的学者们纷纷著书立说，从研究的视角对间接统治制度进行学理性阐释并给予充分肯定。[3] 例如，作为间接统治制度的

---

① 值得关注的是，大量的英属殖民地在这一时期实行的仍然是以直接统治为特征的行政管理体制。参见高岱《英法殖民地行政管理体制特点评析（1850~1945）》，《历史研究》2000年第 4 期，第 88~96 页。

② Sir Donald Charles Cameron，卡梅隆勋爵，1925~1931 年担任坦噶尼喀总督。

③ 作为颇具影响力的非洲研究学者，佩勒姆曾撰写过二卷本《殖民地清算》（Colonial Reckoning）、《卢加德：开拓年代》（Lugard: the Years of Adventure, 1858-1898）与《卢加德：权威年代》（Lugard: the Years of Authority 1898-1945），整理编纂了四卷本《卢加德日记》，佩勒姆的近 150 篇文章和信件被收录于两卷本《殖民序列》（Colonial Sequence）之中，参见 "Bibliography of books by Margery Perham," *The Journal of Imperial and Commonwealth History*, Vol. 19, No. 3（1991），pp. 231-232。

首本学术类著述,《尼日利亚的土著政府》(*Native Administration in Nigeria*)解释了少数欧洲官员能够成功管理非洲最大国家之一尼日利亚所实施的行政手段,成为殖民地驻扎官员的经典必读书目。[①] 经过在殖民地长期的理论和实践探索,卢加德于 1922 年出版了《英属热带非洲的双重委任统治》(*The Dual Mandate in British Tropical Africa*)一书。间接统治体制的形成和完善,的确在稳定大英帝国殖民统治的过程中起到了重要作用。然而值得注意的是,这一体制的实施既体现了维护殖民统治的作用,同时也在某种程度上成为导致英帝国解体的催化剂,并对那些在战后获得独立的英属殖民地的社会发展产生了深远影响。这套体制在注重保留土著首领的权力以及社会制度的同时,却忽视了一个影响力日益增强的社会群体,即受西方教育成长起来的新一代土著知识分子,结果这些人成为促使非殖民化运动产生与迅速发展的重要因素。[②]

两次世界大战之间,英属殖民地的间接统治所面临的最棘手的问题集中在教育领域。殖民统治之初,非洲大陆遍布着古兰经学校,间接统治维系了伊斯兰教统治权威,古兰经教育得以进一步加强,北尼日利亚首任教育官员汉斯·费舍尔(Hans Vischer)借鉴苏丹戈登纪念学院(Gordon Memorial College)的办学经验,1911 年在卡诺创办学校,1923 年,卡齐纳师范培训学院(Katsina Training College)成立,标志着北尼日利亚西式教育与伊斯兰教育的融合。在东非,政府资助的蒙巴萨学校于 1912 年创立,提供的课程中不包括阿拉伯语或古兰经研读,1924 年,肯尼亚政府将《古兰经》纳入学校课程。[③] 殖民当局需要具有识文断字能力的非洲职员、翻译等人力资源,而西非和印度的经历证明,不被帝国监护人控制的教育会带来相当程度的麻烦,需要确保教育促进间接统治,而非阻碍,因此殖民当局主动寻求与

---

① Thomas p. Ofcansky, "Margery Perham: A Bibliography of Published Work," *History in Africa*, Vol. 15 (1988), p. 339.

② 高岱:《英法殖民地行政管理体制特点评析(1850~1945)》,《历史研究》2000 年第 4 期,第 92 页。

③ 参见〔英〕A. D. 罗伯茨编《剑桥非洲史·20 世纪卷(1905~1940)》,李鹏涛译,杭州:浙江人民出版社,2019 年,第 158~159 页。

传教士的合作。① 马尔科姆·黑利勋爵（Sir Malcolm Hailey）编写的《非洲概览》（*African Survey*），对非洲大陆提出了一种启蒙式的、谨慎的改良主义，是第一次认真审视其他欧洲强国的非洲殖民地著作。② 有力地推动了英帝国增加对非洲福利的投入，并且扩大了非洲知识阶层的政治空间，而第二次世界大战进一步增强了这一策略的说服力。③ 战后，为显示管理广大殖民地的信心和能力，以及开发殖民地的资源以掩盖英国物资短缺的窘境，平衡外汇赤字，英国政府推出了《殖民地发展和福利法案》（*Colonial Development and Welfare Acts*）。该法案最大的特点是进一步扩大了援助的覆盖范围，几乎所有的殖民地都被给予或多或少的援助额度，显示了英国"固守"帝国的信念。《法案》规定基金款项增加为每年 1200 万英镑，有效期为 10 年。其中有 2350 万英镑被称作中心项目资金，用于地质调查、高等教育发展、为英国或殖民地的公职机构培训人员，以及通信设施的改善。援助基金基本按照殖民地规模来分配金额，尼日利亚分配到 2300 万英镑，占比高达殖民地数额的五分之二有余。④

本书所涉及的斯瓦希里语地区情况则相对复杂。德国对斯瓦希里地区实行有效的殖民统治时间是以 1885 年德国东非公司占领这一地区为起点，到 1919 年第一次世界大战结束后，德国丧失其在非洲的殖民地。德国殖民政府在不同地区采取了不同的殖民统治方式，大部分坦噶尼喀地区由德国殖民当局直接统治。在沿海城镇及其邻近地区，各级政府由德国官员直接掌握和控制；在内陆大部分行政区，以德国人出任的地区行政长官和少数白人官吏为首，另外大量雇用非洲代理人负责维持当地秩序和征收税赋，形成了德国统治时期著名的阿基达（Akida）制度。实行这一制度的主要原因是白人殖民官吏的人数甚少，无法满足殖民地管理的需要。在每个行政区的德国官员

---

① 〔英〕A. D. 罗伯茨编《剑桥非洲史·20 世纪卷（1905～1940）》，李鹏涛译，杭州：浙江人民出版社，2019 年，第 43 页。

② 〔英〕A. D. 罗伯茨编《剑桥非洲史·20 世纪卷（1905～1940）》，李鹏涛译，杭州：浙江人民出版社，2019 年，第 60 页。

③ 〔英〕A. D. 罗伯茨编《剑桥非洲史·20 世纪卷（1905～1940）》，李鹏涛译，杭州：浙江人民出版社，2019 年，第 19 页。

④ 杭聪：《英国的帝国援助政策辨析（1929～1970）》，《唐山学院学报》2017 年第 2 期，第 75 页。

之下设若干代理人"阿基达"或"里瓦利"（Liwali），阿基达和里瓦利之下还设有"琼贝"（Jumbe）和部落酋长，都直接从属于殖民当局。这些中下层行政官员基本上都由殖民政府直接任命，拥有很大的实权，主要任务是监督推行强迫劳动制，还要负责维持地方秩序，征收人头税、茅屋税以维持殖民统治。由于殖民当局对于阿基达和里瓦利的行为并不施加过多约束，阿基达和里瓦利便以当局的名义狐假虎威、横征暴敛，引起非洲人民强烈的不满和痛恨，这也是导致马及马及起义爆发的重要原因之一。后期，随着德国殖民政策的调整，阿基达的暴虐行为有所收敛，但阿基达制度仍然是坦噶尼喀人民反抗殖民统治的主要目标。这一制度完全无视非洲当地传统政治领袖，在施行统治时忽视非洲原有的社会治理结构，造成了德属东非殖民地极其动荡的局面。值得关注的是，对于坦噶尼喀非洲人部落社会而言，不管是德国人早期任命的斯瓦希里代理人，还是后期经过培训的代理人，都同德国殖民者一样是外来者，并不属于部落社会，既无根基，更无威望。这些使用斯瓦希里语的里瓦利、阿基达、琼贝和卡迪奇洛所拥有的权力都凌驾于其他非洲人之上。这种代理人制度严重威胁着坦噶尼喀传统社会的酋长制，改变了坦噶尼喀传统社会政治结构。

1890 年 7 月 1 日，英德瓜分东非的条约签订后，今坦桑尼亚大陆地区由德国统治，肯尼亚和桑给巴尔及其所属各岛则为英国保护国。第一次世界大战德国战败，英国获得了除卢旺达和布隆迪之外的前德属东非大陆地区委任统治权，并将这一地区改称为坦噶尼喀。早期的英国殖民政府基本沿用了德国的行政制度。不仅保留了此前划分的 22 个行政区，酋长制与阿基达制度也得以延续。1925 年，卡梅隆接任总督后，着手全面推行间接统治制度。地区以下取消阿基达制度，改建土著当局，由非洲人的传统权力机构进行治理。英国人重新启用当地酋长和各个部落的传统政治制度，责成各土著当局在其区域内维护社会秩序和承担政府职责。在一些社会发展相对落后、殖民主义入侵前尚未形成政治治理组织，甚至也不具备高度集权首领的地区，推广间接统治制度的办法是人为划定行政区域，任命新的土著首领，赋予其合法的地方统治权，这类土著首领被称为"委任酋长"。为了提高间接统治效率，英国还实行了把分散的小部落、小族体整合为较大部落、行政实体的政策，如尼亚库萨部落、苏库马联盟等就是这一政策的产物。英国人尽可能地恢复殖民地原有的部落体制，同时在各个部落内部培植支持殖民统治的集团，使这种体制更加适应殖民统治的需要。这一举措解决了殖民地行政人员不足的问题，降低了殖民地行政开支。同时在一定程度上缓和了英国统治者同非洲土著之间的矛盾，降低了殖民地非洲人反抗的风险。总体而言，英国的间接统治政策和种族主义政策加深了斯瓦希里地区内部各族群的隔阂与矛盾，在一定程度上延缓了坦桑尼亚民族融合的进程，而对传统部落忠诚度的加强，进一步阻碍了非洲现代国家民族意识的觉醒。

总而言之，英国的间接统治是基于种族主义差异原则实施的分而治之统治术，殖民主义的对立结构与等级分化是这一统治术背后的政治哲学及意识形态基础。政治上的决策决定性地影响了殖民地文化、教育政策和语言政策，非洲本土语言文学创作因此在英国殖民时期得到制度性推广与鼓励。

第二节　非洲语言与文化国际研究所

1926 年，非洲语言与文化国际研究所（International Institute of African Languages and Cultures）正式成立，在 1945 年更名为国际非洲研究所前，这一机构通过对非洲语言和文化领域知识体系的系统建构，协助了英帝国在非洲的殖民统治，客观上也促进了非洲本土语言和文学的发展。本节通过回顾非洲语言与文化国际研究所成立的历史背景及其动因、实施的具体策略及其效果，阐释该机构与间接统治之间的联系，及其在殖民地知识建构、知识与权力的互构关系方面发挥的作用。

一　非洲语言与文化国际研究所的成立：历史背景及动因

非洲语言与文化国际研究所的成立有着复杂的历史背景，其思想雏形可以追溯到 1924 年 9 月在英国赫特福德郡召开的一次会议，传教士、殖民地行政人员和教育学家共同讨论了非洲人面临现代技术和经济组织发展带来的挑战，提出需要使用科学的方法解决西方与非洲文化接触产生的问题，特别是尝试通过现代教育。当时欧洲主义迅速辐射到非洲各个方面，亟须通过非洲各民族自身的思维方式来推行教育，而语言被视为问题的根源，开展对非洲语言重要性、用途和正字法的系统研究尤为迫切，最初会议提议建立的机构是"非洲语言文学局"。1925 年 7 月，在伦敦大学东方学院召开的会议决定拓展机构的研究范围，涵盖"非洲的精神文化"和"语言"两大方向，"增强对非洲语言和社会结构的理解，以达到保护它们并将其作为教育工具的目的"。[①] 20 世纪 20 年代，非洲殖民地政治动荡不安，泛非主义运动影响下的非洲本土黑人与美洲黑人之间思想交流与互动十分频繁，民族主义思潮席卷非洲大陆，各种抵抗运动纷至沓来，与此同时，殖民制度在英国国内也饱受争议，非洲语言与文化国际研究所正是在这种内外交困的形势下成立的。同时，作为殖民地行之有效的统治方式，间接统治制度对非洲本土知识建构提出了巨大挑战。美国大型基金会为了实现商业利益和国家利益之间的相互勾连，拓展在非洲的利益版图，为研究所提供了重要的资金支持。以上种种或明或晦地推动了非洲语言与文化国际研究所的成立，并对其性质、研究内容和社会科学整体发展走向产生了决定性影响。

（一）非洲民族主义思潮助推了非洲研究的国际合作

19 世纪末 20 世纪初，帝国主义列强对非洲大陆实施了大规模殖民侵略和占领，尽管非洲人民进行了各种形式的抵抗并表现出能动性，但截至第一次世界大战前，除埃塞俄比亚等国家外，非洲几乎丧失了全部主权，沦为西方列强的殖民地。伴随着一战后国际联盟提出的委任统治制度，英国和法国等宗主国家长制的统治方式被国家化和制度化。国际联盟将殖民统治，特别是在非洲，宣称为"一种以高等文明的名义承担的职责"。[②] 而另外，20 世纪初期由杜波依斯所领导的泛非主义运动声势浩大，最初起源于美洲大陆的政治运动，迅速演变为非洲殖民地反对种族歧视和殖民统治的有力武器。作为殖民地非洲人与美洲黑人的思想交流与互动，泛非主义表现出被统治者对争取政治、经济和文化利益的强烈诉求，在第一次泛非会议上发表的《致全世界各国呼吁书》强调，"不要让非洲土著居民成为黄金贪婪的牺牲品，不要让他们的自由被剥夺、他们的家庭生活被破坏、他们的争议愿望被压

---

① Edwin W. Smith："The Story of the Institute：A Survey of Seven Years," *Africa：Journal of the International African Institute*, Vol. 7, No. 1 （1934）, p. 2.

② 〔加〕A. A. 博亨主编《非洲通史：1880~1935 年殖民统治下的非洲》（第七卷），北京：中国对外翻译出版公司，2013 年，第 283 页。

制、他们的发展和文明之路被堵死"。①

欧洲人对于非洲大陆的语言、文化和自然资源的认识依然是支离破碎的，弥补这方面的缺陷有益于统治和贸易。早期在实地工作的殖民地官员在拓展对非洲的认知方面扮演了领导角色。② 但是在殖民统治被国家化和制度化后，面对处于同一大陆统治对象的多样化与统治秩序的混乱，各殖民宗主国之间显然缺乏有效的合作。因此，非洲语言与文化国际研究所的成立是在殖民地态势发生转变后，在国家层面之外的教会、各国的教育机构、政府部门和科研人员之间的横向合作机构，也体现出英帝国对其殖民政策的反思和调整，因此卢加德一直强调研究所的"非政治"属性，将其界定为"一个协调机构、中央部门和信息交换所"，将分布于非洲、欧洲和美洲的最成熟的有关非洲的知识和经验积累起来，协助解决大陆内部的问题。研究所秉承科学的研究方法，开展人类学和语言学的调查，禁止涉及政策和行政事务。然而，在不违反以上基本原则的情况下，科学研究的结果可以与非洲的实际工作紧密联系起来。③ 卢加德的这一界定显然含糊其辞，为研究所发展进程中理念与实践之间呈现的矛盾性埋下了伏笔。"国际性"是研究所强调的另一特征。在成员构成方面，1926 年 6 月研究所正式成立时在伦敦召集理事会议，有来自英国、法国、德国、比利时等 11 个国家的 28 个协会和组织出席，罗马天主教和新教教会代表与会。研究所任命了两名在非洲语言方面具有国际声望的学者担任所长，他们分别是法属西非前总督、巴黎东方语言学院教授莫里斯·德拉夫斯（Maurice Delafosse）和前西非传教士、柏林大学著名语言学家韦斯特曼（D. Westermann）。研究所成立初期的秘书长汉斯·费舍尔具备的个人特质，也与研究所的国际性相得益彰。他出色的外语能力、丰富的殖民地经历、广泛的人脉确保了来自学者、欧洲教会和非洲方面的支持。④

① 唐大盾选编《泛非主义与非洲统一组织文选（1900～1990）》，上海：华东师范大学出版社，1995 年，第 4 页。
② 〔英〕A. D. 罗伯茨编《剑桥非洲史·20 世纪卷（1905～1940）》，李鹏涛译，杭州：浙江人民出版社，2019 年，第 29 页。
③ F. D. Lugard, "The International Institute of African Languages and Cultures," *Africa: Journal of the International African Institute*, Vol. 1, No. 1 (1928), p. 2.
④ Daryll Forde, "International African Institute 1926-51, Report of the Administrative Director," *Africa: Journal of the International African Institute*, Vol. 21, No. 3 (July, 1951), pp. 226-227.

（二）间接统治方式所导致的殖民地知识需求激增

19 世纪末，包括金斯利等在内的一批文化相对主义者向种族主义发起了激烈挑战，强调非洲文化具有的独特性价值，其社会发展应该遵循自然规律，而非按照欧洲的方式强加干预。受到这一理念的直接影响，"间接统治"方式应运而生，通过承认非洲原有的政治、社会结构并加以利用，直接为酋长等传统统治者赋权，这是英属殖民官员卢加德总结英国在印度等地的统治经验而制定的一套行之有效的统治方式，并在 1922年出版的《英属热带非洲的双重委任统治》一书中被理论化。这种制度最早在北尼日利亚获得成功，此后在乌干达、阿散蒂等英属殖民地得到推广，在稳定英帝国殖民统治的过程中发挥了重要作用。间接统治既可以行使帝国的权威，又可以使这种统治在道德上具有合法性，并兼顾了土著种族利益，形成了一种权力平衡。[1] 间接统治的实施需要统治者了解和掌握非洲传统社会的组织架构、法律制度、宗教信仰、文化习俗等，进而制定与殖民地相适应的政策。卢加德勋爵就直言土著习惯法研究领域广阔，涉及非洲人的是非观念、非洲人认为违反社会规则的行为、对不同过失或罪行的惩罚程度、非洲人的观念受迷信影响的程度等，土著法律和习俗起源的完整数据受到重视，并被作为处理本土案件的重要参考。[2] 另一方面，间接统治是基于种族差异原则实施的分而治之统治术，殖民主义的对立结构与等级分化是这一统治术背后的政治哲学及意识形态基础。正如马姆达尼所言，"间接统治不仅要承认差异，而且要塑造差异"。[3] 统治者面临着如何建构统治对象族群身份的划分依据问题，殖民地本土知识的缺陷亟须弥补。因此，文化相对主义及其衍生物殖民地"间接统治"制度，促使针对非洲大陆的研究从传统聚焦文献文本的东方学转向对殖民地日常生活的关注，通过开展语言学、人类学等基础性研究，系统建构非洲语言、

---

[1] 洪霞、刘明周：《英帝国史》（第七卷），南京：江苏人民出版社，2019 年，第 75 页。

[2] F. D. Lugard, "The International Institute of African Languages and Cultures," *Africa*：*Journal of the International African Institute*, Vol. 1, No. 1 (1928), p. 3.

[3] 〔乌干达〕马哈茂德·马姆达尼：《界而治之：原住民作为政治身份》，田立年译，北京：人民出版社，2016 年，第 6 页。

族群、习惯法等本土知识体系，以此维持殖民地秩序的稳定，实施有效的殖民统治。

（三）洛克菲勒基金会及其非洲研究旨趣的兴起

在早期非洲语言与文化国际研究所的塑造过程中，洛克菲勒基金会发挥了不容小觑的作用。美国基金会是一种高度复杂的矛盾体，它们既是政府的补充，又是其对立面；既是财富高度集中的产物，又代表改良主义思潮；它们既是缓和矛盾、稳定社会、发展教育和学科的有力工具，也附带着美国特色的价值观。[①] 在第一次世界大战之前，囿于自由主义、孤立主义思想对美国政治的影响，美国政府对文化国际交流甚少介入。宗教组织、教育文化组织以及私人基金会成为美国国际文化交流的主要行为体。[②] 洛克菲勒基金会秉持着强烈的宗教使命感，并非单纯出于慈善意图，而是同商业利益和国家利益相互勾连，致力于增进美国、英国及其殖民地的知识与理解。1929 年与劳拉·斯佩尔曼·洛克菲勒纪念馆合并，进一步加强了对自然和社会科学、人文和农业领域的支持。由于后者长期对种族关系研究兴趣浓厚，基金会决定资助非洲语言与文化国际研究所，通过开展非洲研究将非洲的控制权掌握在欧洲手中，并寻找适当的机构实现这个目标。由于基金会在美国黑人教育方面积累的丰富经验，殖民地教育咨询委员会曾向其寻求帮助建立一个用于处理非洲类似实际问题的国际组织，并将语言作为解决问题的手段，从而获取对当地民族的了解。洛克菲勒基金会对于非洲语言与文化国际研究所的成立而言，最重要的意义在于经费的支持。卢加德曾直言洛克菲勒基金会的慷慨援助构成了研究所财务的重要组成部分。劳拉·斯佩尔曼·洛克菲勒纪念馆在研究所成立的最初 5 年，每年给予 1000 英镑的支持，倘若没有这笔资助，研究所的成立则无从谈起。[③]

---

① 资中筠：《散财之道——美国现代公益基金会述评》，上海：上海人民出版社，2003 年，第 3 页。

② 胡文涛：《美国私人基金会参与文化外交的历程与动因》，《世界历史》2008 年第 6 期，第 15 页。

③ F. D. Lugard, "The International Institute of African Languages and Cultures," *Africa: Journal of the International African Institute*, Vol. 1, No. 1 (1928), p. 9.

二 非洲语言与文化国际研究所的本土知识生产实践

20 世纪伊始，对土著社会、文化和权威形式的保护概念几乎成为英国殖民政策普遍陈述和根深蒂固的目标，对殖民主义产生了比制度更为广泛的影响。1926 年 6 月，在非洲语言与文化国际研究所成立的午餐会上，殖民地部长埃默里直言不讳地谈及研究所的成立初衷，"非洲人接触了现代文明，结果可能是富有成果的，也可能是灾难性的。一切都取决于其对非洲人心智和思维的影响，目前面临的最大问题是教育，处理好这个问题不能单纯依靠灌输，而是要发掘受教育者的思想深处，因此必须要将非洲本土语言作为教育工具，塑造优秀的公民。语言是思想，所有的思想都是不可分割的。从这个意义上说，土著人的语言确实是他的灵魂，而要对他有感召力必须通过其灵魂"。① 显然，非洲语言与文化国际研究所在成立伊始就认识到非洲语言的重要性，并在非洲本土语言、教育和非洲公民塑造之间建立起了联系。

相较于热带医学、卫生等广泛受到帝国关注的殖民地本土知识而言，非洲语言研究则相对式微，伴随着非洲语言与文化国际研究所的成立，国际非洲研究的制度化时代正式开启。研究所章程中对研究内容、研究方式与研究性质进一步做出界定："研究非洲本土语言和文化；为非洲语言、民间传说和艺术等领域的研究出版提供咨询和帮助；其机构职能是建立一个信息局，服务于对非洲语言学和民族学研究及教育工作感兴趣的机构和个人；与研究所开展类似工作的机构和个人相互合作；协助本土语言教育文献的编写；在科学知识与研究和实际事物之间建立更密切的联系；促进对非洲语言和社会制度的理解，并研究将其作为教育工具的可能性；鼓励开展非洲人民心智发展和技术进步的国际合作；研究所完全是非政治性的、不应涉及政策和行政事务。"② 受殖民统治哲学的深刻影响，研究所的非洲本土语言知识生产实践的过程包括了正字法编制、文献的审查与分类、本土语言文学生产、知识传播与教化等。

---

① F. D. Lugard, "The International Institute of African Languages and Cultures," *Africa*: *Journal of the International African Institute*, Vol. 1, No. 1 (1928), pp. 11–12.

② F. D. Lugard, "The International Institute of African Languages and Cultures," *Africa*: *Journal of the International African Institute*, Vol. 1, No. 1 (1928), p. 4.

（一）非洲本土语言正字法的编制

非洲本土语言的正字法被视为保存欧洲体系特质的博物馆。[①] 早在1885年，德国语文学家莱普修斯曾应教会的要求制作过标准字表，虽然适用范围广泛，但因实用性不强而未获得普遍认可。此后，越来越多的非洲语言经历了书面化进程，书写者根据各自的发音习惯记录非洲语言，使得同一种语言会出现不同的记录方式，有些语言的变音符号也常常被忽略。非洲语言与文化国际研究所希望与专家合作，基于科学原则创制出实用的书写体系，即需要获得语音学家和教育心理学家的认可、便于非洲的年轻人阅读和书写。理事会第一次会议邀请了韦斯特曼与著名非洲语文学家卡尔·弗里德里希·迈克尔·迈因霍夫、丹尼尔·琼斯等专家一道编写一份备忘录，经过修订于1930年正式出版。除英文版备忘录外，同时付梓的还包括法文版本和德文版本。研究所明确表示，所提议的字母表只限于介绍指导原则和常见发音的统一拼写，而非所有非洲语言的详细字母表，因为唯有以科学的精确性确定语言的"音"，方可制订使用的文字规则。研究所特别强调所依据的原则是实用的正字法必须从非洲人的角度出发，而非欧洲人。应尽量简单，避免使用变音符号。尽管争议不断，建议最终还是获得广泛采纳。黄金海岸、苏丹、尼日利亚、塞拉利昂殖民地政府先后邀请韦斯特曼博士前往当地，咨询语言问题并协助编制正字法。[②] 韦斯特曼所编写的《非洲语言学生实用语音学》成为殖民官员和传教士的必备手册。研究所创制的国际非洲字母表，被卡努里语、豪萨语、绍纳语、恩古尼语、祖鲁语等60余种语言广泛采用，解决了非洲在语言学研究领域面临的实际问题。出版的图书进入了流通领域，在印刷、阅读、书写和打字方面都积累了经验。研究所还参与了《非洲语言手册》（*Handbook of the Languages of Africa*）的编撰，包括已出版或未出版的各类信息摘要，涵盖语言分类和分布、语言使用者的地理位置及人数、简要的语言分析、本土出版物信息、书目和地图等。

---

① Edwin W. Smith, "The Story of the Institute: A Survey of Seven Years," *Africa: Journal of the International African Institute*, Vol. 7, No. 1（1934），p. 10.

② Edwin W. Smith, "The Story of the Institute: A Survey of Seven Years," *Africa: Journal of the International African Institute*, Vol. 7, No. 1（1934），pp. 12-13.

（二）非洲本土语言文献的审查与分类

研究所对非洲殖民地现存的本土语言文献进行了大规模审查。传教士、出版机构和个人积极响应，上缴了大量图书，包括222种非洲语言和方言的1400册图书，241种英语和法语算术、历史和卫生等教科书。① 研究所针对收集到的文献开展研究，经过评估后得出的结论是多数图书不适应非洲人的生活和心智，也无法满足现代教育原则的需求。基于殖民地目前正在使用的非洲教科书及其缺陷，提出一般性的教科书编写原则，并对现有文献进行如下分类：

初级读本和普通读本；

算术、地理、历史和教育学等专门科目图书；

卫生、农业、手工业、公民等社会福利方面的图书；

民间传说、历史传统、传记、小说和宗教图书等一般读物。

对现有非洲本土语言文献分类的意义在于，在不同层级的教育体系中，所灌输的殖民地本土知识的类型和内容完全不同。有建议指出，尽管非洲民间传说如此丰富，颇具价值，读本中只能给出一些提示。在较低标准的读本中，大部分内容来源于丰富的故事、谜语、歌曲、长辈谚语、自然史以及对国家的简短描述，此后是历史传统、更大范围的地理、部落生活、社会和政治制度。此时可以强调非洲原始社区生活中蕴含的伦理价值观，如果在目前的条件下这种遗产遭到破坏，非洲人的心灵将遭受不可弥补的创伤。在处理历史相关主题时，应注意避免激发或鼓励部落的偏见和嫉妒，创造友好的关系和营造和谐的氛围。② 研究所编制了完整的书目，包括本土语言出版物、在研究所研究范畴内的欧洲语言编写的非洲问题图书。非洲语言与文化国际研究所建议将非洲作为一个整体考量，但读本的构成需要密切结合特定地区，如某个殖民地或一个语言地域，编写过程需由欧洲人和非洲人合作完成，除具备语言能力外，编写者还应具

---

① Edwin W. Smith, "The Story of the Institute: A Survey of Seven Years," *Africa*: *Journal of the International African Institute*, Vol. 7, No. 1 (1934), p. 14.

② The Executive Council, "Text-Books for African Schools," *Africa*: *Journal of the International African Institute*, Vol. 1, No. 1 (1928), p. 15.

备一定的教育经历和非洲常识。建议在每个地区成立面对整个区域的委员会，每种语言成立独立小组。具体工作内容是对该语言的书写进行审查并挑选符合要求的内容，列入新编写的读本之中。标准读本需要选择使用人口众多的语言出版，这并非仅出于财政因素考虑，也需要确保图书的流通范围。其中具有明确导向的语言政策是将同源方言或小语言统一为一种文学习语，因为除非借助社会帮助，一种小语言无法维持一种文学。①

（三）非洲本土语言文学生产

非洲殖民地进行本土语言识字教育所面临的问题是，可供阅读和欣赏的文本乏善可陈。对本土语言标准化的推广无法脱离对本土语言文学创作的鼓励，如果文学在非洲的日常生活中占据重要位置，必须是本土语言书写的文学。研究所于 1928 年启动了非洲本土语言文学创作比赛，通过设立本土语言作品奖项，激发非洲人使用母语从事文学创作的热情。第一届比赛共收到了斯瓦希里文、霍瓦文、科萨文、阿肯文和刚果文 5 种语言的 45 份手稿，获奖者最终都成为本民族文学最具代表性的作家。在比赛举办的最初四年间累计收到 18 种语言的 207 件作品，这些手稿经过专家严格的审查程序，由于最初设立的标准过高，价值 20 英镑的一等奖无人摘取。在这个过程中，有些参赛者发来了翻译作品，有些作家展示出讲故事的天赋，表现的主题种类繁多，人物传记、部落历史、风俗描述、民间故事集都有所涉猎。一位审查斯瓦希里语的官员评价阅读手稿后发现，"受过教育的非洲人在使用本土语言时展现出惊人的灵活性和表现力"。但另一方面，审查揭示出教育体系中的严重缺陷，稿件中的语法错误说明非洲语言学习在高年级教育中很大程度上被忽视了。囿于经费所限，文学创作比赛实际发表的作品数量寥寥无几。然而，文学创作比赛很大程度上推广了本土语言的标准化，鼓励本土语言文学的创作，引入了新的文类及文学题材，进而培育出与拉丁化书面语言相适应的殖民地读写文化。

---

① The Executive Council, "Text-Books for African Schools," *Africa*：*Journal of the International African Institute*, Vol. 1, No. 1 (1928), p. 19.

（四）殖民地本土知识的传播

非洲语言与文化国际研究所出版的刊物，为殖民地生产的知识提供了持续、稳定的载体，也推动了本土知识的制度化进程。《非洲》季刊于 1928 年创刊，与牛津大学出版社合作出版，装帧精良。[①] 其中囊括了研究所的原创性文章、近期研究和发展的记录、书评及出版物目录等。与此同时，研究所还编纂了《非洲研究》和《非洲文献》两套出版物。其中，《非洲研究》涵盖了研究所研究范围的内容；非洲文献系列则由非洲人使用本土语言书写或口述的文本或册子，包括故事、歌曲、戏剧、谜语、谚语、历史叙事、社会制度和传统习俗描述、神话和宗教等方方面面的内容。[②] 研究所选择出版的第一部非洲人作品是托马斯·莫弗洛（Thomas Mofolo）使用塞索托语创作的《查卡》（Chaka）。此外，殖民地报刊发行也为这一时期的殖民地本土知识提供了全新的媒介，促进了文学生产的市场化、大众化和制度化进程，通过编辑、印刷、发行、派送、销售等构成了完整的传播机制。

20 世纪 30 年代，非洲语言与文化国际研究所从单一的语言研究所发展为综合的非洲研究中心，筹集经费资助了马林诺夫斯基所称的"变化中的土著人类学"，因为在马氏看来，任何语言研究都需要建立在对文化和社会的深刻理解基础之上。研究所与洛克菲勒基金会合作资助一批语言学和人类学学者，如迈耶·福尔特、佩勒姆、艾达·沃德、希尔达·库珀和梅尔兹安等，他们大体构成了早期非洲研究最具代表性的学者群体。

三　非洲语言与文化国际研究所呈现的矛盾特性

菲尔德豪斯曾尖锐地指出现代殖民主义的核心存在两个悖论，其一是帝国计划要履行的有限职能与殖民地领土全面管理的实施之间的矛盾；其二是殖民政府的性质与促使臣民接受外来统治的条件之间的矛盾。[③] 间接统治制

[①] Daryll Forde, "International African Institute 1926-1951, Report of the Administrative Director," *Africa: Journal of the International African Institute*, Vol. 21, No. 3 (July, 1951), p. 227.

[②] F. D. Lugard, "The International Institute of African Languages and Cultures," *Africa: Journal of the International African Institute*, Vol. 1, No. 1 (1928), p. 4.

[③] D. K. Fieldhouse, *Colonialism, 1870-1945: An Introduction* (London: Macmillan, 1983), pp. 19-20.

度的出现使以上矛盾似乎迎刃而解，非洲语言与文化国际研究所在非洲本土知识的建构、生产、传播和普及等制度化方面发挥了重要作用，在全球范围内促进了教会、学者及殖民势力三股力量之间的合作，协助了大英帝国"间接统治"方式的实施，并最终演变为殖民地"基础设施"。然而，毋庸置疑的是，研究自身也折射出殖民统治在理念与实践方面的多重矛盾，在其发展进程中产生出颠覆殖民权力、瓦解殖民统治的能动性，进而成为去殖民化的重要力量。

（一）有限的"国际性"与无限的"帝国性"

毋庸置疑，非洲语言与文化国际研究所具有鲜明的国际属性。执行委员会负责实际处理研究所的事务，成员由奥地利、比利时、法国、德国、英国和意大利等国组成。研究所的总部设于伦敦，在理事会会议之间，由理事会伦敦成员组成的商业委员会处理日常事务。首先，以各殖民宗主国为代表的各国政府对研究所给予高度肯定和重视，对非洲研究展现出浓厚的兴趣。执行委员会会议在伦敦、巴黎、罗马、布鲁塞尔、柏林等多个殖民宗主国首都举行。比利时国王曾两次在布鲁塞尔接待委员会成员，利奥波德国王展示出对研究所涉及问题的广泛了解。1930 年于罗马召开的会议，成员们受到教皇的亲自接见。于各国举行的开幕式通常由殖民地大臣所主持。其次，研究所的代表遍布世界各地，截至 1939 年，约有 9000 名一般成员分布在 13 个欧洲国家和美国，其中有近 500 名传教士，大多数活跃在非洲大陆。理事会成员则来自英国、比利时、埃及、法国、德国、荷兰、意大利、葡萄牙、瑞典、美国和南非联邦的 42 个大学、博物馆和地理、人类学及教会团体。欧洲，乃至整个西方世界在认识非洲、参与非洲实践方面必须有某种程度的一致和协调。研究所自诩为"一个国际、独立和非官方的组织"，得到了所有非洲领土的行政当局和在非洲有利益涉足的大国政府支持。[①]

帝国同非洲语言与文化国际研究所的联系千丝万缕。除了美国基金会之

---

① Beatrice Wyatt, "International African Institute / L'institut International African," *Civilisations*, Vol. 4, No. 2 (1954), p.213.

外，研究所建立之初最主要的资金来源是英国、法国、比利时、意大利和德国等国。① 受第二次世界大战的影响，研究所无法继续全面开展国际合作，部分研究计划被迫暂时中断，包括研究所刊物《非洲》的出版。此种局面短暂出现于 1940~1941 年，伦敦办事处照常运行，费舍尔与研究所骨干继续与成员们保持联系，并与皇家非洲协会（Royal African Society）、伦敦大学亚非学院开展合作。第二次世界大战结束后，殖民宗主国不仅没有撤出殖民地，反而进行了以专家和技术官僚为权力移交的第二次殖民入侵，为长期被忽视的殖民地发展做准备，导致殖民地的研究经费前所未有的充足。1941 年，英国殖民地发展与福利基金设立，随后英国殖民部殖民研究委员会指出，尽管战争爆发，但研究所的工作恰逢其时，临时委员会起草了一份备忘录呈递给时任殖民研究委员会主席黑利勋爵，阐明研究所在非洲研究领域具备的潜力和前景。研究所迅速响应新的发展趋势，确保其在语言学和人类学研究方面的权威地位。因此，英国殖民地发展与福利基金赞助了重要研究成果的出版，同时寻求各殖民地政府的支持用以出版大规模的非洲民族志调查项目。

（二）"非政治"属性与殖民地的"基础设施"

无论在殖民统治过程中采取何种策略，体现出的方法的差异性或一致性，其所服务的终究是专制的殖民政权，这是殖民统治伊始就已经固化在殖民治理体系之中的。卢加德勋爵所宣称的研究所的"非政治"属性，以及远离政策和行政事务，在实践中难以付诸实施。首先，研究所并非针对整个非洲大陆的族群开展研究，而是选择特定的区域调查非洲社会制度如何运转及其在与西方文明接触过程中发生何种变化。其目的是非常现实的，并非为了增加世界对非洲和非洲人的了解，而是通过与西方的文明接触获得发展，确保非洲人在自身的文化语境中有序制订和执行计划。其次，为了进一步推动间接统治，培养出理解非洲、训练有素的人员服务于殖民势力，研究所开始授予殖民地官员、教育家和传教士"助学金"以影响这些变革推动者在

---

① F. D. Lugard, "The International Institute of African Languages and Cultures," *Africa: Journal of the International African Institute*, Vol. 1, No. 1 (1928), p. 9.

非洲开展工作的方式。殖民官员通常将间接统治作为不提供任何援助的借口，但在非洲语言与文化国际研究所看来，间接统治不应作为不干涉的借口，而应作为引导人们通过遵循进化的发展道路来适应现代世界的一种手段。间接统治必须基于对传统社会前殖民地情况的彻底了解。研究所培训的田野工作者被派往协助殖民政府发掘传统权威的基础及其意义。殖民官员较少有精力确定部族生活的复杂性和重建前殖民时期传统制度的功能。研究者推测，酋长和臣民通过互惠义务制度相互联系的方式可以作为殖民统治的典范。人类学家为殖民者发现的一个重要教训是酋长们获得尊重的方式，使统治者得以破坏传统制度的核心并控制权力关系朝对其有利的方向发展。再次，非洲语言与文化国际研究所协调了私人和政府之间的利益，服务于帝国和大型基金会的利益，研究成果被有意无意地用于征服殖民地人民。研究所开展的大量工作是种族主义的，即使是无意识的。洛克菲勒基金会显然希望通过政府联系、信息以及与新兴的非洲领袖之间的研究获益。知识、权力和文化知识是可以用来获得一个群体最内在的符号和意义。[①]

（三）作为"他者"的殖民地知识建构

基于对非洲语言学与人种学的研究，非洲语言与文化国际研究所将非洲作为"他者"进行系统的知识建构，通过对非洲文化和社会制度传统结构的研究，剖析其根深蒂固的信念，用以缓解欧洲殖民者与非洲殖民地接触过程中的张力，进而推动西方在非洲殖民地疆域的拓展。诚然，研究所在推动非洲研究的进程中，大举传播西方的意识形态，提升其在非洲的影响力。然而，从研究所的组织架构、成员构成来看，非洲研究由非洲知识分子以外的西方学者所主导，正如克劳德所判断的，"非洲研究的实践方式自研究所成立以来几乎没有改变，而彼时的非洲被欧洲殖民政权牢牢统治"。这显然对于非洲研究及非洲本土知识建构的身份问题发起了挑战，以非洲本土语言为例，殖民统治者基于西方经验，在非洲殖民地实施的知识生产过程中炮制了正字法编制、本土文献的审查与分类、本土语言文学生产、本土知识传播和

---

① Frank A. Salamone, "The International African Institute: The Rockefeller Foundation and the Development of British Social Anthropology in Africa," *Transforming Anthropology*, Vol. 9, No. 1 (2000), p. 28.

通过教育的固化等流程，历经了一系列制度化干预后人为生成了非洲殖民地的拉丁化读写文化。

哲学家穆丁贝（V. Y. Mudimbe）在其名著《发明非洲》一书中曾尖锐地指出，非洲是西方在知识上的一个发明。穆丁贝深受福柯的影响，力图解释西方言说非洲种种话语模式背后的意识形态假设，特别批判了"文明"与"野蛮"这个带有鲜明社会达尔文主义色彩的理解非洲的根本方式。他关注西方在非洲主义话语建构的生成条件，认为所有关于非洲的论述，无论来自非洲人还是欧洲人，都依赖于从西方认识论秩序中提取的概念，正是通过这种话语表达了"传统"与"现代"之间的张力。穆丁贝试图对有关非洲知识和权力的复杂问题进行批判，其研究极具启发性，然而，美中不足的是，我们在其研究中看不到制度的因素。任何知识都是在一种机制中生产出来的，非洲知识也不例外。西方关于非洲的系统知识最早是由传教士、探险家和阿皮亚所谓的"世界主义者"在 19 世纪呈现出来的。到了 20 世纪 20年代，非洲知识生产的模式发生了重大转变，它从个体的观察转向客观的研究，这个转变的标志便是"非洲语言与文化国际研究所"的建立。穆丁贝讨论的学者如列维－布留尔（Levy-Bruhl）、康帝·罗西尼（Conti Rossini）和埃文思－普里查德（Evans-Pritchar）其实都是这个研究所的重要成员。本研究因此是对《发明非洲》的一个补充，旨在说明"非洲语言与文化国际研究所"在生产关于非洲这个"他者"的知识时，具体起到了何种作用。

通过考察非洲殖民地本土知识的生产过程可以看出，其知识生产主体是受过训练的语言学家、人类学家以及由他们建立起来的国际知识网络，而非洲人本身很少参与到关于自我的理解上。"非洲语言与文化国际研究所"肩负着两种使命：教化野蛮人和保证英国"间接统治"殖民政策的成功。为此，该研究所采取了几个非常具有创意性的行动：第一，为非洲人发明本土语言的拉丁化文字书写系统；第二，创办刊物和筹集出版资金，鼓励非洲本土人采用新发明的书面语言进行文学创作和文化书写；第三，为了更好地教化非洲人，该研究所编写了"读本"，使得欧洲思想和价值观可以通过本土语言的小学教育进入非洲学生的头脑。殖民地本土知识呈现出明显的建构性，并在一系列制度化干预后生成了以识文断字为标准的殖民地读写文化。"非洲语言与文化国际研究所"于 1945 年更名为"国际非洲研究所"。从创办伊始，该研究所就坚称研究的非政治性和客观性原则。但是，研究所推出的各种研究成果其实都是为西方在非洲的殖民统治服务的。西方的殖民统治不仅在权力关系方面建构起统治者和被统治者之间的二元对立，更在知识生产方面建立起同样的对立结构，非洲语言与文化国际研究所的建立正式确立了非洲研究的秩序，在西方所建构的非洲本土知识和真实的非洲本土知识之间制造了鸿沟与隔阂，这恰恰是影响后殖民时代非洲民族国家建构和非洲人自我身份认同确立的重要障碍。

第三节　殖民地教育与非洲本土语言文学

英属非洲殖民地教育实践由殖民当局、基督教会和非洲人三者共同参与实施。与法国的殖民地政策显著不同，英国缺乏殖民地教育政策的统一指导，学校教育基本交由基督教传教团负责。英国在非洲殖民地的教育政策很大程度上受其印度经验的影响，柯曾（Curzon）爵士早年任印度总督时曾审视过印度初等教育灾难性的历史。他认为，殖民政策和统治哲学在殖民者和被殖民者之间存在一条不可逾越的文化鸿沟。[1] 就殖民当局而言，殖民地的教育理念与间接统治制度一脉相承，学校应效仿当地行政机构，通过间接统治理念来适应非洲种族的特点。卢加德称，"学校应该培养这一代人以友好合作之态度取代强烈的敌意，他们能够承认并实现自身理想，并非盲目模仿欧洲人"。[2] 换言之，殖民地教育体系一方面需要维系非洲原有传统社会结构，避免其发生解体；另一方面，也需要按照殖民统治者的预设改善非洲，为间接统治制度培养出所需的"中间阶层"。英国基督教会在非洲兴办教育的目的则在于培养能够在当地传播福音的非洲人。在殖民统治架构下，传教团和政府合作提供适当的宗教指导，通过"道德和知识整理"来取代被殖民制度削弱的"部落权威"。[3] 无论出于何种目的开展非洲殖民地教育，语

---

[1] John Spencer, "Colonial Language Policy and their Legacies in Sub-Saharan Africa," in Joshua A. Fishman ed., *Advances in Language Planning* (The Hague: Mouton, 1974), p. 168.

[2] Frederick Lugard, *Memorandum on Education in Nigeria* (Lagos: Nigerian Press, 1915), p. 5.

[3] Frederick Lugard, *The Dual Mandate in British Tropical Africa* (London: Frank Cass, 1965), p. 70.

言在其中都发挥了重要作用，充当了教学媒介，培养了非洲人识文断字的能力。

一　英属热带非洲殖民地本土教育咨询委员会及其政策实践

随着英属非洲殖民地经济的发展，殖民当局可用于支配的收入随之增加，同时，殖民宗主国日益认识到其所肩负的提高土著居民道德水平的重任，当局对土著教育的兴趣和参与显著提升。1923 年，英属热带非洲殖民地本土教育咨询委员会（Advisory Committee on Native Education in British Tropical African Dependencies）成立。该委员会最初由国际传教士理事会负责人奥尔德姆（J. H. Oldham）倡议设立，因确信一战后的英国殖民当局将不可避免地在教育发展方面承担重任，并以此维系传教团与殖民当局之间的合作关系。委员会首次会议上，奥姆斯比-戈尔（Ormsby-Gore）强调，"最重要的是西方文明对非洲人民的影响，殖民大臣对帝国的善政和进步负责。帝国的非自治部分约有 5000 万人，其中五分之四是非洲人。西方文明对从未主动孕育出书面语言的人们的影响必将产生重要的后果"。殖民地亟须解决的三大问题是教育筹款、教会与殖民当局的关系、尼日利亚和东非地区的伊斯兰教与本土教育的关系。除此之外还涉及殖民当局介入教育领域的程度、教育内容的决定权、学校教学语言的选择等。①

在审查了东非和西非所有殖民地、受保护国和托管领地，特别是黄金海岸、尼日利亚南部和乌干达的教育活动后，委员会开始着手为殖民地教育制订广泛适用原则。帝国首个纲领性教育文件《英属热带非洲的教育政策》（*Education Policy in British Tropical Africa*）于 1925 年正式出台，强调殖民当局与传教团在教育领域的合作意向，"政府欢迎并鼓励一切符合政策的义务教育，应在各方面促进政府与其他教育机构的合作"。其中着重强调殖民地教育需要遵循起源于美国黑人教育中的"适应原则"，即教育应适应不同民族的心态、能力、职业和传统，尽可能保留其社会生活结构中所有健全和健康的因素；必要时应使其适应变化了的环境和进步思想，作为自然增长和进

---

① Clive Whitehead, "The Advisory Committee on Education in the［British］Colonies 1924–1961," *Paedagogica Historica: International Journal of the History of Education*, Vol. 27, No. 3 (1991), pp. 393–394.

化的动力，其目的应是使个人在其生活条件方面更有效率，无论生活状况如何，通过改善农业、发展本土工业、改善健康状况、提供培训以促进整个社区的进步。教育必须培养出属于本民族的、具有公共精神的领导人。如此定义的教育将缩小受教育阶层与酋长或农民等社会其他阶层之间的差距。文件同时强调了研究本土语言教育用途的重要性。委员会建议学者们在政府和传教士团体的协助下合作编写本土语言课本。所有科目的教学内容和方法，尤其是历史和地理需符合非洲的实际情况。[1] 同年，关于非洲学校教育语言的首个综合性政策文件《当地教育中本土语言的地位》 (*The Place of the Vernacular in Native Education*) 面世。1930 年，当局出台了一份关于殖民地语言教学目的和方法的备忘录，主张在初级教育中使用本土语言。同时提倡使用本土语言作为文化协调手段，而非将英语作为学校唯一的教学媒介语言。[2]

卢加德的"保守派"阵营主导了两次世界大战之间英国殖民思想家之间的辩论，并取代了教会将英国的教育思想大量应用到非洲，寻求基督教和文化的双重转化（conversion），而非保护（conservation）。教育理念的转向发生于 1939 年，保守派被"进步的"批评家所取代，后者不再认为非洲人需要种族上的差异化教育，提出非洲的社会发展需要全面的现代教育。[3] 第二次世界大战大幅调整了世界力量的平衡，并造成英国殖民政策所依据的大部分假设失效，英帝国殖民官员需要反思殖民政策的基础。二战前，殖民当局关心"善政"概念，即维护法律、秩序及健全的财政管理。战争催生出新的社会、经济和政治进步政策，"伙伴关系"占据殖民当局的主导地位。《殖民地发展和福利法案》恰恰充当了执行殖民政策的新手段。[4] 1947 年，

---

[1] Great Britain, Colonial Office, *Advisory Committee on Native Education in the British Tropical African Dependencies*, *Educational Policy in British Tropical Africa*, *Cmd. 2374* (London: His Majesty's Stationery Office, 1925), pp. 2-6.

[2] R. D. Pearce, *The Turning Point in Africa: British Colonial Policy 1938-1948* (London: Frank Cass, 1982), p. 148.

[3] p. S. Zachernuk, "African History and Imperial Culture in Colonial Nigerian Schools," *Africa: Journal of the International African Institute*, Vol. 68, No. 4 (1998), p. 488.

[4] Clive Whitehead, "The Advisory Committee on Education in the [British] Colonies 1924-1961," *Paedagogica Historica: International Journal of the History of Education*, Vol. 27, No. 3 (1991), p. 409.

经过对殖民政策的重新评估，当局通知所有非洲殖民地总督摒弃间接统治制度，以民主的地方政府制度取而代之，接受过西式教育的非洲人将在其中发挥引领作用。[①] 此举标志着英国殖民政策的关键转变，并对殖民地教育产生深远影响，从解决非洲日益增长的教育需求带来的问题，到意图促进殖民地社会、经济和政治发展。

二　英属非洲殖民地教育中的语言抉择

英属殖民地教育理念与实践之间通常存在较大差距，教育体系中语言所扮演的角色极其重要，其抉择过程也颇费周章。如殖民地教育计划的重要制订者赫西[②]认为，教育体系中本土语言的运用需要遵循如下原则。第一，在可能的情况下，教育应以部落或次部落的语言，即以母语进行。倘若一所学校覆盖的区域涉及多种语言，这一原则很难遵守。学校的教科书一般而言数量有限并在当地出版，在语言覆盖范围有限的情况下，除少数教科书和宗教文本外，文学作品基本不存在。第二，除母语外，小学阶段引入第二种可以被发展为文学的语言，该语言应运用于更为广泛的区域。语言的选择通常在英语/欧洲语言与另一门非洲语言中展开，考虑到大众所接受的最高教育水平为小学、非洲语言采用的表述思维方式相同等因素，当局选择"知名"的非洲语言作为"文学的语言"，该语言通常显示出一种传播趋势并被部落单位用作相互交流的媒介语言。然而，这一原则的实用性局限于特定地区，东非的斯瓦希里语是融合了亚洲和非洲语言的混合起源语言，具有班图语结构，被殖民当局明确确定为重要的文学语言；西非地区的状况则有所不同，大西洋沿岸并未形成类似斯瓦希里语或苏丹的阿拉伯语这种具有天然优势的非洲语言，北尼日利亚和西非内陆地区的豪萨语作为一门通用语言，在相当广泛的地域范围内被作为文学语言使用。1930 年，赫西向殖民地教育顾问委员会推荐使用豪萨语作为教学媒介语言，以此解决除博尔努之外北尼日利亚殖民地的语言问题。

---

① R. D. Pearce, *The Turning Point in Africa*: *British Colonial Policy 1938–1948*（London：Frank Cass，1982），p. 148.

② 赫西（Hussey）曾主导制订苏丹和尼日利亚的殖民地教育计划，1929 年，尼日利亚南北保护国合并后出任首任教育局局长。

非洲语言是人们与过往的重要联系，这种不可避免的变化会伴随着知识的增长和基督教普及而发生，是一个循序渐进的过程而非通过破坏和重建的方式得以实现。精英们的初等教育使用本土语言进行，如果不具备相应的语言文学作品，便无法维系思想和情感联系。基础教育在非洲的传播如此普及，以图书、小册子和报纸为形式的乡土文学能够影响相当数量的人口，本土语言创作的文学遵循母语形式，未接受过初等教育的人可以通过阅读接收信息，普通农民还可以从中了解技术细节。在英属非洲殖民地范围内，一门语言是否具备通过商业开发成为文学语言的首要条件，取决于其传播范围的广泛程度。如阿拉伯语、斯瓦希里语和豪萨语这样的地区通用语，应最大限度地开发利用。文学语言确定后应建立相应的翻译或原创作品出版机构，最初集中于教科书的出版，但其最终目标是鼓励非洲本土语言文学的发展。[①]受诸多因素制约，使用本土语言编撰的教材和创作的文学作品匮乏，是殖民地长期面临的困境。

在斯瓦希里语方面，1920 年，坦噶尼喀成为英国治下的委任统治地，与肯尼亚和乌干达共同构成了英属东非殖民地，英国官员、传教士、学者和教育学家们支持将斯瓦希里语作为地区通用语在沿海和内陆地区进行推广。1925 年，英国殖民当局在达累斯萨拉姆召开会议并做出重要决定，采用斯瓦希里语作为整个英属东非地区教育语言，并且倡导使用斯瓦希里语的地区应联合起来实现斯瓦希里语的标准化。[②] 此次会议对斯瓦希里语的发展意义重大，尽管遭到肯尼亚和乌干达殖民当局部分官员的强烈反对，[③] 但是出于现实因素考虑，英国政府最终在整个英属东非范围内的基础教育中推行使用斯瓦希里语，并且成立了东非地区语言（斯瓦希里语）委员会，着手开展斯瓦希里语的标准化及推广工作。因此，从 20 世纪 20 年代后期开始，斯瓦希里语成为整个英属东非殖民地，包括坦噶尼喀、桑给巴尔、肯尼亚、乌干

---

① E. R. J. Hussey, "The Languages of Literature in Africa," *Africa：Journal of the International African Institute*, Vol. 5, No. 2 (1932), p. 175.

② Ireri Mbaabu, *Historia ya Usanifishaji wa Kiswahili* (Dar es Salaam：Taasisi ya Uchunguzi wa Kiswahili, Chuo Kikuu cha Dar es Salaam, 2007), p. 25.

③ T. p. Gorman, "The Development of Language Policy in Kenya with Particular Reference to the Educational System," in W. H. Whiteley ed., *Language in Kenya* (Nairobi：Oxford University Press, 1974), p. 406.

达在内的所有非洲人学校的基础阶段教学语言。英语从四年级开始教授，从中学阶段开始，英语取代斯瓦希里语作为教学语言，斯瓦希里语只是一门必修课，在高等教育阶段，则不再教授或者使用斯瓦希里语。[①] 第二次世界大战爆发后，随着非洲民族独立运动的高涨，英国殖民政府的语言政策也随之转变。英国开始反思二战前在其统治下的东非殖民地的教育政策，认为不同民族的非洲人通过共同的语言——斯瓦希里语形成了现代民族意识和反抗殖民统治的意识，于是政策的制定者开始反对斯瓦希里语在东非地区的使用和推广。1942 年英属东非殖民地成立调查小组，调研东非殖民地学校的语言教育，调查小组提出反对在教育中使用斯瓦希里语，并指出应加强使用土著语言，同时建议英语应及早取代斯瓦希里语作为英属东非殖民地的通用语。[②] 1944 年 10 月，东非殖民地教育部长会议在乌干达马凯雷雷（Makerere）召开，会上确定英语是东非地区唯一适合的交际语言。[③] 1953 年东非皇家委员会（The East African Royal Commission）成立，委员会建议在小学阶段尽早开始教授英语，一旦学生开始掌握英语，就将其直接作为教学语言，教授斯瓦希里语不但浪费时间，而且不利于英国的殖民统治。[④] 随着殖民当局语言政策的转变，乌干达的学校不再使用或者教授斯瓦希里语，肯尼亚教育系统中斯瓦希里语的使用范围也日趋缩小。在坦桑尼亚，由于民族语言数量众多，而且没有人口上具有绝对优势的民族，因此出于现实考虑，斯瓦希里语仍然是基础教育初级阶段的教学语言，但是其地位已经大不如前。

在豪萨语方面，法国殖民政府的同化政策，是试图通过推广法语及其文明来阻止土著语言和文化的发展。与之形成鲜明对比的是英国的政策，豪萨语在英国殖民统治确立伊始就被确定为殖民当局的统治用语。这种选择的初衷并非为了促进豪萨语的推广，而是殖民当局担心通过英语作为媒介，非洲

---

① Ali A. Mazrui and Alamin M. Mazrui, *Swahili State and Society：The Political Economy of an African Language* (Nairobi：East African Educational Publishers, 1995), p. 43.

② Ali A. Mazrui and Alamin M. Mazrui, *Swahili State and Society：The Political Economy of an African Language* (Nairobi：East African Educational Publishers, 1995), p. 102.

③ Ali A. Mazrui and Alamin M. Mazrui, *Swahili State and Society：The Political Economy of an African Language* (Nairobi：East African Educational Publishers, 1995), p. 99.

④ Ireri Mbaabu, *Kiswahili：Lugha ya Taifa* (Nairobi：Kenya Literature Bureau, 1978), p. 110.

人会受到民族主义和反殖民情绪的影响。殖民时期的北尼日利亚语言政策没有明文法律规定，英国的语言政策被全部囊括在相关教育法案中，尽管没有直接提及北尼日利亚应使用豪萨语教学，但在执行方面依此进行。[①]"间接统治"制度主要依赖于殖民当局与酋长、伊玛目和毛拉的合作，且教会学校的设立远早于殖民当局，北尼日利亚第一所传教士学校于1865年在洛科贾成立，教学媒介用语是豪萨语和努佩语。出于节约统治成本等因素考虑，殖民当局在早期教育领域寻求与基督教会的合作。在历经了扎里亚与比达两次相对失败的传教士教育实践后，殖民当局自身开始承担北尼日利亚教育使命。在殖民地教育语言政策方面，当局围绕本土语言与英语的相对地位反复推敲，始终坚持以本土语言为先导。1914年卢加德出任尼日利亚总督后推行了统一的教育政策，其中涉及语言的政策是逐步减少教育中北方教学语言的种类，只设豪萨语、约鲁巴语、阿拉伯语和英语。北尼日利亚第一任教育局局长费舍尔设立的殖民当局学校大获成功，学校主要开设的课程有数学、地理、豪萨语、卫生和法律，小学阶段不设英语，中学阶段英语为选修课，其中地理、数学和卫生的教科书都使用豪萨语出版。[②]这一教育实践更被英国国会下议院认为是"殖民地教育的独特实验"。[③]伴随着殖民当局学校规模的扩张，缺乏使用本土语言撰写的教科书等问题日益凸显。

三 本土语言教科书的编写

英国长期以来关注学校中使用的阅读材料。早在1867年，斯蒂尔主教就向教会学校的少年领袖分发由他所译介的斯瓦希里文版《英语故事集》（*Hadithi za Kiingereza*），该书翻译自查尔斯·兰姆和玛丽·兰姆所著的《莎士比亚故事集》，19世纪60年代在桑给巴尔出版。随后，1889年出版的《金斯利的故事》和1890年面世的《伊索寓言选集》等译本，在当地或伦

---

① Albert Ozigi and Lawrence Ocho, *Education in Northern Nigeria* (London: George Allen & Unwin, 1981), p. 2.

② D. H. Williams, *A Short Survey of Education in Northern Nigeria* (Kaduna: Ministry of Education, Northern Region of Nigeria, 1959), p. 12.

③ D. H. Williams, *A Short Survey of Education in Northern Nigeria* (Kaduna: Ministry of Education, Northern Region of Nigeria, 1959), p. 18.

敦印刷。直至 20 世纪 20 年代，为了满足英属非洲各地对于非洲本土语言读物的更大需求，各种译本逐渐丰富起来，1925 年斯瓦希里文版班扬的《天路历程》面世，此后十余年间，R. L. 斯蒂文森的《金银岛》（*Kisiwa Chenye Hazina*）、亨利·赖德·哈格德的《所罗门王的宝藏》（*Mashimo ya Mfame Sulemani*）、吉卜林的《狼孩的故事》（*Hadithi za Maugli，Mtoto Aliyelelewa na Mbwa Mwitu*）和斯威夫特的《格列佛游记》（*Safari za Gulliver*）译本于伦敦印刷出版。1937 年，斯瓦希里语母语者戴维·戴瓦改编了《伊索寓言》译本，直至 20 世纪 50 年代，非洲人才完全承担此类工作。这些作品作为教学材料和大众读物，推动了斯瓦希里作家将散文小说视为具有合法性的文学体裁。[①]此外，由于东非当地缺乏具备创作能力的本土教师，为了满足英属东非殖民地教育发展的需求，殖民政府从英语图书中译介出版了大量斯瓦希里语读物，包括宗教、健康教育、行政事务、农业技术、历史知识、地理知识等读本。[②]

　　在北尼日利亚，殖民地教育实践的先锋费舍尔参与了多部本土语言教科书的编写，由于当时该地区流通的图书以阿拉伯语和阿贾米文诗歌体裁为主，为解决本土语言教科书匮乏、满足欧洲殖民官员语言学习的需求，他先后编写出版了《豪萨语学习》（*Karatun Hausa*）、《学习用书》（*Littafi na Koyon Karatu*）、《数学》（*Littafin Koyon Lisafi*）和《非洲概览》（*Labarin Kasashen Afirka*）。[③] 1929 年成立的翻译局也译介了相当数量的阿拉伯语与英语图书供学校教学使用，如翻译自阿拉伯语的《一千零一夜》（*Dare Dubu da Daya*）、《权力之剑》（*Saiful Mulki*）、《世间万物》（*Al'amuran Duniya da na Mutane*）；根据阿拉伯语书写的豪萨地区历史所译的《豪萨人及其邻邦》（*Labarun Hausawa da Makwabtansu*）；根据英语作品译介的《利奥·阿弗里卡纳斯七则故事》（*Littafi na Bakwai na Leo Africanus*）、《地理和历史教材》（*Koyarwar Labarin Kasa da Tarihi*）、《综合读物》（*Magaurayi*）、《数学教材》

---

① Albert S. Gérard, *African Language Literatures: An Introduction to the Literary History of Sub-Saharan Africa* (Washington, D. C.: Three Continents Press, 1981), p. 133.

② Elena Zúbková Bertoncini, *Outline of Swahili Literature: Prose Fiction and Drama* (Leiden: E. J. Brill, 1989), p. 31.

③ Ibrahim Yaro Yahaya, *Hausa A Rubuce: Tarihin Rubuce-rubuce Cikin Hausa* (Zaria: Northern Nigeria Publishing Company, 1988), p. 93.

（*Littafin Lissafi*)、《初等学校教师辅助用书》（*Dan Littafin Taimako Ga Malamai Don Makaranta na Fari*)、《麻风病援助》（*Taimakon Masu Ciwon Kuturta*)、《热带国家健康初级读本》（*Littafi na Farko na Kiwon Lafiya a cikin Kasashe Masu Zafi*)、《豪萨戏剧六部》（*Wasan Kwaikwayo Guda Shida cikin Hausa*）等，涉及教育体系中的各个学科门类、文学读物以及卫生等社会福利的方方面面。[①]

综上所述，殖民地教育与殖民主义统治术在意识形态上的一致性，决定了殖民地教育的种族主义特性，并最终服务于帝国在经济、政治上的征服与宰制目标。事实上，殖民地教育并非致力于培养具有创新精神的人才，以适应殖民地社会在政治、经济、文化诸多方面的发展变革，相反，其目的在于维系和发展一个内在欠公平、欠平等的社会生产和政治权力秩序。这一逻辑也深刻体现在殖民地教育的课程体系设置、语言的选择、文本材料的选择和教科书的编纂等方面，非洲本土语言文学文本一方面提高了殖民地非洲土著识文断字的能力，另一方面也间接参与了英国在非洲殖民统治的话语建构。

第四节　基督教的传播与非洲本土语言文学

约翰·达尔文曾言，"英国的扩张史是英帝国与其他地区经历的一系列遭遇的历史，以接触交流为始，以建立殖民社会为终，这就是帝国的构建过程"。[②]基督教在世界范围内的传播与大英帝国的全球殖民扩张进程密切联系在一起。宗教是殖民地非洲文学最重要的主题之一，基督教、殖民文化与文学生产之间密切联系，原因在于教会的传教活动与殖民政府和殖民统治相互纠葛，两者的进程难以区分。一方面，基督教传教团充当殖民扩张的先锋，为帝国权力提供了实施殖民控制的辩解与合法性；另一方面，19世纪中叶传教士深入非洲腹地的旅程常被英国报刊描绘成为帝国事业牺牲的英雄

---

① Ibrahim Yaro Yahaya, *Hausa A Rubuce*: *Tarihin Rubuce-rubuce Cikin Hausa*（Zaria：Northern Nigeria Publishing Company, 1988), pp. 93~94.

② 〔英〕约翰·达尔文：《未终结的帝国：大英帝国，一个不愿消逝的扩张梦》，冯宇、任思思、李昕译，北京：中信出版社，2015年，第12页。

冒险，欧洲各国政府在批准和保护传教团方面承受着巨大压力。①

　　非洲现代文学的出现与新教的传播密切相关。基于马丁·路德创建的新教本质是在人与上帝之间预设一种直接的个人关系。上帝的言语铭刻在神圣文本之中，每个个体都有权做出自我诠释。因此新教传教士的首要任务就是让未来的信奉者能够获取圣经的知识，从而在自我与上帝之间建立联系。②鉴于此，教会组织了大量语言学家、语法学家和翻译家开展工作，尤其是在帝国扩张和殖民统治过程中深入研究非洲本土语言，并在非洲本土语言和文学的改造、创制、标准化过程中发挥了关键作用，反之也促进了西方宗教与文化在非洲殖民地的传播和推广。最具影响力的英国圣公会差会、历史悠久的福音会（Society for the Propagation of the Gospel）、中非地区大学传教会（Universities' Mission to Central Africa）等都参与了这一进程。

一　《圣经》的非洲本土译介与传播

　　伴随着 19 世纪殖民扩张活动在非洲的加剧，基督教教会的传教活动愈发高涨。出于在非洲腹地传播福音的实际需要，《圣经》经卷先后被译介为多种非洲语言版本。1804 年成立的英国圣经公会（The British and Foreign Bible Society）对《圣经》在全球范围的出版和发行发挥了重要作用，其中在非洲地区更取得了可观的进展。在《圣经》文本的译介过程中，本土语言作为媒介受到关注。一方面，对于尚不具备书面文字的非洲民族语言而言，英国圣经公会资助传教士在翻译圣经的过程中，依据口语形式为其创制民族文字，进而促进了非洲各民族语言文字的产生；另一方面，对于斯瓦希里语、豪萨语等具备书面形式的非洲语言而言，传教士推动了大规模书面拉丁化运动实践。③ 截至 19 世纪末，14 种非洲语

---

①　Simon Gikandi, "African Literature and the Colonial Factor," in F. Abiola Irele and Simon Gikandi eds., *The Cambridge History of Africa and Caribbean Literature*, Volume 1 (Cambridge: Cambridge University Press, 2004), pp. 387–388.

②　Albert S. Gérard, *African Language Literatures: An Introduction to the Literary History of Sub-Saharan Africa* (Washington, D. C.: Three Continents Press, 1981), pp. 177–178.

③　Alain Richard, "Africa and Writing," in F. Abiola Irele and Simon Gikandi, eds., *The Cambridge History of Africa and Caribbean Literature*, Volume 1 (Cambridge: Cambridge University Press, 2004), p. 159.

言的全本《圣经》先后出现。①反之，也在很大程度上推动了教会的扩张和激增。

豪萨文《圣经》的译介始于德国学者约翰·弗雷德里克·尚恩（Friedrich Schön），1860 年其所译的《马太福音》标志着豪萨文拉丁化的开端，此后他翻译了完整的《新约》和《旧约》中的《以赛亚书》和《诗篇》。随后，R. W. 米勒相继翻译了《福音书》概要、《约翰福音》、《使徒行传》和《使徒书信》。英国圣经公会于 1908~1910 年设立专门翻译委员会，致力于豪萨文《圣经》的翻译工作，斯特雷特博士（Dr. Stirrett）成为豪萨圣经委员会的核心成员。豪萨文《圣经》的翻译耗时多年，最终于 1932 年正式出版。这与 20 世纪 30 年代教会进入穆斯林酋长国的时间完全一致，拥有一本完整的豪萨文《圣经》，被视为将基督教福音传播到整个苏丹地区最有力的工具。②另外，教会巩固了豪萨语作为北尼日利亚地区通用语的地位。1910 年，在北尼日利亚首都洛科贾（Lokoja）召开的教会会议上决定使用拉丁字体翻译豪萨文《圣经》，而非阿贾米字体。译介《圣经》和其他基督教文学推动了豪萨语成为地区通用语，地区内其他小民族被迫通过译介的文本学习这门语言，语言同化导致了其他民族语言或方言的边缘化境遇，豪萨语的使用范围因此自北尼日利亚大幅拓展至中部地带。③

在斯瓦希里文方面，供职于伦敦圣公会差会的德国传教士、探险家、学

---

① 第一部翻译成现代非洲语言的经卷是根据《马太福音》译介的《福音书》，1816 年用一种塞拉利昂南部语言布隆语（Bullom）出版。1829 年，出版了用现代埃塞俄比亚官方语言阿姆哈拉语（Amharic）翻译的《新约》。1835 年第一本非洲语的完整《圣经》出现在马达加斯加。20 世纪翻译工作的进展更为迅速，非洲出现了南非荷兰语（Afrikaans）、本巴语（Bemba）、柏柏尔语（Berber）、齐切瓦语（Chichewa/Chinyanja）、邵佩语（Chope）、伊博语（Igbo）、科伊科伊语（Khoekhoegowab）、卡姆巴语（Kamba）、卢干达语（Luganda）、马达加斯加语（Malagasy）、米吉肯达语（Mijikenda）、奥罗莫语（Oromo）、恩东加语（Ndonga）、赫雷罗语（Otjiherero）、茨瓦纳语（Tswana）、塞索托语（Sotho）、斯瓦希里语（Swahili）、科萨语（Xhosa）、尧语（Yao）、约鲁巴语（Yoruba）、豪萨语（Hausa）、祖鲁语（Zulu）等语言的《圣经》译本。参见孙晓萌、黄畅《非洲的圣经研究与其他地区学者对非洲的圣经接受研究》，钟志清等著《希伯来经典学术史研究》，南京：译林出版社，2019 年，第 188~189 页。

② Yusufu Turaki, *An Introduction to the History of SIM/ECWA in Nigeria, 1893 - 1993*（Jos: Challenge Press, 1993），p. 8.

③ Jim Mason, *Literature Outreach in Nigeria: A History of SIM Literature Work 1901 - 1980*（Scarborough, Ont.: SIM Canada, 2009），p. 122.

者路德维希·克拉普夫于 1884 年登陆蒙巴萨，被认为是最早与斯瓦希里文创作性写作相遇的欧洲人。同时，英国学者在殖民地的活动也相当活跃，最著名的就是中非地区大学传教会的爱德华·斯蒂尔主教。柏林会议赋予了争夺非洲的巨大动力，德国开始通过与当地酋长和叛军签订虚假条约，将他们的领地置于德国的保护之下，以此来削弱桑给巴尔苏丹对坦噶尼喀内陆的控制权。19 世纪后半叶，德国和英国的学者、殖民地官员和传教士向外界揭示了斯瓦希里语文学的存在，他们致力于追踪手稿、记录口头传说和诗歌，将之编辑、翻译为德文、英文等欧洲语言。在斯瓦希里母语者、作家、朗诵者、抄写员的帮助下，收集了大量手稿，尽管有相当大规模的重复，依然提供了一幅错综复杂的斯瓦希里语文学图景。除斯瓦希里文外，地区内被关注的语言还包括伯恩得伊语（Kibondei）、桑巴拉语（Kishambala）、哈亚语（Kihaya）、苏库马语（Kisukuma）、尼亚姆维奇语（Kinywamwezi）、梅鲁语（Kimeru）。大部分教会如英国圣公会、中非地区大学传教会和法国圣灵会都支持采用斯瓦希里语作为传播福音和学校的主要教学语言。然而，路德教会和摩拉维亚教会则由于斯瓦希里语与伊斯兰教的密切关系，坚决反对使用这种语言。莫希（Moshi）地区的莱比锡路德教会学校使用的是查噶语（Kichagga）。鉴于早期传教士克拉普夫、雷布曼以及斯蒂尔为斯瓦希里语发展奠定的坚实基础，大幅拓展这门语言的使用范围，因此大部分传教组织最终都使用斯瓦希里语作为日常用语。斯瓦希里文《圣经》的重要性在罗林斯的统计中有所体现，1900~1950 年，出版了大约 359 篇斯瓦希里语散文作品，其中 346 篇由欧洲人撰写，主要在英国和德国出版。其中许多翻译自斯威夫特、班扬、莫里哀、莎士比亚的作品，但"没有比《圣经》更普遍、更丰富、更有影响的语言"。[①] 这些斯瓦希里语的圣经叙事不仅包括《圣经》本身，还包括赞美诗、教理、祈祷书以及有关个别圣徒生活的小册子。

---

① 罗林斯的统计未将穆斯林学者谢赫·阿明·本·阿里·马兹鲁伊和谢赫·阿卜杜拉·萨利赫·法西出版的作品囊括在内。参见 Jack D. Rollins, "Early Twentieth-Century Prose Narrative Structure and Some Aspects of Swahili Ethnicity," in *Towards African Authenticity*, *Language and Literary Form* (Bayreuth: Bayreuth University Press, 1985), p. 51。

二 玛格丽特·朗与非洲基督教文学国际委员会

20 世纪 20 年代早期，一批英国传教士成立了非洲文学小组委员会，出版了《非洲基督教文学书目》。1929 年，英属非洲殖民地范围内与非洲语言与文化国际研究所平行的机构——非洲基督教文学国际委员会（International Committee on Christian Literature for Africa）成立，最初作为国际传教士理事会（International Missionary Council）的小组委员会存在，由玛格丽特·朗长期领导直至 1948 年其于乌干达辞世。非洲基督教文学国际委员会是为了鼓励土著文学而成立，是相互联系的自由传教士和帝国倡议网络的组成部分。[①] 与传统意义上的文学所囊括的内容不同，委员会涉及各种形式的宗教和世俗文学作品，如图书、小册子、传单、期刊甚至海报。非洲读者的三个需求阶段被朗界定为基督教文学，特别是《圣经》、教科书和教学作品以及主要由城市居民阅读的个人娱乐或可供提高的 "一般文学"（general literature）。非洲基督教文学国际委员会鼓励原创性的想象作品，即被视为 "一般文学" 的作品。

朗首次代表委员会对非洲进行访问之前的四年间，公布了使用本土语言和殖民语言书写的现存文献资料，并确定了对特派团而言最重要的文献需求以及获取文献的策略。为了实现这些目标，朗与宣教协会及其在当地的工人、出版商、殖民地官员和学者建立了咨询和合作关系，各方在非洲的利益一定程度上相互交叠。委员会出版的两本期刊为《非洲书籍》（*Books for Africa*）和《听》（*Listen*）。季刊《非洲书籍》创刊于 1931 年，是特派团教育工作者的专业刊物，通常描述从外部世界或非洲的某个地域挪移到另一地区的教育实验，并公布与扫盲发展有关的殖民地和地方政府举措。推动由非洲语言与文化国际研究所为非洲作家举办的本土文学创作比赛，并提请读者关注研究所的期刊《非洲》，这是与非洲大陆有关的文学信息重要来源。除专题文章外，还有关于英文、法文和葡萄牙文的新作品、改编作品或译介作品的简短通告，期刊的常规特色是按照语言字母顺序排列的本土语言作品清

---

① Ruth Compton Brouwer, "Books for Africans: Margaret Wrong and the Gendering of African Writing, 1929-1963," *The International Journal of African Historical Studies*, Vol. 31, No. 1 (1998), p. 55.

单。《非洲书籍》因此成为在国际上将非洲人同时作为作家和读者进行传播的重要工具。① 1933 年朗所开展的首次非洲之旅涉及议题相当广泛，其中不乏争议性问题，如在出版新的本土文学和译介欧洲文学作品时，哪些非洲语言应享有特权；在内容方面，强调创作反映非洲土著实际情况和非洲所需文学的重要性，强调实现更大程度的特派团之间、特派团与殖民政府之间合作的紧迫性，以及与科学研究人员合作录制音乐和民间故事等任务的紧迫性，确定移民工人作为产生阅读兴趣的主要群体。

　　二战期间和战后时期，朗与志同道合的同仁合作推动本土语言的发展，伦敦大学亚非学院非洲语言和文化系主任艾达·沃德（Ida Ward）是向西非提供本土语言书写科学培训的关键人物。她与朗一道致力于说服曾接受西方教育的非洲人，使用本土语言编写教学读物是施展其才华的重要机遇，她们同时呼吁为非洲学生在伦敦大学亚非学院学习语言提供奖学金，并在伦敦建立一个非洲出版物和文本的集中收藏处，为这些学生提供有价值的阅读资源。朗告诫非洲人，"翻译莎士比亚在内的西方经典作品令人印象深刻，但作家在本土语言中的创造力也必须得到发挥，因为没有非洲作者的鼓励，就不可能产生真正意义上的非洲语言文学"。② 此后，朗协助恢复了本土文学创作比赛，这在 20 世纪 30 年代是非洲作家的重要动力来源。朗认为，不仅需要在非洲建立作者身份，而且应努力确立作品出版的机制，她呼吁在非洲所有英属殖民地建立具有全职工作人员的文学局。基于教会和殖民官员的共同努力，东非文学局成为 20 世纪后期非洲最重要的地区出版机构之一。

　　玛格丽特·朗非洲文学奖则是朗的遗产与非洲文学之间最显著的联系。奖项以纪念朗的名义设立，旨在资助来自非洲的使用英语、法语和其他语言的文学生产活动，也曾经授予过非洲本土语言文学，③ 前提是这些作品已经

① Ruth Compton Brouwer, "Books for Africans: Margaret Wrong and the Gendering of African Writing, 1929-1963," *The International Journal of African Historical Studies*, Vol. 31, No. 1 (1998), p. 59.

② Ruth Compton Brouwer, "Books for Africans: Margaret Wrong and the Gendering of African Writing, 1929-1963," *The International Journal of African Historical Studies*, Vol. 31, No. 1 (1998), p. 64.

③ Ruth Compton Brouwer, "Books for Africans: Margaret Wrong and the Gendering of African Writing, 1929-1963," *The International Journal of African Historical Studies*, Vol. 31, No. 1 (1998), p. 69.

使用欧洲语言出版，包括了 1955 年获奖的约鲁巴语作家 F. O. 法贡瓦、1960 年获奖的斯瓦希里语作家夏班·罗伯特及 1962 年获奖的作家阿布巴卡尔·伊芒等。

综上所述，传教士通过对本土语言的改造、拉丁化书写系统的创制和标准化、《圣经》文本的翻译传播、口传文学文本的收集整理、成立非洲基督教文学国际委员会等工作，为本土语言的推广、使用及发展发挥了重要作用，同时为促进本土语言文学创作、促使殖民地民众接受西方文化及其价值观念发挥了重要的中介作用。

第五节　英属非洲殖民地文学局

殖民地文学局通过翻译、创作和赞助文本的出版，在英国殖民话语建构方面发挥了重要作用。文学局的概念可以追溯至 19 世纪以来英国教育和政治哲学的转向，即文化教育可以作为社会变革和控制的手段，在此"同化"或"文明化"进程中，文学可以在维持社会秩序稳定方面发挥核心作用；另外，文学局的思想基础也同时深深植根于基督教教会自身的"文明"使命之中。20 世纪上半叶的宣教大体致力于两种策略。其一是将《圣经》翻译成尽可能多的语言，并相应地开展扫盲教育，教会建立了翻译局，制作了大量扫盲入门读本和其他材料。其二是非洲教堂的本土化，领导阶层被创造出来，他们在殖民地的知识和权力很大程度上取决于其读写能力。因此，非洲本土语言的第一批作家应运而生。20 世纪 30 年代，殖民当局开始加入建立文学局的行列，截至 20 世纪 50 年代中期，7 个英联邦文学局分布在东非、西非、刚果、苏丹、南非和利比里亚等地建立。文学局旨在满足新兴读写阶层对于文学和教育领域产生的相应需求，鼓励以适合当地情况的方式开展阅读与写作，最典型的运行方式是通过经济发展与文化生产相互结合起来。①

一　北尼日利亚殖民地文学局的发展与演变

北尼日利亚殖民地文学局是为了满足殖民地新兴教育阶层的教育与识字

---

① Evelyn Ellerman, "The Literature Bureau: African Influence in Papua New Guinea," *Research in African Literatures*, Vol. 26, No. 4 (Winter, 1995), pp. 206-208.

需求而设立的，机构实体历经了从翻译局到文学局、真理公司和北方地区文学局等数次变更，通过控制本土语言、被"具化"的本土语言知识、本土语言文学生产及传播进程，建构了殖民地话语，并重建了殖民地社会文化秩序。

（一）翻译局

20 世纪上半叶，基督教传教团主要从事《圣经》的翻译工作与本土化，并随之开展殖民地识字教育。教会建立翻译局，编写课本和出版初级读本。与此同时，殖民当局无法满足翻译和本土化过程中对本土语言的需求。但随着北尼日利亚现代教育的发展，殖民地教育机构需要解决教材匮乏的问题。为了出版本土语言教育用书、强化拉丁化豪萨文的推广和使用，殖民当局于 1929 年成立翻译局。1932 年伊斯特接手管理后，与豪萨学者合作，将欧亚语言文学作品译为豪萨语，包括阿拉伯语作品《一千零一夜》（*Dare Dubu da Daya*）、《过去与现在》（*Labaru Na Da da Na Yanzu*）和英语作品《七则利欧·阿非利加乌斯故事》（*Littafi na Bakwai na Leo Africanus*）、《豪萨戏剧六部》（*Wasan Kwaikwayo Guda Shida cikin Hausa*）、《热带国家健康丛书第一册》（*Littafi na Farko na Kiwon Lafiya a cikin Kasashen masu Zurfi*）等。[1]

（二）文学局

1933 年，翻译局正式更名为文学局，标志着该机构的功能从单一的作品翻译拓展到出版活动，出版范围涵盖报纸与各类豪萨文图书。[2] 为了满足北尼日利亚地区受教育人群的阅读需求，文学局出版了更多具有"创作性"的豪萨语大众文学读物。[3] 文学局的工作涉及如下方面。

1. 创办本土语言报刊

文学局先后创办了《北尼日利亚报》（*Jaridar Nijeriya ta Arewa*）、《真理

---

① Ibrahim Yaro Yahaya, *Hausa A Rubuce：Tarihin Rubuce-rubuce Cikin Hausa*（Zaria：Northern Nigeria Publishing Company, 1988）, pp. 93-94.

② Ibrahim Yaro Yahaya, *Hausa A Rubuce：Tarihin Rubuce-rubuce Cikin Hausa*（Zaria：Northern Nigeria Publishing Company, 1988）, p. 95.

③ Alhaji Husaini Hayatu, "NORLA and the Story of Publishing in the Former Northern Nigeria," in Husaini Hayatu, ed., *50 Years of Truth：The Story of Gaskiya Corporation Zaria, 1939-1991*（Zaria：Gaskiya Corporation, 1991）, p. 56.

报》(*Gaskiya ta fi Kwabo*) 和《话匣子》(*Suda*) 等报刊。《真理报》在豪萨语文学中极具影响力，因为它的第一位编辑兼主要作者阿布巴卡尔·伊芒 (Abubakar Imam) 的写作风格是现代豪萨文学作家的灵感来源和模仿对象，其创作的小说作品的表现力始终无人能及。文学局高级教育官员伊斯特在任命他时评价到："伊芒具有自己的风格，与前人的学术风格和通常毫无生气的写作方式截然不同，几乎可以肯定，这将对未来的豪萨文学产生巨大的影响。"[①] 同时，《真理报》也具有非常重要的学术研究价值。对于语言学研究而言，报刊见证了豪萨语书写方式的重大转向，确立了当代豪萨语的语法、拼写、词汇和风格标准，"真理报语言"(Gaskiyanci) 被树立为现代标准豪萨语的典范。对于研究非洲民族主义、非洲现代化的历史学家而言，《真理报》的流行不仅促进了豪萨地区拉丁字母读写能力的普及，而且引发了以豪萨语为母语的人群对外部世界的关注，由此增进了非洲大陆内部与所处区域之外的联系。此外，《真理报》向整个北尼日利亚提供有关第二次世界大战及其进展的重要信息，诠释了非洲人对战争的态度。

2. 组织本土语言文学创作比赛

1933 年，本土语言文学创作比赛由北方教育局局长汉斯·费舍尔提议举办，旨在为具有读写能力的非洲人提供售价合理的读物，以此培养读者的阅读兴趣，为巩固和发展拉丁化豪萨文奠定基础。比赛由殖民官员主导。费舍尔认为非洲本土语言文学必须由非洲人自己而非欧洲人来创作，他因此亲自走访了豪萨地区的主要城镇，鼓励原本深受伊斯兰宗教文学浸染的毛拉使用拉丁化豪萨语从事创作。当时的文学局管理者伊斯特同时担任卡齐纳师范培训学院教师，他亲自为比赛设定了具体要求，对参赛者的写作给予了具体指导，并担任参赛作品的主要评判者。迄今为止，此次比赛中应运而生的五部获奖作品依旧被视为豪萨语文学史上的经典之作，由此树立了拉丁化豪萨文学当代作品的创作风格，为豪萨文学引入了小说这一崭新的文类。尽管小说对于多数反对新文学创作的传统豪萨本土作家而言并无太大吸引力，但这次比赛却标志着豪萨语世俗文学的开端，也是豪萨语现代文学的肇始。20

---

① Abdurrahman Mora ed., *The Abubakar Imam Memoirs* (Zaria: Northern Nigerian Publishing Company, 1989), p. 35.

世纪 30~40 年代，文学局出版了大量豪萨语教科书和阅读材料，还承担了政府法案翻译、豪萨语言考试等日常官方职能。①

（三）真理公司

20 世纪 40 年代，北尼日利亚地区的民族主义情绪受国内外多种因素刺激日渐高涨。殖民当局为了解决"北方知识分子持续增加的不安定因素"，于 1945 年成立了真理公司（Gaskiya Corporation），旨在为北方知识精英提供正确指导和自我表达的合理方式；其次，为非洲本土文学创作奠定良好基础、平衡图书出版与营利之间的关系。② 据真理公司年度报告记载，公司成立的宗旨是建立一个由非洲人和欧洲人合作、共同为北尼日利亚各民族出版健康文学作品的实体机构，既非公共关系办公室，亦非独立的出版公司，而是非洲青年的据点和孕育正确思想和书写方式的摇篮。③ 真理公司成立初期，公司为雇员分配住所设定等级条件，因而招致本土雇员的投诉。此后，关于工资、休假、交通、住宿和养老金等内容的工作待遇草案，持续引发本土雇员的不满。他们迅速以"真理公司非洲雇员公会"的名义组织起来，要求获得与政府机构雇员相同的待遇。④ 真理公司非洲雇员开始以持续增长的"自信"，反对殖民优越性与殖民政权的控制，公司很快发展成为北尼日利亚青年知识精英领袖汇聚的中心，公司出版的作品亦反映出一种"民族自觉意识"。到 20 世纪 50 年代，尼日利亚人在公司运转中占据主导地位，出版内容多与政治题材相关，真理公司几乎从一家出版公司演变为一所"政治机构"，报刊开始涉及重大事件、殖民统治、民族自决原则等严肃议题。⑤ 就

---

① Rupert Moultrie East, "Recent Activities of the Literature Bureau, Northern Nigeria," *Africa: Journal of the International African Institute*, Vol. 14, No. 2 (1943), p. 76.

② Graham Furniss, "On Engendering Liberal Values in the Nigerian Colonial State: The Idea Behind the Gaskiya Corporation," *The Journal of Imperial and Commonwealth History*, Vol. 39, No. 1 (2011), p. 109.

③ RHO. Mss. Afr. S. 597, *Annual Report of the Gaskiya Corporation 1947-49*, p. 198.

④ Graham Furniss, "On Engendering Liberal Values in the Nigerian Colonial State: The Idea Behind the Gaskiya Corporation," *The Journal of Imperial and Commonwealth History*, Vol. 39, No. 1 (2011), p. 111.

⑤ Graham Furniss, "On Engendering Liberal Values in the Nigerian Colonial State: The Idea Behind the Gaskiya Corporation," *The Journal of Imperial and Commonwealth History*, Vol. 39, No. 1 (2011), p. 82.

本土语言文学发展而言，真理公司使北尼日利亚的本土语言文学创作更加多元化，除出版使用阿拉伯文和豪萨阿贾米书写的文学作品以外，产生了更多拉丁化豪萨文图书和报刊。

（四）北方地区文学局

随着本土知识精英逐步从殖民统治者手中接管政权，于 1953 年成立的北方地区文学局接管了真理公司的全部图书出版业务和两份最畅销的报纸——《真理报》与《尼日利亚公民》（Nigerian Citizen）。北方地区文学局旨在满足当时成人教育部（Adult Education Department）对阅读材料不断增长的需求，多数雇员来自 1933 年成立的文学局，具有丰富的文学编辑工作经验。作为官方机构，北方地区文学局运营资金来自政府，主要用于支付雇员工资和购置印刷设备。1953～1959 年，北方地区文学局出版了大量读物，在教育启迪、发展豪萨语本土文学、扫盲等方面做出了突出贡献。由于当局全额资助北方地区文学局的出版活动，出版物只象征性地收取费用，成人教育读本和报纸均免费发放，殖民当局因此耗费了大量资金，最终不堪重负。1959 年 3 月地方自治政府成立后，北方地区文学局终止向各州发行报纸，土著当局的编辑返回各州工作。1960 年，北方地区文学局宣布倒闭，图书出版业务交由真理公司负责。[①]

二 东非殖民地文学局的发展与演变

东非文学局成立于 1948 年，其前身是 1930 年成立的东非地区语言（斯瓦希里语）委员会，后更名为东非斯瓦希里语委员会。东非地区语言（斯瓦希里语）委员会最初是为了实现斯瓦希里语标准化改革而成立的，随着英国殖民当局语言政策的调整，其主要职能也发生了变更，并逐渐被东非文学局所取代。

（一）东非地区语言（斯瓦希里语）委员会

东非地区语言（斯瓦希里语）委员会旨在实现斯瓦希里语的标准化，

[①] Alhaji Husaini Hayatu, "NORLA and the Story of Publishing in the Former Northern Nigeria," in Husaini Hayatu, ed., *50 Years of Truth: The Story of Gaskiya Corporation Zaria, 1939–1991* (Zaria: Gaskiya Corporation, 1991), p. 59.

并促进斯瓦希里语的发展和推广。1928 年的蒙巴萨会议建议成立从事出版和翻译斯瓦希里语教科书工作的语言委员会。1929 年，东非四国在达累斯萨拉姆举行东非和中非教育部长会议，决定于 1930 年 1 月 1 日起正式成立跨地区斯瓦希里语委员会——东非地区语言（斯瓦希里语）委员会，具体工作由乌干达、肯尼亚、坦噶尼喀和桑给巴尔四国共同承担。成立初期，委员会共有 17 名成员，除书记外，每个东非殖民地选派两名政府官员和两名传教士共同进行斯瓦希里语标准化工作。英国殖民当局建立该委员会的初衷在于统一强化在东非的治理，而非发展东非本土的民族语言。因此，该委员会由白人教育官员构成，起初没有非洲人参与。直到 1939 年，殖民当局才允许东非四国各派 1 名非洲人进入该委员会。[1] 自成立伊始，委员会承担的首要任务是斯瓦希里语的标准化，除此之外，还涉及使用标准的斯瓦希里语编纂出版图书，举办本土文学创作比赛，发行委员会会刊等。

1. 斯瓦希里语标准化改革

1925 年达累斯萨拉姆召开的教育会议，标志着斯瓦希里语标准化改革正式拉开帷幕。[2] 其主要内容就是统一斯瓦希里语的书写方式，使用标准斯瓦希里语出版教科书和其他印刷品。在 1928 年的蒙巴萨会议上，经坦噶尼喀、桑给巴尔、肯尼亚、乌干达东非四国殖民政府批准，斯瓦希里语成为整个英属东非保护区的行政和教育系统用语，桑给巴尔地区使用的温古贾方言被确定为标准斯瓦希里语，在此基础上实施一系列的标准化改革。[3] 事实上，这一语言标准化进程并非始于 1925 年。如前所述，19 世纪中期欧洲传教士进入东非地区时，就已经着手致力于斯瓦希里语的研究和规范化了。克拉普夫和斯蒂尔等都在这一领域做出过尝试。德国统治时期，当局也明确提出使用拉丁字母书写斯瓦希里语。一战后，英国将东非四国全部纳入管辖范围，置于同一殖民宗主国治下的统一疆域，为斯瓦希里语在整个东非地区的标准化改革提供了可能性。

1930 年 4 月，东非地区语言（斯瓦希里语）委员会首届大会在内罗毕

① Alhaji Husaini Hayatu, "NORLA and the Story of Publishing in the Former Northern Nigeria," in Husaini Hayatu, ed., *50 Years of Truth*: *The Story of Gaskiya Corporation Zaria*, *1939–1991* (Zaria: Gaskiya Corporation, 1991), p. 26.

② Ali A. Mazrui and Alamin M. Mazrui, *Swahili State and Society*: *The Political Economy of an African Language* (Nairobi: East African Educational Publishers, 1995), p. 44.

③ Ireri Mbaabu, *Kiswahili*: *Lugha ya Taifa* (Nairobi: Kenya Literature Bureau, 1978), p. 56.

举行，推选弗雷德里克·约翰逊（Frederic Johnson）为委员会第一任书记。会议重点讨论斯瓦希里语的标准化工作、处理提出的议案和待审图书的顺序、字典的编写、出版图书的计划等。约翰逊对 1925 年会议提出的关于斯瓦希里语标准化的议案做出调整，提出了新 18 条斯瓦希里语标准化决议。[①]主要涉及如下内容：

①从 1932 年起，桑给巴尔的温古贾方言作为官方和学校教育使用的语言，东非各国统一使用拉丁化的温古贾语字母表；

②标准斯瓦希里语以拉丁化的温古贾方言为基础；

③尽可能在标准斯瓦希里语中使用班图语词汇，但不排斥已被广泛使用的阿拉伯语和其他语言的词汇；

④爱德华·斯蒂尔编著的《斯瓦希里语语法手册》和《斯瓦希里语练习》以及由马丹编纂的《斯瓦希里语词典》作为标准斯瓦希里语工具书。

斯瓦希里语标准化有利于殖民地的统一管理，因此得到了东非大部分殖民官员的支持。肯尼亚教育官员曾明确表示："统一的标准斯瓦希里语减少了翻译、出版土著语言图书的支出，整个东非地区的教师也可以互相调动，大大节省了教育开支……斯瓦希里语的标准化是历史的进步。"[②] 但是，语言标准化进程也存在一些无法回避的问题。一方面，选择温古贾方言作为标准斯瓦希里语的决定完全是出于欧洲人的喜好，非洲学者史哈布丁指出："殖民者随便挑选了一种方言作为标准斯瓦希里语，教育家们只按照自己的看法教授斯瓦希里语，而不尊重坦桑尼亚人民的意见。"[③] 另一方面，从事斯瓦希里语标准化工作的都是英国人，而非斯瓦希里人，语言标准化过程深受英语语法规则的影响，创造出了英语式的斯瓦希里语。肯尼亚本土学者更直言："人类文明史上的这种改变应是主动的，而不是强制推行的。……斯瓦希里人和斯瓦希里文化自身也有自我调整、适应社会发展的能力。"[④] 但

---

① Ireri Mbaabu, *Kiswahili*: *Lugha ya Taifa* (Nairobi: Kenya Literature Bureau, 1978), p. 60.

② Ireri Mbaabu, *Kiswahili*: *Lugha ya Taifa* (Nairobi: Kenya Literature Bureau, 1978), p. 29.

③ 史哈布丁·齐拉格丁：《斯瓦希利语在东非各国的民族意识、团结和文化上的作用》，《语言学资料》1965 年第 4 期，第 3 页。

④ Ireri Mbaabu, *Kiswahili*: *Lugha ya Taifa* (Nairobi: Kenya Literature Bureau, 1978), p. 38.

不可否认的是，这一标准化进程促进了斯瓦希里语在整个东非地区的推广和普及，在斯瓦希里语发展史上具有非常重要的地位。

2. 斯瓦希里语图书的出版

自东非地区语言（斯瓦希里语）委员会首届大会召开时起，所有政府和学校使用的斯瓦希里语图书必须通过委员会的审核。新书的出版首先需要得到各领地教育部长的同意，然后再将书稿送至委员会。委员会收到书稿后开始制订翻译或出版计划，两名编辑同时进行审校。编辑审校完成后，委员会授予准许出版的许可证明。① 唯有得到了委员会许可的图书方能进入出版、印刷程序，也同时意味着该书获得了政府资助，将在所有东非殖民地的官方学校中推广使用。这一政策大大激发了东非地区斯瓦希里语作家的写作热情，因此在委员会成立初期，地区内的许多官员和教育家就开始用标准斯瓦希里语进行书写。

3. 斯瓦希里语写作比赛

委员会于 1935 年组织的斯瓦希里语写作比赛，旨在鼓励非洲人使用本土语言斯瓦希里语进行文学创作。为了激发在写作比赛中脱颖而出的作家继续使用斯瓦希里语创作的热情，1939 年委员会再次举办了写作比赛。这些比赛为委员会提供了许多优秀的斯瓦希里语书稿。从 1942 年开始，殖民政府为了培养具有良好斯瓦希里语水平的欧洲官员，开始鼓励欧洲人参与比赛。②

4. 委员会会刊的发行

委员会会刊③最初以简报的形式发行，1954 年东非地区语言（斯瓦希里语）委员会更名为东非斯瓦希里语委员会（East African Swahili Committee），会刊也从简报改为期刊④。委员会会刊为语言学家和斯瓦希里语爱好者提供了讨论、研究斯瓦希里语问题的平台。斯瓦希里语研究人员会不定期在会刊上解答公众关于标准斯瓦希里语的质疑，并且公开讨论创制的新词汇。从 1956 年开

---

① Ireri Mbaabu, *Kiswahili: Lugha ya Taifa* (Nairobi: Kenya Literature Bureau, 1978), p. 30.

② B. J. Ratcliffe, "History, Purpose and Activities of the Inter-Territorial Language Committee," *Bulletin of the Inter-Territorial Language (Swahili) Committee*, No. 16 (1942), pp. 1-8.

③ Inter-territorial Language Committee Bulletin, 1951 年起更名为 East African Inter-territorial Language Committee Bulletin。

④ East African Swahili Committee Journal.

始，除了期刊本身外，委员会还发行斯瓦希里语文学图书作为会刊的增刊，这些图书此后成为开展斯瓦希里语研究的必读书目。[1]

（二）东非文学局

随着二战后英国殖民当局语言政策的调整，东非地区语言（斯瓦希里语）委员会的工作也遭遇了诸多困难。1944 年在马凯雷雷举行的殖民地教育会议建议将委员会取消，与出版机构合并。1948 年 1 月，东非高级委员会（East African High Commission）决定建立东非文学局（East African Literature Bureau），总部设在内罗毕，达累斯萨拉姆和坎帕拉分别设有分支机构，为坦桑尼亚和乌干达地区提供服务。[2] 文学局的主要职责是创作和编写教学需要的教师用书和学生用书，创作和编写课外图书，审校斯瓦希里语、卢干达语、卢奥语、基库尤语等图书，审定书稿、从事出版相关工作。此外，东非文学局还从 1952 年起为东非本土居民提供图书阅览服务，同年，仅肯尼亚就为读者邮寄了 8000 册图书。

1948 年东非文学局成立后，接管了此前东非地区语言（斯瓦希里语）委员会所负责的出版和发行工作。此外，斯瓦希里语写作比赛的举办权也移交至东非文学局，但是比赛文章的审核和决定权归属于委员会。毋庸置疑，东非地区语言（斯瓦希里语）委员会的大部分工作被转移到了东非文学局。文学局的成立体现了斯瓦希里语在英属东非殖民地地位的下降。英国政府认为委员会所从事的工作不再重要。[3] 截至 1952 年底，东非文学局已经出版或协助出版了涉及 16 种东非语言的 281 册图书，其中 154 种图书的销量超过 366600 册。在东非文学局的帮助下，由商业公司出版的 127 种图书销量达 30 万册。其中教育类图书销售额占总销售额的 26%，健康类图书销售额占 21%。在东非文学局出版的图书之中，有 40 种图书的作者来自非洲本土。[4]

---

[1] Ireri Mbaabu, *Kiswahili: Lugha ya Taifa* (Nairobi: Kenya Literature Bureau, 1978), p. 83.

[2] Ireri Mbaabu, *Kiswahili: Lugha ya Taifa* (Nairobi: Kenya Literature Bureau, 1978), pp. 76-77.

[3] Ireri Mbaabu, *Kiswahili: Lugha ya Taifa* (Nairobi: Kenya Literature Bureau, 1978), p. 99.

[4] "Notes and News," *Africa: Journal of the International African Institute*, Vol. 24, No. 1 (January, 1954), pp. 61-65.

（三）东非地区语言（斯瓦希里语）委员会的危机

茅茅起义的爆发以及东非人民争取民族解放斗争的高潮，进一步影响了英国在东非地区的语言政策。1953 年，英国殖民办公室发表英属赤道非洲教育政策的调研报告《非洲教育》。殖民政府意识到斯瓦希里语无法有效地将非洲各族人民团结在一起，反而激发了对殖民统治的反抗。报告建议在学校里彻底取消斯瓦希里语，这显然与东非地区语言（斯瓦希里语）委员会的工作背道而驰。殖民政府语言政策的改变最终导致了委员会的解散。1950 年，委员会举行首脑会议，会议讨论的结果是继续保留东非地区语言（斯瓦希里语）委员会，并与东非文学局并存，但是委员会将进行重组，职责范围也有所改变。重组后的委员会由 9 人组成，除书记外，每个国家派出 2 名代表，相较于此前 17 人的规模大幅缩减。会议还修改了委员会职责，除斯瓦希里语之外，还应加强其他土著语言的文学研究工作。[①] 1958 年，委员会遭遇财政危机，遂向东非四国递交了新的财政预算，希望得到殖民政府的资助。[②] 但直到 1959 年 9 月，委员会没有收到任何回复。委员会书记艾伦上任后指出，委员会遭遇了财政危机，必须要采取雇用临时职员、停止发行增刊等方式来削减开支，同时通过与东非大学的合作开展工作。他直言殖民政府对斯瓦希里语的轻视，"东非地区语言（斯瓦希里语）委员会就像一座围城，我们为之努力了多年的工作无法再继续下去"。[③]

（四）斯瓦希里语研究所及肯尼亚文学局

1959 年 9 月，东非地区语言（斯瓦希里语）委员会召开年会，同意马凯雷雷大学提出的取消委员会的建议，在马凯雷雷大学或其他大学成立斯瓦希里语研究所，继续开展斯瓦希里语研究工作。从 1964 年起，东非地区语言（斯瓦希里语）委员会正式解散，同时斯瓦希里语研究所（Taasisi ya Uchunguzi wa Kiswahili，TUKI）建立，隶属于坦噶尼喀达累斯萨拉姆大学。研究所负责开展与斯瓦希里语语言研究相关的工作，包括斯瓦希里语文学、文

---

① Ireri Mbaabu, *Kiswahili*: *Lugha ya Taifa*（Nairobi: Kenya Literature Bureau, 1978）, p. 78.

② Ireri Mbaabu, *Kiswahili*: *Lugha ya Taifa*（Nairobi: Kenya Literature Bureau, 1978）, p. 87.

③ Ireri Mbaabu, *Kiswahili*: *Lugha ya Taifa*（Nairobi: Kenya Literature Bureau, 1978）, p. 27.

化等领域，并且将研究成果印制成书出版。同时，研究所还编纂出版了斯瓦希里语字典，供斯瓦希里语学习者使用。20 世纪 60 年代初，东非国家相继独立，东非共同体成立，东非文学局得以保留。1977 年，东非共同体解体，东非文学局的管理权移交至肯尼亚教育部，1980 年，肯尼亚议会通过法案成立肯尼亚文学局，使其成为一家国有企业。① 至此，东非文学局不复存在。

综上所述，英属非洲殖民地文学局的特点十分鲜明。第一，过渡性。文学局被视为促进可行的文学体系向殖民地转移的过渡性机构，一旦建立了文学生产与传播的途径，便可以实现自行运转。第二，开拓性。文学局经常设立于不具备西方知识体系的地区，但当文学局超越自身职能履行全部角色之时，便妨碍了土著文学的发展。第三，无特定形式。在响应当地需求时，文学局在不同的殖民地呈现不同形式，有些擅长出版本土语言图书，有些则成功策划举办全国性的文学创作比赛。第四，矛盾性。尽管文学局发挥了重要的调节作用并参与了殖民地的同化进程，但仍被视为一个价值中立的变革机构。

殖民地文学局经历了一系列的机构演变，其职能包括对拉丁化本土语言的标准化、翻译、出版图书、创办报刊、组织本土语言文学创作比赛以及推进扫盲运动等。在此过程中，本土语言文学生产得到殖民当局的制度化支持与赞助。同时，在殖民文化建制下获得官方认可的本土语言文学参与了殖民地话语建构，进而导致了殖民地社会文化秩序的重建。

小　结

本土语言文学是在殖民统治的制度框架中获得发展的。作为"外部研究"的文学机构、出版社及报刊的发行、殖民地教育体系等诸多政治、社会和文化因素，对文学的生成、生产和传播产生影响，进而也导致了非洲本土语言的近代文学建构与转型。

第一，在统治术方面，英国殖民者奉行间接统治哲学，在政治上沿用前殖民地时期哈里发的土著政权系统，在文化上则以尊重本土文化为名，鼓励本土语言的使用与文学生产。因此，间接统治所基于的种族主义思想基础，

---

① "The Kenya Literature Bureau Bill, 13th May 1980," *Kenya National Assembly Official Record* (*Hansard*), Vol. LII, Republic of Kenya, 1980, pp. 811–814.

也成为殖民者制定具体语言、文化政策的基础。间接统治与种族主义政策加大了非洲各民族间的差异与矛盾，非洲人对传统部落的忠诚阻碍了他们的民族国家觉醒意识，这在很大程度上影响了本土语言文学创作对作品主题的反映。

第二，殖民文化建制下的机构，诸如非洲语言与文化国际研究所、殖民地文学局等，对非洲文化秉持与分治思想一致的理念，鼓励非洲人使用本土语言创作，通过本土语言的标准化、外来文学作品的译介和出版、兴办报刊、设立本土语言文学创作比赛等诸多手段，提供了本土语言文学生产的土壤和传播途径，推动了本土语言与文学的发展。另外，在帝国扩张和殖民统治过程中，传教士对非洲本土语言和文学的改造、创制、标准化发挥了重要作用。教会通过成立翻译局、非洲基督教文学国际委员会等机构，在语言学和翻译领域做出了大量的努力，并推动了本土语言作家具有原创性的想象性写作。

第三，出版构成了文学生产及其传播的重要环节，对文学的嬗变产生了重要影响。英属非洲殖民地的出版最初以域外文学的译介为主，此后转向本土作家创作的作品，文学体裁多为小说。出版为非洲本土语言文学的发展及其现代转型提供了重要条件。英属非洲殖民地的报刊为这一时期的本土语言文学提供了全新的载体和媒介，促进了文学生产的市场化、大众化和制度化进程。报刊通过编辑、印刷、发行、派送、销售等发展成为非洲本土语言文学的传播机制。同时，报刊对于文学观念、文学形式、文学语言的风格以及作为创作主体的作者群和作为受众的读者群的生成都发挥了极其重要的作用。

第四，在教育机构方面，教会与当局实施的殖民地教育并非致力于培养具有创新精神的人才，以适应殖民地社会在政治、经济、文化等方面的变迁，相反，其目的在于维系和发展一个内在不公平、不平等的社会生产和政治权力组织。殖民地的教育理念与间接统治制度显示出高度的一致性。英国殖民统治下的西式教育体系为了维持殖民地社会原有的社会结构，通过对教育语言的选择、对学校课程体系与教材编写的操控等举措，培养了新的教育精英。就殖民地教育对文学生产的影响而言，所提供的各种欧亚文学作品译本以及殖民主义者撰写的作品，成为本土语言作家的写作范本，而本土语言文学作品本身往往表现出作者对殖民文化的认同。殖民地的文化建制为本土语言作家提供了文学生产的条件、规范以及制度保障。而另一方面，殖民统治下产生的本土语言文学也在很大程度上参与了殖民话语建构。

第四章

英国殖民时期的非洲本土语言小说

英国的殖民入侵与殖民统治导致了非洲本土语言文学发展的重大转型。19 世纪晚期至 20 世纪初，在基督教传教士、殖民官员和语言学家的共同推动下，豪萨语和斯瓦希里语两种语言历经了书写方式的拉丁化重大变革。20 世纪上半叶，在殖民文化权力机构主导的标准化运动中得到推广运用。语言的变革为本土文学的发生和发展提供了重要契机，推动了两种本土语言文学在体裁、题材、叙事模式和内容等方面的革新与试验。非洲本土语言的现代文学便发端于这一历史进程，其生成标志是散文体虚构叙事的问世。文体由诗体与韵文形式过渡为散文体；创作形式由讲述口传故事转向书面化虚构叙事创作实践；主题内容则不仅延续宗教诗歌的说教，而且广泛关注世俗生活与社会政治现状；原本在书面文学中居主流地位的、受伊斯兰宗教文化影响的诗歌渐渐让位于起源自西方的小说。

第一节 英国殖民时期的豪萨语小说

在豪萨语文学中，小说这种虚构性文类完全是伴随殖民进程而来的西方舶来品，因而与诗歌有着本质的区别。小说文类的引进，意味着豪萨语文学的传统文类在功用、形式、内容、审美、创作观念等诸多维度，不可避免地与异质元素相冲突、调适、融合与演进。本节将探讨豪萨语小说在殖民语境中的生成、发展过程及其特征。

一　英国殖民时期豪萨语小说的生成与发展

豪萨语小说是英国殖民当局在北尼日利亚实行的一系列语言、文化、教育政策的产物。20世纪伊始，英国在北尼日利亚建立殖民政权，为了进一步巩固统治地位，削弱伊斯兰教长期以来对该地区产生的社会和文化影响，当局实施了豪萨语拉丁化推广政策，地区内使用阿拉伯语书写的豪萨阿贾米遭到废止。此后，殖民统治者在20世纪30年代推行"言文一致""国语"的文学以及文学的"国语"运动，通过兴办西式教育、辅导作家和举行文学创作比赛进一步推动拉丁化豪萨文的规范使用。其结果是豪萨语文学的发展路径发生了结构性变革，虚构性散文体文学作品的出现，构成了豪萨语现代文学的发端。这种文类不仅使传统的散文体由伊斯兰信仰中拟定的真实性（assumed reality）转向了虚构性，而且使得在传统书面文学中发展缓慢的、表达创意的散文体形式①跃升为殖民意识形态下的主导文学形式，并逐渐发展为豪萨语文学的主要体裁之一。

（一）模仿的书写：豪萨语散文体虚构叙事的发生

20世纪初，英国完成对北尼日利亚的武力征服，开始建立殖民政权。随着殖民统治进程以及英属殖民地文化战略的制定和推广，拉丁化豪萨语的使用范围得以拓展。20世纪20~30年代，北尼日利亚殖民地涌现出一个快速增长的拉丁化豪萨文识字群体。但与此不相匹配的是，可供此群体阅读的书面材料极为有限。为此，北尼日利亚教育部于1933年举办豪萨语文学创作比赛，鼓励本土作家使用本土语言创作售价合理的读物，使大众通过消费认识作品的价值，培养阅读兴趣，进而为拉丁化豪萨语读写文化的发展奠定了基础。

---

① 豪萨语创造性散文体书写发展较诗歌的发展而言更为缓慢，原因在于在高度伊斯兰化的北尼日利亚，诗歌常常用于为真主唱颂赞歌，而散文体则用于记述编年史实与生平传记。详见 O. R. Dathorne，*African Literature in the Twentieth Century*（London：Heinemann，1975），p. 9。

殖民地本土语言文学创作的过程受多重因素阻碍，进展缓慢。首先，北尼日利亚教育官员伊斯特对豪萨传统文学的偏见与否定，阻碍了创作者对既有本土文学传统的自由借用。伊斯特在不同程度上否定了既存的豪萨语言文学。在他看来，19世纪初的伊斯兰宗教改革运动摧毁了北尼日利亚既有的文学传统，其破坏性加上严肃刻板的宗教教义导致伊斯兰文学缺乏想象性，但他同时意识到，伊斯兰书面文学在北尼日利亚殖民地业已形成深远的影响。而西非流传久远的讲故事传统由于缺乏原创性和创作自由，且从未有只言片语以书面形式留存于世，因而被其排除在文学范畴之外。在否定的基础上，伊斯特声称对豪萨语言怀有一种欣赏的态度，构想能够在一门尚未产生文学的语言中建立一种新的本土语言文学。作为比赛的组织者，他对参赛者的要求是创作一部2万字的中篇小说（novella），主题不应具有宗教说教性质，内容不应以传统伊斯兰书面文学和西非故事为模板。如此严格的规定对想象性的文学生产，无疑是一种违反创作规律的限制。其次，北尼日利亚殖民地文化与小说这一外来体裁的错位，使创作者无法以恰当的文学观念进行想象性书写。在北尼日利亚殖民地本土文化格局中，承担创作主体的是信仰伊斯兰教的豪萨毛拉，他们对于书面文学观念的界定起源于19世纪初的伊斯兰宗教文学，因此使用拉丁化豪萨语创作的书面文学自然应遵循以严肃的宗教与道德主题为中心，对这一中心的偏离被视为缺乏价值，甚至缺乏道德。由于伊斯兰宗教传统赋予了"书写"神圣性，文本、文学创作通常被认为具有真实性，具有劝善惩恶的功能，而由妇女和儿童讲述的故事与谎言并无二致。总而言之，对毛拉们而言，虚构写作不仅缺少参照范本，而且这个想法本身也不受认可。再次，殖民地不断强化的西方语言思维训练，导致大多数本土知识分子无法使用母语进行思考和写作。由于欧洲语言附带的殖民统治权威和实用性优势，本土精英对欧洲语言的学习需求增加，这也在某种程度上对豪萨语言文学的早期创作产生了极其不利的影响。①

尽管从客观上而言，殖民地豪萨语文学从传统的口头性文类向现代小说

---

① See Rupert Moultrie East, "A First Essay in Imaginative African Literature," *Africa: Journal of the International African Institute*, Vol. 9, No. 3 (July 1936), pp. 350-358.

发展的条件并不成熟，文学创作比赛中获奖的五部作品仍然相继付梓，标志着豪萨语小说的起源，并对后世豪萨语文学创作产生了深远影响。早期小说最早受到的批评来自伊斯特，他被西方批评界称为"豪萨现代书面文学之父"。他对大多数毛拉的手稿做出的判断是"失败"，在他看来，作者并没有给故事写下一个适当的结局，作品之所以结束是因为作者感到厌烦，或者认为写得够长，而非故事本身的结束；换言之，故事只是由一系列与口头叙事相似的松散连接的意象构成。① 大卫·韦斯特利（David Westley）认为，这些作品中豪萨文学的形式与人物刻画过于依赖民间故事结构，早期小说的片断式情节限制了意义解读的可能性；作品中扁平的人物形象缺乏口头文化传统作为支撑，角色难以达到西方文学所刻画的内省深度，他最后为这些小说冠以"对民间故事的失败模仿"之名。② 更有批评家甚至绝望地声称，"豪萨语小说永远无法脱离民间故事的影响"。③

　　基于以上批评可见，经殖民文化机构及其代理人介入而产生的早期豪萨语小说，尽管受到一系列制度性规约，但其生成结果表明，最早的豪萨语小说写作是违反殖民权力规训的产物，在以上提及的批评家看来，这些作品并不是殖民机器生产的合格的文学产品。反之，在很大程度上是模仿口头文学传统的产物。从历史语境看，与其说这些批评是西方批评家对发端时期豪萨语小说的客观判断，不如说，这些作品受诟病之处正是非洲现代语言文学"传统"的发明与发生阶段无法规避的特征。早期小说中出现模仿口头文学传统痕迹并不稀奇。最初可供虚构作品书写者借鉴的唯一的豪萨语书面文学作品，是 19 世纪末由欧洲人将豪萨口头文学书面化并使用豪萨文学题材撰写的旅行叙事《豪萨文学》（*Magana Hausa*）。这部作品在体例上对豪萨作家的小说创作具有一定的示范作用。但正如格雷厄姆·弗尼斯所指出的，豪萨语言文学从"传统"的、口头的本土文类中发展出了"现代"的、书面的、欧洲式的文类。文学体裁嵌入历史之中，有其自身的变化和发展历史。

---

① Rupert Moultrie East，"A First Essay in Imaginative African Literature，" *Africa：Journal of the International African Institute*，Vol. 9，No. 3（July 1936），p. 356.

② Joanna Sullivan，"From Poetry to Prose：the Modern Hausa Novel，" *Comparative Literatures Studies*，Vol. 46，No. 2（2009），pp. 311-312.

③ Joanna Sullivan，"From Poetry to Prose：the Modern Hausa Novel，" *Comparative Literatures Studies*，Vol. 46，No. 2（2009），p. 311.

所有文类的发展都从现有的文化储备中提取资源，同时具有创造性。[1] 这种创造性来自对西方文学形式的挪用和虚构性书面创作观念的接受，也来自对口头传统叙事的模仿和对既有的豪萨文学体裁，包括谚语、民间故事、神话传说和诗歌等及其主题内容、叙事手法的融合。

值得指出的是，由于文学观念的差异，早期作品在传统豪萨知识阶层中亦未获得广泛认可与接纳。他们通常认为，口头文学中传统故事的发展应当由某件重要的社会和历史事件推动，而最早的拉丁化豪萨语小说与历史事件并无关联，也不具有任何宗教教化功能。[2] 这无疑反映出豪萨语现代文学发展初期对文学的道德教诲和史实记录功能的重视。二者均为豪萨传统文学的基本特征，而此后通过对豪萨小说作品的详细解读则显示，二者仍作为传统文学的影响，获得创造性继承与再生产。

（二）从模仿、改写到独立创作：以伊芒的后续创作经验为例

继五部小说出版之后，在本土文学创作比赛中获奖的一位作者阿布巴卡尔·伊芒继续推出另一部散文体叙事作品——《非洲夜谈》。该作品于 1936 年在伊斯特的指导下完成，后由扎里亚文学局出版。伊斯特亦延续了同样的指导原则。他曾于 1934 年 10 月致信伊芒，建议他继续创作，但作品必须是"你自己的原创故事，抑或使用了别人的故事，也要做好掩饰，使它们看起来像是你讲的故事"。[3] 伊芒在回忆录中表示，在被抽调至文学局专门创作这部作品期间，伊斯特找来了几种欧洲寓言和阿拉伯故事集《天方夜谭》供他参考，整个写作在他的大量阅读与伊斯特的修改探讨中穿插进行。

但是事实上，《非洲夜谈》这部作品并未如实遵守"原创性"规范的要求。从多个方面而言，都是作者对《治愈之水》创作的延续。[4] 两部作品均

---

① Graham Furniss, *Poetry, Prose and Popular Culture in Hausa* (Edinburgh: Edinburgh University Press, 1996), p. 1.

② Albert S. Gérard, *African Language Literatures: An Introduction to the Literary History of Sub-Saharan Africa* (Washington, D. C.: Three Continents Press, 1981), p. 62.

③ 参见 Abdurrahman Mora ed., *The Abubakar Imam Memoirs* (Zaria: Northern Nigerian Publishing Company, 1989), pp. 25-26。

④ Graham Furniss, *Poetry, Prose and Popular Culture in Hausa* (Edinburgh: Edinburgh University Press, 1996), p. 33.

借鉴了《天方夜谭》的叙事框架，即故事套故事（story in story）形式。二者都是模仿的产物，所不同之处在于，《治愈之水》在更大程度上模仿的是讲故事传统，而《非洲夜谈》则更多是对豪萨故事与域外故事的模仿兼融合。它不同于大多数只保留故事梗概且丢失了口头表演元素的非洲故事集，伊芒在其中成功地创造了新的故事讲述方式。传统的民间故事进一步与书写形式相融合，同时又在更大程度上汲取了域外文化的营养，从而为初具形态的豪萨语虚构散文体叙事提供了更多可能性。

《非洲夜谈》是一部由三只鹦鹉重述的（retold）、来自世界各地的民间故事集，收录故事80余则。圣经故事、格林童话、《十日谈》、阿拉伯与印度故事、伊斯兰宗教运动领袖谢赫的传奇故事，均成为这部叙事作品的创作来源。① 《非洲夜谈》分为三卷，各卷故事以一只鹦鹉为主要叙述者之一，将三卷故事串联成一个整体。伊芒参照借用了《一千零一夜》的框架叙事结构，由故事讲述者叙述一个又一个的故事，但叙述目的不是为了拖延死期，而是为了推延一个任性王子的出发时间、进行说书比赛和传授说书技艺。

在第一卷中，一位东方国王求子成功，但宰相觊觎王位、勾结外敌，国王决定亲自出征，在宰相的煽动下将王子的玩伴带上战场，王子被托付给一只具有卓越智慧的鹦鹉。但王子受宰相散播的谣言所蛊惑，萌生了出宫见友的强烈意愿，鹦鹉为拖延王子出宫的时间每晚给他讲述故事。它在国王凯旋之前，成功地用故事转移了王子的注意力，保全其免遭宰相的陷害。最后，宰相阴谋败露，鹦鹉护驾有功，被国王封为宰相。这些故事虽然在内容上相对独立，但伊芒精心设计，通过讲故事者鹦鹉机智的拖延策略，依据王子每晚的情感状态与心理诉求编排故事内容，使故事依合理的情节进展。叙述者对独立故事的串联方式有别于传统的豪萨民间故事，后者通常篇幅短小，虽然也存在系列故事，但故事之间并无衔接。在第二卷中，受封为新宰相的鹦鹉受到邻国国王质疑，两位国王商议，让鹦鹉宰相与邻国鹦鹉举行说书比赛；鹦鹉宰相对对手所讲的故事及其内容做出价值判断与道德批评，并在比

---

① Graham Furniss, *Poetry*, *Prose and Popular Culture in Hausa* (Edinburgh：Edinburgh University Press，1996)，p. 33.

赛中胜出；比赛中间嵌入鹦鹉宰相为邻国国王献计解决困难的插曲。本卷中的故事以鹦鹉宰相的判断为讲故事的价值标准，具有鲜明的好/坏、新/旧之别，形成鹦鹉宰相讲述的好故事、新故事与邻国鹦鹉讲述的差故事、旧故事之间的对比，总体突出的是叙事艺术的社会说教功能。第三卷中的主体故事发生在鹦鹉宰相和小鹦鹉之间，前者向后者提出 18 条人生"道理"，教其恪守律条、忠于信仰、与人为善。鹦鹉宰相通过讲故事的方式将说书技艺传授给儿子，故事中间穿插后者对道理与蕴意的体悟，以及前者的严厉教训。

伊芒在《非洲夜谈》中挪用了域外故事的情节构造，将其融入豪萨口头叙事传统和伊斯兰宗教氛围之中，使得这部作品呈现后殖民意义上各种改写、重置和杂糅的特征。其重写呈现两种模式，其一是对域外故事的空间移置或情节挪用；其二是对豪萨口头叙事传统的借鉴改写。就第一种模式而言，《非洲夜谈》在某种程度上可被视为其借阅作品的模仿衍生文本——尤以阿拉伯民间故事集《一千零一夜》最为明显。伊芒将参阅文本中的故事背景、人物关系植入北尼日利亚地区，赋予人物豪萨名字，使其言行带有鲜明的豪萨地区情感色彩，令故事成为具有豪萨特色的"原创"作品。因此有研究者指出，《非洲夜谈》中的故事无一与《一千零一夜》直接相关。[①]但对二者的对比研究却显示，两部作品中的某些情节颇为雷同。如《非洲夜谈》中的《国王与雕刻匠》，作为一则外来故事被叙述者讲述，故事中的人物、桥段与《一千零一夜》中《乌木马的故事》如出一辙。在第二种模式中，可以看到大量豪萨民间故事的痕迹，就类型而言，既有人物故事，也包括动物、精灵和鬼怪故事；就叙事方式而言，对立冲突仍为各故事的主要结构特征；就主题而言，大多数故事偏重道德说教，即便是兼顾娱乐性的同时，伊芒仍借主要叙述者之口强调，故事承担的主要是教化功能，另外还包括关于北尼日利亚宗教运动领袖的真实故事，其关切仍在于宗教对读者的影响。重写的民间故事既实现了口头性与书面性的结合，又实现了虚构故事与真实故事的融合。而传统故事中讲述者与听众的互动与评论，在主体故事内被转化为讲述者与听故事人的互动与评论。

---

① Graham Furniss, *Poetry, Prose and Popular Culture in Hausa* (Edinburgh: Edinburgh University Press, 1996), p. 33.

　　总体而言，不论是在伊芒对虚构散文体叙事方式及技巧的试验方面，还是在对新语言的应用上，《非洲夜谈》足可表征豪萨语现代文学在草创期的至高点。伊斯特盛誉其为豪萨语书写风格的最佳典范。[①] 韦斯特利亦曾评价："他（伊芒）不仅能将写作素材改编得适合豪萨语言和豪萨文化环境，而且能使之适合书面语境本身。《非洲夜谈》之所以获得成功，正得益于书面化。从口头到书写的过渡显然并不仅仅涉及保留文学母体的口头特色。书面化本身需要一个意义实现的转化过程。创作者与受众及传统的关系不可避免地被书面化所改变。《治愈之水》中反映的口头传统虽在书写中获得了保留，但未得到提升。书写的从容及其给语言发展带来的潜力开创了新的可能性，能够跨越书面化所导致的作者与读者之间的距离。阿布巴卡尔·伊芒则在《非洲夜谈》中实现了许多这样的可能性。"[②]

　　自这部作品之后，伊芒在 20 世纪 30 年代末再次受伊斯特之邀，在其指导下写成两卷本《浅学误人》（*Karamin Sani Kukumi*），此时他凭借成熟的语言风格和写作能力，不仅从域外文学和口传文学资源中汲取灵感，而且开始将其创作与当下的现实相关联，从现实事件中取材，将现实人物作为小说原型。伊芒此后的创作进入独立写作阶段，他于 1943 年旅英归来，独立完成游记小说《旅行是开启知识的钥匙》（*Tafiya Mabudin Ilmi*），语言内容风趣幽默。鉴于其在豪萨语现代文学发轫期举足轻重的地位，他的独立创作意味着作者不再倚赖殖民者导师的指导，豪萨语文学摆脱了"学徒文学"阶段。20 世纪 30 年代的散文体作品在早期作家们适应新的殖民文化制度、接受新文类的实验性创作过程中，被铸成一种特定的形态，这一形态主宰了此后约 40 年的豪萨文学创作：故事结构被重复使用，角色以及角色之间的互动因袭同一种方式。[③]

①　Graham Furniss, *Poetry, Prose and Popular Culture in Hausa*（Edinburgh：Edinburgh University Press, 1996）, p. 33.

②　Graham Furniss, *Poetry, Prose and Popular Culture in Hausa*（Edinburgh：Edinburgh University Press, 1996）, p. 34.

③　Graham Furniss, *Poetry, Prose and Popular Culture in Hausa*（Edinburgh：Edinburgh University Press, 1996）, p. 8.

（三）20 世纪 50 年代的豪萨语小说

英国殖民统治时期，豪萨语散文体创作的发展与殖民地文化及出版机构的发展进程密切相关。散文体虚构叙事作品在 20 世纪 40 年代极其稀少，①文学局并入真理公司后，其主要出版物为针对教学事务的知识启蒙图书以及其他易于售出的市场出版物，因此创造性文学的书写并不受当局鼓励。② 20世纪 50 年代初，逐步从英国人手中接管政权的自治政府开始实施成人扫盲计划，为促进豪萨文学生产提供了动力与契机，但文学作品的产出仍相对有限。北方地区文学局除了出版各种类型的读物外，还发行了三部中篇小说，③ 分别为阿赫马杜·因加瓦（Ahmadu Ingawa）的《大力士伊利亚》（*Iliya Dan Maikarfi*）、葛尔巴·丰图瓦（Garba Funtuwa）的《我们的英雄》（*Gogan Naka*）和阿玛杜·卡齐纳（Amadu Katsina）的《魔幻之城》（*Sihirtaccen Gari*）。其总体创作风格仍沿用 20 世纪 30 年代作品的散文体虚构叙事传统。

二　豪萨语小说的特点分析：以早期五部作品为例

最早问世的豪萨语小说是殖民主义文化建制的产物，这些散文体虚构叙事初具现代小说形态，又在很大程度上继承、发展了既有的豪萨文学传统，并成为启发后世作品的最重要影响因素。此后的豪萨语作家抑或表示与早期作品在形式、主题方面的一致性，抑或从中获得启发，抑或标榜与它们的偏离。无论哪种情形，早期的五部小说都成为后世创作无法规避的参照。早期作品的创作缺陷或许是非洲现代文学发展初期的普遍现象，但正如当今大多数学者不再无知地认为非洲口传文学缺乏审美价值，许多研究已证明，用西方文学规范作为单一标准的批评范式解读非洲文学作品已不合时宜。西方批评家出于欧洲中心论的偏见，不合理地贬低了豪萨文学本身的传统及其文化

---

① Graham Furniss, *Poetry, Prose and Popular Culture in Hausa* (Edinburgh: Edinburgh University Press, 1996), p. 33.

② Neil Skinner, *An Anthology of Hausa Literature in Translation* (Zaria: Northern Nigerian Publishing Company, 1980), p. 169.

③ Graham Furniss, *Poetry, Prose and Popular Culture in Hausa* (Edinburgh: Edinburgh University Press, 1996), p. 35.

内涵，又因殖民意识形态谬见和殖民统治的需要，武断地否定了已有的传统伊斯兰文学价值，使之边缘化，迫使被殖民者丧失了文化身份认同。但是，殖民者人为创制的文学形式并不能脱离豪萨文学传统和社会文化母体而孤悬。事实上，早期的豪萨语小说不仅继承了传统的文艺美学价值和创作技巧，而且在更广泛的文化与话语层面，表现出与时代语境相符合的鲜明特点。

（一）口传文学与叙事模式的影响

20 世纪 30 年代，虚构性的本土语言写作缺少创作范本，因此，深植于早期本土作家的集体无意识经验中的豪萨传统文学作为文化母体，成为想象性本土语言文学创作不可或缺的素材与灵感来源之一。豪萨传统文学大体上包括书面与口头两种形式，即用伊斯兰化阿贾米书写的宗教和说教主题诗歌及丰富的口头艺术传统。尽管伊斯特建议毛拉们的创作应避免对口传故事或历史文本进行复述式再创作，且不建议以现存的主要由伊斯兰文化产物构成的书面文本作为摹本，然而，他们的创作最终在某种程度上依然是对既有文学叙事模式的模仿，即虚构的豪萨民间故事，以及诗歌、历史叙事等非虚构文本。

民间故事的叙述常常设置两个对立角色的比拼或建构好坏事物的冲突，旨在凸显善恶对比、奖惩分明的效果，最终达到秩序的重建，或是揭示表象与现实、人与现实世界、伊斯兰教与传统信仰以及人物角色的内在冲突。[①]教诲通常出现在故事的结尾部分，悲剧性结局标志着邪恶行为所遭受的惩罚与训诫，喜剧性结局则暗示着服从与回报。这些叙事模式均在不同程度上反映在每部早期作品之中。《治愈之水》《身体如是说》等均涉及魔鬼、精灵、巫术等超现实元素。除《乌马尔教长》之外，其余四部作品均塑造了骗子与神怪角色，这些都是口传故事中常见的常驻人物（stock character），其形象刻画与故事的冒险模式均以程式化方式呈现。对立结构普遍存在于五部作品中，主要表现在以下冲突主题中：罪与罚——《身体如是说》《乌马尔教长》《提问者的眼睛》；爱与恨——《身体如是说》；忠诚与背叛——《治

---

① Graham Furniss, *Poetry*, *Prose and Popular Culture in Hausa* (Edinburgh：Edinburgh University Press, 1996), p. 22.

愈之水》；穆斯林与土著——《甘多基》。但个体作家处理对立结构的方式
不尽相同，《治愈之水》开篇设定了角色之间的比拼模式，阿布巴卡尔·伊芒
与游走四方的故事狂人之间的说故事比赛，为他与对手祖尔基之间的较量奠
定了基调；而在《甘多基》中，对立设置在甘多基忠诚的儿子与不负责任的
家仆之间，对立双方并非敌对，而更像是同伴关系。①

另外，即便是被某些批评家认为与民间故事最不相关的《乌马尔教
长》②，事实上也没有偏离口头传统太远，而是与另一种口头传统——诗歌
极为相近。③ 传统诗歌的社会功能是关注现实问题与记述历史，《乌马尔教
长》中涉及的社会写实场景与奴隶贸易等历史元素正体现了其与传统诗歌
的关联。从这个意义上说，《甘多基》文本中所依赖的战争背景与历史现实
亦与之形成呼应。20 世纪 70 年代的豪萨虚构作品倾向于关注历史元素，这
在极大程度上显示出口传文学对豪萨语文学发展造成的根深蒂固的影响。

（二）说教主题的延续

鉴于伊斯特的殖民地文化官员与文学创作导师身份，尝试豪萨语虚构文
学创作的毛拉们必定在很大程度上受制于他起初的写作建议，即新的散文体
虚构叙事不应以说教为目的。然而，几乎每一部作品均在某种程度上反映了
道德主题。《乌马尔教长》记述了主人公跌宕坎坷的生命历程，描写了一个
完美得近乎不真实的人物形象，其品性作为一种理想人物的预设，使主人公
从头至尾表现为一个精神意志上无瑕疵的、无任何发展变化的完人，所有人
生际遇都只表明主人公是一个隐忍克制的典范。这样的类型化人物塑造在某
种程度上削弱了小说的现实主义色彩，以至于有评论家认为，《乌马尔教
长》代表了文学的一个死胡同。④ 因为，作家一旦成功创造了一个普遍性的

---

① Graham Furniss, "Hausa Creative Writing in the 1930s: An Exploration in Postcolonial Theory," *Research in African Literatures*, Vol. 29, No. 1 (1998), pp. 26－27.

② 它被认为是一部成功克服了松散结构、有适当结局的散文体传记，其线性发展的情节与摆脱了非重复性的细节描述，跳脱出口头叙事在情节铺陈上的局限性。

③ Joanna Sullivan, "From Poetry to Prose: The Modern Hausa Novel," *Comparative Literature Studies*, Vol. 46, No. 2 (2009), p. 312.

④ Donald J. Cosentino, "An Experiment in Inducing the Novel among the Hausa," *Research in African Literatures*, Vol. 9, No. 1, Special Issue on Literary Criticism (Spring 1978), p. 22.

角色类型，那么重复同样的努力去塑造类似角色就毫无意义了，同时对批评而言也失去了进一步讨论的可能性。然而，这种缺乏客观性的完美形象塑造，正是创作者的主体意图，即树立穆斯林典范以达到教化目的。所有表现人性美好的道德规范，信誉、忠诚、仁爱、真诚、谦虚、谨慎、克制、温良等都通过乌马尔的人性特点逐一得到体现。

在《治愈之水》中，主人公既是一个负有使命感的探索者，又承担另一个身份——骗子。他总是乔装成各种角色，如学者、富商、说胡话的疯子。与民间故事中典型的骗子（trickster）一样，主人公总是游离在社会准则之外，对规则的违反令人无法容忍，他经常让对手陷入本该自己承受的麻烦之中，自己也遭到对手陷害。这种叙事风格来自伊芒对当时豪萨社会现实的反映，他在文本中再现了豪萨通俗文化中引人发笑的、易招致批评的方面（laughing underbelly）。① 但在伊芒笔下，骗子主人公最后变成了好人，以至于当他凭借一只召唤精灵的戒指有求必应时，开始提醒自己"做人须低调，切勿得意忘形"。尽管这并不意味着主人公恢复了道德良知，但伊芒发出的启示显然是劝人从善。

《提问者的眼睛》表现了小偷群体内缺乏荣誉与信任，说教主题鲜明，传达了犯错者必遭报应的道理。从叙事特点看，小说呈现了危险丛林与城镇中秩序生活的对比。对小偷而言，躲避追捕、获得安全的环境在丛林中，而危险恰恰在城镇。小偷之间的关系围绕信任与欺骗展开，他们的没落更多在于其团队内部的背叛，而非法律和秩序的力量。在传统的骗子叙事中，骗子总能通过反社会的行为，戏弄秩序社会并逍遥法外，但在这部小说中，传统视角出现了反转，小偷们最终遭到报应，这便为叙事提供了一个道德框架。弗尼斯进一步指出，小说叙事与道德规范的讨论直接相关，但与"好人"乌马尔的塑造不同，这里呈现的是反面人性特征：缺乏信誉、背叛、不真诚、贪婪、偷盗、谋杀。小说正是指向一种明确的道德建构。②

---

① Graham Furniss, "Hausa Creative Writing in the 1930s: An Exploration in Postcolonial Theory," *Research in African Literatures*, Vol. 29, No. 1 (1998), p. 98.

② Graham Furniss, "Hausa Creative Writing in the 1930s: An Exploration in Postcolonial Theory," *Research in African Literatures*, Vol. 29, No. 1 (1998), p. 99.

（三）并置技巧的沿用与发展

伊斯特在豪萨语想象性文学的构想中否定传统口头叙事。他认为，豪萨人"讲故事艺术的发展尚处于短篇故事阶段……篇幅较长的故事仅仅是一系列不相关联的、由叙述者松散串联在一起的偶然事件。同样的偶然事件常常重复出现在另一个故事中"。[①] 但科森蒂诺认为，尽管口头艺术家必须处理流传下来的定式的、使用口语表征的意象，但他们可以对这些意象进行重新安排，以创造新的艺术作品。这些形象的重置与并置表征了隐喻化（metaphorization）的复杂过程，而并非"一系列不相关联的、由叙述者松散串联在一起的偶然事件"。[②] 豪萨民间故事通常将奇幻想象与现实主义意象并置，主人公从现实的已知世界移动到未知境地，从城镇社会的秩序世界进入丛林中的悲惨境地。人物的空间移动常具有重要的主题内涵，即通过奇幻世界的意象揭示现实世界中事件的价值与意义。

这种意象并置的叙事技巧出现在每一部早期作品中，通常与探索主题并行展开。以《甘多基》为例，主人公离群索居，在魔鬼的国度里赢得可贵的荣誉，成为英雄或救赎者，最后再次融入自己原本的社群。魔鬼世界中的英雄意象补偿了甘多基在现实世界中与英军交战的失利形象，隐喻了宗教信仰力量超越英国人的武力征服。当甘多基回到已成为殖民地的北尼日利亚时，现代科技武器与他在魔鬼世界中赢得的荣誉并置，表达了主人公在殖民体系建立后的得失与心理调适。再如，小说《身体如是说》中并置的意象隐喻了人物的道德堕落。阿布巴卡尔从贾尔马的现实世界出发进入丛林，隐喻了他同时放弃人类的秩序社会而进入充满冲突的未知境地，与此相似的是，滥用魔药引诱扎伊娜布的谢赫也隐喻了老富翁的道德沦丧之旅。这些平行旅程，连同阿布巴卡尔在探索之旅中遭受的身体变形，以及在邪恶森林里食人女妖应许他施过咒语的魔药，都隐喻了这种道德堕落。阿布巴卡尔结束寻药之旅，对"天赐"使用魔药，开启了后者的探索旅程。被施咒的"天

---

① Rupert Moultrie East, "A First Essay in Imaginative African Literature," *Africa: Journal of the International African Institute*, Vol. 9, No. 3 (July 1936), p. 356.

② Donald J. Cosentino, "An Experiment in Inducing the Novel among the Hausa," *Research in African Literatures*, Vol. 9, No. 1, Special Issue on Literary Criticism (Spring 1978), p. 23.

赐"拒绝所有救赎的建议，离开贾尔马，在异乡继续作孽，直到杀死自己的父亲。小说以秩序的恢复结尾，以此突出说教目的。

（四）从"真实"转向"虚构"的散文体虚构叙事

早期豪萨语小说作为最早的豪萨语散文体虚构叙事，在豪萨文学从口头传说转向书面文类，从"真实"转向"虚构"的过程中发挥了转承启合的中介作用。豪萨文化历经伊斯兰文化的浸淫，对书写传统并不陌生。伊斯兰宗教文化对书面文学与虚构叙事进行了价值区分，因此早期的北尼日利亚毛拉对小说这种虚构性新体裁深感质疑。毛拉们对虚构性文学写作的接受与尝试，一方面是对殖民地文化政策的迎合，另一方面则是对现代性发展语境的适应。同时，这也标志着豪萨语现代文学的世俗转向，书写的对象不再局限于宗教内容和王公贵族的丰功伟绩，亦不再局限于"真实"的历史，而是转向关乎现实的社会生活冲突。而对当下现实的关注，又在小说的虚构性与历史的真实性之间建立起关联，散文体虚构叙事的"真实"与"虚构"之间的界限因此变得模糊。正是这种趋势使得批评关注焦点转向了作品的历史因素。

以《乌马尔教长》为例，有批评家指出，乌马尔教长作为完美典范的类型化角色塑造，使作品失去了进一步讨论的可能性，但乔安娜·沙利文的研究指出，该小说文本通过社会背景和地理图景的写实再现，表达了一种历史关切，而这正源自豪萨文学的诗歌传统，其功能之一是记述历史事件与人物事迹。20世纪70年代，豪萨文学创作达到一个高潮，其虚构作品已背弃民间故事影响，开始汲取口头与书面诗歌中的历史元素，因而这部作品恰恰在豪萨文学发展的转捩点指明了大多数现代豪萨语小说的未来方向。① 同样表达历史关注的作品还有《甘多基》，叙事中对苏丹国王的记述不仅为小说增加了现实背景维度，而且为重塑历史提供了文本与情感支持。在欧洲人的叙述中，这个著名的猎奴者被描述为一个独裁者。② 穆罕默德·贝洛·卡加拉将他描绘成具有超自然力的、受臣民敬仰的伟大领袖，他能与鸟交谈，被

---

① Joanna Sullivan, "From Poetry to Prose: The Modern Hausa Novel," *Comparative Literature Studies*, Vol. 46, No. 2 (2009), p. 312.

② Rupert Moultrie East, "A First Essay in Imaginative African Literature," *Africa: Journal of the International African Institute*, Vol. 9, No. 3 (July 1936), p. 354.

英国人抓捕后能不受控制，他不仅能穿越严加看守的屋子到达屋顶，还能如神助一般飞越河流到达彼岸。英国人面对他的超自然力量表现出无力感，最后退回孔塔戈拉，甚至恢复了苏丹国王的王位。在真实历史与虚构创作的交汇处，《甘多基》关于苏丹国王的描写既是对西方历史记述的否定，也是重构北尼日利亚历史的一种尝试。

（五）殖民话语与本土叙事的交互

这五部获奖作品作为英国殖民文化建制的产物，微妙地展现了殖民统治话语与本土叙事的双向互动。一方面，作者的主体意识受殖民意识形态所限，在某种程度上都表现了对殖民征服话语和规训的服从，因而成为殖民话语建构的同谋；另一方面，又辩证地从各个方向逃逸出殖民主义的象征权力。从这个意义而言，五部作品作为豪萨作家的本土话语建构有力地体现了知识与权力共谋的动态关系。本土语言作家们在伊斯特规定性的写作指导下进行创作，事实上以服从殖民文化意识形态的规范性为前提。但结果是，尽管受制于这种权威，最后问世的作品常常在许多方面无法遵守殖民者所谓的"标准"，最明显地表现为创作结果与伊斯特写作要求的背离。另外还微妙地表现为创作者意图与殖民主义意识形态的背离。在《甘多基》中，主人公虽然最后承认西方武器的先进，表明科技知识已取代了巫术的知识和力量。但这一结尾并未单纯讨好伊斯特，后者建议结局应与英国人达成和解，以弥合北方地区对英国人到来的抵抗反应所造成的分裂。而事实上，和解并未发生在"不投降者"（no surrender）力量与欧洲人之间，而是发生在抵抗者和像甘多基的家臣那样屈服于英国统治的人之间。[①]

从早期豪萨语小说来看，殖民遭遇只是殖民时期非洲人经验中相当不起眼的一个组成部分。接受殖民地西式教育的北方精英在精神层面上忠于伊斯兰宗教传统，因而在想象层面始终关切豪萨社会理念，其文学想象专注于对豪萨世界的建构。[②] 因此可以理解，作者们在文本中并不强调殖民主义的压

---

① Graham Furniss, "Hausa Creative Writing in the 1930s: An Exploration in Postcolonial Theory," *Research in African Literatures*, Vol. 29, No. 1 (1998), p. 95.

② Graham Furniss, "Hausa Creative Writing in the 1930s: An Exploration in Postcolonial Theory," *Research in African Literatures*, Vol. 29, No. 1 (1998), p. 100.

迫，而以非洲本土的社会问题如西苏丹和北非的奴隶制、伊斯兰教的影响及其社会构成、婚姻家庭关系、强势者与弱势者的冲突与解决方案、忠诚与欺骗、苦难与救赎、边缘群体的生存状态等为凝视的焦点。《治愈之水》中两次出现关于主人公直接的殖民经历，即与欧洲人的直接交互的描写。第一次是一个过路的欧洲人用现金交换了一只鹦鹉；第二次是主人公在一系列奇幻历险过程中遇上一位掌管船只的英国人，主人公向他提出要回到西苏丹。在这次遭遇中，欧洲人将主人公的黑皮肤误当成了身上的污垢，这是对欧洲人种族主义态度的直接再现，在作者的描述中，欧洲人的无知显得尤其可笑。两次与欧洲人的遭遇在主人公跨越豪萨兰到廷巴克图到印度再返回家乡的冒险过程中被弱化为最次要的遭遇。

最终问世的五部获奖小说事实上是殖民悖论的产物。就早期豪萨语文学生产的效果而言，五部小说既实现了殖民地文化的意识形态，又有意无意地传递了抵抗殖民主义的意图。而从创作实践来看，一方面，伊斯特为小说的生产设立了一系列创作标准，如原创性、篇幅限制、摆脱说教性等内容；另一方面，豪萨文学传统不可避免地成为影响作家创作的语境因素，这两方面在作家们的价值判断、意识形态选择上构成了差异与张力。

所有的经典都由一组知名的文本构成——一些在一个机构或者一群有影响的个人支持下而选出的文本。这些文本的选择建立在由特定的世界观、哲学观和社会政治实践而产生的未必言明的评价标准的基础上。[①] 非洲文学的经典"仍处于创造性的孕育状态，几乎没有什么是永久固定和不变的"。[②]在北尼日利亚本土语言文学历史中，最早的五部豪萨语作品无疑占据了举足轻重的地位，它们见证了本土虚构文学从口头传统向文字书写转化的重要历史时刻，也标志着豪萨书面文学的世俗转向。这些记录豪萨语言文学转捩点的早期作品，对后世豪萨文学创作的影响极其深远。它们开启了本土语言文学的想象性书写时代，此后经过时间的洗礼，在殖民文化出版制度与非洲高

---

① 童庆炳、陶东风主编《文学经典的建构、解构和重构》，北京：北京大学出版社，2007 年，第 18 页。

② Bernth Lindfors, "The Teaching of African Literature in Anglophone African Universities: A Preliminary Report," in T. Hale, and R. Priebe eds., *The Teaching of African Literature* (Washington D. C.: Three Continent Press and the African Literature Association, 1989), p. 215.

校批评家的加持下，已成为豪萨语言文学中的经典。[1] 尽管伊斯特的目标值得称赞，但不切实际。文学形式源于特定的文化和社会矩阵，它们是自由创建的，而非规约而成，任何一部小说都没有什么必然性可言。它既不是文学传统的最后繁盛，也不是艺术演变的最终产物。豪萨社会也许永远不会产生真正的小说家，而是会以其他与之观念更为相近的文学形式来表达自我。有迹象表明，如今的北尼日利亚，戏剧，尤其是为广播和电视节目创作的戏剧正在蓬勃发展。豪萨语文学的未来与豪萨社会的发展息息相关。[2]

第二节　英国殖民时期的斯瓦希里语小说

19 世纪末至 20 世纪 60 年代，东非地区沦为欧洲列强的殖民地，原有的社会政治经济秩序遭到严重破坏，长期的殖民统治给东非社会文化造成了极大的影响。在这种背景下，斯瓦希里人原有的社会秩序和文学传统被打破，斯瓦希里语书写的文字由阿贾米文字过渡到拉丁字母，现代斯瓦希里语得到大规模的推广和传播，新的文学形式和内容传入东非地区，斯瓦希里语书面文学也从少数贵族阶层推广到东非普通民众之中，东非本土斯瓦希里语文学由此历经了一次重要的嬗变，现代斯瓦希里语小说也随之诞生。

一　殖民时期斯瓦希里语散文体虚构叙事的生成与发展

尽管斯瓦希里语书写传统由来已久，但斯瓦希里语小说是在 19 世纪末 20 世纪初殖民主义入侵东非之后才逐渐发展而来的。相较于悠久的诗歌文学传统，小说作为一种文类并无可以直接借鉴的本土文学资源。前殖民时期，斯瓦希里语散文中最具重要意义的是历史编年史。其中保存至今的宫廷编年史包括 1204~1885 年的《帕泰编年史》（*Tarekhe ya Pate*）、涵盖 18~19

---

[1]　Chaibou Elhadji Oumarou, "An Exploration of the Canon of Hausa Prose Fiction in Hausa Language and Translation: The Literary Contest of 1933 as a Historical Reference," *Advances in Literary Study*, Vol. 5 (2017), pp. 1-16.

[2]　Donald J. Cosentino, "An Experiment in Inducing the Novel among the Hausa," *Research in African Literatures*, Vol. 9, No. 1, Special Issue on Literary Criticism (Spring, 1978), p. 28.

世纪的《拉穆编年史》 （*Khabari za Lamu*），还有涉及基尔瓦、双瓦亚
（Shungwaya）、蒙巴萨和其他城邦国家的编年史。殖民统治时期，这些体裁
继续受到德国人和英国人的鼓励，并为斯瓦希里语现代散文体小说的出现奠
定了基础。伴随着标准斯瓦希里语的普及和东非教育事业的发展，斯瓦希里
语小说发展迅猛，其影响和地位超越了本土文学传统悠久的诗歌。如同所有
文学形式一样，斯瓦希里语小说的发展不可避免地经历了一个从萌芽到日臻
完善成熟的过程。事实上，它的每一个发展阶段都与东非地区彼时的社会、
历史、政治、文化和经济状况息息相关。当然，斯瓦希里语小说艺术的发展
与演变有其自身的规律和秩序。这种规律和秩序不能通过抽象主观的方法来
诠释，只能通过对各个时期斯瓦希里语小说文本的考察与研究来加以揭示和
验证。

（一）殖民统治早期：斯瓦希里语小说的起源

基督教文明同殖民统治中裹挟的西方文化传统，与伊斯兰文化及本土文
学相互交织，使斯瓦希里语文学在叙事模式、创作技巧、主题内容上皆发生
了变化，导致新的文学体裁在斯瓦希里语语境中生成。总体而言，以下方面
的因素可以解释殖民统治早期斯瓦希里语小说的发端。

1. 基督教与殖民文化因素

由于遭遇东非穆斯林的坚决抵制，基督教文化及其文本未曾在斯瓦希里
语言群体中占据主导地位，尽管如此，传教士在斯瓦希里语言与文化方面的
先驱性尝试，确实改变了斯瓦希里语语言散文体文本的性质。[1] 19 世纪中
期，欧洲传教士进入东非地区，意识到斯瓦希里语在福音传播过程中的重要
作用。传教士们对早期斯瓦希里语语言学研究和规范化工作做出了巨大的贡
献，他们致力于研究斯瓦希里语语法和词汇，搜集斯瓦希里语文学文本，将
民间故事转化成书面形式并译介为欧洲语言，将许多英语文本译成斯瓦希里
语，并翻译出版了大量宗教文本。[2] 西方传教士对斯瓦希里语拉丁化和规范

---

[1]　Elena Zúbková Bertoncini, *Outline of Swahili Literature*: *Prose Fiction and Drama* （Leiden：E. J. Brill, 1989）, p. 31.

[2]　Elena Zúbková Bertoncini, *Outline of Swahili Literature*: *Prose Fiction and Drama* （Leiden：E. J. Brill, 1989）, p. 30.

化的工作，对早期斯瓦希里语小说的叙事风格产生了十分重要的影响。[1] 其中，欧洲人对斯瓦希里人风俗的记载以及对东非沿岸的人种志描述，成为早期斯瓦希里语散文体文学创作的重要范例。大量文本素材经斯瓦希里人口述，由欧洲人转写记录而成。

2. 口头文学传统

19世纪中期欧洲殖民者到达东非后，一些掌握了斯瓦希里语的欧洲传教士和本土知识分子开始对斯瓦希里语口头文学进行收集和整理，先后出版了一批神话传说故事集，早期作品多以英文和德文出版。其中影响最大的是传教士爱德华·斯蒂尔于1870年整理出版的《桑给巴尔民间故事集》（*Swahili Tales as Told by Natives of Zanzibar*）。[2] 自斯瓦希里语出现书写体系后，口头与书面文学之间常常相互转换——即某些口头文学形式过渡成书写形式，或书写形式转化为口头形式，二者之间的区分往往难以分辨。作家们在用散文体书写现实经验时，常将民间故事作为可资借鉴的内在传统资源使用。

3. 阿拉伯文学中的历史传统

前殖民统治时期的斯瓦希里语散文体叙事主要是记录历史事件。深受阿拉伯文化影响的非洲地区具有深厚的历史传统，历史叙事似乎发展成为一种独特的艺术形式。现存的编年体著作之一《拉穆编年史》，由夏布[3]于1897年应拉穆总督阿卜达拉（Abdallah bin Hamed）的要求写成。这部编年史记述了王朝谱系和每位苏丹执政期的主要经历，既记录了史实，亦包含相关人物及事件的传说。另外，如果单一事件持续贯穿两个朝代及以上，编年史中仅做出一次描述，因此不免产生对历史事实的扭曲。斯瓦希里语年代记编者并非西方意义上的编年史家。从广义层面上而言，他们是传统、故事和传说的保存者或保管者。由此可见，编年体著述在某种程度上而言已是一种具有虚构性质的散文体书写。值得关注的是，19世纪末撰写的《蒙巴萨编年史》

---

① Kitula King'ei, "Historia na Maendeleo ya Kiswahili," *Chemchemi*: *International Journal of Arts and Sciences*, Vol. 1, No. 1 (1999), p. 85.

② Kitula King'ei, "Historia na Maendeleo ya Kiswahili," *Chemchemi*: *International Journal of Arts and Sciences*, Vol. 1, No. 1 (1999), p. 85.

③ Shaibu Faraji bin Hamed al-Bakariy al-Lamuy.

亦不乏文学上的旨趣。有研究者指出，由于编年史含有虚构元素，从编年史向虚构性散文体创作的发展几乎是自然而然的过程。这种发展正体现在1895~1907年出版的《基林迪人编年史》（*Habari za Wakilindi*）中，它也被誉为斯瓦希里语叙述性散文作品的开端。作者接受过宫廷教育，并参与过大多数宫廷事务，对于其所撰写的统治家族了如指掌，因此得以详细精确地记录所发生的事件。该书尽管具有高度的纪实性，然而，其中关于猎人、魔术师姆贝加（Mbega）及其后嗣的故事却是以一种即时的创造性和生动性进行讲述的。作者以超凡的诗学技巧刻画了主人公形象，通过动作描写对其进行个性化处理。[①] 尽管人物的个性化特征并不是早期斯瓦希里语小说的普遍特征，但《基林迪人编年史》的案例仍提供了管窥早期斯瓦希里语作家虚构写作的动向。此外，同时期出版的重要编年史还有《帕泰编年史》。

4. 早期回忆录与自传书写

早期文学体裁回忆录或自传受斯瓦希里语历史著述影响颇深。这些作品或以阿拉伯文写成，后由欧洲人使用拉丁文字转写并出版，或由作者口述，经欧洲人使用拉丁文字转写而成。某些作品由于含有大量游历经验，因此又成为早期斯瓦希里语游记文学。19世纪末出版的传记作品《提普提普自传》（*Tippu Tip's Maisha*），是著名的象牙与奴隶商人提普提普的自传，记述了阿拉伯人在坦噶尼喀的商业扩张行为。[②] 这部作品第一次将东非内陆文化引入斯瓦希里语文学，但作品结构松散，相较于其所具有的史料价值，作品的文学性显然不足，因此常被认为是一部回忆录，而非严格意义上的自传。尽管如此，这部作品仍以作者极具内省意味的言行，带给个体读者不同的体验和启示。同时期的另一部传记著作《自传》，出自桑给巴尔的阿木尔[③]之手。该书记录了作者到达欧洲的航程、初到柏林的经历以及在桑给巴尔的童年时光。值得关注的是，作品透过非洲人的眼睛观察当时的欧洲社会，这一创作主题对后来使用英语和法语创作的西非作家产生了重大影响。萨利姆

---

① Elena Zúbková Bertoncini, *Outline of Swahili Literature*: *Prose Fiction and Drama*（Leiden: E. J. Brill, 1989），pp. 24-25.

② Elena Zúbková Bertoncini, *Outline of Swahili Literature*: *Prose Fiction and Drama*（Leiden: E. J. Brill, 1989），p. 26.

③ Amur bin Nasur bin Amir Ilomeir.

（Selim bin Abakari）向德国学者卡尔·维尔腾（Carl Velten）口述的三次游历，是最早反映这一主题的斯瓦希里语文本。萨利姆具有敏锐的观察力和风趣的幽默感。在《俄国与西伯利亚之旅》（*Safari yangu ya Russia na ya Sibirien*）中，他细致再现了沙皇俄国的不同社会景象，并在叙述中将其作为嘲讽对象。其中的生动描述强调个人感官与印象，也试图了解他所遭遇的异域民族的本质，并以"斯瓦希里人"自称，表现了鲜明的自我民族意识。他在提及自己的"黑人性"（blackness）时表现得不卑不亢。[①] 19~20世纪之交的这些自传或游记作品，因涉及东非及域外习俗，亦常常带有人种志叙事的特征，不仅将斯瓦希里语文学带到斯瓦希里语族群之外，也标志着斯瓦希里语散文体文学的转变。

（二）20世纪初至第二次世界大战结束：作为殖民地文学的斯瓦希里语小说

19世纪末20世纪初的作品所具备的显著共同点，就是使用阿拉伯字母书写，推广和传播的难度很大。直至20世纪20~30年代拉丁化斯瓦希里语的标准化运动之前，小说并未获得任何显著发展。拉丁化斯瓦希里语在殖民统治时期向内陆地区推广，读写人数大幅上升，阅读需求也随之增加，学校入学人数的激增也刺激了斯瓦希里语文学文本的生产。英国殖民当局还成立了东非地区语言（斯瓦希里语）委员会、东非文学局等机构，以推动斯瓦希里语的标准化进程，促进斯瓦希里语的发展。毋庸置疑，斯瓦希里语拉丁化运动是斯瓦希里语现代文学与斯瓦希里语古典文学的重要分水岭，是20世纪斯瓦希里语文学嬗变的一个重要转折点。[②]

英国殖民统治下的斯瓦希里语文学是典型的殖民地文学，其主要目的是满足基督教传播和殖民地官办学校及教会学校的教育需求。这一时期，殖民地教育体制发展迅速，对基础教育阶段教科书的需求量激增，而东非当地又缺乏足够的有创作能力的非洲本土教师。为了满足英属东非殖民地教育发展

---

① Elena Zúbková Bertoncini, *Outline of Swahili Literature：Prose Fiction and Drama*（Leiden：E. J. Brill, 1989），p. 29.

② Xavier Garnier, *The Swahili Novel：Challenging the Idea of " Minor Literature"*（Suffolk：James Currey, 2013），p. 5.

的需求，殖民政府从英语图书中翻译出版了大量斯瓦希里语读物，主要包括宗教、健康教育、行政事务、农业技术、历史知识、地理知识等读本，也有一些从欧洲学校的文学读本中译介的文本，包括英语经典著作。这些作品的译者大多是掌握了斯瓦希里语的欧洲官员或传教士，而非非洲土著。[①] 有些作品时至今日仍然在东非地区的小学教育系统中使用，如《所罗门王的宝藏》、《金银岛》（*Kisiwa Chenye Hazina*）、《阿布努瓦斯的故事》（*Hadithi za Abunuwas*）、《一千零一夜》（*Alfu Lela Ulela*）、《伊索寓言》（*Hadithi za Esopo*）、《格列佛游记》（*Safari za Gulliver*）等。[②] 截至20世纪40年代，这些译作已充分启发激励了东非人的创作。1900~1950年，有359部斯瓦希里语散文体作品出版，其中346部由欧洲人写成，在英国、德国出版，其中许多是译著。

除翻译的文学作品之外，为了推广标准斯瓦希里语、鼓励非洲土著从事文学创作，东非地区语言（斯瓦希里语）委员会从1935年起多次组织斯瓦希里语文学创作比赛。许多优秀的本土作家和作品从比赛中脱颖而出。[③] 夏班·罗伯特的自传体小说《我的一生》（*Maisha Yangu*）、风靡一时的通俗小说《祖庙》（*Mzimu wa Watu wa Kale*）和《库尔瓦和多托》（*Kurwa na Doto*）都是文学创作比赛的获奖作品。通过殖民地政府审核的斯瓦希里语图书可以得到政府的资助，并且在东非殖民地所有的官办学校中使用。[④] 这一政策极大地激发了东非地区斯瓦希里语作家的创作热情，许多本土官员和学者开始用标准斯瓦希里语进行创作。[⑤]

本土作家的另一个发表渠道，是殖民当局在殖民地发行的斯瓦希里语报纸。为了推广现代斯瓦希里语，这些报刊使用相对简单的叙述性语言，同时

---

① Elena Zúbková Bertoncini, *Outline of Swahili Literature*：*Prose Fiction and Drama*（Leiden：E. J. Brill, 1989），p. 31.

② Kitula King'ei, "Historia na Maendeleo ya Kiswahili," *Chemchemi*：*International Journal of Arts and Sciences*, Vol. 1, No. 1（1999），pp. 82–93.

③ Axel Harneit-Sievers ed., *A Place in the World*：*New Local Historiographies from Africa and South Asia* Vol. 2（Leiden：Brill, 2002），p. 266.

④ Ireri Mbaabu, *Kiswahili*：*Lugha ya Taifa*（Nairobi：Kenya Literature Bureau, 1978），p. 30.

⑤ S. A. K. Mlacha and J. S. Madumulla, *Riwaya ya Kiswahili*（Dar es Salaam：Dar es Salaam University Press, 1991），p. 13.

也刊登一些原创故事，为使用本土语言创作的作家们提供刊载机会。[①] 事实上，斯瓦希里语的报刊业始于德国殖民统治时期，早在 1888 年，中非地区大学传教会发行了斯瓦希里文报刊《故事讲述者》（*Msimulizi*），1895 年《月报》（*Habari za Mwezi*）面世。1923 年，英国殖民当局在达累斯萨拉姆发行了《今日事务报》（*Mambo Leo*），成为斯瓦希里语作家创作的现代类型文学的最重要媒介，远早于以图书形式出版的本土语言作品。[②] 得益于报刊的发行，大量新式斯瓦希里语散文体叙事作品开始出现，并在斯瓦希里社会中广泛传播。报刊在将斯瓦希里语言发展为国家交流手段方面发挥了重要作用，并最终影响了斯瓦希里语文学的发展进程。

在殖民文化的影响下，斯瓦希里语文学中出现了一种全新的、与圣经叙事相仿的散文体叙事传统。与早期自传体裁不同的是，新的散文体叙事不再满足于记述相互无甚关联的事实或事件，而是更强调叙事的整体性、一致性和连续性。显然，这种结构更符合西方的思维惯式，更易获得西方读者的认可。由塞缪尔（Samuel Sehoza）创作的《戴镣铐的一年》（*Mwaka Katika Minyororo*）于 1921 年出版，讲述了第一次世界大战对坦桑尼亚一个小基督教社群造成的影响，其叙事恰恰代表了这种全新的文学发展动向。围绕作品统一主题进行的、依照因果逻辑展开的叙事，创造了一条贯穿所有事件的连贯线索，因此使叙述者的经验呈现显著的一致性。塞缪尔使用这一去族群化（de-ethnicized）的、经殖民政策标准化的斯瓦希里语进行创作，描绘了人物的心理话语并通过梦的形式引入了潜意识因素。这一系列试验性努力创造了一个"内在与外在兼备"的人物。[③] 域外的文学形式也因此经由作家的挪用、移植，在非洲语境中获得一种改写后的本土特征。

詹姆斯·姆博泰拉的作品《奴隶的自由》作为半历史性的叙述，被学界认为是斯瓦希里语小说的开山之作，在斯瓦希里语文学史上具有举足轻重的地位。这部作品的英文版本也被多次再版。詹姆斯·姆博泰拉在该作品中

---

① S. A. K. Mlacha and J. S. Madhumulla, *Riwaya ya Kiswahili* (Dar es Salaam: Dar es Salaam University Press, 1991), p. 12.

② Albert S. Gérard, *African Language Literatures: An Introduction to the Literary History of Sub-Saharan Africa* (Washington, D. C.: Three Continents Press, 1981), p. 134.

③ Elena Zúbková Bertoncini, *Outline of Swahili Literature: Prose Fiction and Drama* (Leiden: E. J. Brill, 1989), pp. 32-33.

延续了前殖民时期散文体书写的历史记录传统，作品也被归类为自传。马兹鲁伊指出，尽管这部作品由非洲人创作完成，但在写作风格、内容和意识形态方面都具有很强的殖民属性，甚至抹杀了西方在奴役非洲过程中的罪恶。[①] 作品讲述了作者的父辈如何遭阿拉伯人捕获成为奴隶，以及此后如何被英国人解救而获得自由。它将西方人对非洲人的奴役视为无罪，英国人的言行在作品中被神圣化。该书基本上是对事实的叙述，尚不能称为一部真正的小说，其美学价值亦不容高估。在主题方面，该作迎合了殖民当局所倡导的说教创作导向，宣扬顺从、善良与爱的美德。在殖民主义意识形态下，文学作品的说教性显然有利于约束人们的言行。

与东非的道德说教作家受当局鼓励的情形不同，同时期的豪萨语文学由于深受伊斯兰道德训诫的影响，作家的说教创作冲动明确地受到殖民主义代理人的压制。但总体而言，非洲当时的作家多认为，说教是受教育者的主要职责，即便是在深受北尼日利亚文化制度规训的豪萨语作品中，说教性因与伊斯兰宗教的密切关联而受到"导师"伊芒的否定，但文学生产的结果说明，说教性仍是豪萨文学中无法压制的普遍主题。在东非，作家如此强调这一职责，以至于在其文学创作中，审美考量并非首要关切。同时，道德说教作家在刻画人物时，常以决断的姿态塑造出善恶分明的形象。斯瓦希里语散文体叙事在殖民文化政策的鼓励下发展出以教育为特征的新文类——道德教育主题小说（maadili）。该文学体裁类似西方的教育小说（Bildungsroman），但在斯瓦希里语作家的创作努力下具有东非语境特征。夏班·罗伯特是创作这一亚文类作品的最具代表性的作家，道德教育主题普遍存在于他的全部作品之中，包括诗歌与散文体叙事。

（三）二战后至民族独立时期：斯瓦希里语小说的发展

随着现代斯瓦希里语教育的普及，大批非洲本土作家开始涌现，如夏班·罗伯特、穆罕默德·萨勒·法尔西（Muhammed Saleh Farsy）和穆罕默德·赛义德·阿卜杜拉（Muhammed Said Abdulla）等，现代斯瓦希里语文学逐渐发展成熟。这些作家大多是传教士或政府公务员，与殖民政府的关系

---

① Alamin M. Mazrui, "The Swahili Literary Tradition: an Intercultural Heritage," in F. Abiola Irele and Simon Gikandi eds., *The Cambridge History of African and Caribbean Literature* (Cambridge: Cambridge University Press, 2004), p. 209.

良好。其中，夏班·罗伯特是殖民统治时期最著名的作家和诗人，也是 20
世纪东非文学史上最突出的人物，曾被冠以"殖民时期最伟大的斯瓦希里
语说教道德作家（didactic-moralistic writer）"称谓。尽管夏班·罗伯特以
诗歌享誉盛名，但他最重要的贡献在于散文体虚构叙事作品。[①] 他的创作以
提升斯瓦希里语地位为使命之一，受强烈的民族主义情感启发。其民族自由
的觉醒意识最早体现为，以诗歌表达的对斯瓦希里语语言和文化遗产的自
豪，而其散文体叙事作品则进一步表达了丰富的人生哲思和社会改革理念。
在文学形式上，他开创了一种新的散文体写作类型——论说文（insha）和
一种"纯文学"风格（"belles-lettres" style）。[②]

　　英国殖民统治时期，夏班·罗伯特先后出版的作品包括《可信国》
（Kusadikika）、《阿迪利兄弟》与《西提传》（Wasifu wa Siti Binti Saad）。辞
世后，他的作品《我的一生和五十年后》（Maisha Yangu na Baada ya Miaka
Hamsini）、《想象国》（Kufikirika）、《全体劳动人民的日子》（Siku ya
Watenzi Wote）及《农民乌吐波拉》（Utubora Mkulima）得以出版。由于他的
创作集中在 20 世纪 40~50 年代，其散文体作品创作历程在很大程度上反映
了斯瓦希里语小说在这一时期的典型发展特征。

　　夏班·罗伯特最早的散文体写作尝试，始于他在 1936 年东非文学创作
比赛中的获奖作品，描写了作者自孩童至结婚的人生阶段。自 1946 年开始，
他继续撰写自传，并于 1960 年完成。由于这部传记创作于不同的人生时期，
各章在形式上各有千秋，或为记叙文，或为书信体，所受影响来自经典的斯
瓦希里语游记、斯瓦希里语书信体以及当时的报刊散文体形式（journalistic
prose）。此外，夏班·罗伯特还在自传中插入了两首教诲诗。夏班·罗伯特
极有可能是刻意采取不同的文学表达形式，以彰显其从传统的道德诗歌模式
向当代报刊散文体的转变。[③]

---

① Alamin M. Mazrui, "The Swahili Literary Tradition: an Intercultural Heritage," in F. Abiola Irele and Simon Gikandi eds., *The Cambridge History of African and Caribbean Literature* (Cambridge: Cambridge University Press, 2004), p. 210.

② Elena Zúbková Bertoncini, *Outline of Swahili Literature: Prose Fiction and Drama* (Leiden: E. J. Brill, 1989), p. 36.

③ Rajmund Ohly, "The Morphology of Shaaban Robert's '*Maisha Yangu Na Baada Ya Miaka Hamsini*': A Study on Structural Poetics," *Africana Bulletin 13* (1970), p. 22.

　　自由、平等、女性权力和压迫等与时下语境贴近的主题，反映在夏班·罗伯特的多部散文体虚构叙事作品之中，显示出其作品与殖民统治早期文学的迥异之处。《阿迪利兄弟》是他继承口头文学传统创作的、探讨人性善恶的民间故事改写作品。通过叙述三种对待恶的方式，他表达了对压迫人民的政府的反对。此后，对理想国家政权的建构一直延续在他的多部作品中。1946 年写成的《想象国》探索了统治的公平正义和合理教育的问题，其间涉及对外来文化及教育理念的接受方式。作品不仅是对传统教育制度的批判，也隐含着对一切形式的殖民政府与君主政权的批判。① 之后的《可信国》以讽刺、戏仿、寓言等创作手法抨击了掌权者对权力的贪婪与滥用，体现了个人与现有政权之间的矛盾。故事主人公卡拉马（Karama）因试图将法律研究引入社会秩序中，而违背普通人只能"去相信"国家法律的律令，因此遭到公诉人兼宰相马吉伍诺（Majivuno）的起诉。卡拉马作为被告所做的辩护，事实上表达了作者对理想国家和制度的寄望，即可信国可能通过努力成为某种乌托邦。作者提醒读者，可信国只存在于人们的想象中，也表明了该虚构作品的乌托邦性质。但与西方的空想社会主义者不同的是，夏班·罗伯特以斯瓦希里传统文学中的抽象命名法指称角色与地点。这种创作手法几乎贯穿于他的所有散文体虚构叙事中。姆杰尼认为，夏班·罗伯特以反映特定的名称对事物进行指称，再附上一些评述，便能克服创作媒介造成的局限。②

　　他的另一部传记作品《西提传》，在一般评论家看来，情节松散，文字冗长，重复的议论过多，对具体事实的讲述语言缺乏针对性，以至于难以呈现有血有肉的人物形象和实实在在的情境场景。但这种处理并非完全缺乏意义。如对西提歌喉的概括性描述与对唯一一处详细刻画的、对西提样貌的略带夸张的描写，二者在对比的修辞中说明了一个道理：重要的不在于外表，而在于能力。这种道德教义在这部作品中，生发出对于当时的斯瓦希里社会而言更进步的观念，即女性的自主、自强与平等。

　　夏班·罗伯特后期的作品更趋近欧洲意义上的小说，情节多元化，许多人物的刻画极具深度，人物被置于更确切的时空之中。《农民乌吐波拉》的

---

① Elena Zúbková Bertoncini, *Outline of Swahili Literature: Prose Fiction and Drama* (Leiden: E. J. Brill, 1989), p. 38.

② Ahmed Mgeni, "Recipe for a Utopia," *Kiswahili*, Vol. 41, No. 2 (1971), p. 92.

故事发生在坦噶尼喀，讲述主人公乌吐波拉放弃城市里薪资优渥的工作，回到农村的经历，表达了乡村生活价值优于城市化价值，抨击了资本主义社会及其对人的异化。作品总体上是作者乌托邦思想的延续。从文体上看，这部短篇小说更具"文学性"：人物塑造较前期作品更加深刻复杂，道德信条与文本的结合也较完美，情节设置亦趋于复杂化，叙事与说教元素之间达到平衡。《全体劳动人民的日子》是夏班·罗伯特的最后一部小说，创作于独立前夕。作者回归到社会制度问题的探讨。从某种意义上说，仍是作者反思当下社会现实，试图建构理想的民族共同体的努力。可以说，对民族建构的思考，最能体现殖民主义后期非洲作家共同的历史使命感。夏班·罗伯特一生致力于建构跨民族的斯瓦希里语文学，这种努力亦使得斯瓦希里语文学创作在功能上超越了对单一国家的服务，而朝向更广阔的去民族化方向发展。

二　斯瓦希里语小说的特点

斯瓦希里语小说是在受西方宰制的语境中生成、发展、成熟起来的。当它作为外来的传统在 20 世纪进入非洲的殖民语境时，面临着与非洲本土既有的文学形态的冲突与融合。东非作家借助这种载体承载其情感与现实经验，产生了集口头性、历史传统、殖民性、民族性等特征于一体的东非小说。

（一）混合口头性

民间故事是斯瓦希里语作品中最重要的主题。斯瓦希里语小说与各民族国家的小说一样，最初都是以民间传说和寓言故事作为其渊源。而构成传说和寓言的最主要要素是故事，相较于现代小说的文学形式呈现很大的相似性，因此口头文学中的民间传说、寓言故事等形式对斯瓦希里语小说的产生和发展影响很大。早期的斯瓦希里语小说带有强烈的口头文学色彩。从内容上来看，作家们的创作题材与灵感很多采撷于斯瓦希里的古老传说与民间故事。作家将口头文学和民间传说收集起来，转化加工成现代的小说形式。夏班·罗伯特的作品《阿迪利兄弟》就是在一个家喻户晓的民间故事的基础上加工而来的。从语言形式和叙事风格而言，口头文学中常用的讽刺和比喻手法大量运用于现代小说的写作之中。夏班·罗伯特在给小说中的人物和地点命名时会使用与之性格特点相符的抽象名词，这种写作手法几乎贯穿在他所有的作品之中，如"阿迪利"（Adili）代表"正义"，"乌吐卜萨拉"（Utubusara）代表"智慧"，"乌吐波拉"（Utubora）代表"善良"等。这些民间传说和寓言故事既是斯瓦希里社会传统文化遗产的一部分，也是现代斯瓦希里语文学的基础，是创造性写作的重要源泉。

（二）历史传统

小说是一种叙事性散文作品。早期斯瓦希里语作品大多是编年史或民族志性质的，[①] 19 世纪末期，东非斯瓦希里社会已经出现了非常类似于小说的散文体叙事作品。这些作品是斯瓦希里语小说的雏形，是与历史紧密相连的，可以作为史料的补充记载。这些作品已经具有小说讲求虚构的特点，但是同现代小说相比，它们的情节往往比较简单，语言的文学性也不高。殖民初期的散文体传记、游记小说均具有这种历史记载的特性或功能。

（三）殖民性

现代斯瓦希里语小说的诞生与发展，与殖民主义入侵东非的历史有着必然的联系。20 世纪西方列强对东非地区实施了广泛的文化霸权，对这一地区的语言和文学发展产生了深远影响。从内容和主题上看，殖民时期的斯瓦希里语小说多具有道德训诫和说教意义，甚至不乏歌颂殖民统治，而甚少有关于非洲民族解放运动的内容，如《奴隶的自由》和夏班·罗伯特早期的大部分作品都属于此类。有学者认为《奴隶的自由》这部作品并不属于斯瓦希里语文学，因为书中的许多观点、观念和语言结构都是欧洲式的。从语言上看，现代斯瓦希里语小说所使用的标准斯瓦希里语深受西方语言和文化的影响。斯瓦希里语标准化运动普及了以拉丁字母书写的标准斯瓦希里语，将口头语言和书面语言统一起来。值得关注的是，斯瓦希里语标准化运动从头至尾都是由西方殖民者主导的，这项工作的初衷是为加强殖民政府的管理服务的，而非发展非洲的民族语言。[②]

---

① Elena Zúbková Bertoncini, *Outline of Swahili Literature: Prose Fiction and Drama* (Leiden: E. J. Brill, 1989), p. 1.

② C. Maganga, *Historia ya Kiswahili* (Dar es Salaam: Open University of Tanzania, 1997), p. 137.

（四）民族性

英国殖民时期，在面对西方殖民者的侵略和文化渗透时，斯瓦希里语作家也在努力寻求民族文化之根。小说家试图将传统的古典文学形式和现代小说相结合，在夏班·罗伯特的自传体小说《我的一生》中，他插入了两首教诲诗——正义史诗和道德史诗，这是19世纪斯瓦希里语古典文学的主要形式之一。随着非洲民族独立运动的发展，斯瓦希里语作家的思想也更趋进步。在夏班·罗伯特的《可信国》和《想象国》等作品中也出现了反抗的政治和哲学思想。① 尽管他的文本中并没有明确的反帝反殖的主题内容，但他对理想国家制度和法律秩序的探索，曲折地表达了对殖民主义的反思鞭挞和对殖民统治下人民生存状况的关切。他后期的作品《农民乌吐波拉》和《全体劳动人民的日子》更是体现了理想主义和人道主义的特点，反映了迫切的社会问题。这两部作品的背景都设定于当代坦噶尼喀，而非像其他早期作品一样是一个虚构想象的国家。在《农民乌吐波拉》中，作者对资本主义殖民地社会及其黑暗，对非自然、非人性化的城市化进行了猛烈抨击。

综上所述，斯瓦希里语文学的发展与语言本身的联系十分紧密，早在欧洲殖民统治开始之前，斯瓦希里语的使用范围就已经超越了斯瓦希里民族的疆界，成为东部非洲各民族交流的重要媒介。但是由于斯瓦希里语的重要功能限于贸易往来，因此斯瓦希里语文学仍然作为斯瓦希里人的专有财产。然而，随着1885年德国对坦噶尼喀的入侵以及1895年英国对肯尼亚、乌干达和桑给巴尔的殖民统治，斯瓦希里语的新文学开始超越传统边界获得发展。对于斯瓦希里语的语言改造工作最初由基督教传教士承担，他们使用拉丁字母将《圣经》译介为斯瓦希里语，同时也将西方的文学经典带入斯瓦希里地区，包括查尔斯·兰姆的《莎士比亚故事集》、班扬的《天路历程》和《伊索寓言》。20世纪20年代末至40年代初期，由于殖民地教育体系的需要，英国译介了大量经典文学作品，其中包括史蒂文森的《金银岛》、拉迪亚德·吉卜林的《丛林故事》、乔纳森·斯威夫特的《格列佛游记》、亨

---

① Kitula King'ei, "Historia na Maendeleo ya Kiswahili," *Chemchemi: International Journal of Arts and Sciences*, Vol. 1, No. 1 (1999), pp. 82-93.

利·赖德·哈格德的历险小说《所罗门王的宝藏》、刘易斯·卡洛尔的《爱丽丝漫游奇境记》等。截至 20 世纪 40 年代，使用斯瓦希里语表达的英国模式已经充分启发了当地民众，刺激东非人创作新的本土文学作品。[①] 这些大量流通的使用标准斯瓦希里语的文本材料，为包括斯瓦希里人在内的东非人设定了语言标准。斯瓦希里语的去伊斯兰化及其标准化进程，很大程度上影响了斯瓦希里语文学的发展走向。

从早期的历史与传记叙事，到英国殖民统治时期鲜明的殖民性，再到民族主义运动时期的民族性与隐含的反殖民性，这些特性与传统口头性相交杂，勾勒出斯瓦希里小说在变化的社会语境中发生、发展的动态轨迹，同时显示了具有深厚文化与文学传统的斯瓦希里文学在文类上的拓展，以及内容、主题、语言等方面发生的变化。殖民者利用文化来达到输出思维方式和文化价值观的目的，对独立后东非民族的身份认同和国家民族构建产生了持续的影响。相对于其他东非国家，坦桑尼亚的首位总统尼雷尔在民族融合的过程中充分利用了语言和文学这一媒介，他曾用斯瓦希里语翻译了莎士比亚的剧本，引起了世界文学界的关注，极大地激发了坦桑尼亚人的民族自豪感和自信心。

小 结

20 世纪初，殖民主义及其代理人向非洲移入西方文化与文学传统，提供了非洲本土语言小说的生成条件。英国殖民地的语言与教育政策扩大了识字群体，促进了大众阅读，为小说体裁的引进奠定了基础。从语言的拉丁化和标准化运动，到文学生产的指导监管和文学产品的出版发行，殖民文化机构促进并控制了本土语言的流变，也促成了文学在文类、文体、主题和内容方面的根本性变革。基督教传教士作为殖民主义的共谋者，通过一系列以劝教改宗的传教活动为旨归的西方文化传播活动，加速了非洲社会接纳外来文化的进程。豪萨语和斯瓦希里语作家们尝试将小说这一西方文类嵌入本土社会母体，使其与原本在书面文学中占据主导地位的伊斯兰宗教诗歌以及传统

---

① Alamin M. Mazrui, "The Swahili Literary Tradition: an Intercultural Heritage," in F. Abiola Irele and Simon Gikandi eds., *The Cambridge History of African and Caribbean Literature* (Cambridge: Cambridge University Press, 2004), p. 208.

的口头文学并行发展，演变为非洲本土语言文学的主要文类之一。

从发展脉络上看，豪萨作家经历了从学习、模仿、改写到独立创作的阶段。豪萨语文学的文体由诗体与韵文形式过渡为散文体；创作形式由口头民间故事讲述转向书面化虚构叙事创作实践；主题内容则表现为宗教向世俗的转向，不仅延续宗教诗歌的说教，而且广泛关注世俗生活与社会政治现状。斯瓦希里语小说则得益于其深厚的书面文学传统，从编年史与传记回忆录进一步发展出教育体裁小说，在民族主义思潮的冲击下文学关注的范围超越斯瓦希里族群边界，延伸至非洲广阔的社会、政治、现实问题。两种语言小说的发展共同反映了非洲本土语言文学的主题在殖民时期从主导性的宗教主题向世俗与政治主题的重大转变。

斯瓦希里语小说与豪萨语小说的发展语境分处非洲大陆东、西两地，其特点尽管不尽相同，仍有很多相似之处。豪萨语小说继承了口头文学的叙事模式，将传统口头传说中的对立结构与魔幻元素融入小说叙事；延续了伊斯兰宗教文学的说教主题；沿用了民间故事中的并置技巧，实现了传统民间故事的虚构性向书面化散文体虚构叙事的过渡。斯瓦希里语小说同样承继了其文学传统的鲜明特征，包括编年史与传记中的历史传统、民间故事中的口头文学色彩，同时也体现了殖民统治时期与殖民主义意识形态的一致性。由于豪萨语小说创作者对殖民文化的认同，他们并未自觉地通过小说这一表达形式传递反对殖民统治、寻求民族独立的诉求，而斯瓦希里语作家由于相对更为开放和更具反抗气息的文学传统，进而更为自觉地对殖民政权本身提出了质疑和挑战。

小说文类在非洲大陆的产生和发展，改变了非洲本土语言文学的整体样貌。一方面，它标志着非洲本土语言文学的重大转型，最显著的变化是散文叙事中接纳了虚构元素。在豪萨语言文学中，小说的虚构性带来了作家和大众对文学观念的转变。在斯瓦希里语文学中，虚构性散文体书面叙事的出现虽早于豪萨语文学，但小说文类的引入仍然是斯瓦希里语文学发展变化的明显标记。小说标志着两大非洲本土语言文学现代性的开端。另一方面，尽管在本土语言小说发展过程中发挥主导作用的是殖民主义在文化上的宰制，但这种建制化影响作为制度权威，仍受制于其局限性。最典型的表现是，豪萨语小说对殖民主义文化代理人预设的写作规则发起挑战，以及斯瓦希里语小说中反对殖民统治、争取民族独立情感的隐含表达和对殖民统治的隐晦鞭挞。这反映了非洲社会作为独立的实体，其本身是一个具有能动性的斗争主体，这种能动性在不同的历史语境中呈现不同的样态。就英国殖民统治时期而言，小说作为非洲文学发展的一个维度，其斗争性表现为殖民语境下对传统记忆的承继和对现代事物的选择性接受。总体而言，英国殖民统治时期的作家创作了一批初具现代小说形态的散文体虚构叙事作品，继承、发展了既有的本土文学传统，并成为启发后世作品的最重要的影响因素。

第五章
英国殖民时期的非洲本土语言诗歌

　　相较于小说和戏剧，诗歌作为重要的传统文学和文化形式，在非洲大陆的发展历史相当悠久，豪萨语赞美诗与斯瓦希里语口头史诗是本土语言传统诗歌的典型代表，在传统社会中发挥了记录历史、参与群体政治话语建构等重要功用，以此奠定了诗歌在纯粹审美的文学属性之外所具备的实用性、政治性等功能属性。豪萨语书面诗歌和斯瓦希里语书面诗歌的出现，在很大程度上受伊斯兰宗教文化的影响，使用阿贾米书写而成，具有鲜明的宗教色彩。殖民时期的本土语言诗歌继承了传统书面诗歌的音韵、形式和意识形态特征，但更重要的是，受殖民语境的影响，诗人更多关注现实的政治、社会问题，其创作实践促使诗歌的主题得以扩展，而不仅仅囿于宗教情感与道德说教的表达，诗歌亚文类自然从宗教诗歌中演化出以反对殖民统治、抵抗、民族文化自觉为主题的反映当下社会现实的表达形式。

第一节　英国殖民时期的豪萨语诗歌

　　英国殖民时期的豪萨语诗歌继 19 世纪历经伊斯兰化进程之后，随着豪萨语语言的拉丁化，再次经历了嬗变。拉丁化豪萨语诗歌继承了口头诗歌与伊斯兰宗教诗歌的传统，融合了殖民语境下不同的现实与政治因素，其最显著的特征是宗教主题与世俗主题的融合。豪萨语文学中的诗歌传统由来已久，口头诗歌已有数百年的历史，具有现实主义和世俗化倾向。书面诗歌肇始于 19 世纪初的伊斯兰宗教改革运动，最初由吉哈德运动领袖谢赫·乌斯曼·丹·福迪奥及其追随者创作。因此，20 世纪以前的豪萨语书面诗歌在内容与功能上完全伊斯兰化，表现为严肃的语言风格和强烈的说教意味。①

20 世纪初期以来，书面诗歌的主题和内容转向世俗化，尤以政治主题最为突出。但宗教诗歌并未因为受到殖民文化的侵袭而退出豪萨文学的历史舞台，反而伴随豪萨社会的发展继续丰富，并超越单一的宗教主题，与社会现实的日常生活及政治主题相融合。宗教诗歌以其道德教育主张和宗教情感进行表达，作为具有重要社会功能的文学体裁，在豪萨社会中持续发挥着影响。总体而言，英国殖民统治时期的豪萨语诗歌历经剧烈的社会变革和殖民文化渗透，既保留和发展了自身的文学传统，同时也做出了相应的文化适应与抉择。

一　英国殖民时期豪萨语诗歌的发展脉络

豪萨语诗歌与伊斯兰教的联系颇为密切。诗歌是北尼日利亚民众最早接触、信奉伊斯兰教的一个重要途径。伊斯兰教的阿訇阶层起初将阿拉伯文或富拉尼文诗歌翻译成豪萨语，用豪萨人能够听懂的语言，将伊斯兰宗教信仰与价值观念灌输给对伊斯兰教一无所知的民众。伊斯兰教传入后，豪萨地区发展出了使用阿拉伯字母书写的豪萨阿贾米文字。口头诗歌及书面诗歌并行发展，成为阿訇阶层与北尼日利亚普通民众交流沟通的重要媒介。随着伊斯兰宗教改革运动的推进，北尼日利亚出现了大量翻译或原创的豪萨语宗教诗歌，充分反映了吉哈德运动领袖的思想理念。与此同时，在制度层面，诗歌文类在索科托哈里发时期文学中的主导地位被不断强化。经过吉哈德运动洗礼的豪萨文化，总体样貌发生了变化。弗尼斯指出，宗教改革者及其追随者们寻求建立一种总体上伊斯兰化的、严肃的、城市的和男性的主流文化，文类的流传在穆斯林/土著、成年男性/妇女儿童、城市/乡村等范畴发生分野。诸如民间故事等"难登大雅之堂的粗俗内容与闲聊"被降格至农村地区，

---

① Joanna Sullivan, "From Poetry to Prose: The Modern Hausa Novel," *Comparative Literature Studies*, Vol. 46, No. 2 (2009), p. 314.

以及女性、儿童和土著地区。诗歌成为主流豪萨文化的典型表达形式，并发展出了许多称颂先知、圣人和政要的语汇。[1] 殖民统治时期，豪萨语诗歌在与基督教文明和殖民文化的遭遇中，继承了口头诗歌和传统书面诗歌的内容与主题，呈现出遭受殖民统治压迫时期豪萨人在社会、政治与生活方面的动态景象；同时，在民族独立运动的大潮中表达出强烈的反殖、独立的普遍诉求。

（一）殖民征服初期

20 世纪之初的殖民武力征服给豪萨文化带来了全新的异域因素冲击。基督教徒的到来对伊斯兰教育和规范产生了巨大挑战。但诗人们对此产生的反应并不相同。他们的诗歌，一方面谴责欧洲帝国主义的入侵和基督教的侵袭，另一方面承认对基督教的妥协。穆斯林精英的这种矛盾情感，在殖民统治确立后一直持存，尤其表现在关于西方和伊斯兰教育问题的讨论上。殖民主义的分治策略尽管保留了酋长制度、伊斯兰教育等旧有的社会结构，但西式学校的建立对接受双重教育的新一代北方精英而言，仍产生了身份认同上的模糊和对西方的矛盾态度。

（二）殖民分治时期

殖民统治下的北尼日利亚人既保持了伊斯兰宗教观念，同时又在社会事务中遭遇宗教以外的、全新的世俗问题。社会变革带来的不同经验反映在诗学表达上，使得豪萨语诗歌在 20 世纪初期开始出现宗教诗歌和世俗诗歌的显著区别，尤其体现为内容与风格上的不同。宗教与世俗形成两种足以形成亚诗歌文类的样式，直到 20 世纪末仍作为许多诗人的创作实践模式。20 世纪 70 年代中期和 80 年代，宗教诗歌的主题和风格仍在扩展，不断吸收世俗内容。[2] 事实上，自殖民时代开启以来，以上两种诗歌风格在某种程度上就开始相互渗透融合。殖民主义的压迫统治在民众当中产生了新的政治与情感

---

① Graham Furniss, *Poetry*, *Prose and Popular Culture in Hausa* (Edinburgh：Edinburgh University Press, 1996), p. 204.

② Graham Furniss, *Poetry*, *Prose and Popular Culture in Hausa* (Edinburgh：Edinburgh University Press, 1996), p. 208.

诉求，诗人们开始打破宗教诗歌中主题的单一性，结合世俗风格。他们创作的诗歌在保留 19 世纪意识形态特征的同时，又开始扮演新的角色，讨论全新的议题。

殖民统治时期的诗歌从 19 世纪诗歌中继承的最显著特点，就是说教话语的力量。豪萨文化历经伊斯兰化后，说教成为言说和写作中一种过度突出的风格。诗人们的声音作为价值和观念的典范所具有的普遍性和合法性是毋庸置疑的。因此，豪萨文化中一个充满活力动能的、具有扩展性和适应性的组成成分，就是其道德话语的力量。这种道德说教所蕴含的力量在于其直接性，它能够囊括现代豪萨社会、政治和文化领域的各个方面，并能够构建对人物、事件或观念特征的描述方法。通过这些方法，某些方面可能会明明白白地受到谴责，而另一些方面则会毫不含糊地得到赞同。[①] 说教言辞被诗人广泛用于各种主题的诗歌书写之中。

（三）民族主义运动与自治时期

20 世纪 40 年代，非洲民族主义发展进入高潮，反殖独立运动扩展到北尼日利亚地区。二战前，在非洲大陆盛行一种观念，即英国在非洲以及其他殖民地的统治将永久持续，殖民关系的基础并无人质疑。[②] 第二次世界大战对英国及其殖民地均产生了重要影响。英帝国的无敌神话开始瓦解，殖民者的至上权威跌落神坛，殖民地人民的意识形态变化加剧，政治意识迅速发展。在这种意识形态与文化思潮背景下，豪萨文学出现了表达民族主义政治意识形态的作品。如果说，受殖民文化建制规训的拉丁化豪萨语虚构叙事未能表征对国家独立、民族解放的诉求与愿望，那么诗歌无疑是通过文学的创造性想象来承担这一表述任务的重要载体之一。民族主义的表达意图，在西方学者斯金纳、弗尼斯等人以往的研究中并未受到关注，他们将重点置于豪萨语文学中以道德建构为基础的、价值观念的对立区分，结果明显地弱化了诗人们对殖民统治及其后果的谴责，以及对民族共同体想象的表达。许多诗

---

① Graham Furniss, *Poetry, Prose and Popular Culture in Hausa* (Edinburgh: Edinburgh University Press, 1996), pp. 214-215.

② Peter K. Tibenderana, *Education and Cultural Change in Northern Nigeria 1906-1966: A Study in the Creation of a Dependent Culture* (Kampala: Fountain Publishers, 2003), p. 117.

歌抨击土著管理当局治理下官僚受贿、贪腐和因此引发的不公正现象，谴责人们沉溺于歌酒与声色享受。于这些诗人而言，个人与公众行为的道德较前殖民统治时期更加堕落。

二战之后，鉴于去殖民化不可逆转的趋势和尼日利亚民族主义者的努力，英国在尼日利亚殖民地的政策发生变化。间接统治体系逐渐向民主的自治政体过渡；英国殖民统治者逐步向尼日利亚知识精英移交国家政权。民族主义者开始为了各自的政治权力而斗争，民族主义逐渐演变为地方民族主义。这与殖民地的分治策略有着直接关系，间接统治导致尼日利亚南、北方之间的各种资源分布不均衡，南、北方人民的智识水平和意识觉醒不均衡。加之尼日利亚民族共同体本质上的差异性，南方与北方在政治、经济、文化、教育等方面出现明显分化，北方处于更加"落后"的境地，因此在争取利益的表达上表现得更加焦虑，民族主义与地方民族主义情绪相互掺杂。二战后世俗诗歌出现并迅速呈现与宗教诗歌平行发展的态势，诗人由不同社会群体和职业群体构成，如政府官员、传统势力、政治家、教师和社会领袖等。此时的豪萨语诗人多以对国际政治局势的认知和民族意识的觉醒，参与民族国家命运的集体表达，使这一时期的政治主题尤为凸显。北尼日利亚地区的知识精英在北方政治命运问题上，以散文体政论与诗歌形式展开了激烈的讨论，在论辩交锋中催生了大量的政治诗歌。他们通过诗歌在政治主题中所观照的，不仅是北方社会中存在的弊病和罪恶现象，最重要的是南、北双方政治主导权问题和独立后北方社会的利益问题。

二　英国殖民时期豪萨语诗歌的主要类型及特点

截至20世纪初殖民统治时期，豪萨语书面诗歌从形式到内容，从语言到修辞，从书写到唱诵，皆发展成完备的体系，具备成熟的艺术形态。社会变革带来的文化影响，使豪萨语诗歌的内容与主题发生了深刻持续的变化，但相较于此，其形式更为稳定，韵律结构并无显著变化。拉丁化豪萨文诗歌与豪萨阿贾米诗歌具有相同的音韵节奏，每个诗节含五个诗行，全篇诗节的最后一个音节押同韵，同一个诗节的前四行中，每行最后一个音节押同韵。阿贾米诗歌的五行诗中，在书写形式上列为三行，每个诗节前四句中，每两个诗句列为一行，第五个诗句分列一行。拉丁化诗歌的五行诗中，每个诗句各分列一行。由于深受伊斯兰文化影响，豪萨语诗歌的节奏模式通常使用阿拉伯诗学术语。

豪萨语书面诗歌在内容上倚重《古兰经》及其他重要的伊斯兰书面资源。诗歌中通常蕴含深奥的宗教知识，诗人则需具备专业的宗教文学素养和精深的语言运用能力，判断诗人资质的标准常在于是否具备这些能力。诗歌往往因所含知识的专门化而变得晦涩难懂。但是，诗人又十分重视说教的简单易懂和明晰。事实上，简易性已成为殖民统治时期《真理报》豪萨语编辑伊芒选择见刊诗歌的重要原则。① 世俗主题与宗教主题的融合，在某种程度上达成了诗歌传递说教意图和简单易懂的目的，但并未改变传统伊斯兰诗歌的基本创作格式。从修辞上看，豪萨语诗歌多善于讽刺，但极少讨论社会弊病产生的原因，而只是着力披露和谴责社会弊病及其产生的结果。下面将依据主题将豪萨语诗歌分为六种类型进行阐发。但需说明的是，这种类型划分大致呈现殖民时期豪萨语诗歌的动态发展，各类别间多有交合重叠，并无明确界限。

（一）宗教诗歌

豪萨语宗教诗歌的创作主体阿訇阶层，为诗歌界定了不同的内容范畴，主要包括布道/教育（wa'azi）内容和个人宗教情感的表达。布道诗歌以极具煽动性的词语描述地狱的苦难和天堂的美好以及现世的罪恶对死后世界产生的影响，强调信仰使人们在死后获得救赎，并通过恐怖的意象和复活的期待，营造一种强制性规范人们日常行为的环境氛围。吉哈德运动时期，谢赫·乌斯曼·丹·福迪奥在诗歌中表达了对宗教的虔敬和作为诗人的谦卑，这一诗歌传统成为豪萨语宗教诗歌的主要特点之一。19~20世纪宗教诗歌的核心内容涵盖两个主题，一方面在来世的奖惩语境中观照人们的生活行为准则，另一方面表达个人信仰、情感和宗教义务。② 此外，宗教诗歌还涉及更多范畴，如以叙事风格记述先知生平及生活时代的诗歌，记录神学、天文

---

① Graham Furniss, *Poetry*, *Prose and Popular Culture in Hausa* (Edinburgh：Edinburgh University Press, 1996), p. 213.

② Graham Furniss, *Poetry*, *Prose and Popular Culture in Hausa* (Edinburgh：Edinburgh University Press, 1996), p. 197.

科学、数字命理学和先知传统的诗歌，以及描写谢赫人格品性和吉哈德运动历史进程的诗歌。

（二）早期抵抗诗歌

对当下社会现实的关怀，是豪萨文化与文学作为社会结构内在组成部分的功能性特征之一，这决定了 19 世纪末 20 世纪初的殖民征服作为北尼日利亚重要的历史时刻，必然进入诗人们的集体或个人经验之中，并在其诗作中得到印证。反映豪萨人抵抗外敌入侵，成为这一时期诗歌的一个重要主题和内容。殖民征服中被废黜的索科托苏丹阿赫马杜（Attahiru Ahmadu），在向东方撤退途中，顽强抵御殖民者的追击，最终于 1903 年 7 月 27 日在布尔米（Burmi）战斗中阵亡。诗歌《豪萨地区基督教徒的造访》（*Wakar zuwan Annasara kasar Hausa*）表达了鲜明的反殖民侵略情感，鼓励北尼日利亚人抵御基督教的侵袭，逃往白人武力征服尚未涉足的伊斯兰教圣地麦加和麦地那。①

对西方基督教文明的摇摆情绪在此后的诗歌中延续，尤其是在讨论应以何种态度对待西式教育和伊斯兰教育问题时，矛盾的分化更加突出。伴随着社会生活中新的世俗因素的增多，诗人们无法回避的书写主题也越来越多，同时意味着诗歌主题范围的拓展。诗歌书写在内容与风格上的区分在 20 世纪初已初见端倪。一种是极其严肃的宗教诗歌，另一种则是正在兴起的世俗诗歌。②

（三）宗教-世俗诗歌

英国在北尼日利亚的殖民统治尽管并未彻底改变传统社会结构，但殖民活动带来的结果却深刻地影响和改变了人们日常的世俗体验。20 世纪豪萨语诗歌的世俗化转向打破了诗歌主题的单一性，做出这种尝试的最具代表性的诗人是阿里尤（Aliyu na Mangi），他以书写纯粹的宗教诗歌见长，亦有一

---

① Graham Furniss, *Poetry, Prose and Popular Culture in Hausa*（Edinburgh：Edinburgh University Press, 1996）, p. 204.

② Graham Furniss, *Poetry, Prose and Popular Culture in Hausa*（Edinburgh：Edinburgh University Press, 1996）, pp. 207-208.

些诗作偏重对社会问题的评论，内容上甚至一反宗教诗歌的严肃沉闷，表现得幽默风趣。另外，他的诗歌在沿袭主导性的说教风格时，结合了豪萨歌曲的元素，使其作品并置地呈现出豪萨文化的两个方面，即说教世界与更具包容性的通俗歌曲世界。① 因此，豪萨语诗歌中出现了传统宗教主题与现代世俗主题并存的局面。

阿里尤最著名的长诗——《安慰诗》（*Wakar Imfiraji*）大体上是一篇宗教诗歌，内容涵盖大部分的穆斯林信仰和习俗。但诗人在第一章中采用了豪萨歌典的卡吉式（Caji-type）② 节奏。据记载，这种创作形式源自诗人的一段家庭轶事。阿里尤之女嫁给一位毛拉，丈夫同时迎娶了另一名女子，二位妻子都认为，卡吉歌曲内容粗俗，并不适合在一个毛拉家中吟唱，于是请求阿里尤为她们创作与毛拉身份相符的新歌词。③ 既保持卡吉歌曲的韵律和文体特征，又具有严肃说教内容的混合诗歌因此应运而生。诗人在第一章的结尾强调：

> 当我听到这首歌，
>
> 就像唱卡吉歌的人唱的歌，
>
> 我为我的爱女，阿九吉作了这首歌，
>
> 我把它叫作安慰诗歌，
>
> 传唱这歌的人都会很快乐。④

值得关注的是，豪萨女性在这种新形式诗歌的产生过程中发挥了重要作用。在阿里尤的另一首幽默诙谐诗歌——《自行车之歌》（*Wakar Keke*）中，描述了一位毛拉穿着长袍骑自行车的困境，生动再现了自行车的踏脚链条缠卷长袍，毛拉摔倒在地、斯文扫地的场面。这首幽默的诗作同样采用通俗歌

---

① Graham Furniss, *Poetry*, *Prose and Popular Culture in Hausa*（Edinburgh：Edinburgh University Press, 1996）, p. 209.

② 卡吉歌曲是豪萨女性在劳作时哼唱的一种通俗歌曲，内容多轻佻浮躁。

③ Graham Furniss, *Poetry*, *Prose and Popular Culture in Hausa*（Edinburgh：Edinburgh University Press, 1996）, pp. 208-209.

④ Graham Furniss, *Poetry*, *Prose and Popular Culture in Hausa*（Edinburgh：Edinburgh University Press, 1996）, p. 208.

曲的音韵节奏，轻松地展现了一幅有失和谐的荒唐画面，隐喻了北尼日利亚社会中毛拉们遭遇现代性的窘境与困惑。[①]

在《警告不眠者》（*Gargadi don Falkawa*）中，诗人纳伊比（Na'ibi Sulaiman Wali）谴责人们忙于谋取钱财，纵情于酗酒、嫖妓、娱乐等世俗情欲生活，痛惜人们道德堕落，无视行为规范的约束。在《反对压迫之诗》（*Waka Hana Zalunci*）中，诗人萨利胡（Salihu Kwantagora）对土著官员不公正的作为进行猛烈抨击。两首作品代表了说教诗歌的两个方面，即个人行为世界中的道德与官僚体系公共行为中的道德。[②]

以上两首作品尽管探讨了殖民统治下不同的社会现象和问题，诗人所诉诸的解决途径仍是回归神学的宗教模式，这几乎是殖民时期所有豪萨语诗歌具备的共性特点。此类诗歌中，也不乏对社会事件的直接记录。诗人阿里尤（Aliyu dan Sidi）在诗歌《卡诺之行》中，描述了北尼日利亚统治者在卡诺的一次聚会。该诗歌创作时间在1910～1912年，即北尼日利亚铁路开通后不久。诗人沿袭赞美诗形式，记录了诗人第一次乘坐火车的经验，遭遇的来自各个地区的人，以及在卡诺城聚会期间的所见所闻。

总体而言，宗教-世俗诗歌多以突出明了甚至过度的劝说教育为风格，向人们提供正确道路指引，具有明确的表达目的。诗人的说教方式影响个人与社会生活的方方面面。诗歌反映了个人行为和日常生活的道德准则，关注人们在现代社会发展变革中的切身体验，往往涉及具体问题，如金钱、婚姻和青年人的观念、价值取向等。宗教主题与世俗主题同时出现在一首诗歌作品中，是20世纪中后期豪萨语诗歌的总体趋势。

（四）政治诗歌

政治诗歌是一种典型的豪萨语诗歌类型，长期被诗人们广泛书写。豪萨语政治诗歌曾出现两个创作繁荣时期，第一个出现在20世纪50～60年代，其原因在于民族独立运动中政党的产生、现代民主政治机制的引进，以及豪

---

① Graham Furniss, *Poetry, Prose and Popular Culture in Hausa* (Edinburgh: Edinburgh University Press, 1996), p. 209.

② Graham Furniss, *Poetry, Prose and Popular Culture in Hausa* (Edinburgh: Edinburgh University Press, 1996), p. 215.

萨语诗歌对时事政治的关注和介入性功能。这类诗歌表达明确的政治意图，以政治内容为主，服务于在北方地区逐渐形成的两大主要政党派别——北方人民党（NPC）与北方进步联盟（NEPU）。绝大多数北方知识精英在政治认同与诉求上分属这两大阵营。① 政治局势和感情认同的变化，使北尼日利亚知识精英们的讨论焦点发生变化，即从对西方殖民统治的大体肯定转向反对殖民统治和民族独立诉求。此时，诗人们关注北尼日利亚的政治命运，最具代表性的诗人当数萨阿杜·尊古尔（Sa'adu Zungur）。20 世纪 50 年代中期萨阿杜最有名的诗作之一是《北方，要共和国还是君主国?》（*Arewa Jumhuriya ko Mulukiya?*），诗中将北尼日利亚的命运与北方社会的特性联系在一起。② 诗人明确表示，只要北方社会中还存在罪恶、伪善、贫穷、堕落、浮夸等恶习或陋俗，北方就会因此蒙羞而一事无成，南方将永享统治地位。北方担忧独立后南方在政治上享有主导地位，这种忧惧深刻地反映在他的诗篇中。总体而言，殖民时期的政治诗歌具有以下特点。

1. 沿用赞美诗风格

赞美诗的两面性——赞颂与中伤，被歌者用来支持其赞助者或颠覆赞助者的对手。许多政治诗歌集中关注政党领导人，在诗中表达领导人主张的合法性、个人品性及其身份背景的权威性。但政党的政策与计划极少成为诗歌表达的内容。北方人民党阵营的诗人谢卡拉（Shekara Sa'ad）在一首诗中大肆颂扬北方人民党领导人贝洛（Sardauna Ahmadu Bello），通过宣称贝洛是吉哈德宗教运动领袖谢赫·乌斯曼·丹·福迪奥的后裔，以此论证其获得政治权力的合法性。北方进步联盟诗人尤素夫（Yusufu Kantu）则在诗作《请给予我们自由》（*Ya Allah ka ba mu Sawaba*）中，用多少有些含蓄的语言对北方人民党领导人进行诋毁和诅咒。③

2. 战斗性和对话性

诗人们之间的政治论战常使他们陷入长篇的诗歌论战交流中，这种对战

---

①　诗人们热衷于讨论北方社会现实，这种兴趣或多或少使他们直接进入到某个北方政党的阵营当中，主要指正文提及的两个党派。20 世纪五六十年代，两党在北方范围内大体代表了执政党和在野党。

②　Graham Furniss, *Poetry*, *Prose and Popular Culture in Hausa*（Edinburgh：Edinburgh University Press, 1996），p. 224.

③　Graham Furniss, *Poetry*, *Prose and Popular Culture in Hausa*（Edinburgh：Edinburgh University Press, 1996），pp. 228-229.

性交流或在私下，或在公开场合进行。最著名的以诗论战的案例发生在20世纪50年代初，论战双方分别为北方进步联盟的坚定支持者穆迪（Mudi Sipikin）和北方人民党支持者穆阿祖（Mu'azu Hadeja）。另外穆迪也曾与萨阿杜有过交锋。萨阿杜在其名篇——《北方，要共和国还是君主国?》中提议尼日利亚采取君主立宪制，要求尼日利亚独立后建立共和国，但保留传统统治者。对此，穆迪以诗作《北方——一个纯粹、单一的共和国》（*Arewa Jumhuriya Kawai*）表达了完全相反的意见。[①]

3. 鲜明的民族主义主题

以萨阿杜和穆阿祖的两首论战诗歌为例，诗人们尽管就国家独立后将采取的政治制度表达了相互对立的见解，但共同表达了一个时代主题，即强烈的民族共同体认同和对民族独立的坚定信念。他们代表的政见虽有分歧，但具有共同民族目标的尼日利亚人，坚信英国人终将会离开，将主权归还尼日利亚人。正如穆迪诗中所强调的，独立的来临意味着尼日利亚人将从压迫的统治下解脱，成为独立国家的掌控者。而萨阿杜的诗歌既表达了殖民统治必须被推翻的明确立场，也对独立后的国家制度做出了思考。诗中暗示，尼日利亚国家制度的建立应基于不同民族的历史与经验，而不应全盘照搬英国的体制、程序，同时劝诫人们摒弃地方成见和习俗。

4. 对殖民主义的谴责与控诉

北方进步联盟支持者甘波（Gambo Hawaja）的诗作《今日，唯愚者才会拒绝 NEPU》（*A Yau ba Ma Ki NEPU sai Wawa*），讨论的是殖民政府的规章制度，以及它们如何影响了普通人的日常生活。诗歌详细披露了殖民统治下社会秩序的紊乱和民众生活条件的恶化境况，如普通百姓的居住问题、狩猎者面临的限制措施、遭禁的传统防盗手段、本地贵族与殖民者的同流合污等。作品反映了殖民统治不仅造成原有社会生活秩序混乱，还引发了人们心理层面的惶恐不安。[②]

---

① Graham Furniss, *Poetry, Prose and Popular Culture in Hausa* (Edinburgh: Edinburgh University Press, 1996), pp. 230-231.

② Graham Furniss, *Poetry, Prose and Popular Culture in Hausa* (Edinburgh: Edinburgh University Press, 1996), p. 232.

（五）教育题材诗歌

贯穿 20 世纪豪萨语诗歌的一个重要主题是教育的功能和目的，尤其是西式现代教育。自 20 世纪 40 年代开始，诗人们开始广泛关注教育问题。卢加德与北方酋长在 20 世纪初奉行的教育政策是在北方保留伊斯兰教育体系，以此抑制教会的基督教传播与教化活动。1908 年，卡诺第一所政府学校成立，伊斯兰教育与西学并举。二战后，北方领导人愈发意识到，西式教育的推广及普及使南北方之间的不平衡日益扩大，并将对尼日利亚的未来产生严重影响。因此，以萨道纳（Sarduna）为中心的北方领导团体与殖民政府达成一致，开始专注于提升成人教育，在西式学校里增设教学设施，扩大招生人数。在此背景下，诗人们开始关注教育主题。《穆阿祖·哈德加诗歌集》（*Wakokin Mu'azu Hadejia*）由诗人穆阿祖（Mu'azu Hadeja）创作，于 1955 年出版。诗人在其中三首诗中表达了对西式教育与古兰经教育的认同与支持，认为教育与"进步"是相互关联的，一再重申有必要与来自南方的"威胁"作斗争。截至 20 世纪末，针对教育问题的探讨不再集中反映在西式教育与伊斯兰教育之间的对比，而更多体现在知识和教育本身的价值方面。[①]

（六）抒情诗

豪萨语诗歌中还有一类以自然世界为描写对象的诗歌，大多沿袭传统豪萨赞美诗风格，呈现自然世界的意象，语言古雅，韵律复杂，表现人们对自然现象的种种反应，并最终归结为真主的意旨。诗人纳依比（Na'ibi Wali）尤其擅长创作此类抒情诗，他的作品《雨季之歌》曾获得 1953～1954 年艺术节奖（the Festival of Arts）。诗中表达了雨季给诗人带来的愉悦，诗人以充沛的情感和优美的文字描绘了面对大雨如注时希望与惧怕交织的复杂心境。

> 当你看到亮光与闪电，就像萤火虫，又或是燃烧的利剑，

---

① Graham Furniss, *Poetry*, *Prose and Popular Culture in Hausa* (Edinburgh: Edinburgh University Press, 1996), p. 234.

> 空中还带着令人困惑的骚动，像是人们在叫喊，
>
> 这雨，混杂着希望和恐惧。①

　　1959 年，纳依比以一首《欢迎自由》（*Maraba da 'Yanci*）庆祝北尼日利亚政府自治，诗歌以节庆颂词的风格庆祝摆脱殖民桎梏，语言轻快欢悦，意象美好，再现了一片欣欣向荣的乐观景象。②

　　英国殖民时期豪萨语诗歌的发展还得益于媒体、广播和电视等传播媒介。刊载在《使者报》（*Jakadiya*）、《和平报》（*Salama*）和《真理报》（*Gaskiya*）等报刊上的诗歌大多为说教性的，也有部分反映社会现实问题的作品，相当数量是歌颂杰出政治家和民族英雄的；尼日利亚广播公司卡杜纳广播电台在推动豪萨语诗歌发展方面发挥了重要作用，通过定期播放诗歌作品、收集大量录音，成为传播诗歌创作作品的主要渠道，卡杜纳因此发展为诗人联合会所在地（Kungiyar Mawaka-Hikima Kulob）。③

　　豪萨语诗歌作为豪萨语言文学与文化中最重要的文学形式之一，在经历伊斯兰文化、基督教文化与殖民文化以及民族主义思潮的涤荡与变迁之后，不断吸收、融合外来因素，形成了以本土的世俗经验和即刻的现实关怀为内容题材的总体创作模式。其主题从 19 世纪初之前的世俗化，转为伊斯兰时期宗教说教的单一化，至殖民时期再次转向宗教—世俗的交融，独立前则吸收了鲜明的现代民族国家的政治因素。殖民压迫下的豪萨诗人多在诗中表达集体的解放诉求，较少涉及个性化的内省。英国殖民时期的豪萨语诗歌在早期殖民入侵的经历中产生了抵抗诗歌。随着殖民政权的建立和社会结构变迁，受到基督教文化的冲击和殖民文化的渗透，诗人们的创作关怀导向世俗的社会政治事务，打破了诗歌中单一的伊斯兰宗教主题，发展出新的世俗诗歌类型。与殖民主义相伴生的民族主义思潮催生了政治诗歌和教育诗歌类

---

① Neil Skinner, *An Anthology of Hausa Literature*（Zaria: Northern Nigerian Publishing Company, 1980）, p. 228.

② Graham Furniss, *Poetry, Prose and Popular Culture in Hausa*（Edinburgh: Edinburgh University Press, 1996）, p. 245.

③ Stanislaw Pilaszewics, "Literature in the Hausa Language," in B. W. Andrzejewski, S. Pilaszewicz and W. Tyloch eds., *Literature in African Languages: Theoretical Issues and Sample Surveys*（Cambridge: Cambridge University Press, 1985）, p. 163.

型。并且这些新的诗歌类型在很大程度上与宗教诗歌相融合。尽管如此，豪萨语诗歌的形式并未发生根本性的改变，其说教性宗教主题的主导地位以及传统的口头赞美诗风格亦未发生显著变化。这反映了豪萨诗人为应对新的社会环境做出调适，扩展了诗歌的表达主题，同时仍保留了作为集体记忆的、难以被外来文化因素所消解的传统因素。此外，明确表达反对殖民统治、民族独立的民族主义诉求的诗歌也在权力关系维度上表明殖民霸权的有限性和可颠覆性。

第二节　英国殖民时期的斯瓦希里语诗歌

英国殖民时期的斯瓦希里语诗歌受到斯瓦希里语拉丁化书写方式的转变以及斯瓦希里语语言标准化进程的影响，呈现的典型特征是诗歌作为一种文学体裁向斯瓦希里语赋权，斯瓦希里语诗歌建构起反抗殖民统治的政治话语。德国和英国殖民者抵达东非后，他们发现斯瓦希里语诗歌主要是格律和韵律性质的，诗人使用斯瓦希里语的主要方言创作，偶尔使用未被斯瓦希里语同化的阿拉伯语、古典诗歌传统中的"古语"以及特定的拉穆方言词汇。这些特点构成了斯瓦希里语诗歌更广泛的审美规范，诗歌的创作者和受众以及普通的斯瓦希里大众，都共同遵守这一规范。

一　诗歌的译介与斯瓦希里语文学史的重建

这一时期，夏班·罗伯特、萨丹·坎多罗（Saadan Kandoro）和卡鲁塔·阿姆里·阿贝迪（Kaluta Amri Abedi）等诗人在诗歌的译介与创作方面成绩斐然。除了诗人身份外，作家们的政治身份也同样值得关注，并对其诗歌创作产生了深远影响。阿贝迪是一位杰出的政治家，在英国殖民时期被任命为达累斯萨拉姆市的市长。他曾经在英属印度学习，精通阿拉伯语、乌尔都语、英语以及他的母语斯瓦希里语。在印度期间，他接触了艾哈迈迪耶教派反抗殖民主义运动，并将这种理念与实践带回东非。阿贝迪是坦桑尼亚开国总统尼雷尔的得力助手，协助组建了坦噶尼喀非洲民族联盟，他长期致力于推广斯瓦希里语，努力推动从立法层面确认斯瓦希里语的国语地位。坎多罗也是坦噶尼喀非洲民族联盟的创始人之一，致力于推广和发展斯瓦希里语。相较而言，坎多罗在诗歌创作方面更加多产，1969 年被评为坦桑尼亚桂冠诗人。二人都是坚定的传统格律诗的拥护者，从某种意义上说，倡导格律诗、反对自由诗构成了抵抗外来文化入侵的民族主义政治的一部分。①

以上三位诗人通过翻译和阐释穆亚卡的诗歌，使其建立起与东非民族主义斗争的相关性，与此同时，诗人们也积极参与了斯瓦希里语文学史的构建。② 20 世纪 40~50 年代，夏班·罗伯特、萨丹·坎多罗与同时代的作家将穆亚卡使用斯瓦希里语北方方言创作的诗歌作品，翻译为标准斯瓦希里语，穆亚卡的诗歌因此可以被持续增长的标准斯瓦希里语读者所接受。除了翻译之外，诗人们还对穆亚卡的诗歌做出了回应，诗歌在两种文学和语言之间建立了对话关系，进一步奠定了斯瓦希里民族文学的基础。但考察这一时期作家的翻译和回应过程，穆亚卡的诗歌显然被重新政治化，旨在重建斯瓦希里语文学史。在西方倡导的制造部落文学殖民计划框架下，威廉·希琴斯编辑的《穆亚卡诗选》作为"班图宝库"系列的一部分由金山大学出版社于 1940 年出版，这一系列同时囊括了夏班的《散文范例》和《语言修辞》。然而使用非洲本土语言创作，恰恰给予了夏班等作家颠覆殖民计划、积极参与民族解放运动的机会。正如作家阿贝迪所言，"阅读过多次《穆亚卡诗选》与《自我审视》后，我发现穆亚卡具有惊人的诗歌创作技巧，也掌握了斯瓦希里语的各种方言，扩充了我的语言和写作知识"。③ 夏班和坎多罗对穆亚卡诗歌的翻译与回应，可以被视为一种被广泛应用的文学学术范式，即一种使用标准斯瓦希里语、象征和隐喻等手法进行翻译、重写和重新阐释的政治性学术诗歌。④

---

① Alamin Mazrui, *Swahili Beyond the Boundaries*: *Literature*, *Language*, *and Identity* (Athens: Ohio University Press, 2007), p. 22.

② Ann Biersteker, *Kujibizana*: *Questions of Language and Power in Nineteenth and Twentieth Century Poetry in Kiswahili* (East Lansing: Michigan State University Press, 1996), p. 80.

③ Ann Biersteker, *Kujibizana*: *Questions of Language and Power in Nineteenth and Twentieth Century Poetry in Kiswahili* (East Lansing: Michigan State University Press, 1996), pp. 67-69.

④ Ann Biersteker, *Kujibizana*: *Questions of Language and Power in Nineteenth and Twentieth Century Poetry in Kiswahili* (East Lansing: Michigan State University Press, 1996), p. 75.

二　作为政治话语体裁的斯瓦希里语诗歌

诗歌长期以来作为一种重要的政治话语体裁，夏班·罗伯特、萨丹·坎多罗和卡鲁塔·阿姆里·阿贝迪等诗人领导坦噶尼喀获得民族独立，他们主张向使用斯瓦希里语的人赋权。斯瓦希里语诗歌，尤其是对唱诗，成为反对殖民统治、争取民族独立的话语象征。他们不仅使用斯瓦希里语诗歌作为表达反殖民情绪的手段，还开始将斯瓦希里语作为非洲统一的转喻，以东非沿岸的斯瓦希里社区通行了数个世纪的、通常作为对话媒介的诗体形式，协助沿海地区与新兴国家的文化特质之间建立某种连续性。诗人以斯瓦希里语的标准化形式创作诗歌，而非历经数个世纪发展起来的、与诗歌传统最密切的肯尼亚海岸北部方言，坚持使用传统韵律。尤其是阿贝迪，他所出版的《诗歌创作法则和阿姆里诗歌集》（*Sheria za Kutunga Mashairi na Diwani ya Amri*）为斯瓦希里语诗歌传统流派的广泛传播发挥了重要作用，其中详细介绍了斯瓦希里语诗歌形式的惯例，为诗歌用词提供具体建议，引用了19世纪和20世纪早期沿海诗人的大量例证。坎多罗的诗歌提倡反对殖民统治，夏班·罗伯特的作品则明确对抗殖民社会语言实践。1948年，坎多罗创作的《使用斯瓦希里语》（*Kitumike Kiswahili*）提出了具体政策和行动方案，在略显激进的作品中直接提议，坦噶尼喀立法委员会应该使用斯瓦希里语。[①]

坎多罗的斯瓦希里语诗歌对英国殖民统治的持续性提出了一系列激进挑战。在他的作品中，斯瓦希里语身份是根据民族主义政治身份定义的。[②] 然而在夏班的诗歌中，参与斯瓦希里语群体的意义则体现在艺术和智力赋权方面。诗作《斯瓦希里语》是一首关于语言与赋能的诗歌，夏班向读者呈现出愤怒的情感，明确提出斯瓦希里语的赋能关乎殖民地语境下的个人尊严，而并非只作为民族主义运动或民族国家寓言的斯瓦希里语。诗歌作品中的殖民地背景通过动物之间交流的寓言方式呈现，说明在讲其他语言的人统治之下，很可能造成误解。"本土语言"和"殖民语言"

---

① Ann Biersteker, *Kujibizana*: *Questions of Language and Power in Nineteenth and Twentieth Century Poetry in Kiswahili* (East Lansing: Michigan State University Press, 1996), pp. 31-32.

② Ann Biersteker, *Kujibizana*: *Questions of Language and Power in Nineteenth and Twentieth Century Poetry in Kiswahili* (East Lansing: Michigan State University Press, 1996), pp. 38-39.

之间的论争也通过隐喻的方式表达，将饥饿的孩子不能选择吸吮哪个乳房，比作一个人无法在童年时期拥有自由选择语言的权利，而只能接受命令。因此，使用斯瓦希里语被认为是一种赋权的手段，一方面，在殖民地语境中不能使用殖民者语言表达的内容，可以使用斯瓦希里语表达；另一方面，通过使用本土语言，可以恢复由政治和文化霸权破坏的被殖民者的尊严。①

夏班与坎多罗在诗歌中如此界定斯瓦希里语的价值："为语言在赋予智力、审美和政治权力方面的潜力；压迫者无法理解的共享语言和文本的战略效用；保存并与当代相关的抵抗文本的共享集合。"② 夏班的诗歌《斯瓦希里语》为文化反抗提供了理论基础，也为文化信仰提供了具体策略，因此可以被合法地视为鼓动政治抵抗和提供政治策略的诗歌。夏班与坎多罗的诗歌都呈现出与其所处的时代背景不同的政治风貌，二者预设了一个向英国殖民统治和文化入侵发起有效挑战的背景。具体而言，夏班围绕的是一个讲斯瓦希里语的民族共同体，坎多罗围绕的则是斯瓦希里语从殖民统治下获得解放，成为坦噶尼喀乃至整个东非地区的政治治理语言。③

三　斯瓦希里语诗歌的抵抗策略

诗歌用以传达信息的一种方式，就是以诗歌的形式为文字加密。在英国殖民统治时期的斯瓦希里语诗歌中，蚂蚁等昆虫作为人的象征被广为流传，蛇指向殖民政府/帝国主义。蛇的巢穴中有组织的蚂蚁代表肯尼亚的斗争，殖民地作为"帝国主义的巢穴"，巢穴外刚刚组织好的蚂蚁代表坦噶尼喀，已经在领土上建立了坦噶尼喀非洲民族联盟。④

---

① Ann Biersteker, *Kujibizana*: *Questions of Language and Power in Nineteenth and Twentieth Century Poetry in Kiswahili* (East Lansing: Michigan State University Press, 1996), pp. 40~47.

② Ann Biersteker, *Kujibizana*: *Questions of Language and Power in Nineteenth and Twentieth Century Poetry in Kiswahili* (East Lansing: Michigan State University Press, 1996), p. 89.

③ Ann Biersteker, *Kujibizana*: *Questions of Language and Power in Nineteenth and Twentieth Century Poetry in Kiswahili* (East Lansing: Michigan State University Press, 1996), p. 49.

④ Ann Biersteker, *Kujibizana*: *Questions of Language and Power in Nineteenth and Twentieth Century Poetry in Kiswahili* (East Lansing: Michigan State University Press, 1996), pp. 50~53.

女性诗歌话语的指向性提供了另外一种隐喻形式。夏班于 1947 年以"先知之女"（Mwanahawa binti Mohamed）的笔名发表了诗作《女人不是鞋子》（*Mwanamke si Kiatu*）。作品聚焦了处于从属地位的妇女和东非的斯瓦希里人，认为他们应该向压迫者发声、采取行动，殖民者对待东非的方式好比不公正的丈夫对待妻子，作为政治单位的家庭成为殖民地国家，当从属者的身份和权利受到挑战时，他们必须抵制并保持尊严。夏班的诗歌主张以女性家庭诗性话语作为被殖民者的话语模式，尤其关注国内外政治背景之间的关系问题，夏班直指国内政治话语和殖民地国家政治话语之间具有高度的相似性。①

四　对唱诗与乌贾马话语体系的建构

由于对书面表达的压制以及对大众参与政治活动的鼓励，坦噶尼喀和肯尼亚的诗人在创作方面呈现出口头表达的转向。在争取民族独立的斗争中，对唱诗应运而生并被群众用于反抗殖民统治。最著名的诗人是马孔戈罗（Makongoro），在坦噶尼喀非洲民族联盟成立后的近二十年时间里，他在歌曲和哑剧中将坦噶尼喀人的困境完全戏剧化。② 对唱诗交流被视为开展辩论、斯瓦希里语读者和作家了解政治思想交流的一种特别可行的方式。众所周知，斯瓦希里语占据乌贾马话语的语言和符号中心地位。而事实上，斯瓦希里语的诗歌文本以及这些文本的制作和交流方式，在与语言密切相关的话语中同样占据核心地位。③ 坦桑尼亚民族主义运动和乌贾马社会主义的一个重要知识产物是，史诗和诗歌等特定的诗体形式成为知识文本生产的重要模式。④ 斯瓦希里语中的诗意交流在乌贾马话语体系的基本术语制定中发挥着核心作用。诗歌，尤其是对唱诗在后殖民时代开始占据特权地位。围绕以民主对话和谈判为中心的政治实践创造了一种有别于殖民先驱的话语，作为统一

①　Ann Biersteker, *Kujibizana：Questions of Language and Power in Nineteenth and Twentieth Century Poetry in Kiswahili*（East Lansing：Michigan State University Press, 1996）, pp. 63-64.

②　C. L. Ndulute, "Politics in a Poetic Garb：The Literary Fortunes of Mathias Mnympala," *Kiswahili*, Vol. 52, No. 1-2（1985）, p. 150.

③　Ann Biersteker, *Kujibizana：Questions of Language and Power in Nineteenth and Twentieth Century Poetry in Kiswahili*（East Lansing：Michigan State University Press, 1996）, p. 132.

④　Ann Biersteker, *Kujibizana：Questions of Language and Power in Nineteenth and Twentieth Century Poetry in Kiswahili*（East Lansing：Michigan State University Press, 1996）, p. 111.

和政治平等的乌贾马，通过诗意交流和模仿家庭关系的对话模式构建而成。[①]

尼雷尔总统实施的乌贾马政治哲学表达了以不结盟、反对帝国主义和提倡泛非主义原则为基础的非洲社会主义愿景。政府提倡将斯瓦希里语诗歌作为传播乌贾马的媒介，并于 20 世纪 70 年代向达累斯萨拉姆大学的师生倡导自由诗的实践，从而引发了斯瓦希里语诗歌写作形式的激烈讨论，表面上是"传统主义者"与"现代主义者"之间的审美分歧，前者拥护传统诗歌形式，即音律、韵律、韵律长度和副歌的编纂，后者则支持无音律和无韵律的自由诗歌松散形式，辩论明显呈现出超出国家框架的政治色彩。实则折射出乌贾马哲学自身的矛盾及冷战政治文化之间固有的张力。在这一过程中，坦桑尼亚斯瓦希里语写作与诗歌协会（Chama cha Usanifu wa Kiswahili na Ushairi Tanzania）成立，国家认可的说教诗歌流派对唱诗（ngonjera）作为一种新体裁，遵循了来自桑给巴尔和斯瓦希里海岸的对唱诗形式的韵律惯例，并借鉴了诗歌作为坦桑尼亚重要政治话语体裁的历史作用。[②]

斯瓦希里语诗歌是一种功能性艺术。即使是书面诗歌也经常通过歌唱或吟唱来表达，几乎所有重要的、需要争辩的、与生活相关的问题都需要以诗歌的形式呈现。时至今日，倘若斯瓦希里政治家希望赢得选举，都必须获得宗教学者乌理玛和诗人的支持。竞选中决定成败的环节是诗人们充满感情的诗句，通常以叙事长诗的形式出现，在熟悉的经文援引后，诗人开始引用《古兰经》经文或先知经历的爱与背叛的故事。在场听众的情绪被调动起来后，诗人开始将候选人比作某个宗教英雄，为其当选寻求合理性；而其他候选人则被渲染为具有邪恶的品行，从而不适合当选。叙事长诗将传统宗教框架与历史援引和当代政治目的相结合。由于叙事长诗本身就是由散文的直白与诗歌的韵律组合而成，因此相较于散文体而言，斯瓦希里语诗歌中的宗教和世俗边界并非泾渭分明。[③]

---

① Meg Arenberg, "Tanzanian Ujamaa and the Shifting Politics of Swahili Poetic Form," *Research in African Literatures*, Vol. 50, No. 3（Fall 2019），p. 12 .

② Meg Arenberg, "Tanzanian Ujamaa and the Shifting Politics of Swahili Poetic Form," *Research in African Literatures*, Vol. 50, No. 3（Fall 2019），pp. 7-28.

③ Ibrahim Noor Shariff, "Islam and Secularity in Swahili Literature：An Overview," in Kenneth W. Harrow ed., *Faces of Islam in African Literature*（Portsmouth：James Currey, 1991），pp. 54-55.

小　结

斯瓦希里语诗歌在殖民时期的演化发展，无疑较小说和戏剧而言更能反映非洲本土语言文学发展的总体变化轨迹，因为诗歌是一个具有连续发展历史的文类。这个过程不仅呈现了一个完全意义上的文类本身嬗变，即包括主题和内容的扩展、韵律的继承以及亚文类的生成等，而且反映了诗人这一历来最为主流的创作群体在主体意识、思想变化、民族觉醒等方面的智性努力，同时，诗歌文本作为历史、社会、政治事件与个人情感记录的媒介，亦连续地反映了非洲文学功能的继承与演变。

豪萨语和斯瓦希里语书面诗歌的肇始时间虽有不同，但二者同样深受伊斯兰宗教文化的影响，而后转向对世俗主题的关注，就诗歌与伊斯兰文化的关系发展趋势而言，具有极大的共通性。这种共通性集中表现为诗歌形式、复杂韵律、宗教主题和道德说教等因素的留存，这说明了文学传统影响的长期持续。正如此前论述中一再强调的，非洲本土语言文学并非铁板一块。由于东非、西非两地的地缘政治差别，更早出现的斯瓦希里语书面诗歌吸纳了众多非宗教因素，而豪萨语诗歌迟至 19 世纪末 20 世纪初受殖民征服与统治影响之时，才逐步转向世俗化。殖民统治时期，宗教与世俗内容在很大程度上并存于诗作当中。豪萨语诗歌在殖民时期出现了明显的从宗教向世俗的转向，斯瓦希里语诗歌则在很大程度上进一步融合了宗教与世俗主题。从文类流变角度来看，两种本土语言诗歌均发展出了以抵抗、反殖为主题的亚文类诗歌。殖民时期的诗歌成为作家自觉建设民族文学的载体，反殖、独立主题得以表达。而在散文体叙事中，作家们对于反对殖民主义、争取民族独立等主题，往往无法直抒胸臆，但诗人们却能以诗歌为触媒建构政治性的反殖民话语。殖民时期的斯瓦希里语诗人重建了斯瓦希里语文学史，通过翻译穆亚卡诗歌，并对之进行阐释和重写，形成了一种具有政治特性的学术诗歌，另外，殖民时期的政治环境也从口头诗歌中催生了对唱诗形式；而豪萨语诗歌则在殖民统治的不同时期发展出了抵抗诗歌、世俗诗歌、政治诗歌、教育诗歌等类型。而就诗歌作为抵抗手段来看，殖民时期的斯瓦希里语诗人已然在更抽象的理性分析层面上对诗歌的抵抗实践做出了理论化探讨，而豪萨语诗人似乎仅限于抵抗的实践，而未能像斯瓦希里语诗人夏班等人一样，为文化民族主义的反抗策略提供理论基础。

　　无论是对于传统诗歌因素的继承，还是诗歌形式在殖民语境中的扩展；无论是对世俗主题的融合，还是伊斯兰宗教因素的留存；无论是对反殖独立诉求的激进表达，还是对殖民文化的矛盾心理；无论是对现代民族国家的政治话语建构，还是对民族共同体的身份认同，以上内容都在诗歌中获得了综合体现。诗歌经历伊斯兰文化、基督教文化、殖民文化以及民族主义思潮的洗礼，发展成为非洲文学的重要表达形式之一，尽管其因小说的发展在非洲文学空间失去了主流地位，但诗歌的发展始终是创作主体进行自觉选择、文类遵循内在规律发生流变、传统因素与外来文化因素相互竞争的过程。

第六章
英国殖民时期的非洲本土语言戏剧

英国殖民统治时期，伴随殖民文化输入非洲的文学体裁除了小说，还有书面戏剧。由于其与西式戏剧的衍生关系，非洲戏剧曾被种族中心论者贴上依附于西方戏剧传统的标签。欧洲语言为非洲表演提供了节庆、仪式、戏剧等术语，将这种表演传统纳入欧洲话语体系。但在这一体系中，非洲表演被定义为与欧亚戏剧传统相对的低等级、未开化的文化形式。西方研究者一度认为，就风格、美学经典、技巧的形式化和历史传播模式而言，黑人并无原创的戏剧传统，他们的戏剧与亚洲、欧洲戏剧相比，只能算是"原型戏剧"或"准戏剧"，是处于发展停滞阶段的蒙昧形式。① 露丝·芬尼根曾指出，由于大多数非洲表演缺乏西方戏剧中的重要元素，如清晰的情节、语言内容、明确定义的观众等，除了少数例外，非洲没有哪种艺术表演传统具有严格定义上戏剧所需的所有元素，至少没有他们所熟知的戏剧要点。她进一步补充说，他们（西方研究者们）所能发现的非洲戏剧或准戏剧表演，似乎从来都不涉及正常意义上的悲剧。②

但是，就文类的定义和发展而言，一种文学体裁并不必定受某种严

---

① Tejumola Olaniyan, "Festivals, Ritual, and Drama in Africa," in F. Abiola Irele and Simon Gikandi, eds., *The Cambridge History of Africa and Caribbean Literature*, Volume 1 (Cambridge: Cambridge University Press, 2004), p. 35.

② Ruth Finnegan, *Oral Literature in Africa* (Nairobi: Oxford University Press, 1970), p. 486.

格定义所约束。芬尼根以基于剧本的西方舞台戏剧（play）为参照标准，否定非洲存在"戏剧"，但她同时承认，非洲戏剧起源问题的研究扩大了学界对戏剧可能性及某些元素的普遍看法，非洲本土艺术形式凭借其音乐、舞蹈、模仿等元素，以一种超然的、更直接的和更积极的方式代表了生活的戏剧性再现，胜过单纯的描述性文字。①非洲戏剧的前身，即在非洲社会文化母体中孕育、产生和发展的表演艺术，其歌唱、舞蹈、模仿等元素已融入现代非洲戏剧之中。在某种程度上，欧洲中心主义的论断已不再适用于今天的非洲戏剧，这得益于一批非洲戏剧家的努力，他们为非洲的戏剧传统增添了不同的声音，并重新定义了"戏剧"这一概念；但尚未彻底摆脱依附于西方戏剧传统的标签。从根本上说，现代非洲戏剧是殖民经验中非洲人与欧洲人遭遇的产物，是西方形式和传统的衍生物。

　　以上对非洲戏剧概念的认知，有助于我们客观地讨论本土语言戏剧的传承与发展。非洲存在多种戏剧传统，其中一些起源悠久，另一些则于19世纪随着殖民化进程的确立以及此后开展的西式教育而出现。特朱莫拉·奥拉尼雅恩（Tejumola Olaniyan）认为，非洲戏剧大致由四种传统构成，即节庆戏剧和仪式、大众戏剧、进步戏剧和艺术戏剧。② 前殖民时期的戏剧大多是无剧本的、即兴的、使用本土语言的免费表演。戏剧空间是一个流动的概念，舞台—观众的关系不受僵化的规则支配，任何地点、空间都可以变成表演舞台，而观众在适当的范围内，可以自由与表演或表演者进行互动，甚至可以在表演过程中进入表演空间。殖民文化中发展的戏剧以文本为基础，使用欧洲语言或拉丁化的非洲本土语言创作或表演，演员与观众在空间上开始出现较明确的分界。舞台戏剧是动员大众的平台，最早的戏剧在校园排练上演；流动剧院则常被殖民者用作宣传政策和教育的手段。

---

① Ruth Finnegan, *Oral Literature in Africa* (Nairobi: Oxford University Press, 1970), pp. 500-501.

② Tejumola Olaniyan, "Festivals, Ritual, and Drama in Africa," in F. Abiola Irele and Simon Gikandi, eds., *The Cambridge History of Africa and Caribbean Literature*, Volume 1 (Cambridge: Cambridge University Press, 2004), p. 37.

第一节　英国殖民时期的豪萨语书面戏剧

豪萨语书面戏剧诞生于英国殖民统治时期,它既不像古典希腊戏剧或传统非洲戏剧那样,是基于宗教信仰发展而来,也不像约鲁巴人的本土语言戏剧,是基于对非洲基督教会中的圣经场景再现发展而来。绝大多数豪萨人信奉伊斯兰教,在书面文学出现之前几乎完全摒弃了原始的精灵宗教实践。[①]有研究者指出,豪萨戏剧发展自民间故事的戏剧风格(dramatic style)。民间故事的讲述与戏剧表演有许多共通之处。一则豪萨故事的戏剧力量,可以通过一个豪萨商人穿越撒哈拉沙漠的商旅叙事得到证明,这种商旅叙事以一种舞台指导为装饰,恰似一出成熟的舞台表演。[②]

尽管豪萨人自伊斯兰化之后与本土宗教产生了某种程度的断裂,但是传统宗教中的神灵崇拜仪式因通灵者强烈的模仿特性,亦具有戏剧性。因此,模仿构成了豪萨戏剧的核心本质,[③] 豪萨语中与戏剧相对应的词语是"模仿的游戏"(wasan kwaikwayo)。传统的口头文化形式,包括歌曲、故事和多数诗歌,均可通过某种方式进行表演,因此都具有戏剧性。节庆、宫廷生活以及国家赞助和地方组织的文化事件同样具有戏剧性。20世纪,模仿性表演渐渐发展为正式戏剧和即兴表演两种主要形式。前者包含电视、广播中放送的戏剧,或表演者现场表演经过预先排练的故事情节。后者为即兴演出,是娱乐活动过程中的一个组成部分。

豪萨语现代书面戏剧与虚构性散文体形式的小说一样,是舶来的文学形式,本质上是殖民时期西式教育制度的产物。第一批现代戏剧在校园上演。[④] 20世

---

① Stanislaw Pilaszewics, "Literature in the Hausa Language," in B. W. Andrzejewski, S. Pilaszewicz and W. Tyloch eds., *Literature in African Languages: Theoretical Issues and Sample Surveys* (Cambridge: Cambridge University Press, 1985), p. 227.

② Stanislaw Pilaszewics, "Literature in the Hausa Language," in B. W. Andrzejewski, S. Pilaszewicz and W. Tyloch eds., *Literature in African Languages: Theoretical Issues and Sample Surveys* (Cambridge: Cambridge University Press, 1985), p. 228.

③ Graham Furniss, *Poetry, Prose and Popular Culture in Hausa* (Edinburgh: Edinburgh University Press, 1996), p. 84.

④ Neil Skinner, *An Anthology of Hausa Literature* (Zaria: Northern Nigerian Publishing Company, 1980), p. 102.

纪 30 年代，北尼日利亚的西式学校成立了戏剧协会，早期的戏剧读本是由伊斯特撰写的《六部豪萨戏剧》（*Six Hausa Plays*），作为戏剧课程教科书，供新知识精英学习。艾哈迈德的研究指出，豪萨语书面戏剧的第一部作品《的黎波里之路》（*Turbar Turabulus*）诞生于 1902 年，由德国人鲁道夫·普利兹（Rudolf Frietze）书写，阿赫马杜·卡诺（Ahmadu Kano）负责故事讲述，作品围绕着一位名叫穆罕默德·阿吉吉（Muhammadu Agigi）的行商经历展开；另一部戏剧《拉贝战役》（*Yake-yaken Rabeh*）讲述了当时豪萨地区发生的战争。此后，西式学校的学生，如阿米努·卡诺（Aminu Kano）、尤素福·麦塔玛·苏勒（Yusuf Maitama Sule）、阿尔哈吉·多贡达吉（Alhaji Dogondaji）、舒艾布·马卡尔菲（Shu'aibu Makarfi）、阿布巴卡尔·图纳乌·马拉法（Abubakar Tunau Marafa）等人开始创作一系列简单的戏剧，并在执教后指导学生进行演出。①

最早尝试豪萨语戏剧书写的本土作家是阿米努·卡诺。他于 1938~1939 年尚在中学就读时就创作完成了许多剧本。他在剧本中批评了社会剥削问题，对北尼日利亚的酋长制度提出了诸多质疑。戏剧《无论你是谁，在卡诺市场都会受骗》（*Kai, wane ne a kasuwar Kano da ba za a cuce ka ba*）描述了无良商贩对乡村民众的剥削。《谎言会开花，但不会结果》（*Karya fure ta ke, ba ta'ya'ya*）提出了对豪萨农村人口征收赋税过重的问题。1938~1941 年，他创作了约 20 部短剧作为学校用书，其中讽刺了迂腐的当地陋俗和殖民政府间接统治下的土著政权。由于阿米努·卡诺的作品常常具有激进的政治色彩、宣扬反抗殖民统治的思想，因而多数未能出版。《无论你是谁，在卡诺市场都会受骗》和《一把用来击败卡诺土著当局的锤子》（*Gudumar Dukan En-En Kano*）都属于此类情况。事实上，这一时期官方出版的戏剧作品数量极为有限，题材通常反映的是殖民统治下的现代社会与传统观念的冲突。与民间故事相仿，多数豪萨戏剧家关注家庭状况以及婚姻和一夫多妻等问题，部分主题涉及对青少年的培养、对道德沦丧的谴责，以及社会不平等问题。

---

① Graham Furniss, *Poetry, Prose and Popular Culture in Hausa* (Edinburgh: Edinburgh University Press, 1996), p. 87.

1949 年，阿布巴卡尔·图纳乌·马拉法的戏剧《马拉法的故事》
（*Wasan Marafa*）得以出版，主旨是宣扬健康卫生理念，讽刺了保守的老一
代人。剧中故事发生在一个小村庄。农民马拉法与家人因为不懂卫生知识，
患上了严重的皮肤病。一天，一位卫生巡查官来访，向村民宣讲卫生知识。
村民们接受巡查官宣传的卫生规程指导，村庄变得整洁，并开始繁荣发展。
马拉法也因重获健康而变得富足，开始购买牛车、自行车和缝纫机等，全家
过上了美满的生活。整出戏剧表演夸张，充满滑稽场面。剧本情节简单，缺
少戏剧冲突，但真实生动地反映了一个豪萨农民的保守与多疑。[①] 该剧最早
于 1943 年在索科托中学上演。印刷版由舞台戏剧改编而来。戏剧的这种发
展样式证明了非洲文学中文类演进的一个普遍规律，即偏重口头表演性的非
文字文类与书面文类的相互转化、相互重叠，导致口头与书面之间的界限趋
于模糊。

阿尔哈吉·穆罕默德·萨达（Alhaji Muhammad Sada）创作的六幕悲剧
《长舌妇》（*Uwar Gulma*）反映了婚姻和家庭问题。剧中主人公毛拉哈雅图
（Hayatu）偶然走进了一个名叫玛玛（Mama）的女人经营的啤酒店，并很
快有了私情。哈雅图的妻子哈丽玛（Halima）为此伤心欲绝，在一个老妪
的唆使下，决定离开丈夫。她回到娘家后，向穆斯林法官提出控告，指责丈
夫专横残暴，并将自己背部的伤痕展示出来。事实上，背上的伤是她听人唆
使故意晒伤，而非丈夫所为。然而贪腐的法官并没有通过判决批准她离婚，
而是呼吁她与丈夫和解。戏剧最后一幕发生在丈夫家中。哈丽玛直到深夜仍
在等待丈夫。由于无法入眠，她服用了大量安眠药。丈夫回来时，她已经身
亡。这出戏剧是对豪萨社会中传统婚姻的反抗和谴责，这种婚姻的基础不是
情感，而是婚姻契约，充斥着父母在婚嫁事件中的利益企图，父母只希望通
过女儿的出嫁获得尽可能多的彩礼。萨达通过戏剧表明，一夫多妻的家庭制
度已经成为历史，这不仅基于经济社会发展的原因，更重要的是，豪萨女性
的心理已经发生变化，她们日益渴望获得解放。此外，戏剧还鞭挞了其他社
会恶习与乱象，包括酗酒、赌博、行贿和法官的腐化堕落等。

《羞耻之事》（*Tabarmar Kunya*）由阿达姆·丹·葛戈（Adamu dan

---

① 季羡林主编《东方文学史》，长春：吉林教育出版社，1995 年，第 1586~1587 页。

Goggo）和达乌达·卡诺（Dauda Kano）共同创作，反映了一夫多妻制度不合时宜的问题。剧中，来自卡诺的富商曼塔乌（Mantau）迎娶了年轻貌美的萨拉玛图（Salamatu），但是为了强调自己的财富和地位，他决定再娶一个妻子。不过，他没有勇气向原配萨拉玛图吐露这个计划。当萨拉玛图从一个老妇人基尼比比（Uwar Kinibibi）①那里听说了丈夫的打算，便离家出走回到娘家。另一方面，曼塔乌的新未婚妻并不情愿嫁给这位富商，因为她认为财富并不能保证幸福。在这种情况下，曼塔乌唯一能做的就是与妻子萨拉玛图和解。萨拉玛图得知他与新未婚妻的婚约已经解除后，不顾父母反对回到夫家。归根结底，她对丈夫仍怀有真诚的爱意。在艺术层面上，这部戏剧是成功的，剧中出现许多喜剧场面，且塑造了众多丑角形象。作品清楚地揭示了处于转型期的豪萨社会中，一夫多妻制度已不合时宜，因为婚姻的和睦很大程度上有赖于婚姻双方的情感纽带。

1955 年，阿尔哈吉·多贡达吉出版了《毛拉因昆土姆》（*Malam Inkuntum*）。作品描写了豪萨传统社会中由一个婚姻习俗引发的矛盾。在剧中，土著（Bamaguje）决定把女儿送给"可怜的神的仆从"，并武断地认为，宣礼员因昆土姆是最有资格迎娶他女儿的人。但是，正如叙事者向我们讲述的那样，因昆土姆从父亲那里承袭了宣礼员这个宗教职位，但事实上心中并无神圣的使命感，终究不过是个贪财者。在豪萨传统社会，将女儿作为宗教施舍献给毛拉的婚姻形式，是宗教强加于大众的旧习俗。该戏剧揭示了淳朴的豪萨人对穆斯林学者的盲目依附关系。

早期的戏剧常常是先依据一个故事框架即兴创作并表演，后来以书面形式记载下来，这种方式因此创造了一种可供改编的固定形式。20 世纪 50 年代，通过改编广播剧目出版的剧本包括舒艾布·马卡尔菲的《我们的时代》（*Zamanin Nan Namu*）和《雅鲁的丈夫贾塔乌》（*Jatau Na Kyallu*）。马卡尔菲的戏剧创作专注于社会与道德问题。《我们的时代》由两部戏剧组成，分别为《开明先生》（*Malam Maidala'ilu*）与《女继承者》（'*Yar Masu Gida*），两部戏剧表达了相似的主题，即在道德日趋败坏的时代，如何培育年轻一代的问题，由此也反映了保守主义与现代性之间的冲突。作者认为以往的习俗

---

① 此角色与《长舌妇》中善于阴谋算计的女人类似。

更具有正面意义，而欧化的生活破坏了旧时的优良传统，在这两部戏剧中，则表现为过早地让儿童参与经济活动对其造成的伤害。《开明先生》是一出独幕剧，主人公开明先生起初抱持女孩读书无用论，认为虔诚的宗教信仰和善良的品行对一个女孩最为重要。但是经过再三考虑，他决定将女儿塔阿娜比（Ta-Annabi）送往学校。这个决定出人意料地得到了女儿生母塔勒勒（Talele）的赞同，但实际上塔阿娜比并没有被送往学校，而是被打发到市场上料理母亲的生意。开明先生偶然发现这一事实，盛怒之下把塔勒勒逐出了家门，转而将女儿交付给另一个妻子照管。塔阿娜比在完成学业后返回家中，并将通过教育获取的知识运用在未来的生活中，故事圆满结束。

《女继承者》中的人物命运与塔阿娜比不同。女主人公未能上学，而是在市场上替母亲经商。起初，她的生意并不成功。被母亲责骂后，她像其他女孩一样，开始不顾后果地接受无业男孩的礼物，尽管她也天真地考虑过，自己是否应该以什么礼物作为交换。面对女儿每晚带回的可观钱财，母亲相当满意。女孩最终在众多男孩的追求下步入婚姻，但在此过程中，贪心吝啬的亲友使女孩沦为求爱者们争抢的商品。作者批判了传统的婚姻契约方式和人性的贪婪，传统婚姻被视为一种拍卖，而待嫁的女孩成了待拍的商品。

《雅鲁的丈夫贾塔乌》表达了作者对婚姻和家庭的传统态度。只要不超出伊斯兰法律界限之外，作者并不反对一夫多妻，他认为，家庭失和的原因无处不在。该剧主人公是富有且体面的毛拉贾塔乌，他爱上了妓女雅鲁（Kyallu），并因此堕落。而当他锒铛入狱后，雅鲁离他而去。他的第一任妻子不计前嫌，向他伸出援手，帮助他恢复了往日的声誉与财富。通过叙述者之口，该剧传达出一夫多妻制婚姻中的和谐在很大程度上取决于丈夫的态度。通过剧中的诗歌《我们的时代之歌》，作者告诫读者不要娶那些打扮入时、情感虚假或品行不端的女性为妻。

豪萨语书面戏剧在英国殖民时期的发展受到诸多因素的推动，首先是翻译和改编，例如由散文到戏剧的文体转化，巴勒瓦创作的《乌马尔教长》被乌马鲁·拉丹（Umar Ladan）和林德赛（D. Lyndersay）改编为同名戏剧，耶海亚则译介了莎士比亚的经典戏剧《第十二夜》和《威尼斯商人》；其次是广播和电视等传播媒介，通过筹备和播放戏剧在教育民众、警醒世人、继承发扬豪萨传统文化、寓教于乐、脱贫致富等方面发挥了重要作用；再次是剧场的建立，为戏剧的发展提供了展示的空间，尽管尼日利亚各地都设有不同规模的剧场，但大多集中于高等院校之中，且多数上演的是英文戏剧；翻译局、北方地区文学局、北尼日利亚出版公司和开展西式教育的学校等殖民地机构，在很大程度上都深度参与了豪萨语书面戏剧的文学发展与传播。

由于处于发展初期，加之受殖民文化制度与意识形态的约束，独立前的豪萨语现代戏剧产出数量极其有限。这种发展趋势在尼日利亚独立后仍然持续了数十年，直到1980年，正式出版的书面豪萨语剧本仅有六七部。[1] 尽管如此，现代书面戏剧在殖民时期仍获得一定程度的发展，除了由殖民教育官员创作的，作为戏剧课教科书的剧本和迎合殖民主义意识形态得以出版的剧本之外，还产生了少量未经出版的戏剧作品，这些作品同样通过演出发挥了相应的社会功用。这一时期的豪萨语书面戏剧，较诗歌与散文体创作更为逊色，部分原因在于戏剧与现场表演之间密不可分的联系。在豪萨传统文学中，故事讲述与表演融为一体，难以划分文类界线。在非洲文学发展历史中，早期的书面戏剧以伊斯特的剧本为学习范本，是除小说之外的另一种西式文学形式的植入，须经历口头向书面的转化过程。相较于殖民文化机构对散文体虚构叙事创作的促进，诗歌与戏剧创作并未受到鼓励。而且，持有反殖民主义思想的知识精英创作的剧本，受殖民地审查制度的监管无法获得出版。这导致英国殖民统治时期的豪萨语戏剧主题相对单一，多数作品出现在殖民统治后期，多是对世俗问题的反映。另外，戏剧作为一种极具功用性的文学形式，在非洲文化土壤中从未失去其实用性特征，所有的戏剧均将文学性与教化性融为一体。总体而言，作为一种逐步与书面化融合发展的文类，殖民时期的拉丁化豪萨语戏剧可被视作口头表演文学转向书面化的桥接阶段。戏剧亦作为经验表达的媒介，从一个侧面呈现出豪萨社会的发展演变进程。戏剧家们的创作也同其他文学表现形式一起，反映了豪萨社会的历史变迁，以及豪萨人的反殖民经验和民族主义情感。

---

[1] Neil Skinner, *An Anthology of Hausa Literature* (Zaria: Northern Nigerian Publishing Company, 1980), p. 102.

第二节　英国殖民时期的斯瓦希里语戏剧

在斯瓦希里语文学中，尽管西式戏剧与小说一样，是一种新文类，但作为表演的戏剧在整个非洲有着悠久的传统。传统的非洲戏剧是一种社会活动，涉及某个既定社会中的所有成员。观众对表演反映的主题相当熟悉，是社会成员现实生活的组成部分。这意味着，所有观众都参与表演过程，或鼓掌，或叫喊，或吹口哨以表示赞赏。通过加入表演者的行列，他们实际上加强了表演的力量。观众从这种积极的参与中得到乐趣或满足感。人们可以根据观众参与表演的方式来衡量表演是否成功。表演要获得成功，除了必须通过观众喜闻乐见的表达形式外，主题也必须源自人民的历史和社会现实。

非洲传统的戏剧活动与舞蹈、歌曲和仪式有着密切的联系。在东非大多数社会中，舞蹈（ngoma）是人们表现艺术创造性的主要方式。舞蹈表现生活中的重要事件和日常活动。作为戏剧的舞蹈将传统的狩猎活动或战争戏剧化，这些活动于是成为传统舞蹈的来源和根基。随着社会的发展变迁，为了顺应新的政治现实需要，传统舞蹈自身也经历了变革。尽管形式保持不变，内容已发生变化，以利于唤醒民众的政治觉醒。讲故事的艺术适应了新的社会条件，也以同样的方式保存下来。传统的讲故事是家庭中的晚间娱乐活动，现代的说书人更像一个演员，也依赖于家人的协助来表演故事。说书人叙述主要的故事内容，一同协助剧团通过歌曲、音乐和语言来润饰故事的事件。传统舞蹈及叙事艺术与正式的戏剧艺术之间形成一种连接。此外，不同的戏剧方式相互融合，又发展出新的戏剧模式。传统戏剧对书面戏剧产生影响的一个重要特征是集体精神的表达，而非注重个体的刻画，后者是西方戏剧的一个显著特征。传统戏剧或者抨击与现有社会准则相悖的价值观念，或者赞扬值得称颂的集体价值。通过这种方式，所有社会成员从中受到启发和约束，以维护道德及社会稳定性。

殖民主义活动中断了传统戏剧的发展。非洲地区的仪式、舞蹈、音乐相结合的戏剧形式被基督教传教士贴上了"野蛮和邪恶"的标签，因而遭到摈弃。受殖民者的白人文化至上观念影响，非洲土著接受了西方的莎士比亚、谢里丹、莫里哀的戏剧风格，将他们的创作视为唯一的戏剧。西方戏剧形式通过殖民者主导的学校课程、戏剧社团和小剧院逐渐发展成为东非社会的一种文化形态，显著区别于传统表演的是，它具备书面剧本、舞台和幕布等。殖民时期形成的西式戏剧奠定了现代非洲戏剧的基础。独立前的坦桑尼亚和肯尼亚的戏剧活动完全处于西式戏剧的影响之下。[①] 大多数学校上演的是莎士比亚戏剧，戏剧团体附属于中学，多由外籍教师任教，校外的戏剧团体，如达累斯萨拉姆和阿鲁沙的小剧院，专业的国家剧院和内罗毕的多诺万莫尔剧院，也都由外籍教师主导。

西式戏剧最早于 20 世纪 20 年代出现在蒙巴萨的基博科尼（Kibokoni）。为了满足西方人消遣娱乐之需，殖民当局在东非各大城镇组织成立了戏剧协会和剧团，组织中小学师生排练表演英国戏剧。维拉（Vila）和青年维拉（Young Vila）两个文化俱乐部上演自创戏剧，主题涉及爱情或历史题材，尤其偏重反映斯瓦希里英雄姆巴鲁克·本·拉希德·马兹鲁伊（Mbaruk b. Rashid al-Mazrui）的事迹，关于他的戏剧至今仍为人所念。直到 1961 年，在此上演的戏剧无一出版。20 年代初，莎士比亚的名剧《哈姆雷特》《罗密欧与朱丽叶》《威尼斯商人》等曾多次在沿海城镇巡回演出，与此同时，一些英语剧本被译介为斯瓦希里语并改编上演，如《屈打成医》（*Tabibu Asiyependa Utabibu*）、《君主已经死亡》（*Bwana Amekufa*）和《聪明的女孩》（*Wanawake wenye Akili*）等。由于这些戏剧的主题内容与东非人民的日常生活存在显著差异，且不能将东非传统表演艺术有机融入其中，导致英语戏剧的斯瓦希里语译本的本土传播和接受十分有限。斯瓦希里语使用者更倾向于选择舞蹈、吟诗等传统表演方式。而英语戏剧只有西式教育精英能够观看、学习、表演或翻译。除主题、艺术表现形式外，英语剧本的斯瓦希里语翻译难度较大，要求译者深谙两种语言和文化，并应具备一定的戏剧理论知识和术语表达能力。许多东非本土人的英语语言能力并未能达到翻译戏剧的水准，而且在主观意愿上并不热衷于戏剧翻译。接受殖民地初级英语教育的学生在表演英语戏剧时，并不能充分理解基于西方历史文化背景创作的戏剧故事及对白，甚至在台词的准确发音上亦有困难。

1948 年，英国政府在剑桥召开了戏剧创作会议，决定把在殖民地推广

---

① Elena Zúbková Bertoncini, *Outline of Swahili Literature: Prose Fiction and Drama* (Leiden: E. J. Brill, 1989), p. 172.

西式戏剧作为加强奴化教育、加速殖民化进程的一项重要举措，这在客观上推动了西式戏剧在东非的传播和发展。由于西方文化与东非传统文化之间存在差异，加之语言的障碍，东非土著对西方戏剧并没有表现出多大的兴趣，而他们对发展本民族文化的强烈愿望以及对精神食粮的迫切需求，则把一批东非的文人墨客推上了斯瓦希里语戏剧创作的舞台。在东非这块土地上迅速成长起来的一代斯瓦希里语剧作家，努力推崇民族文化，开始进行以东非现实生活为创作题材的尝试。从某种意义上而言，真正的斯瓦希里语现代书面戏剧发端于 20 世纪 50 年代。最早的东非斯瓦希里戏剧家出现在肯尼亚，1936 年，格雷厄姆·海斯路（Graham Hyslop）从英国抵达东非后，开始使用斯瓦希里语创作戏剧。他于 1944 年成立东非陆军教育兵团（The East African Army Education Corps Unit），组织临时戏剧演出，表演者为肯尼亚、乌干达、坦噶尼喀士兵。20 世纪 50 年代，他执笔撰写剧本，并由自己的剧团演出。1954~1956 年，他创作的两部短剧《不如魔鬼》（*Afadhali Mchawi*）和《欢迎你，客人》（*Mgeni Karibu*）陆续上演，并于 1957 年由东非文学出版局出版。《不如魔鬼》的故事背景设置在古代，主人公是一位新近到达某个村庄的陌生人，最后发现他原来是失散多年的王子，此后王子当上了国王。《欢迎你，客人》讲述的是现代故事，谴责了某些男性医护人员倒卖药品的恶劣行径。两部戏剧在各个方面均有缺陷，如剧情拖沓、重复事实的冗长对话及不合乎常理的角色进展等。

此后，格雷厄姆在肯尼亚各类学校教授音乐和表演。早期曾在联合高中（Alliance High School）师从格雷厄姆的学生中，亨利·库里亚（Henry Kuria）、齐马尼·尼奥伊克（Kimani Nyoike）、杰里索·恩古吉（Gerishon Ngugi）和库鲁图（B. M. Kurutu）等人都投身到了斯瓦希里语戏剧创作之中。格雷厄姆精通斯瓦希里语，足以在戏剧创作中运用生动的口头语言。但就本土语言的运用而言，他的学生更逊一筹。最早创作斯瓦里希里语戏剧的东非土著是两名基库尤人，他们通过西式学校习得斯瓦希里语，对语言的使用生硬，有时甚至欠准确。[①]

---

① Elena Zúbková Bertoncini, *Outline of Swahili Literature*: *Prose Fiction and Drama*（Leiden: E. J. Brill, 1989), p. 177.

肯尼亚作家亨利·库里亚于 1957 年创作的《我爱你，但是……》（*Nakupenda Lakini...*）由东非文学出版局出版，反映了爱情与金钱诱惑之间的冲突主题。女主人公罗丹爱上了出身贫寒但才华横溢、淳朴热情的卡格瓦纳。在爱情和财富之间该如何抉择，罗丹内心异常矛盾。金钱也许可以弥补心灵的空虚，衣食无忧也许就是幸福，罗丹决定嫁给一位不能带给她爱情但是富有的老人。然而，卡格瓦纳并没有放弃已为人妇的罗丹，并决定铤而走险，不惜一切代价满足罗丹对于物质的渴求，娶她为妻。于是，他偷盗钱财并行凶杀人。最终事情败露，卡格瓦纳在无奈与痛苦中开枪自尽，结束了自己的生命，也结束了他和罗丹间的悲剧。作品揭示了殖民主义社会中青年人畸形的价值观，或盲目追求华服豪宅，或被爱情蒙蔽双眼；呼吁人们保持内心的纯真和善良，用自己的劳动和汗水获得物质和精神的富足。亨利·库里亚笔下的人物处于转型社会之中，快速的城市化进程使居民生活发生急剧变化，也导致衡量价值的标准相应发生变化，金钱变得更为重要。作家所在的基库尤族群成员与内罗毕都市的多元化种族和族群相交互，逐渐丧失了本民族的习俗和传统，也无法避免因重大社会变革导致的心理创伤。他的戏剧创作于 1952~1960 年肯尼亚紧急状态时期，但这一重要历史时期并未在作品中留下印记。总体而言，他的戏剧对话拖沓重复，有些情境与人物设置甚至与故事发展毫不相关。尽管存在诸多创作技巧与审美上的瑕疵，作品仍数次再版，并被纳入学校教学大纲。

杰里索·恩古吉是另一位早期从事斯瓦希里语戏剧创作的基库尤人。他的戏剧作品《我因中邪失去了情人》（*Nimelogwa Nisiwe na Mpenzi*）反映了殖民时期的西方—非洲二元对立文化冲突。按照东非社会的传统，男子求婚时必须送给女方聘礼，一方面表达对长辈多年来含辛茹苦抚养子女的感激，另一方面聘礼也被视为婚姻稳定的物质保证。在这种背景之下，主人公本（Ben）爱上了女孩比阿特丽斯（Beatrice），女孩因男主人公家庭清贫无法支付聘礼而轻视他。但经过几番周折，本积极组织成立彩礼废除会，倡导人们摒弃旧习俗，最后赢得了比阿特丽斯的爱情，故事圆满结束。作为作者的处女作，作品在思想与写作技巧上尚不成熟，采取奇情剧（melodrama）形式，多数角色设置无意义，情境描写冗余，角色形象扁平，人物行为不合情理，戏剧的中心主题"废除彩礼"的表达也并不成功。尽管如此，该剧于 1957 年 7 月在基库尤地区学校的演出仍大获成功；此后被肯尼亚纳库鲁戏剧和文化社

（The Nakuru Dramatic and Cultural Society）列为该社排练的第一部戏剧，从1958年10月开始在纳库鲁及周边地区巡回演出，引起强烈反响。1961年，该剧得以正式出版。亨利·库里亚和杰里索·恩古吉的戏剧作为斯瓦希里本土戏剧家最早的尝试并不令人满意，但其重要意义在于对当时某些重大时政问题的反映，并呈现出东非戏剧家崭露头角的创作潜力。遗憾的是，在这种初步尝试之后，此后10余年内未曾再有重要意义的斯瓦希里语戏剧作品问世。

殖民统治时期的出版物必须经过东非殖民地语言协会（Kamati ya Lugha ya Makoloni ya Afrika Mashariki）审查才能印制出版，因此有关争取土地、自由等对殖民统治主题造成挑战的戏剧通常遭到禁止。通过审查机制得以出版的戏剧主要反映贿赂、爱情、社会问题、文化冲突等世俗主题，以有利于促进殖民地大众教化、服务于殖民统治。此外，殖民时期还有少量宗教主题和虚构故事的斯瓦希里语戏剧作品。宗教主题的戏剧主要在学校和教会内部创作、阅读和表演，公开出版的宗教戏剧极少，如弗兰克的作品《完结》（Imekwisha）。东非国家独立后，政府十分重视繁荣民族文化。坦桑尼亚政府于1967年发表了《阿鲁沙宣言》（Azimio la Arusha）。此后，总统尼雷尔在接见诗歌创作人员时提出："你们要宣传《阿鲁沙宣言》，弘扬我们的民族文化"，这极大地鼓舞和激发了广大作家的创作热情，他们深入到火热的现实社会生活中去体验生活，从中汲取营养，创作出广大人民群众喜闻乐见的作品，斯瓦希里语的戏剧创作自此进入了一个全新的发展时期。

小　结

英国殖民统治时期，本土语言戏剧产出少，主题内容单一，创作技巧青涩，形式与内容的创新极其有限，因此较少受到非洲文学批评家的关注，但作为戏剧形式的发端，这一时期的创作仍有其特点，并具有重要的历史意义和启发作用。总体而言，殖民时期的戏剧具有以下典型特点。

第一，断裂性。殖民语境中西式戏剧的植入，在某种程度上是对本土文学的侵入，传统表演被殖民主义文化代理人贬低为野蛮未开化的文化形式，因而受到抑制和排斥，这是早期非洲戏剧发展受限的一个重要因素。在形式上，现代的戏剧舞台与观众之间存在明确的界限，某种程度上阻碍了观众参与戏剧表演，也阻断了观众对重要事件的批评渠道。在观念上，从声音、形象到文字,从即兴表演到固定剧本的差异性转换也需要剧作家做出弥合。这也在很大程度上解释了西式戏剧无法得到非洲观众喜爱的原因。

第二,殖民性。这一时期引进的西式戏剧总体上服务于殖民主义意识形态。鉴于殖民权力的规训结果,殖民时期的非洲本土语言戏剧在形式与内容上的试验空间极为狭窄。绝大多数作品受制于殖民主义的教育体系,对殖民意识形态造成挑战与威胁的创作常常受到压制。戏剧主题集中表现殖民统治下的现代社会观念与传统观念的冲突,但在形式上往往脱离民众的现实需求。

第三,功用性。相较于传统戏剧表演的娱乐性,殖民时期的戏剧更突出其作为文化形式的功能性和实用性。这一时期的戏剧虽然继承了非洲传统艺术的教化功用,但在很大程度上被殖民当局用作殖民地政策与文明教化的宣传,其说教性与道德约束性也是为了易于殖民治理,而非反映殖民地人民的道德或政治诉求。

就初始时期的非洲本土语言书面戏剧的意义而言,尽管由于殖民文化代理人对非洲传统表演抱有偏见性的刻板印象,在发展现代书面戏剧时主张将其摒弃,但是前殖民时期的音乐、歌曲、舞蹈、仪式等元素仍在戏剧表演中得以留存,并成为独立后戏剧发展的重要资源。舞台戏剧演员的夸张表演继承了传统的非洲表演要素。外来的形式迫使非洲表演艺术者对本土内容做出调适,尝试接受现代戏剧观念,表现当下的现实生活,这使得传统表演与现代舞台戏剧的早期结合得以出现。

非洲戏剧真正的繁荣发展期在各国获得民族独立、建立新兴民族国家之后。20世纪70~80年代,豪萨语戏剧正式出现了发展鼎盛时期,80年代戏剧社团尤为兴盛。[1] 斯瓦希里语戏剧家在独立后发现西式戏剧与非洲表演传统之间的差异,认为融合性的戏剧形式与非洲的需求并不相关,无法充分地表达非洲经验,他们也意识到,戏剧建构本身与舞台布置的形式对观众和演员而言都是一种束缚,因此开始在内容与形式上尝试各种创新,使之更加非洲化,[2] 由此将戏剧发展推向繁荣。

---

[1] Graham Furniss, *Poetry, Prose and Popular Culture in Hausa* (Edinburgh: Edinburgh University Press, 1996), pp. 86-87.

[2] Elena Zúbková Bertoncini, *Outline of Swahili Literature: Prose Fiction and Drama* (Leiden: E. J. Brill, 1989), p. 173.

第七章

殖民语境下的非洲本土语言
经典作家个案研究

殖民统治时期，非洲的本土语言与文学发生了重大转型。一方面，受殖民文化建制约束，成为帝国传播殖民意识形态与西方文化价值的媒介；另一方面，西方文类的引入促进了本土语言现代文学的生成，也催生了本土语言早期经典作家与作品，其中最具代表性的是豪萨语作家阿布巴卡尔·伊芒和斯瓦希里语作家夏班·罗伯特及其创作。二者不仅共同推动了两种本土语言拉丁化后书写形式的传播，而且其自身的试验性文学创作实践也成为连接非洲传统文学与现代文学的能动中介，两人均成为各自本土语言文学转型期最重要的、影响最为深远的经典作家。本章将围绕作家生平、文学创作历程、二者与本土及外来文化的关系及其在文学史地位的评断逐一进行论述。

第一节　豪萨语作家阿布巴卡尔·伊芒：朝向两种忠诚

一　作家生平

阿布巴卡尔·伊芒是豪萨语书面文学创作先驱与文化启蒙者，也是殖民统治时期北尼日利亚重要的政治人物之一。然而，殖民文化与伊斯兰文化的双重影响使他产生了面对殖民统治和伊斯兰传统的双重忠诚，其为北尼日利亚的宗教、社会、政治、文化、教育、新闻出版等诸多领域事业做出过杰出贡献。他一生淡泊名利，荣辱不惊，以出色的语言和写作天赋，成为最早使用拉丁化豪萨语进行文学创作的本土知识精英，为豪萨语书面文学创作树立了风格典范。作为推动豪萨本土语言文学发展的中坚人物，伊芒的文学著述尽管是殖民主义建制下的产物，但始终深植于伊斯兰宗教信仰与豪萨传统文化之中。

伊芒于 1911 年出生在孔塔戈拉的卡加拉①，1981 年在扎里亚辞世。他出生于一个博尔努帝国颇具冒险精神的穆斯林贵族家庭，曾先后迁至比达和索科托，最后定居于卡加拉。家族成员之中，父亲谢胡·乌斯曼（Shehu Usman）是卡加拉的首席伊玛目，专门从事伊斯兰经学研究，殖民统治期间曾任卡加拉的法官和财政长官；兄长穆罕默德·贝洛（Muhammadu Bello）曾供职于卡杜纳学院和尼日利亚教育部，是早期豪萨语小说《甘多基》（*Gandoki*）的作者。

伊芒幼时受伊斯兰文化与豪萨社会传统文化浸淫；青少年时集中接受殖民地西式教育；20 世纪 30 年代，先后任职于殖民地教育和出版机构，成为协调殖民地文化机制运行的中介，并开始从事创作活动；20 世纪 40 年代，受民族主义思潮影响，为争取尼日利亚北方的经济和政治利益，伊芒开始与南方民族独立势力及殖民政权斡旋；尼日利亚获得民族独立后，伊芒辞去出版公司职务，专事政务，业余撰写伊斯兰经学著述。总体而言，伊芒的发展历程大致划分为如下阶段。

（一）早期伊斯兰教育与殖民地西式教育阶段

20 世纪初，英国殖民当局率先在北尼日利亚推行"间接统治"策略，自 1908 年起开设西式学校，教授课程包括阿拉伯语、伊斯兰教义及以此作为基础的道德教育。在这种背景下，伊芒 11 岁遵父命入卡齐纳西式小学，4 年间完成了 6 年课程，于 1927 年进入卡齐纳师范培训学院，1932 年通过教师资格考试获三等证书②，正式成为毛拉。接受西式教育之前，伊芒所受的

---

① 位于今尼日尔州。
② 此次考试伊芒原本获得二等证书，由于土著当局没有财力支付二等工资，因而被降为三等证书。

是由父亲主导的、严谨的传统伊斯兰家庭教育。伊芒日后的经历与行动证明，家庭教育传统对其影响至深，并发展成为其价值判断的重要来源。

（二）殖民地中学任职与早期文学创作阶段

20 世纪 30 年代，随着拉丁化豪萨语标准化运动的展开，读写人数攀升，但供读写的出版物稀缺。北尼日利亚殖民教育局遂于 1933 年组织豪萨语文学创作比赛，动员对象包括北尼日利亚各殖民地学校的本土教员。伊芒自卡齐纳师范培训学院毕业后，入职卡齐纳中学教授英语，并参与了此次本土文学创作比赛，其写作潜能被殖民官员伊斯特发掘。伊斯特于 1934 年 8～10 月指导伊芒修改、完成并出版其第一部作品——《治愈之水》（*Ruwan Bagaja*）。1936 年，在伊斯特的邀请下，伊芒被临时抽调至扎里亚的文学局专事创作，半年间完成三卷本《非洲夜谈》。1938 年，伊斯特再次与伊芒共事，在卡齐纳指导其写成两卷本《浅学误人》（*Karamin Sani Kukumi*）。在完成此次创作后，伊芒原本希望回归其热爱的教学事业专心执教。但此时，伊斯特已充分认识到伊芒的文学创作潜能，"他能将最不起眼的素材写成可读又风趣的文章"，同时他的写作风格"自成一派，与学界前辈所写的普遍缺乏生气的作品不同，他必定会对未来的豪萨文学产生巨大的影响"。① 自此，伊芒的工作重心在伊斯特的干预下转向写作和报刊编辑，其职业前途和人生轨迹发生重大转变。

（三）殖民出版机构就职阶段与民族主义思想的形成

经伊斯特斡旋，伊芒于 1938 年 10 月调往扎里亚，担任新创刊的豪萨语报刊——《真理报》首任编辑。伊芒效力于《真理报》长达 20 年之久，直至 1957 年辞去北方地区文学局负责人职务。在此期间，伊芒成功地扮演了协调殖民统治机器运转的角色。起初，由于印制出版《真理报》的尼日尔公司为美国传教士组织苏丹内部传教团（the Sudan Interior Mission）所有，为维护报刊利益，伊芒不得不在一定程度上在信仰方面做出让步。在报刊

---

① Abdurrahman Mora ed., *The Abubakar Imam Memoirs*（Zaria: Northern Nigerian Publishing Company, 1989）, p. 30.

内容和售价方面，伊芒亦能提供有价值、有利于殖民统治的意见。担任编辑后的伊芒开始关注北尼日利亚社会的整体利益。1941 年，在他的努力下，《真理报》决定开办"真理即真理"专栏（*Gaskiya Sunanta Gaskiya*），为北尼日利亚人提供指导，同时开设读者来信栏，邀请读者对报刊文章进行自由评论，或提出值得关切的问题，开辟了殖民地喉舌机关与普通民众的交流渠道。据伊芒回忆录记载，直到 1945 年 9 月，他从未收到任何谴责殖民统治和现存制度的读者来信。与此同时，伊芒的书面拉丁化豪萨语风格为民众树立了转型中语言使用的典范。最终，以伊芒为豪萨语编辑的《真理报》不仅用于传播殖民政府的统治活动与意图、服务于二战期间的战争动员与宣传，同时也推动了北尼日利亚大众的思想启蒙与识字教育。

20 世纪 40 年代，尼日利亚北方的民族自觉意识持续增长，本土知识精英逐步从殖民统治者手中接管政权；而正是在《真理报》创刊之后，伊芒开始形成基于北方利益与发展的民族主义意识形态。伊芒与政界的交集始于在《真理报》就职早期。他与兄长穆罕默德·贝洛常受召作为酋长会议的书记员助理，这使他有机会接触北尼日利亚的酋长们，继而与北方各省的总督和政府高级官员接触，并受到殖民地最高当局关注。随着英国殖民政策的转向，当局于 1942 年着手考虑在行政部门中安排非洲人任职，伊芒受邀成为决策委员会成员，就南北方关系、世袭领导权、自治、教育、立法等问题向北尼日利亚殖民地知识精英咨询，并形成递交意见。①

1943 年，伊芒作为西非媒体代表团成员出访战时的英国，此次访英之旅拓宽了伊芒的视野与社交范围。他回国后将途中见闻写成豪萨语游记《旅行是开启知识的钥匙》（*Tafiya Mabudin Ilmi*）。访英期间，伊芒与伦敦西非留学生联盟（WASU）中心的接触使其再次体会到尼日利亚南北方启蒙与

---

① 伊芒的此次咨询结果表明，尼日利亚南北方的发展在经济、教育、诉求等方面不平衡，南北融合难以得到多数精英的认同；由于国家边界的人为分割，伊博人、约鲁巴人、豪萨人基于宗教与文化差异，各自的族群情感认同高于国家民族认同，表现为鲜明的地区主义倾向；由于间接统治策略在北方获得成功，基督教传教士在伊斯兰地区的教育推广进程受阻，北尼日利亚人接受的西式教育程度远不及南方人。迟至 20 世纪 40 年代，北尼日利亚获得海外高等教育文凭的人寥寥无几，经济学、法学、医学、农业、工程、技术等人才屈指可数，难以适应现代社会的发展和自治诉求。

进步程度的差异，并就尼日利亚政治自治发表长篇演说。① 此次访英之旅使伊芒有机会与卢加德进行私人会谈。伊芒对卢加德的个人评价极高，称其为"英属非洲殖民地间接统治之父"。② 出于对欧洲统治者的信任，以及期望殖民者能为北尼日利亚带来适应现代社会发展的变革，伊芒向卢加德反馈了间接统治制度在北尼日利亚的实践情况。尽管伊芒并没有收到任何抱怨殖民统治制度的来信，但现状是，殖民地受教育阶层早已认为间接统治缺乏灵活性，致使北方社会无法顺应外部世界变化而获得发展；欧洲殖民官员与普通民众的关系疏离，二者的关系如同"主仆"，日常的次序是"命令与服从"。殖民当局赋予埃米尔的强大权力使人民妥协在其霸权统治之下，自由与民主无从发展，殖民地社会被划分为三个阶层，即独裁的传统统治者（sarakuna）、满腹怨气的工薪阶层（ma'aikata）与孤立无援的大众阶层（talakawa）。鉴于对北方社会关系愈趋紧张的体察与担忧，伊芒提醒卢加德，殖民统治者强加给北尼日利亚殖民地的服从难以持久。他于是就殖民关系与治理体系等问题提出了中肯的建议。尽管伊芒的建议以承认非洲人智力低下，迫切需要欧洲人教化，同时认可对受压迫社会中的民众强加限制为前提，伊芒渴望通过其与卢加德的斡旋为北方地区争取教育机会、改善欧洲殖民官员与知识精英的关系、改变埃米尔的独裁统治、使北方社会摆脱发展落后现状的努力尝试仍具有进步性。③ 二者的私人会谈以及伊芒此后在文章中或与高级别殖民官员的书信往来中提及的要求与建议，对殖民政策调整产生

---

① 伊芒表达了他作为非洲人的情感认同，呼吁南方与北方之间消除蔑视与隔阂，达成相互理解合作以获取独立，但前提是双方建立互信，使北方人将对欧洲人的信任转接到对本土精英的信任上，南方需帮助北方提高教育程度。在伊芒看来，南方先于北方提出自治要求是由于获得了更多的教育资源，并凭借进步优势占据了主导地位，削弱了南方在自治商讨中的话语权。正是出于以上考量与顾虑，伊芒拒绝签署纳姆迪·阿齐克韦（Nnamdi Azikiwe）于航海途中准备提交给英国政府的备忘录——《大西洋宪章与英属西非》（*The Atlantic Charter and British West Africa*）。伊芒回国后因拒签备忘录引发南北方质疑与攻击，遂在《真理报》第 97 期上刊文予以澄清，指出备忘录条款明显偏重于南方人的利益阶层。Abdurrahman Mora ed., *The Abubakar Imam Memoirs*（Zaria：Northern Nigerian Publishing Company，1989），pp. 58-62.

② Abdurrahman Mora ed., *The Abubakar Imam Memoirs*（Zaria：Northern Nigerian Publishing Company，1989），p. 77.

③ Abdurrahman Mora ed., *The Abubakar Imam Memoirs*（Zaria：Northern Nigerian Publishing Company，1989），pp. 77-90.

了诸多影响，其中包括《理查兹宪法》的修改。

第二次世界大战改变了世界发展格局，自由民主思想和政党的出现将政治斗争引入尼日利亚，北尼日利亚的政治氛围亦发生重大变化，尽管未曾有人要求废除现存制度，但呼吁现行制度的现代化转变；被压制的青年知识分子开始表达焦虑和变革诉求。《真理报》在这一时期发展为思想交流的媒介和推动思想启蒙的催化剂。1945 年，真理公司成立，伊斯特被任命为董事会主席，伊芒任豪萨语编辑，成为真理公司的最高层职员，但仍不能直接参与公司管理。由于公司在运转过程中违背最初的"伊斯特和伊芒式设想"，[①]非洲雇员在所谓的"精神平等、物质差异"中意识到欧洲掌权者的剥削本质及其与非洲人的有意疏离，同时受劳工联合会组织的罢工影响，真理公司非洲雇员自发组成了《真理报》非洲雇员工会（Gaskiya African Staff Union），以此争取更好的工作条件和福利待遇。在这种紧张关系中，伊芒身为受压迫环境中的特权者意识到团队内部的分裂，发现自身处于两难境地。一方面，他仍旧奉伊斯特为家长与导师；另一方面，他意识到殖民统治结果与现实诉求与其宗教信仰之间相互背离。随着个人影响力的增长以及与职位升迁伴生的责任加重，伊芒不得不代表下属非洲雇员向伊斯特争取平等待遇。在伊斯特看来，伊芒已成为不满者的代言人，对其权威构成了挑战与冒犯；而在极端的青年精英看来，由于伊芒抱持的保守与克制态度，他单纯安抚、平息抗议，并未为非洲人斗争。随着欧洲管理者与非洲雇员之间的紧张关系升级，伊芒作为调停者的角色陷于尴尬境地。

1948 年初，伊芒认为自己倾力打下基础，并基于此建立一个强大民族的上层建筑开始瓦解，决定退出真理公司并递交了辞呈。此次辞职事件引起舆论哗然。伊芒最后经劝复职，并获升迁，直接对董事会主席伊斯特负责，开始参与公司事务管理，其政治影响因此进一步扩大。此后伊芒在社会、政治、宗教、教育等领域的活动日益频繁，成为尼日利亚独立进程中维护北方利益的积极参与者。20 世纪 50 年代至 60 年代初，伊芒先后当选或被任命

---

① 孙晓萌：《语言与权力——殖民时期豪萨语在北尼日利亚的运用》，北京：社会科学文献出版社，2014 年，第 140 页。

为多个尼日利亚政治和社会团体成员，[①] 在 20 世纪 60 年代尼日利亚历经政变与内战后，继续服务于军人政权。其在公共领域的服务始终以北尼日利亚的地区利益和维护传统统治力量为原则。不难看出，伊芒介入政治的目的始终基于对其宗教身份的认同，希望通过斡旋调和达成北方人与南方人之间、北方人与欧洲人之间的双重理解。其政治实践也表明，伊芒自 20 世纪 40 年代以来形成的民族主义思想，始终以北尼日利亚地区的豪萨民族利益为核心考量，在对西方的依附和与南方的利益争夺中明显走向地区主义。

二　伊芒的文学创作历程

尽管教师、新闻工作者、政治家和管理者的身份为伊芒赢得了诸多美誉，其作为小说家的声名最为后世追念。有评论称，伊芒是 20 世纪最具深度、最多产的豪萨语作家。[②] 其创作的文学体裁涉及小说、故事、游记等，此外还囊括了伊斯兰宗教著作和辞世后被收集整理出版的英文书信回忆录。其中，他于 20 世纪 30～40 年代创作的作品，对豪萨语文学产生了深远影响。

（一）《治愈之水》：殖民文化机制与训导的产物

伊芒的创作生涯始于 1933 年豪萨语文学创作比赛，虽然《治愈之水》最终成为五部获奖作品中的最优者，但整个过程并非一帆风顺，最后问世的版本系接受伊斯特指导、几经修改而成。伊芒最初的创作在伊斯特看来缺乏原创性，其中许多故事几乎逐字逐句照搬自其他书本；而伊芒应做的是构想 5～6 个短篇故事代替被删减部分，并对段落做出调整以保证叙事的连贯。为了达到伊斯特的要求，伊芒不得不重新撰写书中某些部分。伊斯特的第二次修改意见指出，文稿中的第一页内容与《航海家辛巴达》的开篇极为相

---

① 包括尼日利亚议会议员、北方地区文学局负责人、北尼日利亚公共服务委员会专员、北尼日利亚公共服务委员会主席、代表议会成员、北方人民大会最高委员会成员、西非锥虫病研究学院委员会成员、豪萨语言委员会成员、北方自治基金成员、卡杜纳行政委员会成员、尼日利亚新闻协会荣誉副主席、穆斯林高等教育委员会成员、扎里亚政府学校顾问委员会成员、卡齐纳政府中学委员会成员和伊洛林政府中学委员会成员等。

② Alhaji M. Yakubu, "Abubakar Imam Memoirs by A. Mora and Abubakar Imam," *African Affairs*, Vol. 91, No. 362 (1992), pp. 152-153.

似，为了避免读者看到开头便猜到整个故事而丧失阅读兴趣，伊斯特建议他写一小段关于小说中故事讲述者的简介。正是依据这一指导建议，小说结构最后以"故事套故事"的框架出现，原本带有不同标题的章节故事通过衔接段落串联起来。小说最终于 1934 年 10 月完成修改准备付梓。但令伊芒失望的是，小说出版后，作者的全名并未出现在书中，作者简介也被擅自删除，整部作品甚至没有前言。[①] 本土作家主体意愿的受支配程度在此可见一斑。由此可见，豪萨语现代文学的产生需要接受宗主国传统文学视野的审视，产生过程也受制于殖民统治者的规训，其发生与发展完全是殖民主义文化建制的产物。

（二）《非洲夜谈》：基于模仿与改写的创作

伊芒的第二次文学创作是 1936 年于扎里亚完成的《非洲夜谈》，全书共三卷，用时仅半年，其中第一卷于 1937 年付梓，后两卷于 1938 年出版。创作期间，伊斯特向伊芒提供欧洲寓言和阿拉伯民间故事作为写作参照。伊芒在阅读域外故事的同时，与伊斯特探讨写作方法。他晚间进行创作，伊斯特于翌日早晨到访，为其提出修改意见或推荐其他读物。[②] 伊芒半间年完成的这部三卷本作品，从体量上可称为巨著，包含 80 余篇故事，从叙事手法、故事架构和情节编排上，都显示了该作与借阅作品之间的模仿衍生关系。圣经故事、格林童话、《十日谈》、阿拉伯与印度故事、吉哈德宗教运动领袖谢赫的传奇均构成伊芒的创作来源。[③] 作者对大多数参阅作品进行了改写，将故事背景、人物关系移置到北尼日利亚地区，使之成为具有豪萨特色的"原创"作品。尽管有研究者指出《非洲夜谈》中的故事无一与《一千零一夜》直接相关，[④] 但大规模的改写仍显示伊芒作品与后者无法割裂的内在联系。

---

① Abdurrahman Mora ed., *The Abubakar Imam Memoirs* (Zaria: Northern Nigerian Publishing Company, 1989), pp. 23-26.

② Abdurrahman Mora ed., *The Abubakar Imam Memoirs* (Zaria: Northern Nigerian Publishing Company, 1989), p. 26.

③ Graham Furniss, *Poetry, Prose and Popular Culture in Hausa* (Edinburgh: Edinburgh University Press, 1996), p. 33.

④ Graham Furniss, *Poetry, Prose and Popular Culture in Hausa* (Edinburgh: Edinburgh University Press, 1996), p. 33.

（三）《浅学误人》及其他：源于现实经验的后续创作

1938 年，为满足北方殖民地学校对基础性科普读本的需求，伊芒接受伊斯特的邀请再次投入创作，并于同年 10 月完成两卷本作品《浅学误人》。此次创作过程与伊芒创作《非洲夜谈》较相似，但不同的是其创作灵感来自现实生活。小说中的人物依据伊芒在卡齐纳中学的同事与学生塑造，主人公"无知"（Karamin Sani）的原型即伊芒昔日中学同学毛拉阿赫马杜·库马西（Ahmadu Coomassie）。另外，伊芒的创作还得益于长期与学校计时员对民间故事与逸闻趣事的交流。1943 年，伊芒旅英的途中见闻使其大开眼界，遂生发创作冲动，写成《旅行是开启知识的钥匙》一书。全书内容风趣，记述了伊芒作为穆斯林知识分子在英国遭遇中难以调和的文化冲突和启示。此后他的书写转向伊斯兰经学著述。截至 1963 年，伊芒出版的著作总计达 20 部左右。[①]

纵观伊芒的教育背景、创作经历与职业生涯，豪萨伊斯兰社会的训诫传统和殖民主义的精英规训教育共同培育了其双重忠诚。豪萨社会文化孕育的家族传统、豪萨穆斯林对西方教育的观念奠定了伊芒的认知基础和价值认同。在英国"间接统治"制度实践下，殖民当局保持了豪萨社会的伊斯兰传统社会结构和运作方式，知识精英一方面被鼓励继承接受伊斯兰文化，另一方面被灌输西方知识和现代价值观念，充当殖民治理的工具。因而，伊芒在接受西方知识，并在心理上接受殖民统治者家长地位的同时，得以保留穆斯林群体的集体记忆，牢记宗教教义和知识传统的重要意义。在间接统治制度下，殖民当局承认现存的非洲传统政治机构并将他们置于监督、控制之下，通过这些传统势力来统治广大民众。在北尼日利亚，殖民统治者成功地将少数本土知识精英变成了殖民主义的"合作者"——伊芒是其中最具典型意义的人物之一。然而，殖民教育的悖论同样体现在伊芒身上——统治者给北尼日利亚人带来西式教育，又希望他们恪守传统而不发生改变，然而事实并非如此。在社会变革中进行文学创作

---

① 〔尼〕哈吉·阿布巴卡尔·伊芒：《非洲夜谈》，黄泽全译，北京：世界知识出版社，1985年，第 2 页。

的伊芒，同样试图在一种服从和反抗的撕扯中寻找自洽平衡，以调节其双重忠诚。

三　伊芒对本土文化的继承与超越

在殖民统治者入侵豪萨地区之前，传统文学已然在当地的社会文化结构中占据重要地位，包括伊斯兰文学和形式多样且完备的西非口传艺术。伊芒虽然接受了殖民文化引进的西方体裁与创作理念，其作品仍依托豪萨文化母体，并在新旧两种文化的交互中进行融合、试验、创新与超越。

19世纪早期，伴随着索科托哈里发的崛起，伊斯兰文化开始发展为北尼日利亚的主流文化，至20世纪已内化为豪萨社会的传统。伊芒在其作品中表达了牢固的伊斯兰宗教信仰，他所塑造的文学人物，无论善恶正邪，绝大多数为虔敬的穆斯林。但是，伊芒在取材上并不局限于宗教人物或事件，而是反映广阔的世俗生活和社会全景。最具突破性的是，书面化的虚构性散文体为表达宗教信仰提供了一种世俗途径。伊芒作为豪萨社会新旧转型时期的文学代表人物，作为第一批接受并使用文字书写虚构内容的试验者，在一定程度上超越了传统豪萨知识分子囿于宗教意识形态及豪萨传统文学创作观念的局限，将世俗与虚构内容融入豪萨文学的新体裁创作实践之中。

西非讲故事传统由来已久，讲故事作为通俗艺术，而非专业艺术，通常由儿童和女性讲述，以教育和娱乐为主要目的。讲故事艺术兼具叙述与表演功能，讲究固定的程式、与观众的互动及生动性和戏剧化。伊芒凭借出色的语言运用能力，丰富地再现了讲故事艺术中的生动性，并通过与外来文化和文类的结合，以及创作想象力，既保留了文学母体的口头特色，又突破了故事重述的传统，创造了全新的故事讲述方式。在《非洲夜谈》中，伊芒大量运用豪萨谚语，使其文本既显示出本土特征，又深具本土文化内涵。同时，歌曲在故事中的保留，既调节了长篇幅叙述的沉闷基调，又往往具有提纲挈领之功用。虽然讲故事传统因书面化而丧失了某些表演性元素，但伊芒成功地实现了口头艺术与书面文字的结合。伊芒对民间故事的试验创新，在于"他不仅能将写作素材改编得适合豪萨语言和豪萨文化环境，而且能使之适合书面语境本身"。[1]

---

[1]　Graham Furniss, *Poetry, Prose and Popular Culture in Hausa* (Edinburgh: Edinburgh University Press, 1996), p. 34.

四　伊芒对外来文化的吸收与扬弃

英国殖民统治时期西方文类的引入，无疑是干预转型时期非洲本土语言文学发展的重要因素。伊芒的初期创作历程表明，如果没有伊斯特的指导，其作品将呈现别样的风貌。他之所以能够成为虚构性写作的豪萨现代文学先驱，与殖民地的文化生产机制密不可分。换言之，非洲现代文学及其作家群体是在殖民文化建制下产生、形塑和发展的。

20世纪20~30年代，在北尼日利亚教育局局长费舍尔和翻译局负责人伊斯特的训导下，伊芒与其他接受殖民地西式教育的北方精英开始尝试小说创作。在西方文明发展进程中孕育出的小说，对20世纪上半期的北尼日利亚而言是纯粹外来的异质体。在殖民语境中，受伊斯兰宗教文学熏陶的毛拉们在运用这种新文类进行纯粹虚构的文学表达时，必然面临新旧观念交汇的冲突与调适。基于伊斯特的分析，组织非洲人用本土语言进行虚构作品创作存在如下具体困难：其一，由于欧洲语言附带的殖民统治权威和实用性优势，本土精英对欧洲语言的学习需求增加，强化的西方语言思维训练使他们无法使用母语进行思考和写作；其二，非洲缺乏书面形式的虚构写作范本。[①] 所幸的是，伊芒是少数在接受集中化的英语教育后，仍未丧失使用本土语言自我表达的人。[②] 尽管如此，无参照范本仍成为其创作的一大困境。豪萨书面文学起源于使用阿拉伯语或阿贾米创作的伊斯兰宗教诗歌，以真实的内容与严肃的教化为旨归。豪萨虚构文学只存在于讲故事的古老传统中，而伊斯特基于一种一维单向的西方标准认为，豪萨人讲故事的艺术并未超出讲故事阶段而获得任何发展。[③] 因此，最初以复述故事形式出现的《治愈之水》在伊斯特看来，不过是一个叙述者将一系列毫不相关的、前人已讲述过的偶然事件松散串联而成的长篇故事，无论如何达不到合格小说的标准。

为了实现创制豪萨语新文学的目标，伊斯特为"学徒们"设立了一系

---

① Rupert Moultrie East, "A First Essay in Imaginative African Literature," *Africa: Journal of the International African Institute*, Vol. 9, No. 3 (1936), pp. 350-358.

② Abdurrahman Mora ed., *The Abubakar Imam Memoirs* (Zaria: Northern Nigerian Publishing Company, 1989), p. 29.

③ Rupert Moultrie East, "A First Essay in Imaginative African Literature," *Africa: Journal of the International African Institute*, Vol. 9, No. 3 (1936), p. 356.

列文学创作标准，如原创性、篇幅限制、摆脱说教性等，而他本人亦成为最早的本土语言文学创作导师和批评家。本土语言作家们的文学生产成为伊斯特的帝国文学视野中受审视和批评的对象，他们在种种详细具体的写作指导下的创作，以服从殖民意识形态的规范性为前提。事实上，伊芒的文学创作与报纸编辑工作在很大程度上参与了殖民话语的建构。他的《治愈之水》问世后，与其他四部出版的获奖作品一道，成为对豪萨语读者而言具有指导意义的读物。① 《非洲夜谈》被视为豪萨书写风格的最佳典范。伊斯特曾撰文肯定伊芒树立了书面豪萨文雄辩、生动的新文体，这也正是《真理报》被广为接受的原因，其语言风格在北尼日利亚成为模仿的范本。② 而《真理报》本质上就是殖民政府的喉舌机关。这表明，伊芒的豪萨语文本通过殖民地官方出版机构与殖民权力产生了千丝万缕的联系，借助报纸与图书等传播媒介，其中裹挟的西方价值与殖民权威逐渐被殖民者承认和接受。

从伊芒在书信来往中对伊斯特与卢加德寄予的信任和期待可以看出，西方文明于他而言，具有不可辩驳的优越性，非洲人需要接受西方人作为导师的地位，向他们学习和寻求帮助以改变"落后"的处境。不难推断，这种对于弱势地位的承认是他接受小说写作和伊斯特指导的一个重要原因，尽管小说的虚构性与豪萨传统书面文学具有的价值相悖。对于书面文学并不陌生的毛拉们而言，用拉丁化豪萨语创作的文学自然应延续以严肃的宗教主题为核心。书写被伊斯兰宗教传统赋予神圣性，书本、文学创作通常被认为具有真实性及劝善惩恶的功能。但值得指出的是，伊芒与其他作家一样，尽管受制于初期本土语言文学创作的规范性权威，其最后问世的作品常常在许多方面无法遵守所谓的"标准"。

除了殖民文化建制的规范性作用之外，对伊芒创作产生最明显影响的因素来自阿拉伯—伊斯兰文化与欧洲经典寓言及民间故事作品。这主要表现为伊芒在早期作品中对其主题、形式和内容的模仿借鉴。以伊芒最具影响力的代表作《治愈之水》与《非洲夜谈》为例。从形式上而言，《治愈之水》

① Abdurrahman Mora ed. , *The Abubakar Imam Memoirs* (Zaria: Northern Nigerian Publishing Company, 1989), p. 26.

② Graham Furniss, *Poetry, Prose and Popular Culture in Hausa* (Edinburgh: Edinburgh University Press, 1996), p. 33.

与《非洲夜谈》均采用与《天方夜谭》及《十日谈》一脉相承的框架结构，使故事在不同的层次中展开。这种模仿创作不仅丰富了豪萨语书面创作的形式，而且拓宽了本土口头讲故事传统的表达方式，使之与书面文字实现了融合。传统讲故事的方式加之本土语境和外来题材的融合，在其书面语言中获得了恰如其分的表达。从内容上而言，《非洲夜谈》中的大多数故事使读者感到似曾相识，这表明其与伊芒创作过程中参阅的作品有极大的互文关系，启发故事内容的来源甚至包括圣经《旧约》和《哈默林的花衣吹笛人》。① 从主题上而言，伊芒的作品以伊斯兰宗教主题和教化功能最为突出，尤以《非洲夜谈》为甚，这也在极大程度上打破了伊斯特为本土作家设立的、摈弃说教传统的标准。

五　作家的文学史地位评断

伊芒是北尼日利亚自英国殖民统治以来的第一代作家，为豪萨语现代文学的生成与发展奠定了重要基础，他的贡献主要体现在如下四个方面。

第一，推动拉丁化豪萨语的标准化及其书面形式的传播。伊芒在《真理报》的编辑工作与书写活动，为殖民地发展进程中的拉丁化豪萨语树立了标准的拼写规则，确定了语言风格。伊芒的作品被树立为"鲜活的、口语化而精致的豪萨语"典范。② 它的风格、拼写和词汇使用标准树立了豪萨语标准，并被几代豪萨学者接纳和使用，"《真理报》语言"因此等同于"女王英语"的地位。③ 他的作品《治愈之水》体现出由英国殖民当局策划、豪萨本土作家负责实施的"外来文学大众化"特征，也标志着殖民地从作品直译的"伊斯特语言"过渡到将各国文学融入豪萨心态蜕变的"伊芒语言"。④

---

① Graham Furniss, *Poetry, Prose and Popular Culture in Hausa* (Edinburgh: Edinburgh University Press, 1996), p. 34.

② Graham Furniss, "Standards in Speech, Spelling and Style-the Hausa Case," in Norbert Cyffer, Klaus Schubert, Hans-Ingolf Weier and Ekkehard Wolff eds., *Language Standardization in Africa* (Hamburg: Helmut Buske Verlag, 1991), p. 105.

③ A. H. M. Kirk-Greene, Yahaya Aliyu, *A Modern Hausa Reader* (London: University of London Press, 1967), p. 85.

④ 孙晓萌：《语言与权力——殖民时期豪萨语在北尼日利亚的运用》，北京：社会科学文献出版社，2014 年，第 26 页。

第二，促进豪萨语文学的转型与发展。伊芒的文学作品将口传文化中的讲故事传统与书面化相结合，实现了口传文学向书面形式的转化，既促进了本土语言的发展，也推动了本土语言文学的进步。他的小说创作实践开启了豪萨语虚构性散文体的书写，标志着"神圣性"的传统书面文学向"世俗性"的现代书面文学的转变，为豪萨语现代文学奠定了重要基础。

第三，恪守伊斯兰宗教传统，抑制了基督教的渗透。伊芒虽然接受了西式教育，但并未被西方文明完全同化，而是成为伊斯兰传统与西方传统之间的斡旋者。他是第一个提出使用拉丁化豪萨语书写伊斯兰宗教图书的毛拉。他的文学作品和经学著述有效地抑制了基督教文化在扎里亚地区的渗透。

第四，促进北尼日利亚地区民族觉醒和教育启蒙。伊芒通过新闻事业上的努力，帮助北尼日利亚人消除了对西式教育的怀疑和恐慌，使人们相信西式教育未必会对社会、宗教和文化产生破坏性影响。《真理报》创刊后，伊芒致力于寻求北方地区的快速发展和进步。他通过政治斡旋为北方知识分子争取海外学习的机会，另外，在20世纪30～40年代，通过《真理报》以委婉的文风向传统统治者、知识精英和大众传达启蒙信息。鼓励具有读写能力的北方人培养阅读习惯，他的文学作品极大地启发了拉丁化豪萨语阅读大众。

第二节　斯瓦希里语作家夏班·罗伯特：朝向文化民族主义和现代文学

一　作家生平

夏班·罗伯特是坦桑尼亚作家、文学评论家，享有"斯瓦希里语桂冠诗人""东非的莎士比亚"等美誉，曾获"玛格丽特纪念奖"，并被授予"不列颠帝国员佐勋章"，一生创作的作品共计20余部，包括诗歌、散文、小说和寓言等，对现代斯瓦希里语言与文学产生了极为深远的影响。他极大地促进了民族文化的发展和拉丁化斯瓦希里语的推广，对斯瓦希里语现代诗体的生成和韵律的规范化发挥了重要作用。他一生秉持人道主义立场，为人坦荡宽容，心怀天下，向往自由平等，反对种族、性别和宗教歧视，并将这种人生信条投射在其文学想象之中。

夏班出生于德国殖民统治时期的东非沿岸的维巴姆巴尼村①，家庭背景在文化和宗教两方面呈现出典型的东非社会发展缩影。德属东非时期，殖民者通过实施迁移与雇佣政策，弱化坦噶尼喀各族群间强大的传统部落纽带联系。夏班的祖父因而有机会从坦噶尼喀南部的尧族部落迁移至北方，并供职于德国殖民政府。母亲与她的父亲均来自族群融合家庭，具有不同族群与语言背景的先辈在坦噶定居，被东非沿岸的社会繁荣进步所吸引，逐渐切断了与原部落氏族的联系。夏班的父母已完全融入斯瓦希里社群与文化。及至夏班出生时，其家族已成为斯瓦希里融合民族中的一员。宗教方面的经历也十分类似，夏班父辈的家族经过两代已完全伊斯兰化，而母亲的家族仍坚持祖先的信仰，即万物有灵的宗教观念。此后，父亲改宗信仰基督教，成为基督教牧师。家庭内部在思想、意识和文化上的分化对立，导致家庭成员教育程度差异，最终引发无法化解的个人冲突。夏班出生后不久父母离异。

夏班自 1922~1926 年在达累斯萨拉姆接受中等教育。英国于 1917 年占领并接管坦噶尼喀，此后采取间接统治政策。殖民统治者针对非洲人开办的中学，主要目的是满足分治政策下殖民官僚体系低等官员的用人需求。夏班毕业后成功申请了潘加尼镇的海关官员一职，此后在不同地区的海关部门任职长达 18 年；1944~1946 年升任坦噶尼喀姆帕帕野生动物保护局二级职员。之后，为了给成绩优异的女儿提供良好的教育环境，他主动要求调职，于 1946~1952 年任职于坦噶行政公署，1952~1960 年就职于该区调研办公室。通过诚信的人品与勤勉的工作，夏班在一定程度上赢得了殖民当局的认可，成为同人效仿的楷模，但仍不得不忍受所有施加于非洲弱势民族官员身上的道德、物质考验与不利条件。

夏班一生未曾离开东非的土地，尽管他性格质朴稳重，与世无争，但并没有脱离政治与知识分子的公共生活。1929 年他加入当时唯一一个向他开放的政治组织——坦噶尼喀非洲人协会（the Tanganyika African Association），1954 年加入坦噶尼喀唯一的现代政党——坦噶尼喀非洲民族联盟。在生命的剩余时光里，夏班在坦噶尼喀非洲民族联盟的授权下担任坦加市政治顾问。

---

① 位于今坦桑尼亚东部坦噶省。

他是 1930 年设立的跨地区斯瓦希里语委员会奠基成员，自 1952 年起成为该组织在坦噶尼喀的主要代表，曾担任东非地区语言（斯瓦希里语）委员会主席。

　　凭借乐观向上、克制隐忍的信念和对母语文学及文化的钟爱，夏班以其文学创作和社会活动为东非的教育和文化建设做出了不可磨灭的贡献，成功桥接了东非社会传统文化与现代文明。他保持"理想主义"信念，相信善良与仁爱最终得到胜利，并力图教导人们学习某种理想的典型，以之作为个人和社会政治方面的榜样。① 在受到殖民力量宰制和外来文化洗礼的社会环境中，夏班·罗伯特是一个逐步认识到自身语言文化价值，并身体力行在人民之间传播这种价值的典范，他最终发展成为影响坦桑尼亚民族文化建构的奠基式传奇人物。

二　夏班的文学创作历程

　　斯瓦希里语的口头与书面文学历史悠久，但现代意义上的文学始于 18 世纪上半叶。有批评家断言，斯瓦希里语文学由于在不同时期发展受挫，直到 20 世纪中期才出现较高水平的作品，此时才能称其为斯瓦希里语文学。② 这种论断绝非抹杀已有的文学传统，而是就斯瓦希里语文学发展成就而言，作家在此期间的创作文类众多、产量极丰。夏班的创作高峰正值此时。可以说，正是得益于夏班·罗伯特的书写努力，使用标准化斯瓦希里语创作的文学才真正获得发展。他于 20 世纪 30 年代初登斯瓦希里语文坛，创作热情与想象力自青年时代延续至晚年，未曾衰减。他定义了斯瓦希里语散文体写作，其所创作的诗歌、小说、散文、传记于 20 世纪 40～60 年代在东非地区广泛发行，享誉极高。他的文学成就与他对斯瓦希里语这门非洲本土语言的杰出贡献亦不可分割。在殖民后期的文学舞台上，尽管夏班的创作仍囿于殖民地历史语境，但他毋庸置疑地担当起文学先锋的角色。

（一）开启文学生涯：始于诗歌

　　夏班曾随父信奉基督教，后皈依伊斯兰教。他与沿岸地区的穆斯林一

---

① 〔苏〕伊·德·尼基福罗娃等：《非洲现代文学》（东非和南非），陈开种等译，北京：外国文学出版社，1981 年，第 46 页。

② Géza Füssi Nagy, "The Rise of Swahili Literature and the Œuvre of Shaaban Bin Robert," *Neohelicon*, Vol. 16, No. 2 (1989), p. 39.

样，深谙斯瓦希里语伊斯兰诗歌，并精通传统诗歌的创作。他在自传中如此
描述开启文学创作生涯的过程："运气使我从 1932 年成为诗人。我先后创作
了大量各种题材的短诗，有些在报章杂志上发表，有些则以书信的形式寄给
个人。自 1939 年希特勒宣战，一种以诗的形式报道战况的冲动抓住了我，
使我欲罢不能。诗歌创作是记述事件、发表感慨、讲述某件事或某种行为的
一门学问。世界上本来就存在着许多可歌可泣的事。当战争关系到每一个人
的时候，我没有理由缄默。要与全人类同甘苦、共患难。以任何一种方式参
加这一事件是义不容辞的责任。"① 在创作理念和态度上，他将诗歌视为参
与人类命运共同体斗争、与全人类休戚与共的方式，并感到自己负有义不容
辞的责任。此外，他在诗歌中蕴含的博爱思想，也呈现在论文《关于诗歌
艺术的演讲》之中。

　　1942 年，二战战火蔓延至世界多地，夏班是唯一一个收集战事信息，
为战争写诗的东非作家。他以此为背景写成的《独立战争史诗》（*Utenzi wa
Vita vya Uhuru*）是迄今为止最长的一部斯瓦希里语史诗，共有 3000 节，
12000 行，揭示正义终将战胜邪恶的真理。值得注意的是，夏班·罗伯特二
战期间的诗歌写作表现出鲜明的亲英忠诚，自视为英国的臣民。他的创作因
此受到当时坦噶尼喀托管地教育部长、东非语言学会书记、内罗毕书店经理
等人的支持。②

　　夏班在诗歌创作上所受的影响除了来自伊斯兰诗歌传统，另一个重要影响
来自现代西式教育，利用散文体对诗歌进行释义。这种书写形式在古兰经学校
中并不常见，这是因为斯瓦希里语传统文学的创作与此相反，诗人通常基于散
文体文本作诗。显然，夏班对于西式学校布置的、对诗歌进行散文体释义的功
课极为熟悉。他的作品《释义》（*Kielezo cha Fasili*）是一部诗集，每一首诗均配
有释义。这种创作形式旨在鼓励读者效仿这种释义性的写作。为此，夏班还提
供了写作指导，并对阿拉伯语词汇进行调整以符合英语表达相对等的术语。此
举并非有意误导，而是为了引导学习者更好地使用拉丁化斯瓦希里语。

---

① 〔坦〕夏班·罗伯特：《夏班·罗伯特自传》，薛彦芳译，《世界文学》1998 年第 3 期，第
　　21 页。
② 〔坦〕夏班·罗伯特：《夏班·罗伯特自传》，薛彦芳译，《世界文学》1998 年第 3 期，第
　　22 页。

夏班的诗歌创作虽然在形式上仍遵循固定音律与韵律规则，但在主题内容上进行了实验与创新。传统世俗诗歌的内容通常是与即时事件相关的话题，常常过于暗含时下性与局部地方性，以至于如果读者未曾知悉有关地方信息的暗指，整首诗作就成为一个难解之谜。而多数情况下，这是诗人有意为之；而且，此类与时事相关的诗歌被视为最具原创性质。但夏班的诗歌极少出现对时下事件的暗指。与晦涩难解相反，他追求的是说教性。他自视为一名教师，因此他的诗歌总是在强调最显而易见的道理，并认为强调浅显道理有其必要性。这标志着他与传统斯瓦希里语作家的分离。他期望作品可以被一个超越斯瓦希里海岸范围的、更广泛的读者群体所阅读。由此可见，在坦桑尼亚正式建国之前，他的作品已有意识地面向整个国家的读者。他认为，使用者通过斯瓦希里语这门语言将获得更丰富的知识，他通常在诗作末尾提供说明性文字，旨在帮助读者理解作品意义。

（二）自传书写：从集体作品转向个人表达

斯瓦希里语文学发展历程中的重要转折，是从无法确定具体作者的民间故事及诗歌创作转向表达个人观点的个体创作。斯瓦希里语文学与民间文学、传统诗歌及东非传统文化密切关联，从以文字保存的最早例证来看，几乎可以肯定是在不同场合记录下的民间创作。要将某一作者的作品与民间文学做出明确的区分极其困难，甚至是不可能的。夏班继承了自 18 世纪中期以来作家开始表达自我、与民间文学相互区分的传统。最初的尝试体现为他的自传书写。他曾凭借《少年时代》一文，在 1936 年东非写作比赛中获得一等奖，步入中年后，继续撰写自传体小说《我的一生和五十岁以后》。《我的壮年》部分讲述了自己的婚姻、在殖民机构中的升迁，以及遭受无礼歧视和剥削的经历。《我的晚年》部分叙述作家的创作与出版遭遇。其自传叙述总体上表现为个体在受压迫的殖民环境中正直、勤奋、宽容、隐忍、积极的生活态度。作家以平和、教诲的语调试图建立一种"普通非洲人眼中'正确的'思想、感情和行动准则"。[①] 作者对他与欧洲上司和同事之间的关

---

① 〔苏〕伊·德·尼基福罗娃等：《非洲现代文学》（东非和南非），陈开种等译，北京：外国文学出版社，1981 年，第 51 页。

系和故事着墨颇多。他诚实谨慎、努力奋斗，得到西方官员与机构的认可和升迁，并以此为豪。关于他对殖民主义的不抵抗态度，有批评家做出如下解读：他为非洲读者描述了一个殖民时期政府机构非洲雇员的理想生活时，想要表明其顺利的一生不但是个人的一个模范履历表，而且是为了使"白人"承认他的尊严而进行艰苦卓绝斗争的一部历史。这位批评家接着指出，他尊重上司，彻底摈弃了那种病态的、带有敌意的民族主义；与此同时，他也不同意别人把他看作下等人。这一切基于夏班·罗伯特所怀有的一种人类普遍应有的友爱之情。① 《我的一生和五十岁以后》是夏班的一部重要作品，是他作为一个人和一个现代社会公民，在其前半生找寻人生方向的高度情绪化与抒情化的表达。由于这部作品包含自传体杂文，又穿插着或长或短的诗歌以及对子嗣的教导箴言，前者以散文体形式呈现，后者则遵循更为传统的表达方式，因此很难界定这部作品所属的文学类别。但可以肯定的是，作家此时在书写创作上已显得相当成熟，其道德、政治与思想观点已基本形成。

（三）小说实验：从诗体转向散文体

夏班基于个人经历以及所经受的社会考验，在成年期形成了个人独特的生活哲学与社会理念，同时带有厚重的乌托邦色彩。② 碍于抒情诗的短小篇幅和以道德说教为主的简单原则，诗歌在夏班的创作中逐渐让位于篇幅更长、更适合表达哲学思想的散文体叙事。作家挪用西方概念上的小说，致力于在斯瓦希里语文学中发展一种新的文学形式，并持续地传达关于理想社会理念的连续性信息，这些努力使其作品自成一体。

有论者指出，从传统的欧洲文学定义来看，这些个人作品的文类特征并不能完全归类于小说的分类体系，因此主张将其散文体创作称为"类小说"作品（"novel-like" writings）。③ 夏班于 20 世纪 40 年代开始创作此类作品，与东非口头文学传统保持强有力的、有机的、似乎不可断绝的纽带关联。从

---

① 〔苏〕伊·德·尼基福罗娃等：《非洲现代文学》（东非和南非），陈开种等译，北京：外国文学出版社，1981 年，第 52～53 页。

② Géza Füssi Nagy, "The Rise of Swahili Literature and the Œuvre of Shaaban Bin Robert," *Neohelicon*, Vol. 16, No. 2 (1989), pp. 39–58.

③ Géza Füssi Nagy, "The Rise of Swahili Literature and the Œuvre of Shaaban Bin Robert," *Neohelicon*, Vol. 16, No. 2 (1989), p. 48.

这一阶段起，其作品在很大程度上直接受到民间故事的启发。在风格、伦理和意识形态方面，夏班的作品与其依据的故事均为史诗性的道德故事，但作家在篇幅上对传统故事做了扩充。尽管也包含民间故事中的刻板元素，但作家对此做出了动态化与生活化的处理，设计了许多意想不到的转折情节。本书认为，文类本身是随历史条件发生流变的概念，文类的划分不必依循陈规，而是在作家的创作实践中不断打破界限、突破规则、创造新文类的生成过程。非洲作家在散文体虚构叙事上的创作努力同样遵循小说文类这一发展原则。就夏班的散文体创作而言，其多数作品具有统一的乌托邦主题色彩和表达一致的道德原则，因此，将其作品称为乌托邦小说或道德小说并无不可。同时应该强调的是，这些亚文类在主题、形式、内容上与其他文类仍有重合交叠。

就现代斯瓦希里语文学的发展而言，夏班是最具决定性意义的作家。[①]在斯瓦希里语文学中，小说与"现代"文学是同时出现的名词；而现代斯瓦希里语文学正始于夏班·罗伯特的数部散文体虚构作品。最早的中篇小说《想象国》（*Kufikirika*）成书于 1946 年，该作与其他两部作品《可信国》（*Kusadikika*）、《阿迪利兄弟》（*Adili na Nduguze*）合称为夏班·罗伯特的乌托邦三部曲。20 世纪 40 年代后，非洲民族主义运动发展至高潮阶段，知识分子开始在政治上为国家争取自治，进而寻求民族独立。受此思潮影响，夏班在其乌托邦小说中持续广泛地投射了自己对于一个理想化社会、理想化国家、理想化领导者和理想化人民的思考。

《想象国》创作于 1946 年，是一个关于想象世界的故事。想象国只是想象中的国家。该国在一位国王的统治下繁荣昌盛。国王年岁渐增，但苦于无子嗣继承财产与王位。为了求子，政府把全国所有精通医术的能人，包括草药专家、占卜家、预言家等召集到一处共商良策。这些博闻强识的专家分为六组，每组给定一年时间为国王夫妇治疗不育症。他们轮番挥霍滥用国家资源，均徒劳未果。最后预言家预言，国王夫妇将拥有一个儿子，并预言这个儿子未来会患有重病，需以一个聪明人和一个愚蠢者的鲜血献祭方能医

① Alarmin M. Mazrui, "The Swahili Literary Tradition: An Intercultural Heritage," in F. Abiola Irele and Simon Gikandi, eds., *The Cambridge History of Africa and Caribbean Literature*, Volume 1 (Cambridge: Cambridge University Press, 2004), pp. 209-210.

治。王子果然降生，七岁时开始接受名师指导。老师受命只能教授国王认为合适的课程，但这位老师是一位具有开明进步思想的贤人，他违逆命令，私下向未来的国王传授新知，以期能够影响这个民族的教育事业。老师主张劳逸结合的学习方法，甚至给王子安排了狩猎和游戏内容。但当国王知晓这种僭越行为后，将老师开除。新受聘的老师固守陈规，让学生终日沉浸在书本之中，结果正如预言家所料，王子患上了重病。国王和政府遵循预言的指示，派遣士兵寻找一个聪明人和一个愚蠢者献祭。一个商店店主被抓，因为做生意需要一个聪明的头脑。一个农民被抓，因为做农活并不需要聪明与智慧。在二人等待处决时，故事情节发生了讽刺性反转，聪明人打算坐以待毙，而农民提出他能拯救两人。聪明人于是将自己的性命交到愚蠢者手中。处决执行前，愚蠢者提出反对将自己划为愚蠢者之列，他指出，聪明人把自己的性命托付给愚蠢者这一事实，就已说明愚蠢者并不愚蠢。他接下来提出，要医治王子的疾病，还需诉诸新的医学技术。最后，这位雄辩的囚犯被王后认出，原来他就是那位睿智的预言家，也是主张进步教育理念的老师。这部作品可以置于作者从诗歌转向散文体的过渡创作期。散文体被夏班用于表达愈发复杂的思想，而传统的抒情与史诗框架则难有散文叙事的包容。夏班建构的想象国试图说明传统斯瓦希里社会，在某些情况下指向更广泛意义上的东非社会的理想化模式，正面临一条困惑的过渡性发展道路。封建统治者日益衰退，国家生命进程的重要时刻希望出现一位保存自身血脉的继承者，体现了资本主义金融，甚至是乌托邦社会主义"社会保险"的某些元素。夏班略显混乱的社会理想在此间接或象征性地有所体现。

《可信国》这部作品于 1951 年首次面世。主人公卡拉马是可信国（想象之地）的公民，因在这个国家主张法律研究而受到指控。指控由首相马吉伍诺（傲慢）在国王和议会面前提出。首相的控告未能使国王与议会信服，于是给了卡拉马六天时间为自己辩护。他的辩护是六个故事，可信国不公正地审判六位出使邻国，试图为国家带来新知识的公民，国家也因此处于持续的无知和欠发达状态。所有新知识都被可信国的掌权者视为谎言、邪说、捏造。卡拉马的故事吸引了越来越多的公民围观，他的雄辩与激情促使所有人重新考虑他的观点。他最终获得了赦免，新知无用的谬论被击破，使者们得以无罪释放并获得补偿。这部小说的说教性质极为明显，从某种意义上说，是遵循说教原则的斯瓦希里语诗歌传统的延续。小说亦被解读为对缺乏民主的殖民政权和非洲传统权威的曲笔抨击。小说作为一种警告和一种教训，向读者呈现了生活在地球上的人类面临的相似命运与问题，以及类似的斗争。统治者周围是思想僵化的朝臣，常常受到他们的恶意引导，被他们的庸碌无为欺瞒，但由于统治者大权在握，拥有巨大的影响力，可隐喻为保守垂死的殖民政体的领导者，随着它的衰落与解体，变得越来越具侵略性与不公正。作家通过对统治精英丑态的描绘，将这种一意保持现状、拒绝创新思维的政权模式与自己设想的理想人类共同体及社会运行原则的理念进行了对照。他的理想社会有一个被视为完美典范的领导者，在其周围紧密团结着具有不可动摇的道德品质的人，而人与人之间则和谐共处。

《阿迪利兄弟》讲述了阿迪利和他的邪恶兄弟——姆维伍（嫉妒）、哈西迪（憎恨）之间的故事。邪恶兄弟虐待阿迪利，最终受到惩罚。首相（遥远）被派往贾尼布（附近），与总督商议税收。其间，他发现阿迪利在外屋养了两只猴子，且不断折磨他们。当心善的国王（建议）听到这个暴行，便将阿迪利与他的猴子召上法庭。阿迪利遂向国王讲述他经受的巨大磨难。两只猴子是他的兄弟，当他们还保持人形时，在一次造访异域的旅途中，将阿迪利推下船。阿迪利被一只精灵鸟救起。她变身为蜈蚣时被猛蛇追逐，阿迪利曾救过她一命。精灵鸟将阿迪利送回航船，下咒将两个恩将仇报、怀恨在心的兄弟变成猴子，以惩罚他们为人时对阿迪利的极度残忍。精灵公主命令阿迪利每日夜间对他们施以酷刑，如果阿迪利不能实施惩罚，公主的愤怒将会降临在阿迪利头上。阿迪利迫于无奈，只能每日痛苦地对兄弟施刑。听完讲述后，国王主动介入，代表阿迪利和他的邪恶兄弟请求宽恕。国王的书信与建议在精灵皇廷被讨论，阿迪利从苦难中解脱，悔过的兄弟也变回人形。这部作品表达了作家在历史现实方面的意图，即为整个社会，特别是领导阶层提供了一种极为人性化的发展选择。夏班进步开明的抱负、其艺术才能和超常的语言知识都被用来教导人民改良进益，教他们接受道德与伦理准则——即便是以一种相对抽象的方式——而所有这一切不能与人道主义和作为社会存在的人相分离。这种思想体系在坦噶尼喀非洲民族联盟思想体系中，尤其是在尼雷尔的宣言中获得典型的表达。夏班对于人的理想、道德、伦理准则的观念以及对于社会的理念，三者之间存在密切联系。所有这些在他的作品中徐徐铺陈，密切地与坦桑尼亚民族解放运动的理想相联系，与《阿鲁沙宣言》中第一次明确提出的社会主义和自给自足设想是完全契合的。①

　　不可否认的是，夏班的乌托邦想象仅是基于某些现实问题的淳朴理想或愿望，真正面对现实时却发生了更复杂的变化，这种理想化的解决手段很可能失去效用。这些理想难以实现的原因在于，夏班并非一个政治家，他的社会构想无法形成一套系统的政治治理机制。《想象国》中人物的各方面都易使读者联想起民间故事的英雄人物，他们的性格一成不变，呈现极化特征，缺少人物思想行为处于具体环境中的复杂性与动态特点。夏班表达的理想型社会呈现为一个静态的画面。这样一个社会由地方性的、无具体历史时期指涉的半封建、半自由贸易元素组成，而夏班的努力只是对这些元素加以理想化，使之成为一个更新的、更人性化的结合。这种社会理念的本质是对人民的关切，有时甚至并不顾及人民自身的要求或意愿。在某些方面，这些社会理想与20世纪60年代中期及70年代坦桑尼亚的社会现实相重叠。这些社会理念在获得更多的实践、政治和策略经验后，在此后的乌贾马社会主义的社会政治上层建筑中有所体现。在《可信国》中，夏班的理想社会有一个被视为完美典范的领导者，在其周围紧密团结着具有不可动摇的道德品质的人，人与人之间关系和谐，全无冲突。这样的社会只能存在于一个无阶级社会。但夏班显然感觉到现实与理想之间难以调和的矛盾，即具体历史条件带来的可能性与实现想象中完美的"可信国"的不可能性之间的矛盾。这从作品的文体、文本意境，亦即作品的文学特征上可以看出。与其更早期和更后期的作品相比，这里的描述更浮夸、更模糊，对问题采取过度的说教风格，结果使得作品语言显得过于沉重，甚至粗暴。这些乌托邦小说是夏班对小说形式的创新应用。倒叙手法的使用和对未来意象的勾勒，是作者在叙事实践上的实验，这使其在同时期的本土作家中独树一帜。在夏班的后期作品中，关于社会机制运作的观念有了一种更具体、更健

---

① Julius Nyerere, "*Utekelezaji wa Azimio la Arusha*": *hotuba ya rais kwa Mkutano Mkuu wa TANU*, *Mwanza*, *tarehe 16 Oktoba*, *1967* (Dar es Salaam: Wizara ya Habari na Utalii, 1967), p. 28.

全的形式。如在《农民乌吐波拉》和《全体劳动人民的日子》（*Siku ya Watenzi Wote*）这两部作品中，他通过描述一个家族环境中具体人物的命运，阐述了其所持的意识形态纲领和原则。①

在《农民乌吐波拉》中，主人公在自我的分裂与矛盾之间挣扎，以回归传统生活的方式重新找到和平。通过对某一个体社会成员的感性描绘，作者对一种人生过程做出了理想化的概括。乌吐波拉早年接触各种文明，包括资产阶级的发展可能性。但是，主人公意识到，这可能使其脱离民族之根及祖先的文化，因此与其作为人的整体背景相背离。乌吐波拉并不想要接受这个挑战，也许是没有能力这么做。他更强烈地受到传统以及他（在很大程度上是作家本人）所认为的更充实的生活方式的束缚。他转身背向城市化的虚假浮华，也可能是受暗藏其中的道德危险的惊醒，回到了最初的源头，即那片保证了祖祖辈辈衣食无忧的土地，回到了一种有利于他人的平静生活。但他选择的道路绝非顺利的康庄大道，他必须与人类惯有的卑鄙、阴谋和恶意斗争，其自身也并非完全未曾沾染这些人性弱点，必须要克服周遭众人的不理解与抵抗，克服人们向一个大胆遵从自己愿望、塑造自己命运的人投来的狭隘猜疑。最后这个做出自我牺牲的、好心善意的人得到了嘉奖，获得物质财富并收获了幸福。

《全体劳动人民的日子》这部作品可能包含了夏班理想化的社会理论中最纯粹的精髓。② 受过教育的淳朴人民在外部强加的外来文明形成的死胡同里迷失挣扎，为自己找寻一条走出悲惨处境的道路，尽管希望渺茫，仍努力尝试。主人公很显然是作者的另一个自我，是一位颇具声望的教师。他通过提供一种积极的援助，为一些不幸的人提供物质与道德帮助，那些人常常是沦为各种诱惑环境的牺牲品。他既不吝惜自己的物质资源，也不吝惜自己的财产，几乎达到了自我牺牲的极限。与此同时，危险的陷阱与充满希望的可能性交替出现在他的生活中。在自己选择的专业领域，主人公必须与严酷的社会现实这只百头蛇怪做斗争。同时，外部世界充满可怕的陷阱，也不断威

---

① Géza Füssi Nagy, "The Rise of Swahili Literature and the Œuvre of Shaaban Bin Robert," *Neohelicon*, Vol. 16, No. 2 (1989), p. 53.

② Géza Füssi Nagy, "The Rise of Swahili Literature and the Œuvre of Shaaban Bin Robert," *Neohelicon*, Vol. 16, No. 2 (1989), p. 54.

胁着他的个人生活。他意识到，个人幸福不可能虚浮在一个空灵的高度之上，不可能悬置于周围世界的陷阱和泥沼之上。他必须摆脱那狡猾地藏匿于内心深处的自私痕迹，才能最终赢得爱与作为人的幸福。小说结尾，好人终得好报，歧路最终向繁荣向善之路逆转。

纵观夏班的文学创作，他的一切文学想象与书写冲动都源自对当下东非社会现实问题的思考与追求一个大同和平世界的愿望。从诗体转向散文体的创作既包含了个人的复杂思想，也是斯瓦希里语文学从传统转向现代的个性化表达过程。他对理想社会的想象尽管多为乌托邦式的幻想，在非洲民族解放的历史语境中仍具有重要的历史与政治意义。这也体现在夏班思想与独立后国家建设道路的密切关系之中。

三　作家对本土文学和文化传统的继承与超越

夏班的家庭、教育背景及其所处的殖民地语境决定了其文学创作的融合特性，这也是东非沿岸文化的特点。斯瓦希里语口头文学、传统诗歌、谚语在夏班的创作中与外来元素相结合，共同生成了现代意义上的斯瓦希里语文学。这种融合性的背景和他对生活、事业、社会问题的哲学态度，使他的作品具有了相较于其他作家而言更广阔的基础。

（一）对诗歌的创新发展

夏班·罗伯特创作的诗歌包括古体诗与新诗。他依照古体长诗的格律创作了《独立战争史诗》、《教诲诗》（*Utenzi wa Hati*）、《诚实诗》（*Utenzi wa Adili*）等。诗歌《凡人与天使》（*Mtu na Malaika*）是对唱诗的书面转化。此类诗歌是口头文学的重要分支，通过创造场景，角色问答，达到明辨是非、启迪心灵的目的。《夏班·罗伯特诗集》（*Mashairi ya Shaaban Robert*）则包括篇幅略短的通俗诗歌，用以号召同胞抵抗外来侵略，也涉及爱情等世俗主题。但他对古体诗的创作并未完全拘泥于传统的束缚，具体表现为：首先，率先尝试使用散文体对韵文诗进行释义和改述，并有意引导读者效仿，以达到推动斯瓦希里语语言发展的目的；其次，他的诗歌并不像传统世俗诗歌那样，因太过侧重时事而显难懂。他不在诗中晦涩地映射当下事件，而是偏重表达具有长远意义和效果的说教；最后，他并不像大多数传统斯瓦希里

223

语作家那样只为穆斯林创作，而是面向斯瓦希里海岸地区以外更广大的读者群体。

（二）命名体系的运用

在斯瓦希里社会中，人名往往具有特定的含义，表达长辈对晚辈的期望与祝福，如好运（Bahati）、愉悦（Furaha）、礼物（Zawadi）等。文学作品中名称的意义在于它们所隐藏的象征意义，以及它们自身所创造的话语。名字象征着人物、地点，也象征着事物属性，概括了情节。最为重要的是，名称事实上创造了一个虚构的世界，其中不仅有人物所在的位置，更延伸至作者与读者。夏班在乌托邦小说中巧妙地使用了这一命名体系。《阿迪利兄弟》的主人公阿迪利（Adili）意为诚实，他的两个兄弟叫姆维伍（Mwivu，嫉妒）和哈西迪（Hasidi，憎恨）；《可信国》中，大臣的名字叫马吉伍诺（Majivuno，傲慢），被控告之人的名字为卡拉马（Karama，禀赋）；《想象国》中，王子老师的名字为乌图布萨拉·乌吉恩噶哈萨拉（Utubusara Ujingahasara，人性智慧，愚钝损害）。夏班对于作品中人名与地名的选择与创造是一种精心的话语策略，他在文本中留下关于这些名称意义的线索，使读者注意到其所蕴含的语义。当读者开始注意到他所使用的命名手法，故事便呈现出更全面的意义，叙述主题和说教的性质在名称中也得到恰当的表达。

（三）对谚语的使用

夏班在传记作品《西提传》中使用了大量谚语。通过记录桑给巴尔歌者西提的人生，使用大量斯瓦希里语谚语，以显示这些格言在一个歌者一生中的重要性，对于许多东非人而言都具有普遍性意义。通过创作，他为读者提供了各条谚语所适用的语境。此外，斯瓦希里语传统文学形式在夏班的创新性书写中常常相互融合，互为补充。如他用散文体书写的自传，结合了杂文、诗歌和哲理箴言，因而成为一种具有独特个性的自传文体。他在小说中发展出乌托邦与道德小说等亚文类。他在各种文类中尝试创新，始终坚持不变的是自身作为导师的职责和文学作品的教化功能。贯穿夏班小说、诗歌、杂文、自传、寓言等作品的统一风格，是其对说教风格的延续。

四　作家对外来文学和文化的吸收与扬弃

东非沿岸文化的最大特点是多元文化的融合。斯瓦希里语文学是阿里·马兹鲁伊（Ali Mazrui）所谓的非洲三重遗产本土传统、伊斯兰遗产和西方影响的产物。[1] 这三重因素在伊斯兰化和殖民化这两次历史发展过程中相互交织融汇。及至殖民时期，东非的传统文化仍处于与伊斯兰文化的相互调适阶段，西方文化开始对传统文化价值体系进行压制，但东非地区的阿拉伯文化具有强大的生命力，有效抵御了基督教文明的侵蚀。有学者断言，"基督教及其文化在东非地区从来没有取得像在非洲内陆和西非地区一样的影响力"。[2] 这种充满竞争性的多元文化语境决定了夏班在文化与文学观念上的开放态度。其文化与文学实践表明，他对外来文化并非机械照搬或模仿，而是基于开放态度的各种实验与创新。

一方面，殖民统治客观上促进了社会政治的进步、民族觉悟的高涨以及社会成员的个性解放。夏班在观念上接受了殖民文化携带的先进性与现代性，他在拉丁化斯瓦希里语、散文体文学、教育理念等维度的积极实践充分证明了这一点。他虽然接受殖民主义的西式教育，但并未被宗主国文化彻底同化。这使他得以将历经数个世纪以来传承的传统与现代思想结合起来，创造出广大东非人民可以接受的斯瓦希里语作品。另一方面，在文学实践中，西方文学的影响最为突出地表现在夏班对小说这一文类的挪用。得益于夏班将小说这一外来形式与本土元素的多种融合性尝试，斯瓦希里语文学既发展成为现代文学，又兼具传统与本土特征。此外，他在杂文写作、寓言、散文体释义和自传等散文体书写上的创新实验，也丰富和拓展了斯瓦希里语文学中的文学体裁，这种努力正是运用外来文学元素实现对传统文学的突破。

---

[1]　Alamin M. Mazrui, "The Swahili Literary Tradition: An Intercultural Heritage," in F. Abiola Irele and Simon Gikandi, eds., *The Cambridge History of Africa and Caribbean Literature*, Volume 1 (Cambridge: Cambridge University Press, 2004), p. 199.

[2]　李金剑：《我们为什么要研究非洲本土语言文学？——从〈斯瓦希里语文学概要——白话小说和戏剧〉一书说起》，李安山主编《中国非洲研究评论·非洲文学专辑》（第六辑），社会科学文献出版社，2016年，第171页。

五　作家的文学史地位评断

夏班·罗伯特开启了斯瓦希里语现代文学的新时代，他的作品如今已成为斯瓦希里语文学经典。就其在斯瓦希里语文学史上的地位而言，他的贡献主要体现为如下四个方面。

第一，推动了斯瓦希里语文学的发展。首先，促进了口头文学的书面转化。夏班·罗伯特对斯瓦希里语口头文学的价值有明确认知。尽管殖民统治者极力贬低非洲本土文化，将非洲人等同于没有历史、未经开化的野蛮人，但是他认为，斯瓦希里语文学的光辉却如同钻石般闪耀，无法被掩藏。夏班·罗伯特不仅自己投身于斯瓦希里语口头文学的记录、整理和再创作，更积极号召大众努力保护和传承这一宝贵的文化遗产。他曾说："丰富的口头文学就像尚未开发的金矿，在不远的将来，这些都会被书写，被诵读，像母亲甘甜的乳汁哺育我们成长。"[①]　其次，拓展了斯瓦希里语文学的体裁与类型。斯瓦希里语文学是口述渊源，文字的产生和发展是服务于宗教传播和殖民统治的，所以传统书面文学体裁单一，以诗歌为主。夏班的作品体裁丰富，且各有建树。他的诗歌、小说、散文、传记等作品，至今都是被反复阅读的经典。最后，普及文学知识。夏班·罗伯特的文学作品通常在附录中会将文中出现的词汇、熟语等整理释义，便于大众读者理解作品内容，把握主旨思想。夏班·罗伯特作品的读者不是少数学术精英，而是广大普通群众。除了创作文学作品，夏班·罗伯特也编著了一些语言、文学常识类图书，例如《释义》（*Kielezo cha Fasili*）、《散文范例》（*Kielezo cha Insha*）、《语言修辞》（*Pambo la Lugha*）、《诗歌艺术》（*Sanaa ya Ushairi*）等。

第二，奠定了斯瓦希里语的国语地位。夏班·罗伯特是普遍公认的、最伟大的使用斯瓦希里语作为表达媒介的作家。他致力于建构跨民族的斯瓦希里语文学，其作品表达了一代人的观点，看到了社会变革的必要性。[②]　坦桑

---

① W. D. Kamera, "Fasihi-Simulizi na Uandishi katika Shule za Msingi," *Fasihi* Vol. Ⅲ（Dar es salaam: Taasisi ya Uchunguzi, 1983）, p. 40.

② Alamin M. Mazrui, "The Swahili Literary Tradition: An Intercultural Heritage," in F. Abiola Irele and Simon Gikandi, eds., *The Cambridge History of Africa and Caribbean Literature*, Volume 1（Cambridge: Cambridge University Press, 2004）, p. 211.

尼亚著名作家凯齐拉哈比曾评价说："很明显，夏班·罗伯特写作的目的就是发展语言文化，他在斯瓦希里语文学、词汇和语法方面做出了贡献。"①夏班认为推崇民族文化最关键的落脚点就是推广民族语言。他一再强调斯瓦希里语在团结东非人民和传承民族文化上的重要作用，认为斯瓦希里语将会成为东非地区的通用语言。他一生坚持用斯瓦希里语创作，将提升斯瓦希里语地位作为自身的文学使命。其民族自由的觉醒意识最早体现为，以诗歌表达对斯瓦希里语语言和文化遗产的自豪。他于 1952 年翻译费氏（Edward Fitzgerald）的英译本《鲁拜集》，认为翻译别国诗作是推广斯瓦希里语的有效方式。此后夏班自觉拓展写作范围，超越其所在的斯瓦希里语言环境。在他的推动下，斯瓦希里语文学不再成为排外的斯瓦希里族群现象。有批评者指出，他成为连接斯瓦希里语与东非斯瓦希里文化之间的象征性桥梁。斯瓦希里语文学的边界超越了斯瓦希里人的定居范围，朝"去民族化"（de-ethnicization）的方向发展。这一趋势在独立后的乌贾马左翼运动中进一步被强化。在乌贾马政策中，斯瓦希里语被确立为东非新成立国家的民族和官方语言。独立后，斯瓦希里语成为坦桑尼亚国民基础教育的教学语言，夏班·罗伯特等作家的经典文学作品也被纳入语文课的教材体系。

第三，推动民族意识觉醒。作为殖民教育的产物，夏班·罗伯特一生中绝大多数时间服务于殖民统治机构，接受帝国俸禄，以及殖民体制为殖民地本土精英设计的有限福利。这使得他的民族主义思想并未直接建立在对西方殖民行径的憎恨情绪上，而是遵循在压迫语境中自尊、自重、自强的原则，发掘传统文化的精华，同时迎合现代社会的发展要求，对之进行实验创新。如此，形成夏班文化民族主义的温和特征。他所主张的人类大同在某种程度上超越民族与种族意识。20 世纪 50 年代，夏班在多部小说作品中影射殖民主义统治的不民主与不公正，揭示西方力量主导下非洲社会的畸形发展，主张民族独立与自力更生，并着力阐发对于理想社会与国家的构想。其乌托邦小说对于殖民后期以及独立后的 60~70 年代的坦桑尼亚国家政治发展产生了深远影响。

---

①　Aaron L. Rosenberg, "Making the Case of Popular Song in East Africa: Samba Mapangala and Shaaban Robert," *Research in African Literatures*, Vol. 39, No. 3 (Fall 2008), p. 109.

第四，弘扬人道主义精神，推崇仁爱思想。长期的封建奴役、野蛮的奴隶买卖、罪恶的殖民统治，使坦噶尼喀人民失去了自由、幸福，失去了应有的人的尊严，社会充满了邪恶、虚伪和不仁。作为一个具有强烈的民族自尊心和历史责任感的进步作家，夏班·罗伯特对处于社会底层的劳苦大众的不幸和苦难寄予了深切的同情，呼吁人们要以仁爱、善良作为做人的宗旨。以人性、道德为中心的仁爱思想成为他创作的主要指导思想；弘扬人道精神，歌颂真、善、美，抨击假、恶、丑，成为他创作的基点，构成了他作品的主旋律，贯穿于他几十年创作的始终。夏班是一位虔诚的穆斯林，同时深受基督教的影响。一方面，他为受压迫人民鸣不平，敢于用犀利的笔锋对殖民主义的伪善、欺诈、贪婪和罪恶，对当时社会的黑暗给以无情的揭露；另一方面，他从资产阶级的人道主义思想出发，对统治阶级、对宫廷贵族、对不合理的社会现象存在着幻想，试图用仁爱和宽恕精神来调和两个对立阶级之间的矛盾冲突。夏班把宣扬资产阶级的人性论、人道主义作为揭露社会黑暗的思想武器，通过推崇仁爱思想来缓和、化解社会矛盾的做法无疑是软弱无力的，但应该看到，他的人道主义思想在反对殖民统治和封建专制的斗争中，在一定程度上反映了受剥削、被压迫阶级的呼声，为人们提供了不可或缺的精神支柱，对当时的反帝反殖斗争起到了积极的作用。夏班所推崇的人道主义精神、仁爱思想在引导人们忠君向善、治国安邦，奠定一个民族精神文明的人文根基过程中发挥了重要作用。

小　结

阿布巴卡尔·伊芒和夏班·罗伯特同为社会文化过渡时期的非洲本土语言作家，均接受过殖民主义精英教育。两位作家有着相似的被殖民经历和文学创作历程。共同拥有相似的语言天赋，对本土语言及民族文学的发展发挥着极为相似的引领与示范作用，各自通过文学创作促进了口传文学向书面的转化，并融合外域因素推动了本土语言文学风格、体裁及文类等方面的发展，同时为推动民族觉醒、教育启蒙发挥了关键作用。

然而，英属非洲殖民地作家的认同与体验也不尽相同。首先，最为明显的是，由于英国"间接统治"政策在北尼日利亚的成功运作，本土知识分子往往成为殖民权力的同谋，因而将地区发展与福利前景寄望于殖民统治。

这种忠诚使得他们将独立诉求建立在接受殖民宗主国的教导与对殖民宗主国的依赖之上，其民族主义情绪往往温和而缺乏激进，而且因分而治之的分化影响而专注于地区利益，呈现鲜明的地区民族主义色彩。因此，伊芒在其文学作品中鲜有激进的反殖反帝的情感表达，而受殖民文化制度的规范性影响更为明显。而在东非，德国殖民统治时期的高压同化政策激起的反抗早已在斯瓦希里语文学中获得表征，加上英国的"间接统治"在东非并未获得成功，本土精英的民族觉醒表现得更为激进。因此，夏班·罗伯特在文学中表达了较伊芒更为坚定的反帝反殖立场，尽管其表达常常运用曲笔予以呈现。其次，斯瓦希里语文学具有悠长的发展历史，早有经典产生，古典诗歌给了夏班·罗伯特极大的启发与借鉴。而北尼日利亚前殖民时期的文学主要为讲故事艺术和伊斯兰宗教诗歌，因而在伊芒的散文体虚构性创作中，可资采撷的传统资源相对有限。

结　语[*]

20 世纪英国的殖民主义统治导致非洲大陆经历了深刻的社会变革，纵观其对非洲本土语言文学的影响，某种程度而言是完成了破坏性和建设性的"双重使命"。其破坏性在于对既有文学形式的入侵，阻断了非洲本土语言文学自身的发展进程，其建设性则在于引入了小说与书面戏剧等西方文学形式，进而完成了本土语言文学的现代转型。正如吉坎迪所言："现代非洲文学产生于殖民主义的熔炉之中……那些缔造了我们今天所谓现代（无论是欧洲语言，还是本土语言）非洲文学的男女作家，无一例外都是这个大陆上的殖民主义所引入与发展的一套制度的产物。"① 在这一过程中，作为"外部研究"的文学机构、出版发行、殖民地教育体系等诸多政治和社会因素，连同作为文学"内部研究"的文学语言、体裁、题材、文学思潮等文学要素都发生了重要变化，以上种种或明或晦地对文学的生成、生产和传播产生了极其复杂的影响，进而也导致了非洲本土语言现代文学的建构与转型。

一　殖民主义文化建制与非洲本土语言现代文学的生成

英国自 19 世纪中叶开始推行所谓的"文明使命"，通过输出自身的文化、制度和宗教改造落后的社会，将其被动纳入以英国为中心的资本主义现代体系，通过实施通商（Commerce）、传教（Christianity）、文明

---

* 本章根据以下文章修改而成，孙晓萌：《英国殖民时期非洲豪萨语与斯瓦希里语本土文学嬗变研究》，《外国文学》2022 年第 2 期，第 12~24 页。

① Simon Gikandi, "African Literature and the Colonial Factor," in Tejumola Olaniyan and Ato Quayson eds. *African Literature: An Anthology of Criticism and Theory* (Oxford: Blackwell Publishing, 2007), p. 54.

（Civilization）、殖民（Colonization）的"4C政策"完成大英帝国体系的建构。与此同时，帝国主义思潮内的"社会达尔文主义"甚嚣尘上，广泛分布于社会各个领域，不仅作为帝国瓜分非洲的思想根基，更对当时英国的政策制定者产生了诸多影响。20世纪20年代以后在英属殖民地获得普遍推广的"间接统治"制度，就是基于种族差异原则所实施的统治策略，并统摄了殖民地文化、教育及语言政策的理论与实践。殖民文化建制下的机构如国际非洲研究所、翻译局、文学局等，皆秉持了与分而治之统治术一致的理念，鼓励非洲人使用本土语言从事文学创作。通过本土语言的标准化、外来文学作品的译介、图书出版与报刊发行、兴办西学等诸多手段，提供了文学生产的土壤和传播途径，促使非洲本土语言文学在英国殖民时期受到制度性地鼓励与推广。

（一）非洲语言与文化国际研究所

非洲语言与文化国际研究所承担了英帝国发展非洲本土语言文学的重任，高度重视非洲语言的重要性，并在本土语言、教育和非洲公民塑造之间建立起联系。[①] 该机构由学者、传教士和殖民官员构成，并日渐演变为殖民"基础设施"（colonial infrastructure）。研究所先后创制了非洲本土语言正字法，推动本土语言成为教育媒介，鼓励非洲人使用本土语言从事写作，召集文学创作比赛，并将非洲传统文学与文化纳入研究范围，使其在殖民主义文化建制下获得了体系化发展。此后，随着殖民地政策的调整，研究所也日渐将研究领域拓宽至民族志和社会学研究，但其始终将非洲作为"他者"进行系统的知识建构，通过系统阐释非洲传统社会、文化制度及其架构，解析土著的思想根基，用以缓解欧洲殖民者与非洲殖民地接触过程中所产生的张力，进而服务于西方在非洲殖民势力范围的拓展。

（二）殖民地文学局

"文学局"是宗主国向殖民地进行文化输出的最重要途径，主导了语言

---

① F. D. Lugard, "The International Institute of African Languages and Cultures," *Africa*: *Journal of the International African Institute*, Vol. 1, No. 1 (1928), p. 3.

的标准化、域外作品译介、图书出版、报刊发行、举办文学创作比赛、开展扫盲运动。在此过程中，本土语言文学生产得到殖民当局的制度化支持。同时，在殖民文化建制下获得官方认可的本土语言文学一定程度上也参与了殖民话语建构。20世纪上半叶，基督教传教团在北尼日利亚成立了翻译局，并培育出第一批使用非洲本土语言创作的作家。此后，为了解决殖民地教育机构中教材匮乏的问题、推广拉丁化豪萨文的使用，殖民当局于1929年成立翻译局，西方学者与豪萨学者合作译介具有欧亚文化特点的作品。1933年，翻译局更名为文学局，机构功能从单一的作品翻译拓展到各类豪萨语图书的出版，更多具有"原创性"的豪萨语大众文学作品面世，满足了地区内受教育人群的阅读需求。文学局的另一个重要功能是举办殖民地本土语言文学创作比赛。1933~1934年获奖的五部作品，《治愈之水》《甘多基》《乌马尔教长》《提问者的眼睛》《身体如是说》陆续由文学局出版，标志着豪萨语现代文学的生成。东非文学局的发展历程大致相似，其前身是1930年成立的东非地区语言（斯瓦希里语）委员会，成立初期，地区内的许多官员和教育家就开始用标准斯瓦希里语进行书写。此外，还出版了大量从英文译介的斯瓦希里语图书，如《格列佛游记》等。为了鼓励使用斯瓦希里语进行文学创作，委员会分别于1935年和1939年组织了两次本土语言文学创作比赛。1948年，东非文学局成立，负责创作和编写教学所需的教师、学生用书及课外读本，审校斯瓦希里语、卢干达语、卢奥语、基库尤语等本土语言图书。

（三）殖民地出版发行

出版发行构成了文学生产及传播的重要环节，对非洲本土语言文学的嬗变产生了重要影响。英属非洲殖民地的出版最初以域外文学译介作品为主，此后转向本土作家创作的作品，文学体裁多为小说，因此，出版为非洲本土语言文学的现代转型提供了重要条件。另外，殖民地报刊发行为这一时期的本土语言文学提供了全新的载体和媒介，推动了文学生产的市场化、大众化和制度化进程。报刊通过编辑、印刷、发行、派送、销售等发展成为非洲本土语言文学的传播机制。1933年文学局主办的第一份豪萨语报纸《北尼日利亚报》问世，1939年第二份报纸豪萨语《真理报》诞生，阿布巴卡尔·伊芒任编辑，《真理报》为殖民地树立了标准的拼写规则，制定了出版物语言风格，编辑伊芒的作品被视为鲜活、精致而口语化的豪萨语典范。因此，出版发行对于殖民地本土语言文学的观念、文学形式、文学语言，以及作为创作主体的作者群和作为受众的读者群等诸多方面都发挥了极其重要的作用。

（四）殖民地教育

殖民地教育理念与间接统治制度显示出高度的一致性。教会与殖民当局实施的教育旨在维系和发展一个内在不平等的社会生产和政治权力组织。英国殖民统治下的西式教育体系为了维系殖民地原有的社会结构，通过对教育语言的选择，对学校课程体系与教材编写的操控等举措，培养出新的精英阶层。这些精英成为最早使用拉丁化本土语言进行创作的主力军，其创作很大程度上受制于殖民主义的制度化规约。在具体实践中，殖民地教育所提供的各种欧亚文学作品译本以及殖民官员撰写的作品，成为本土语言作家的写作范本；同时殖民地教育官员为创作实践制定了具体规范。但被压抑的传统文学要素，仍被作家们有意无意地作为创作资源予以利用。在 1933 年殖民当局举办的本土语言文学创作比赛中，文学局负责人伊斯特亲自为比赛设定了具体要求和标准，对参赛者的写作逐一给予指导，并担任参赛作品的主要评判者。在他看来，19 世纪初的伊斯兰宗教改革运动摧毁了北尼日利亚既有的文学传统，其破坏性加上严肃刻板的宗教教义导致伊斯兰文学缺乏想象性；而西非流传久远的讲故事传统由于缺乏原创性，且从未有片言只字以书面形式留存于世，因而被其排除在文学范畴之外。在否定了既存的豪萨语文学价值后，伊斯特要求参赛作品不得涉及宗教与说教主题，也不应依循讲故事传统中的重复模式，凸显了民间故事与书面小说、伊斯兰文学与世俗文学之间的差异。尽管受限于以上种种制度性约束，最早的豪萨语小说写作最终并未全然成为殖民权力规训的产物，获奖的五部小说无一例外具有说教性，作品涉及宗教与道德说教主题，并延续了民间故事的重复叙述模式，一定程度上违反了殖民地文化官员所做的规定。此外值得关注的是，接受西式教育的新式知识精英在接受小说体裁的同时，也接受了小说的创作理念。小说的虚构性与传统文学创作主体观念中的书面文学是相抵牾的，对于虔诚的穆斯林而言，文字常被用于记录真实的历史事件或发挥宗教功能，虚构性只与口头故事相关。因此通过小说得以推广的拉丁化豪萨语书写方式与世俗文学，同传统文学范式形成了某种对立，"新文学"与豪萨文化领域也因此无法和谐共融。

综上所述，殖民当局设立的文学、出版和教育机构制度性地干预了新语言的创制和以此为载体所进行的本土语言文学生产，为其创造了生成条件、制定了写作规范、提供了制度保障，而在殖民权力机制下生产出的文学作品又参与了殖民话语建构，成为推动殖民机器运转的共谋力量。客观而言，殖民时期的本土语言现代文学是在殖民地语言与文化政策的引导与规约下生成发展的，直接表现为殖民地各文化机构对本土语言标准化的推广与对本土语言文学创作的鼓励，由此引入了新的文类及文学题材，进而培育出与拉丁化书面语言相适应的殖民地读写文化。但由于殖民政策的制定实施始终以服务帝国的殖民统治为宗旨，导致非洲本土语言文学的发展并非一个自然演进的过程，创作主体受限于殖民主义意识形态，在具体创作实践中呈现出主题内容单一，形式上的尝试亦极为有限；非洲社会原有的艺术表达形式受到贬抑而无法继续发展；西方文学观念的渗透使创作主体呈现分化。

二　非洲本土语言文学要素的嬗变：规约性与能动性

如果说殖民文化建制作为文学生产外部因素对非洲本土语言现代文学的生成与发展产生了正反两方面的辩证影响，那么作为文学内部因素的语言、体裁、题材及创作主体的思想等方面嬗变同样呈现出规约性与能动性的辩证关系。

（一）本土语言的变革

纵观非洲两大本土语言文学在英国殖民时期的嬗变过程，语言是始终无法规避的变量，甚至构成了这一时期文学嬗变的决定性因素。教会与殖民地教育文化机构主导了豪萨语和斯瓦希里语书写方式变革，此后通过语言标准化运动和资本主义印刷术拓展了其传播范围，催生出全新的本土语言文学作品及作家、读者群体，培育出与殖民主义文化相适应的读写体系。

伴随着前殖民时期伊斯兰教在非洲大陆的传播，《古兰经》的本土译介引入了阿拉伯语言文字与文学。在此输入性影响下，出现了借用阿拉伯语字母拼写的阿贾米文字体系。随着豪萨语和斯瓦希里语的第一次书面化，本土语言书面文学应运而生，早期以伊斯兰道德训教题材为主。从体裁来看，韵律丰富的诗歌与以历史记载为主的编年史书写居于主位。但前殖民时期的读写文化局限于阿拉伯贵族和知识分子构成的特定阶层，阿贾米文本的流通范围十分有限，仅在创作文学作品和传播伊斯兰宗教知识等场合使用。因此，前殖民时期的阿贾米文字及其书写仍属于精英文化范畴，尚未发展为大众传播媒介和交流工具。

19 世纪末基督教的传播和西方殖民统治进程，使非洲本土语言书写体系再一次经历深刻变革，这也是继伊斯兰教传入东、西非地区后，语言与外来宗教文明接触后的又一次被动调整。伴随着 19 世纪西方国家殖民扩张活动在非洲的加剧，基督教传教团的活动高涨，传教士对具备书面形式的非洲语言展开了大规模的书写方式拉丁化实践，以此遏制非穆斯林非洲人向伊斯兰教的转化。英国和德国殖民者均承认斯瓦希里语和豪萨语作为地区通用语的实用价值与战略意义，并将其确立为东、西非殖民地统治用语，为其赋予了一种与帝国文化霸权合谋的象征性权力。英国于 20 世纪初在北尼日利亚确立殖民政权，当局着手推广拉丁化豪萨语政策，地区内的豪萨阿贾米文字遭到废止，以此削弱伊斯兰教长期以来对该地区浸淫产生的社会文化影响。此后，殖民统治者在 20 世纪 30 年代推行"言文一致"和"国语"的文学以及文学的"国语"运动，通过兴办西式教育、辅导作家写作和举行本土语言文学创作比赛进一步推动拉丁化豪萨文的规范使用。东非的英国殖民者延续了德国的殖民地语言政策，明确提出斯瓦希里语言的"去伊斯兰化"，使用拉丁字母作为书写方式。1925 年，斯瓦希里语标准化正式实施，标准的斯瓦希里语被用于出版教科书和各种印刷品。桑给巴尔的温古贾方言被界定为标准斯瓦希里语，成为英属东非官方语言。斯瓦希里语拉丁化进程是斯瓦希里语现代文学与古典文学的重要分水岭，也是 20 世纪斯瓦希里语文学嬗变的重要转折点。

在殖民统治制度的运作下，斯瓦希里语和豪萨语作为地区通用语的疆界在东非、西非地区不断拓展。西方殖民统治外部力量的介入，对非洲的读写文化格局产生了巨大影响。大规模的"去伊斯兰化"与"拉丁化"进程在非洲大陆内部催生出新的读写文化，对促进读写能力发展的印刷文化的支持也接踵而至。殖民主义将资本运作体系下的印刷术引入非洲，通过图书出版和报刊发行推广拉丁化文字及以此为载体进行传播的西方文化价值。20 世纪 20 年代，随着殖民地教育的发展，识字的人数显著上升，对阅读的需求也随之增加。作为应对之策，英国殖民文化机构于随后的 30 年代举办本土语言文学创作比赛，鼓励作家使用拉丁化本土语言进行虚构性写作。在创作过程中，有的殖民文化代理人充当了写作指导员、批评家以及本土作家与出版赞助机构之间的协调者。用新语言写成的文学作品或进入殖民地西式学校，成为教学用书，或以合理售价在市场售出。以这种方式推行的本土语言标准化运动，极大地推动了殖民地社会的读写普及程度。

总而言之，殖民地语言的书写方式变革催生了本土语言文学的现代转型，新生的文学类型与大众读写文化又反过来促进了两大本土语言自身的普及和推广，语言与文学之间的互动在这一时期表现得尤其典型。但与此同时，殖民地语言和文化政策根据宗主国利益不断调整变化，受制于外部强大的制度性干预，非洲本土语言无法按照自身发展规律在非洲大陆更广大的范围内通行，成为摆脱殖民统治后非洲民族一体化发展进程中的不利因素。

（二）小说与书面戏剧等外来文学体裁的引入

对于非洲本土语言文学的发展进程而言，殖民时期最显著的事件是通过本土语言文学创作比赛引入了小说这一文学形式。小说的出现对非洲本土语言文学，乃至非洲文学而言具有如下三个层面的重要意义：首先，它以散文体行文风格显著区别于诗歌，使非洲经验获得了更加多元的文学表述形式；其次，它以故事的虚构性显著区别于既有的书面散文体叙事，使非洲社会的文学观念发生改变；最后，它与读写性及现代印刷术密切相关，显著区别于传统的口头文学，又以在主题、内容、形式方面的极大包容性和灵活性与现代生活经验和大众文化密切关联，显著区别于宗教文学，由此开启了非洲本土语言现代文学的篇章。书写与虚构叙事相结合，足以让本土知识精英改变对传统文学观念的认知，这一现象在豪萨语文学中尤其突出。正是由于一部分掌握了新语言的知识精英接受了以下事实，即书写的文字除了记录"真实"之外，也可以如同口头传统中的故事一样记录"虚构"，小说才得以在豪萨语文学历史舞台上登场。这使得讲故事传统中的虚构元素得以向书面转化，既突破了伊斯兰书面文学"缺乏想象性"的桎梏，也展示出最早尝试小说创作的本土语言作家挑战传统观念束缚的积极探索。在斯瓦希里语文学方面，虚构叙事与文字书写早有结合，如成书于 1897 年的《拉穆编年史》，记述了王朝谱系和每位苏丹执政时期的主要经历，既如实记载史实，亦包含相关人物及事件的虚构传说。与西方的编年史家不同，斯瓦希里年代记编者广义上是传统、故事和传说的保存者，编年体著述进而成为一种具有虚构性质的散文体书写。因此，伴随着小说进入斯瓦希里语文学中的虚构性，并不至于引发创作主体观念上的冲击与错位。但无论如何，西方小说的引入，在本土语言创作主体的革新与实验中，改变了非洲本土语言文学的格局。截至 20 世纪前期，小说在西方文化中已发展成占据文类主导地位的、成熟的文学样态，因此当它在殖民文化代理人的干预下进入非洲文学伊始，就占据了拉丁化本土语言文学的主导地位。同时，鉴于书面文学在前殖民时期以宗教主题与道德训诫为主，小说的出现也意味着书面文学的题材不再局限于受伊斯兰文化影响的正统内容，进而转向世俗化与政治化。最早的五部豪萨语小说大量聚焦非洲本土的社会问题，如西苏丹和北非的奴隶制、婚姻家庭关系、强势群体与弱势群体间的冲突与解决方案等。

　　从西方引入非洲的现代文学体裁除小说外，还有书面戏剧，如果说殖民统治者鼓励本土语言小说创作旨在推广拉丁化书写方式，那么，翻译西方戏剧、改造并教授排演本土语言戏剧的目的则更多在于道德教化。为了防止伊斯兰教的渗透，当局不鼓励西非的豪萨语小说涉及道德教化，进而转向戏剧这种文学体裁。非洲本土戏剧元素因与舞蹈、仪式、音乐及传统宗教密切相关，进而受到殖民文化代理人的压制，导致具有传统戏剧元素的表演和宗教仪式在某种程度上遭遇发展停滞，由以剧本为基础的戏剧表演取而代之。20世纪 20 年代，使用斯瓦希里语创作的西式戏剧出现在东非大陆，同时期也出现了一些自西方译介而来的戏剧，但内容往往脱离当地社会现实，难以成为非洲本土喜闻乐见的文化形式。作家们真正尝试使用本土语言进行戏剧创作集中在 20 世纪 40~50 年代，他们在西式学校开设的课堂上学习西式戏剧范本，包括翻译戏剧与欧洲殖民者创作的本土语言戏剧，并尝试模仿西式戏剧手法进行简单创作，在校园上演。这些剧本往往契合殖民当局的统治意图，尽管不乏对土著政权的讽刺，但更多反映的是殖民地社会的传统陋习、封闭落后与西方文明带来的开化；或是对道德沦落、社会不公的鞭挞。英国殖民时期的传统戏剧发展在很大程度上受到抑制，而新的书面戏剧形式尚处于蹒跚学步阶段，导致这一时期由本土剧作家产出的戏剧数量极为有限。部分作品表现出激进的政治色彩、宣扬反抗殖民统治的思想，在当局严格的审查制度下未能正式出版。

总之，殖民时期的本土语言书面戏剧形式、主题、内容单一，无所突破。尽管如此，基于剧本的舞台形式创作仍代表着本土语言文学朝向现代进程迈进的轨迹。另外，尽管传统的具有戏剧性的表演形式，如西非社会中模仿性极强的神灵崇拜和东非的舞蹈均以"野蛮和邪恶"之名被禁，但在具体的舞台表演中，基于模仿的夸张表演元素仍不可避免地融入剧本创作。同时，戏剧作为经验表达的媒介，反映并承载了社会的历史变迁，以及非洲当地人的殖民经验与民族主义情感。此外，本土语言戏剧在创作形式上的尝试也具有理论上的积极意义。戏剧结合了表演与书面两种创作形式，早期戏剧先有表演、后有剧本的情形并不罕见。这种表演与书面之间的转换模式，使我们难以界定戏剧的书面性质，从某种程度而言，这既是口头向书面的转化过程，也模糊了口头与书面之间的界限。

（三）从宗教向世俗转变的文学题材

本土语言文学题材的转变，在英国殖民时期的文学发展进程中表现得尤为典型。相较于散文体叙事而言，这种转向更为鲜明地体现在诗歌中。豪萨语书面诗歌肇始于19世纪初的伊斯兰宗教改革运动，运动领袖谢赫及其追随者将创作的诗歌用于宗教传播。因此，20世纪以前的豪萨语书面诗歌在内容与功能上完全伊斯兰化，表现为严肃的语言风格和强烈的说教意味。宗教主题在前殖民时期的豪萨语诗歌中几乎占据了排他性主导地位。英国的殖民征服与统治导致的创伤性经验，极大地激发了北尼日利亚知识分子的创作激情，其中付诸文学实践的主体是诗人。这一时期，外来的基督教对本土伊斯兰文化传统造成了巨大的威胁与挑战，反映豪萨人对抗外敌入侵的抵抗诗歌传统应运而生。作品《豪萨地区基督教徒的造访》描述了殖民征服中被废黜的索科托苏丹阿赫马杜在撤退途中顽强抵御殖民者的追击，最终在布尔米战斗中阵亡。作品鼓励北尼日利亚人抵御基督教的侵袭，表达了鲜明的反殖民侵略情感。此类诗歌主题的转向表明 20 世纪初的豪萨语诗人不再局限于伊斯兰宗教文化，进而转向对世俗问题的探讨。

受民族主义思潮的影响，豪萨语诗歌在经历世俗化转向后，开始关注殖民统治给非洲社会生活带来的影响，诗人们对殖民压迫与剥削表达了直白的谴责与控诉。另外，政党政治进入非洲后，公共文化空间逐渐演变成政党争夺空间，包括诗人在内的绝大多数知识分子均在某一特定时期选择支持某一政党，而反对其他政党。诗歌演变为政治论战的主要形式之一，诗作丰产，以至于 20 世纪 50 年代起逐渐形成政治诗歌传统。最具代表性的是萨阿杜·尊古尔的作品《北方，要共和国还是君主国?》，探讨了北尼日利亚在摆脱英国殖民统治后的政治命运。尤素福则在诗作《请给予我们自由》中，用含蓄的语言对北方人民党领导人进行诋毁和诅咒。这些具有战斗性和对话性的诗歌多体现出鲜明的民族主义主题，表达了对殖民统治的质疑，以及对殖民压迫的强烈谴责与控诉。值得关注的是，政治诗歌作为一种亚文类的生成，并不意味着其他诗歌形式的落寞，相反，此类诗歌往往在创作上沿用传统的豪萨赞美诗形式。可以肯定的是，宗教诗歌并未因殖民文化的侵袭退出豪萨文学的历史舞台，而是伴随当地社会的发展继续得以丰富，并超越单一的宗教主题，与日常生活及社会政治相融合，持续在豪萨社会中产生影响。

斯瓦希里语诗歌与豪萨语诗歌的书面化具有同源性，同样历经了从宗教向世俗的转向，但由于东非海岸文化具有更加开放包容的特性，斯瓦希里语诗歌的世俗化进程明显早于豪萨语诗歌，自 19 世纪就开始关注世俗与政治问题，先驱诗人将诗歌从清真寺带到了集市，从而开创了纯粹世俗题材的诗歌创作。斯瓦希里语诗歌发展出的"坦迪"史诗形式，不仅记述德国的殖民侵略和人民抵抗运动，也涵盖地区间纷争。殖民统治时期，这种关注世俗主题的创作倾向得到延续，夏班等作家更探索将诗歌与散文体叙事相融合，使小说这一新生文类在形式上更加多样。同时，这一时期所呈现出的典型特征是诗歌作为一种文学体裁向斯瓦希里语赋权，斯瓦希里语诗歌因此建构起反抗殖民统治的政治话语。夏班·罗伯特、萨丹·坎多罗和卡鲁塔·阿姆里·阿贝迪等诗人通过翻译和阐释穆亚卡的经典诗歌，使其建立起与东非民族主义斗争的相关性，在此过程中，诗人们也积极参与了斯瓦希里语文学史的构建。

（四）民族主义思潮影响下的文学表达

从社会思潮的发展来看，与殖民统治伴生的是民族主义思潮，而与非洲民族主义思潮直接相关的是非洲知识精英。作为殖民教育悖论的产物，他们接受了殖民地西式教育，进而形成了关于现代民族国家的进步观念，转身打破了殖民话语所建构的种种神话，成为拆解殖民政权的主体。民族主义思潮直接影响了英国殖民文化政策的制定和非洲知识精英反抗殖民统治的政治及文化实践。就殖民者而言，殖民当局选定本土语言作为统治用语的首要目的，并非促进非洲本土语言、文化的发展，而是为了防止非洲民众通过英语为媒介接触民族主义而产生抵抗情绪；就被殖民者而言，鉴于间接统治的成功实施，本土知识分子往往是伊斯兰教育和西式教育的双重产物，因而形成了忠于伊斯兰教和殖民主义家长制度的双重认同。他们与殖民主义意识形态的同谋在某种程度上阻碍了其对民族国家身份认同的生成。

20世纪40年代，非洲民族主义发展进入高潮。二战加速了殖民地意识形态的演变，英帝国的无敌神话开始瓦解，殖民者的至上权威跌落神坛，去殖民化已成定势。这种意识形态与文化思潮影响了非洲本土语言文学在主题与内容上的表达。基于英属殖民地民族主义思潮发展的总体语境，殖民时期本土语言文学作品中具有民族主义思想的作家，依然受制于殖民当局与教会的审查制度，极少通过官方出版渠道表达反殖独立诉求。反而是诸多未能出版或以非官方渠道印刷出版的诗歌，以及《无论你是谁，在卡诺市场都会受骗》和《一把用来击败卡诺土著当局的锤子》等戏剧作品，表达出了强烈的反殖情感；在受殖民主义意识形态严格制约的小说中，亦不乏运用曲笔或在无意间对此有所表达的作家，如夏班的《可信国》借对暴政的鞭挞，曲折地谴责了殖民统治。另外，在创作者层面，除了对殖民统治的反抗表达，最为突出的民族主义表现在个体作家对既有民族传统、文学及语言抱持一种文化上的民族主义情感。这在两种本土语言文学的代表作家夏班与伊芒身上可以找到确凿的证据，对于二者而言，斯瓦希里语和豪萨语本身，以及通过其所表述的传统文学及其价值都使他们引以为豪，并促使其在与外来文化力量的斡旋中以推广本民族语言与文化为己任。

纵观非洲本土语言文学的三种文类，英国殖民征服初期，最早对此历史变局做出反应的文体是诗歌，前殖民时期深受伊斯兰文化影响的本土语言诗歌开始在主题上由宗教向世俗转化。两次世界大战期间，彼时在西式学校接受拉丁化语言教育的新式知识精英开始尝试小说与书面戏剧创作，偏重表达与殖民主义意识形态相契合的世俗主题。20 世纪 40 年代殖民地愈演愈烈的民族主义成为诗歌表达的重要主题，在非洲国家引入西方政党政治后，诗歌成为主要的论战手段与政治表达形式。散文体书面创作囿于殖民当局掌控的出版机制，也开始有限地表达与民族独立及理想国家形态相关的主题。通过英国殖民时期两大本土语言文学的嬗变过程可以看出，尽管随着新文类的引入，以及旧有文类的发展，传统文学因素在一定程度上遭受侵入性破坏，但其在破坏中亦得到了继承和突破。第一，最为显著的是，口传文学因素在向书面转化的过程中，并未丧失其重要性，反而成为想象性文学创作的资源。口头-书面文学之间相互转换，使二者之间的界限变得模糊，由此产生了观念上的启迪，在今天看来极具后殖民的颠覆效果，即对口头/书面、现代/传统等二元对立结构的挑战。第二，阿拉伯文学中的历史记录传统，在虚构叙事的冲击下并未就此消失。斯瓦希里语文学中编年体叙述的虚构性对小说的出现而言是一种前奏，而在豪萨语文学中，则是一种对思想观念和传统文化结构的突破。第三，传统文学中的道德说教主题在两种语言文学中都得到继承，尽管豪萨语文学中的说教倾向受到抑制，作品中保持的道德主题可被视为对殖民权力的解构，从而使这种传统因素具有了更为积极的意义。第四，传统书面文学中的宗教因素，尤以诗歌为甚，虽遭遇基督教文明的侵蚀，但并未消失殆尽，而是与世俗内容相结合，拓展了诗歌文类本身的内容主题。第五，戏剧中的表演因素尽管在殖民时期被强行禁止，当西式剧本戏剧以表演形式呈现时，表演的肢体夸张无疑证明，传统遗产作为一种集体记忆，已经演变成一种集体无意识作用于当下的艺术创作情境；同时也说明在非洲文学中，传统即便受到外来力量的压制，仍有可能借助当下的形式获得表达，甚至达到局部的颠覆效果。

三　非洲本土语言文学嬗变与后殖民理论之争

总体而言，英国殖民统治时期的豪萨语文学与斯瓦希里语文学，因为受到殖民当局的鼓励而获得了一定发展，这在很大程度上是殖民地文化机构借助殖民霸权进行宰制与操控的结果。殖民化进程产生了本土语言文学与西方文化交互的等级化语境，而殖民主义的悖论决定了在这种对立的等级结构中，殖民霸权无力全面控制微观层面的变化。这意味着，本土语言文学必定会在某种程度上遵循文学自身的发展规律，包括创作者对传统文学因素的继承、创作想象的自由发挥、文类之间的相互流转变化等，因而创造了逃逸出殖民权力辖制的可能性。从其在殖民时期的发展历程来看，非洲本土语言文学是一个集中了多种力量的冲突场域，面对殖民主义的霸权压制，伊斯兰文化有着非比寻常的应对能力，非洲传统的族群文化也从未退场。尽管斯瓦希里语文学和豪萨语文学屈服于各种形式的现代化改造，包括采用拉丁化书写体系、引入小说和书面戏剧等外来文类，但值得关注的是，殖民者强加"改造"，并非一种单向度力的施与，结果不仅导致被改造者的服从，被殖民者在某种程度上也表现了选择的能动性。殖民文化代理人曾怀有打造新的本土语言文学的愿景，并以"家长"姿态为此设定了相应规范。然而，以上分析证明，文学是基于社会历史语境表达思想、情感、心理经验的载体，并非完全受制于意识形态与制度规约；文学的发展亦有赖于个体创作者的想象，他们从既有的文学、文化储备中汲取资源，并具有能动的创造性，因而，面对外来文化的冲击时，能够在模仿、挪用、选择等机制中进行调节。

在当前的非洲文学批评中，本土语言文学作为一个发展变化中的文学实体，其价值与内涵远未被充分认识、挖掘和审视，这在一定程度上是因为本土语言文学在当下的非洲文学批评话语中未受到应有的重视。本书试图为本土语言文学在当下批评话语中的合法地位进行辩护。法农曾尖锐地指出，被殖民世界是一分为二的世界。[1] 在这个泾渭分明的摩尼教二元论世界中，种族差异的基础结构支配着帝国的一切殖民话语和活动。英国的间接统治以尊重本土文化传统为遮蔽，但事实上，这是一种经过差异化理念打磨后的"尊重"。本土语言书写方式采取的"去伊斯兰化"和强化拉丁化的先抑后扬政策，直接导致了穆斯林精英内部的分化。在更为具体的文学生产环节，由于殖民代理人的直接教化对象是作为极少数殖民地教育精英的新文学创作

---

① 〔马〕弗朗兹·法农：《大地上的受苦者》，杨碧川译，台北：心灵工坊文化，2009 年，第 73 页。

者，其统治方法更趋近于直接统治的精英同化政策。口头文学同伊斯兰说教文学被视为"传统"，小说则代表"现代"。这一切又同化进西方对非西方世界根深蒂固的"文明使命"之中，致使一切回归到黑人/白人、落后/先进的结构范畴。由此可见，事实上无论是直接还是间接统治，其基于二元论的差异化治理原则从未改变。这种结构不仅影响了殖民时期本土语言文学的发展轨迹，也在后殖民时期支配了本土语言文学在非洲文学中的地位及其话语建构。

事实证明，殖民政权的终结并不意味着殖民影响的结束。在当代非洲语境中，原殖民宗主国竭力通过其政治、经济、文化霸权持续对非洲各国产生深刻影响。自 20 世纪 80 年代末 90 年代初起，后殖民理论发展成为包括非洲文学在内的第三世界文学批评的主流理论。它有力揭示了在所有受到帝国主义进程影响的文本中，西方知识与权力存在的共谋关系，并通过对众多使用欧洲语言书写的第三世界文学文本的分析，对诸多文本策略进行了系统理论化，建构了以欧洲经典文学为中心，第三世界文学处于边缘的差异化二元结构。然而，这种主流批评话语并非不存在问题。对于非洲的本土语言文学而言，后殖民理论聚焦于欧洲语言文本，显然是不合理的。非洲文学研究中的本土语言文学常被冠以传统、口头、地方性、同质性等特征，与使用西方语言书写的非洲文学的现代、书面、世界性、异质性形成鲜明的二元对立范式。欧洲语言的中心地位可能使本土语言陷于"失声"状态，而"失声"显然并不能反映包括非洲文学在内的第三世界文学的真实情况。研究约鲁巴语文学的巴伯就此提出过更加彻底的质疑，她认为后殖民批评遵循的二元等级逻辑，过分突出了殖民进程中帝国主义强加的影响，强化了易被西方总体范式吸纳的边缘他者形象，湮没了它所宣称的后殖民文学的特异性，并因此对非洲语言文学带来灾难性影响，亦使非洲的欧洲语言文学无法就其本身的地位和重要性得到正确的评定。[1] 弗尼斯指出，在后殖民理论的扛鼎之作《逆写帝国》中，三位作者提出了"后殖民文学"的概念，因为它指向一种研究英语写作和本土语言写作之中或之间的殖民主义效果的可能方式。但是

---

[1]　Karin Barber, "African-Language Literature and Postcolonial Criticism," *Research in African Literatures*, Vol. 26, No. 4 (Winter, 1995), pp. 3–30.

当他们真正地对这些本土语言进行考量时，其论述所关注的问题只是当作家们为达到自己的意图而寻求挪用都市英语时，对一些非英语语汇，即本土语言语汇加以注解是更好还是更坏，似乎所有的后殖民话语都以某一种方式只专注于与英语相关的内容。然而，正如弗尼斯所指出的，在关于非洲真正的本土传统和殖民经验，在诸如豪萨语这样的本土语言文学的讨论中，只是一个部分而已，这种文学并非一个挣扎着在与英语或欧洲文化的关系中寻找自我的卫星世界。① 相反，与欧洲语言文学一样，本土语言文学也是一个与自身世界的文化思想传统相关的充满活力的自主场域，这一点正是本书力求证明的核心观点之一。毋庸置疑，这对于中国的非洲文学研究者亦具有重要的启发意义，中国学者如何跳脱西方话语中非洲文学研究范式的束缚，如何重新在认识论上界定非洲的欧洲语言文学、本土语言文学主体地位，以及二者之间的关系，是颇具探讨价值的重要议题。

---

① Graham Furniss, *Poetry, Prose and Popular Culture in Hausa* (Edinburgh: Edinburgh University Press, 1996), pp. ix-x.

附　录

一　豪萨语文学译文

1. 民间故事

傻孩子和蜘蛛 (*Dan Wawa da Gizo*)

从前有一个傻孩子，他的父母把他留在家里时说："我们去田里，等过一会儿你就给我们煮豆子，等我们回来之后吃。"他说："好。"

父母离开后，他拿了一粒豆子放到了大锅里面，倒上一大壶水开始煮。他不断地点火，把火吹得旺旺的，一直到下午，父母才从农田里返回家中。他们问："你煮的豆子在哪里？"孩子回答说："豆子在锅里。"父母走过去一看，发现锅里只有一粒豆子。于是父母说："明天你要多放点豆子煮给我们吃，听到了吗？"孩子答应了。

他像父母说的那样放了很多豆子，此后家里来了几只羚羊搞破坏，直到蜘蛛看到了这一幕，他说："傻孩子，羚羊进了你家？"他说："是的。"蜘蛛说："明天我会给你带来一个陷阱，我们来把它们捉住。听清楚了吗，傻孩子？"他回答："好的。"

蜘蛛回家后准备了一个陷阱。它带来了一头驴和一个挂篮，与孩子一同挖了一个陷阱，抓住了十二只羚羊并剥光了皮。晚霞染红了天际，太阳要落山了。蜘蛛对傻孩子说："你看到那边的火了吗？去把它取来。"傻孩子对蜘蛛说："你去吧，你去把它拿回来！在你回来之前我会把肉放到你的挂篮里。"蜘蛛答应下来就去取火了。

傻孩子把所有肉都收集起来放到了仓库里，只留下了一块肉，然后他拿了一件废品倒进了挂篮里。他拿着这块肉，放到了挂篮最上面，系上了篮子口。蜘蛛的驴子看见了傻孩子把废品倒进了挂篮里。

蜘蛛回来后说："我没有拿到火。"傻孩子对蜘蛛说："好吧，我们帮你把挂篮放到驴背上，你走吧，天快黑了。"蜘蛛说："好。"然后他们把挂篮放到了驴身上。蜘蛛赶着驴子离开了。

路上，蜘蛛的驴子一直说："废品，我们正在驮着废品走路。"蜘蛛对驴子说："你啊，不要再说'我们正在驮着废品走路'了！你要说'我们正在驮着肉走路'。"他们到家后，蜘蛛的猫一直大声叫着"喵，喵"。蜘蛛对它说："今天你可以吃到肉了，让你吃个够。"它把挂篮口的肉拿了出来扔给了猫，猫接住了肉，然后蜘蛛对它的妻子说："把木碗拿出来，我们要把肉倒进去。"妻子拿来了木碗，它们要倒肉的时候发现了废品，蜘蛛说："天啊！这个傻孩子竟然这么对我？"

它回到了傻孩子的家，发现他身上因沾满了灰尘而发白，蜘蛛说："你好！"傻孩子回答："你好！"蜘蛛说："傻孩子，你居然这么对我？"傻孩子说："不是的！是因为我们抓的这些羚羊是酋长的羚羊。有人来找我爸爸，对他说，'你儿子抓的羚羊在哪里？快点拿出来，这些都是酋长的羚羊'。我不知道该怎么办。"于是蜘蛛说："真主保佑，我明白了。"

蜘蛛、鹤和狮子（*Gizo da Gamraki da Zaki*）

有一天，十二只鹤结伴去山谷中吃无花果，途经蜘蛛家时，有一个无花果掉了进去，于是蜘蛛对鹤说："你们快停下！"鹤停了下来，蜘蛛问："你们不带我一起去吃无花果吗？"鹤对蜘蛛说："哎呀蜘蛛，你没有翅膀啊。"蜘蛛说："你们每人给我一根羽毛吧。"于是每只鹤给了蜘蛛一根羽毛。

鹤带着蜘蛛一起去山谷里吃无花果。但是蜘蛛不让鹤吃无花果。鹤见状拔走了蜘蛛身上的羽毛就飞走了，把睡着的蜘蛛留在无花果树上。蜘蛛醒来后伸展一下想要飞起来，结果坠入了山谷。

山谷中有一个很大的镇子，蜘蛛一头掉入镇子里。它向镇里的人打招呼："你们好！"镇里的人回答它："欢迎你啊，客人！"国王让人把蜘蛛送到了鱼的家里，蜘蛛在那儿住了下来，它对水中之王说："把孩子们送来吧，我教他们读书。"人们把孩子聚集起来，蜘蛛在学校里点起了火。

蜘蛛发现鳄鱼下了十个蛋。于是它拿起一个蛋放在火上烤，对孩子们说："如果你们听到蛋壳裂开的声音就说'客人放屁啦，客人放屁啦'。"就这样蜘蛛吃光了十个鳄鱼蛋。然后它对孩子们说："去告诉水中之王，让人送我回家。"人们把蜘蛛交给了十条鱼，让它们送蜘蛛到岸边。

当鱼把蜘蛛送到岸边时，蜘蛛说："你们到岸上来，我们玩个游戏，我要钻进袋子里。"鱼们就上了岸，蜘蛛对鱼说："我钻进去了，你们不要打我。"蜘蛛钻进去又钻出来。它对鱼说："你们也进来吧。"当鱼都钻进袋子里，蜘蛛就扎紧袋口，把鱼装在袋子里。蜘蛛点起火来，把鱼烤了。刚烤完就看见了狮子。狮子说："蜘蛛，你好！"蜘蛛说："森林之王，欢迎你！"狮子说："把鱼给我。"蜘蛛把鱼给了狮子，不停地流泪哭泣。狮子说："哎呀蜘蛛，你是因为鱼而哭泣吗？"蜘蛛说："不是，是因为烟尘。"

它们坐在那儿，忽然一只珍珠鸡飞了起来。蜘蛛对珍珠鸡说："你看，它多不知羞耻啊，就好像不是我给她画的画似的。"然后一只山鸡飞了起来，蜘蛛说："你看见了吗？这只山鸡，我正准备给它画画它就飞了。"狮子说："蜘蛛，你在画画？"蜘蛛说："我正在画。"狮子说："你能为我画画吗？"蜘蛛说："找一条拴牛的绳子。"狮子找来了绳子。

蜘蛛把狮子绑在一棵树上。它把烧红的铁条烙在狮子身上，发出吱吱声，然后就跑开了，它对狮子说："你们这些狮子，品行恶劣，得寸进尺！"狮子说："我不会的。"蜘蛛松开绳子，狮子便逃跑了。

狮子四处寻找蜘蛛。蜘蛛听说狮子正在找它，就把一只麋羚的皮披在身上。它遇到狮子，狮子说："麋羚，你知道蜘蛛在哪儿吗？"蜘蛛说："狮子，快跑吧！要是蜘蛛瞪你一眼，非死即伤啊！我言尽于此。"狮子听后拔腿就跑。

卡诺人和卡齐纳人 (*Dan Kano da Dan Katsina*)

曾经有一个邪恶的卡诺人和一个同样邪恶的卡齐纳人。邪恶的卡诺人剥下猴面包树的树皮，去染坊给树皮染色，他买了靛青染料，到了击打布料的地方，喷上水，敲打这块树皮，放上靛青，然后放在纸上。邪恶的卡齐纳人拿了一个羊皮包，捡了一些碎石子扔进包里，他拎起了包，拿了200元钱放在包口。

他拎着包往市场走，路上遇到了卡诺人，卡诺人问道："朋友，你要去哪儿？"卡齐纳人说："我要去市场。你要去卖什么？"卡诺人说："我要去卖绿色的布。"卡齐纳人说："我要去买绿色的布。我有2万块钱。"卡诺人说："我要去卖布，你要去买布。你把钱给我，我把布给你吧。"卡齐纳人说："好，给你钱！"他接过了布。

两人道别后各自赶路。卡诺人心想："我占了卡齐纳人的便宜。"卡齐纳人心想："我占了卡诺人的便宜。"他们各自打开交换来的东西。卡齐纳人说："哎呀！卡诺人染的是猴面包树的树皮！"卡诺人打开包看到了上面的钱和下面的碎石子说："哎呀！卡齐纳人包里装的是碎石子啊！他就拿了200块放在了包口。"他们分别掉转回头，在路上相遇了。卡诺人说："哎呀，卡齐纳人，你太坏了！"卡齐纳人说："卡诺人，你也是个坏蛋！"然后他们说："我们一样狡猾！不如合作一起挣钱。"于是他们勾结起来，四处游荡，来到一个镇子后，找来桶、葫芦瓢和棍子就上路了。他们走进了森林，看到一处行商营地后躲了起来，直到晚上才潜入营地，他们捂上眼睛，谎称自己是盲人，在商人的营地住了下来。当行商们都睡着了，他们就睁开了眼睛，把行商们所有的货物都扔到井里去了。天亮后，行商们哭诉自己的遭遇。他们说："我们的桶呢？听说它们没被偷走？"行商们说："你们这些废物！看到我们被偷了，却说你们的桶没有被偷？起来，滚出我们的营地！"他们站起身来到处摸索棍子和桶。行商们起身离开营地，边走边哭诉被偷了货物。他们睁开眼，走到井边，也就是他们扔下货物的地方。卡诺人说："卡齐纳人，你下去。"卡齐纳人说："不，卡诺人，应该你下去。"卡诺人说："卡齐纳人，你才应该下去。"卡齐纳人下到了井里，捡起井底的货物，卡诺人在井外向上拉。卡诺人将拉上来的货物放在远处，然后捡起一些石头放在井边。卡诺人说："卡齐纳人，如果没有货物了，你自己要出来的时候告诉我一声，我慢慢把你拉上来，免得你撞到井壁受伤。"卡齐纳人说："好的。"他捡起货物给卡诺人，卡诺人不断把货物拉出井口，放到远处藏起来，再拿回一些石头放在井口。货物都捡完了，卡齐纳人钻进牛皮里说："卡诺人，有一个很重的东西，一共有四个。"卡诺人说："好的。"然后卡诺人在不知情的情况下，将藏在牛皮里的卡齐纳人拉了上来，又运了一些石头到井边，不停地往井里扔。

卡齐纳人从牛皮里钻出来，把货物运到另一个地方藏起来。这时候卡诺人正在往井里扔石头呢。卡诺人扔完石头来到放货物的地方，但什么也没看到。他说："哎呀！我杀了井里的卡齐纳人，却有人拿走了我的货物。但是如果这个人听到驴子的叫声就会出现，让驴子帮着运输货物。"

于是卡诺人四处转悠学驴叫。卡齐纳人果然出来找驴，一眼看到了卡诺人。卡诺人说："卡齐纳人，你太坏了！"卡齐纳人说："卡诺人，你也是个坏蛋！"卡诺人说："咱们去存放货物的地方吧。"于是两个人一同把货物运到了卡诺人的家里。卡齐纳人说："我回家看看，三个月后就回来。"卡诺人说："好的。"卡齐纳人便离开了。两个月后，卡诺人让人给他修了座坟墓，取来葫芦瓢，把葫芦瓢上刺了许多洞，然后埋在地里，在葫芦瓢上盖上土，卡诺人藏在洞里。卡齐纳人回来后，询问卡诺人的下落，卡诺人的父母回答说："他死了，今天已经是他死后第四天了。"卡齐纳人说："真的假的？"他们说："真的。"卡齐纳人说："好吧，带我去他的坟地看看。万能的主啊！卡诺人，命中注定啊！"说罢他就哭了起来。他说："应该砍一些荆棘放到墓地上，免得鬣狗来吃他的尸体。"卡诺人的父母说："明天就去砍。"卡齐纳人说："送我到住的地方吧，明天早上我就回去了。"他们说："好。"人们送他去了住的地方，给他端来饭菜。他说好朋友死了，实在无心吃饭。

晚上，卡齐纳人起身去卡诺人的坟地挖了一个洞，开始学鬣狗叫。"天啊！"卡诺人大喊："鬣狗要来吃我了！"卡齐纳人说："好了，出来吧。"卡诺人爬出来，他们一起去瓜分了那些货物。

道腊传说（*Daura Legend*）

这个故事将会讲述道腊、卡诺、卡齐纳、戈比尔、扎里亚以及拉诺首长的起源。这都要从一位名叫巴亚吉达·丹·阿卜杜拉赫的巴格达首长说起。一位名叫兹达瓦的异教徒发动了激烈的战争，迫使他离开了巴格达，国家自此陷入四分五裂。

巴亚吉达带着一半的随从和战士们去往博尔努，加起来人数甚至比博尔努酋长手下的人还要多。博尔努酋长来自叙利亚。当巴亚吉达知道他的人超过博尔努酋长时，兄弟们便对他说："我们杀了酋长，然后你坐上他的位置。"

听到这个消息，博尔努酋长十分紧张，他对手下说道："我们有什么办法对付这些人呢？兄弟们，我真的毫无办法了，不如送他一位姑娘和亲吧。"于是他们将酋长的女儿玛姬拉嫁给了巴亚吉达。

自此，酋长与巴亚吉达开始彼此信任。要是巴亚吉达准备动身去打仗，就会对博尔努酋长说："我希望你能将手下交给我。我要带他们去攻打别的城镇，让他们助我一臂之力吧。"有时酋长交给他两千人，有时交给他三百人。他凯旋时并不会带回他们，而是把博尔努酋长城邦内的城镇赐给他们。

有两个战士单独留了下来，巴亚吉达对他们说："我的好兄弟，我想为你们每个人都安排好住所。"于是他带着其中一个去了加涅姆，成为加涅姆的酋长。另一个去了巴嘎尔米，成为巴嘎尔米的酋长。此后巴亚吉达独自带着妻子，也就是博尔努酋长的女儿，骑马离开了。

当博尔努人看到巴亚吉达独自回来，便伺机杀掉他。巴亚吉达见状带着妻子玛姬拉开始逃亡生涯，此时玛姬拉已怀有身孕。当他们到达东城（Garun Gabas）时，妻子临盆，无法继续赶路了。巴亚吉达将她安置在那里独自上路。后来玛姬拉诞下了一个男婴，取名比拉姆，也就是日后东城的酋长，人们常把这里叫作比拉姆之城。

巴亚吉达到达道腊城时，城邦由一名女王所统治。这里自古至今都有女性统治的传统，第一位女王名叫库富努（Kufunu），此后便是季诺（Gino），再往后是尤库努（Yukunu）、娅昆娅（Yakunya）、瓦扎姆（Waizam）、瓦瓦娜（Waiwaina）、姬蒂姬蒂（Gidirgidir）、阿娜嘎丽（Anagari）以及如今的道腊女王（Daura）。

巴亚吉达在一位老妇人阿瓦娜的家中安顿下来。他请求老妇人给他些水，老妇人回答道："哎呀，我的孩子，城镇里没法取水，只有周五人们聚集的日子才能喝到水。"巴亚吉达听罢说道："我去打水回来，您把桶给我吧！"老妇人取来水桶递给了他，此时夜色已深。

他接过水桶，来到井边，将水桶放了下去。井里的巨蛇听到桶声响后，便从井里探出头，企图杀掉巴亚吉达。这条蛇名叫萨尔基。巴亚吉达见状拔出宝剑，当即砍下它的头，并将蛇头藏了起来。打上水来，先自己喝饱，还饮了马，将剩下的水带回给老妇人阿瓦娜，然后就进屋休息了。

第二天清晨，人们发现蛇被杀死。难道是叙利亚的阿拉伯人干的吗？人们对蛇留在井里的各种东西喷喷称奇，消息很快就传到道腊女王那里，她亲自来到井口查看。

当她看到巨蛇已被斩首，身体还留在井里时十分惊讶，当场宣布倘若找到除掉巨蛇的英雄，便将城邦一分为二，一半作为奖赏。有人主动邀功，女王问道："蛇的头呢？你要是不能把头给我们看看，那就是在说谎。"另一个人又站了出来说蛇是他杀死的，女王追问蛇头的下落，越来越多的人站出来说自己杀掉了蛇，但都是在说谎罢了。

这时，老妇人说道："昨天晚上有位陌生人借宿家中，带着他的牲口，看不清楚是牛还是马。他拿着水桶到井边打水，自己喝饱后又饮了马，把剩下的水带回来给我。或许是他杀了萨尔基。你们去问问他吧。"人们叫来了巴亚吉达。道腊女王询问道："是你杀掉的这条蛇吗？"他回答："是的。"她又问："蛇的头呢？"他回答："在这呢。"女王表示："我曾承诺，赐给杀蛇的英雄一半城邦。"他说："你不必将城邦分我一半，只需嫁给我即可。"于是女王下嫁给了巴亚吉达。自此他一直居住于女王的宫殿之中。道腊安置了一个女仆在他房间。如果有人要拜访女王，他们并不称呼她的名字，而是说要去酋长家。就这样，她开始称呼巴亚吉达为酋长。

这样日复一日，女仆有了身孕，但是道腊女王的肚子始终没有动静。当女仆生下孩子后，巴亚吉达请求道腊女王允许他为孩子起名。道腊女王答应后，巴亚吉达给孩子取名为得城（Karbigari）。

此后道腊女王也成功怀孕，诞下一子。她请求巴亚吉达允许她为自己的孩子取名。他也同意了，女王为自己的孩子取名为巴沃（Bawo）。巴亚吉达去世后由他继承了父亲的城邦，并养育了六个孩子，分别是道腊酋长嘎早拉和卡诺酋长巴高达，他们是同一个生母所生。扎里亚酋长贡古玛和戈比尔酋长达米，他们同为一个生母。此外还有卡齐纳酋长库玛尧和拉诺酋长臧古古，这就是豪萨七邦（Hausa Bakwai）的起源。

2. 诗歌作品

警告不眠者（*Gargadi don Falkawa*）

真主保佑我们，我该说什么呢？

我们的时代已陷入混乱。

正常人成为疯子，

谨守教规的人开始堕落。

有远见的人眼前迷茫，

走正道的人误入歧途。

拥有良方济世救人的医生遭到痛击，

必会死去。

再也没有信任，和对真理的爱，

人人都走歪门邪道。

人心不再善良，

人人都耍阴谋诡计。

遍地是无知，

宗教知识已死去，

死去，埋在那无边之地，

前去寻它的人尽已迷失。

无人遵从心的指示，或以神的名义行事，

反倒为了博得声名。

信仰已终结，

真正的友谊不再如故，

朋友只是逐利的手段，

和求名的途径。

忠言逆耳，

如果讲真话，你就是不合时宜的人。

你就是傻瓜，

天真，没头脑。

若你说，是真主，或先知，

说了这些话，他们会反问，

你怎么就比别人好？

谁让你说这话，你这怪胎。

人人都出门求钱财，

为了房子、车子和女人。

他们甚至骑着自行车路迢迢，

到新城去迷失自我。

个个衣冠楚楚，

卖弄招摇。

他的乐趣是饮酒，

感觉良好易上头。

俱乐部、酒吧，

是他必到之地，还携带个女人。

不知羞地跳舞、叫喊，

肆无忌惮，不留片刻来思索。

酩酊大醉的他们疯话连篇，

相互交谈。

他们将善心施与歌者、妓女，

犯罪者和不三不四的人。

他们不向穷人施舍救济品，也不祈祷，

他们的慷慨只为买个名声。

嘿，朋友，你失去了常识，

变成了疯子。

无知困住了你，

使你看不见自己的错。

你拒绝劝导，转身离开，

魔鬼引你犯了错。

这些女人是淫妓，

她们抛弃真主，拥抱邪恶。

一个女人若是变成妓女，

就可悲地被毁了。她不再是女人。

我的朋友们，难道这就是我们的路？

我们的行为把一切变得毫无意义。

这条路会把我们，

直接带往幸福？

以神之名，我们是在尼日利亚，

我们能做什么，能说什么？

我们必须自我批评，追求真理，

追随真理之路不偏移。

我们必须像那研谷的捣杵一样坚定，

时光短暂，转瞬即逝。

记住，人人在那真理之日，

都将来到报应之地。

感谢真主，赞美他，

就此停笔。

愿救赎和真主的信任降于先知，

令他防我们偏离正轨。

若人们问起，

是谁写了这首诗，毛拉，告诉他们。

他名为纳伊比·瓦里，

住在库拉瓦。

到此结束，我的诗写完了，

真主保佑我们，勿入迷途。

反对压迫之诗（*Waka Hana Zalunci*）

仁慈的、至高的神，

公平、正义的统治者。

怜悯我们，原谅我们的过错，

用正义来救赎我们的罪恶。

这里写的是一首短诗，

我要谈谈压迫的罪恶。

压迫是一种病，

重得使我们陷入了危机。

引领犯罪者直入那地狱之火的罪，

就是压迫。

无所不知的真主应允，

要拿住所有压迫的人。

任何将压迫之果填进肚皮的人，

将在烈火中感受煎熬囚禁之苦。

他将在仁慈的真主面前，

咽下地狱之火的苦果。

任何将贿赂当成佳肴美酒来享受的人，

将在烈火中感受煎熬囚禁之苦。

邪恶、丑陋的罪行，

给大地带来灾难和压力，

倘若他们和他们的罪恶影响随处可见，

在那罪行之中就会有压迫之罪。

倘若有人来问你，

"什么是压迫？"

别怕，直接告诉他，

"偏离公正之路，

将事物放在错误的位置，

这么做就是压迫"。

当真主称，"停止一切压迫"。

不能接受真主之言，

超越真主所设的界限，

无法采取坚定的立场。

弱小者被权势者吞噬，

就好像那不过是美食。

对一切事情漠不关心，

无论它是乐事还是苦难，

合法还是违法，是蜜糖还是毒药，

不加区分，视若等同。

接受贿赂和礼品，

它们都是组成压迫的一部分。

受贿者或行贿者，

他们的罪同等，毫无差别。

对严肃之事满不在乎，

是出于渴望受贿的欲望；

对小事又兴风作浪，

为的是敲诈勒索。

这些邪恶之事，

形成了压迫。

任何通过压迫他人，

打扰他人而伤害他人的人，

最终将受折磨，

这是造成自身困境的原因。

任何如此行事的人，

将为其压迫行为接受正义的审判。

辛勤劳作、德行高尚的人，

公正地履行职责，

接受工薪的嘉奖，

这是得偿所愿。

他对此感到满足，作为一个正义的人，

坚守正义具有重要意义。

他对受贿不感兴趣，

更别提做出压迫的行为。

正直的警察除了诚实地履行义务，

还有什么与他相关呢？

要阻止罪犯犯罪，

唯一要负责的人就是正直的警察。

法官也知道,

压迫的有害结果,

什么令他想接受贿赂?

他们知道,

若有人被上级势力,或欺诈行为所压迫,

那人向真主申诉,

"啊,正义的真主,

我被重重地冤枉了,

请追究那压迫我的人",

很快,肯定的,

压迫者会一直受到折磨。

如果压迫是问题的中心所在,

一个人的麻烦永远不会成为另一人的所得。

他们知道这是真理,所以,为什么仍要压迫呢?

我向他们保证,真主并未沉睡。

他们知道真主之言,

他将公正地履行诺言。

他们也知道真主之言确定有效,

什么骗了他们,叫他们受贿?

他们知道,在神圣的古兰经里,

第二百六十一行诗句中,

正是压迫的训诫。

真主备下了燃烧的烈火,

惩罚那些压迫他人的人。

对于那些压迫者,他拒绝给予赢得胜利的福泽。

我是萨利胡,写下这首短诗,

写下击败压迫的必要性。

请给予我们自由 (*Ya Allah ka ba mu Sawaba*)

北方人民党成员，

我们看到你们使用印着锄头的徽章，

为的是让农民上套，

好吧，真主也决定了，

你们今年回去种地！

只看得见一种观点的阿尔哈吉，

你不用再食玉米，只食甘薯吧，

还剩什么呢？别无他选，唯有耻辱！

你们要放弃政治吗？

你们的权力看似已化为乌有！

胖子，最坏的罪人，

恶人，敏捷的攻击者，

但如今的时代已背离你们，

再进一步，你们就要成为那号哭的人，

但是哭也没有用。

你们，长了骆驼的脑子，

山羊的胡子，最糟糕的大言不惭者，

你们用金角杀死了牛，

违反了人民的利益，

你们的计谋不会得逞。

城里的毛孩，乳臭未干，

一个嚼烟草的猫鼬，

你们吸着傲慢的烟，

寄生虫，骆驼下的崽，

来吧，臭鼠，我们要把你们逮进笼子里。

北方人民党说谎的日子已逝去，

它已倒塌，必将死去，

今天它断了自己的头，

因为卑鄙的基督徒，

他们穿上的裤子里还有蝎子。

北方——一个纯粹、单一的共和国（*Arewa Jumhuriya Kawai*）

所以，

我不赞同萨阿杜写的诗。

但只是不同意他的如下说法：

我们没有办法让君主制度垮台。

那就是我要讨论的话题，

来吧，各位，来听听真理。

"国王"一词源自道腊，

形容的是一条可怕的蛇，

它自井中出现，

这是这个词的起源，

我告知你，让你知道真相。

随着时间流逝，

他们又用它指称另一位女王（伊丽莎白）。

摧毁君主制的大厦，

任务就在我们眼前，我们无从逃避。

要不了几年，

我们就要变成一个共和国。

所有在我国的英国人将离去，

把尼日利亚归还给我们。

独立就要降临到我们身上，

我们就要从压迫的统治下解脱。

我曾说过，我要再重申一次，

我们将掌控尼日利亚。

二 斯瓦希里语文学译文

1. 民间故事

狮子与兔子（*Simba na Sungura*）

很久以前，很多动物都害怕狮子。它们一旦听到狮子吼叫，都会躲起来。这使得狮子认为它是整个公园最有力量的动物，它甚至想在公园的中央建造自己的房子。兔子听说了狮子的事，还知道了动物们都害怕狮子，就决定将狮子赶出公园，让其它动物快乐地生活。动物们得知兔子的决定，都认为它一定是疯了。但是兔子依然坚持它的计划。等到狮子选定了建房子的地址，兔子就开始在那里犁地。早上狮子发现它建房子的地方被犁平了，非常惊讶，由于它认为自己是百兽之王，所以也不想去调查究竟是谁犁平了这块地。狮子继续测量土地，它离开后，兔子就过来开始挖坑。如此这般持续了好几天。狮子拿来了柱子，兔子就将柱子立直，狮子把柱子立直，兔子就给柱子填土。直到整座房子建好，狮子也不知道究竟是谁在和它一起建房子，狮子只是等着搬家的那一天。

房子终于建好了。兔子急忙开始搬家。兔子还有一个妻子照料着很小的孩子。它对妻子说，它们搬进和狮子一起建的房子的时候，如果听到狮子的声音，就让孩子哭，然后兔子会问："孩子哭什么呢？"她就回答孩子病了，医生说只有把狮子的心给它，孩子才能治好。

叮嘱完妻子后，它们就搬进了新家。没过多久，狮子就带着妻子和孩子们大声吼叫着来了。当它们接近新家时，兔子妻子就把孩子弄哭，小兔子就大声哭了起来。于是兔子就大声问："孩子哭什么呢？"它妻子也大声回答："我的丈夫，孩子病得很厉害，医生说孩子的药就是狮子的心。如果我们得不到狮子的心，孩子可能就没命了。"此时，兔子跟妻子说："如果只有狮子的心能救孩子，那你还是别哭了，因为我要到明天才能见到狮子，让它死，用它的心救我的孩子。你赶快把匕首拿给我，我现在就要去刺杀狮子。"狮子听到这些话，内心极为惶恐，它不自觉地就因为害怕兔子而躲进草丛中。当狮子发觉草丛中的生活有危险时，就躲进了森林里，再也不回去了。兔子和它的妻子、孩子留了下来，生活再也没有危险了。其它的动物也因为获得了自由而更加快乐地生活着。

帕姆贝·米卢伊的锦罗绸缎 （*Kitambaa cha Pembe Mirui*）

阿马蒂非常爱他的妻子法缇玛，他对妻子有求必应，送给妻子很多金银珠宝。法缇玛所拥有的一切引起了邻居女人们的嫉妒。这些女人对法缇玛说，如果你的丈夫真的爱你，就应该把毒蛇帕姆贝·米卢伊守护的锦罗绸缎送给你，那才是世界上独一无二的宝物。法缇玛没能经得住女人们的挑唆，跟丈夫提出了要求，想拥有帕姆贝·米卢伊守护的那件宝物。她的丈夫阿马蒂无法拒绝妻子的要求，只能出发去寻找毒蛇。

阿马蒂走了很多天，还是没能找到那条叫帕姆贝·米卢伊的毒蛇。后来他遇到了一个女巫，女巫知道毒蛇的下落，派她的猫挎上书包，带领阿马蒂去找毒蛇。他们遇到了一条蛇，阿马蒂问了三次："你是帕姆贝·米卢伊吗？"这条蛇回答了三次："我不是帕姆贝·米卢伊。"之后，阿马蒂和猫又遇到了有着两个脑袋和两条尾巴的蛇，仍然不是帕姆贝·米卢伊。随后他们遇到了三个脑袋、三条尾巴直到六个脑袋、六条尾巴的蛇，它们都否认自己是帕姆贝·米卢伊。最后，他们遇到了一条有着七个脑袋、七条尾巴的蛇。阿马蒂问了三次："你是帕姆贝·米卢伊吗？"这条蛇回答了三次："我是帕姆贝·米卢伊。"然后马上躲到了暗处，伺机袭击阿马蒂。那只猫对阿马蒂说："不要动，否则毒蛇会袭击你。"阿马蒂原地不动，帕姆贝·米卢伊突然冲向阿马蒂，并朝他喷射毒液。阿马蒂机敏地躲过突袭的同时，用手中的剑将毒蛇的一个头砍了下来。随行的猫马上将蛇头捡起来装进书包里。如此这般，阿马蒂砍下了毒蛇的六个脑袋，都被猫装进了书包。在帕姆贝·米卢伊的第七次袭击中，阿马蒂砍下了它的最后一个脑袋，但是它的毒液溅到了阿马蒂的脸上，阿马蒂顿时失去了知觉。于是那只猫点起了火，从书包里掏出一把剪刀将毒蛇的皮剪开，取出皮下脂肪，然后从书包里掏出一只金属碗，把脂肪盛在碗里放在火上烤。脂肪融化了，猫又从书包里拿出一小盒药，与融化了的脂肪混合在一起，涂在阿马蒂的耳朵、鼻子和嘴巴上。阿马蒂渐渐恢复了意识，站起身来。他用剑将毒蛇的腹部剖开，从最深处找到了它一直守护的锦罗绸缎。

阿马蒂和猫返回女巫家中，猫把装有毒蛇七个脑袋的书包交给了女巫。女巫对阿马蒂说，告诉你的妻子，要珍惜她所拥有的，不要强行索要不属于她的东西。

阿马蒂回到家，将锦罗绸缎交给妻子法缇玛，并向她讲述了所发生的一切。妻子说，她再也不会听信那些女人们的谗言了。从此她一心一意地爱着自己的丈夫。

善妒的苏丹

很久很久以前，有一个苏丹和他的妻子，他们有一个女儿。苏丹要求女儿与他人和睦相处，并警告女儿如果不这样做，就会受到惩罚。女儿答应了，但她并没有按照父亲的要求去做。

多年以后，苏丹去世了。没过多久，苏丹的妻子也随他而去。只剩下了女儿独自一人。女儿倍感孤单，于是想在其他的苏丹那里找一份工作。

她来到另一个国家的苏丹那里，得到了一份看管谷子免遭鸟儿啄食的工作。苏丹告诉她，无法给她吃的。于是女孩儿只能吃苋菜，借宿在厨房里。

女孩儿在农场修建了一间小棚子，看管谷子时可以遮阳。她在农场的时候，来了一大群鸟儿。她试着驱赶这些鸟儿，但是鸟儿们飞不了太远。她绝望了，开始唱道：

> 啊，世界啊，
> 鸟儿别吃谷子了，
> 爸爸和妈妈说了，
> 啊，世界啊，
> 我遇到困难了，
> 我只能吃苋菜了，
> 啊，世界啊，
> 我只能住在厨房了，
> 啊，世界啊，
> 国王让我

驱赶贪吃的鸟儿，

啊！

国王让我

驱赶贪吃的鸟儿。

唱完这首歌后，所有的鸟儿都飞走了。她往下一看，一粒谷子都没少。于是她计上心来，以后每当有鸟儿落在谷子上，她就唱歌，鸟儿们就飞走了。

一天，苏丹派手下去农场巡视女孩儿的工作。他发现女孩儿在唱歌，于是回去禀告苏丹，女孩儿根本没干活儿，农场里都是鸟，她只是待在小棚子里唱歌。于是苏丹亲自来到农场，发现到处是鸟儿，女孩儿在唱歌。鸟儿们都飞了。苏丹说："我以为你在工作，没想到你却在唱歌。"女孩儿回答："谷子一颗没少，不信你看。"苏丹发现没有一粒谷子掉在地上，于是便离开了。

女孩儿又在农场建了更好的棚子，将鸟儿们都养了起来。每当有鸟儿飞来，女孩儿都会唱歌，然后将鸟儿关进棚子里，给它们喂食。她对鸟儿说："如果我死了，你们就从棚子里飞出来。"

一天，苏丹来到农场，看到了那些鸟儿，非常喜欢。他想将鸟儿据为己有，但是没有成功。后来他再次来到农场，用刀子刺进女孩儿的胸口，想要霸占那些鸟儿。女孩儿死后，棚子里的鸟儿全都飞了出来，开始吃谷子。不一会儿就把谷子全都吃光了。苏丹最终一无所获。

2. 诗歌作品

使用斯瓦希里语（*Kitumike Kiswahili*）

亲爱的编辑请写信，我们向您请愿，

传达我们的呼声，让政府认识到，

由于被剥夺了权利，我们正处在悲伤之中，

坦噶尼喀立法委员会，应该使用斯瓦希里语。

坦噶尼喀立法委员会，政府的立法委员会，
我们想要的是，它使用斯瓦希里语，
为了让非洲人领导政府，
坦噶尼喀立法委员会，应该使用斯瓦希里语。

当法律颁布时，我们应该毫不费力地阅读，
那时我们一定会知道什么是禁止的，什么是合法的，
以便我们完全掌握，并真正尊重法律，
坦噶尼喀立法委员会，应该使用斯瓦希里语。

坦噶尼喀，当然是由各个民族构成的，
所有使用斯瓦希里语的人，都聚集在一起，
当我们掌控坦噶尼喀时，它应该是政府的语言，
坦噶尼喀立法委员会，应该使用斯瓦希里语。

我们渴望义务，完全的选择，
我们渴望的代表，政府不应该选择，
我们应该选择我们想要的代表，政府全盘接受，
坦噶尼喀立法委员会，应该使用斯瓦希里语。

政府应该给予，我们想要的席位，
我们是两个以上的多民族，
毫无疑问的公正，我们应有两个以上席位，
坦噶尼喀立法委员会，应该使用斯瓦希里语。

因为有很多外来人口，我们视之为一个问题，
因为我们不应达到，被拒绝的程度，
我们已经忍受够了，向政府请愿，
坦噶尼喀立法委员会，应该使用斯瓦希里语。

坦噶尼喀，应该由斯瓦希里语统治，

为了让我们知道政府的所作所为，我们已经感到厌倦，

据说我们还相距甚远，

坦噶尼喀立法委员会，应该使用斯瓦希里语。

我们不能用外国人的语言解放自己，

我们希望自己的语言，用于各种用途，

我们的智慧显而易见，应该是无法隐藏的，

坦噶尼喀立法委员会，应该使用斯瓦希里语。

告别，不是结束交流，

我们坦噶尼喀人想要的是，斯瓦希里语不能缺席，

那时，就是我们不再怀疑政府，

坦噶尼喀立法委员会，应该使用斯瓦希里语。

我小时候的语言，即使现在作为一个成年人，

曾经是一种很难的语言，现在我也会讲了，

她好似一缕清香，飘进我的心中和鼻子，

草原、海岸、河流，那些我曾去过的地方，

母亲的乳汁是最甘甜的，再没有什么能比它满足欲望。

像阿拉伯语、拉丁语和英语这样的语言，

意义重大，包含了许多令人愉悦的内容。

我尝试了很多方法去研究它们，

但我像个哑巴，一出口就被藐视。

母亲的乳汁是最甘甜的，再没有什么能比它满足欲望。

我使用斯瓦希里语，给予和接纳，

我可以毫无困难地争论一个问题，

使用另一种语言"是的，先生"，在您看来我可以这样做，

但是我照做后，没有得到肯定。
母亲的乳汁是最甘甜的，再没有什么能比它满足欲望。

每种语言都有精神，
语言的桂冠，为它而生，
好似红辣椒一般，会引起疼痛和烦恼，
厌倦了贪婪，我只渴望自由自在，
母亲的乳汁是最甘甜的，再没有什么能比它满足欲望。

人类使用语言，动物则使用叫声，
狮子吼叫，向绵羊吼叫，
母狮的吼叫，令它惊慌失措，
雄鹰的叫声，与雄鸡不同。
母亲的乳汁是最甘甜的，再没有什么能比它满足欲望。

如果一头母牛叫它的小牛，据说它会叫，
如果它挨打并叫着求饶，我们则没有听到，
对于这些问题，缺乏辨别能力，
即使不是，也被说成是批评，
母亲的乳汁是最甘甜的，再没有什么能比它满足欲望。

即使完全丰满，另一个乳房也不受欢迎，
一个饥饿的孩子，吸吮方面是不自由的，
如果孩子们没有从小开始习惯命令，
那么和语言一样，对命令表现出的就是抗拒，
母亲的乳汁是最甘甜的，再没有什么能比它满足欲望。

我感恩并十分骄傲，因为不曾被塑造得哑口无言，
不被承认的，可以说出来，
我曾经试着说过，另一个乳房不好，

以我的位置和努力，我看到它是如何毁掉他们的。

母亲的乳汁是最甘甜的，再没有什么能比它满足欲望。

女人不是鞋子（*Mwanamke si Kiatu*）

一方想要屈服，这是个玩笑，不是真的，

一方想要达成协议，想要完全理解，

这种衡量不要草率做出，

应该像丈夫一样为妻子权衡，

哈丽迪，我相信你已经走得太远。

不同的各方，立场不同，

规矩来自中央，来自执政党，

夫妻之间，必须爱的对峙，

冒犯就是煽动，说这说那。

女人是被诅咒的，你的答案是傲慢，

依我看，责备是应当的，

你不说话，不具有什么智慧，

女人是理想主义的，她们是财富。

诅咒是一个错误，表达上十分严重，

会造成文字上的麻烦，

一个女人，需要平等的地位，

除非是可怜的种子，否则一个女人不会诞下魔鬼。

如果你说女人有缺陷，不会有人同意，

我尚未在任何地方听到这个表达，

她所到之处，都显示出价值，

女性是家庭的统治者。

虽然我坐在厨房，诗歌不是我的主题，
问我是谁，了解我的来历，
然后上场，在战斗中相互比试，
如果你在伊朗，那么我是一个斯瓦希里人。

傲慢与喧嚣，我听到了远处的声音，
几乎无处不在，
靠近你就会挨打，我不会改变我的话，
倘若没有准备好，你该如何承担重担？

喧嚣算不了什么，如果它直面我，
在金钱问题上，不欺骗别人，
女人的确是这样的，最好没有什么变化，
除非做成鞋，否则她不会同意。

不负责地说，女人没有义务，
人若作恶，就要使他们更有智慧，
邪恶造成的痛苦，是不可忍耐的，
如果你缺乏尊重，女人就会效仿你。

提及丈夫做出改变的法律，是没有用的，
敲门出来，丈夫是始作俑者，
一位妻子，如果她这样做，不应受到惩罚，
如果丈夫残暴，妻子也不会守规矩。

参考文献

Ⅰ.原始文献

Colonial Office. 1955. *Colonial Development and Welfare Acts*：*Report on the Administration and Use of the Funds Provided under the Colonial Development and Welfare Acts*. London：Her Majesty's Stationery Office.

Great Britain, Colonial Office, Advisory Committee on Native Education in the British Tropical African Dependencies. 1925. *Educational Policy in British Tropical Africa*, *Cmd. 2374*. London：His Majesty's Stationery Office.

Great Britain. Colonial Office. 1927. *British Tropical Africa*：*The Place of the Vernacular in Native Education*. London：Colonial Office.

RHO. Mss. Afr. S. 597 Annual Report of the Gaskiya Corporation 1947–1949.

Ⅱ.二次文献

A.期刊

a 中文期刊

《历史研究》

《世界历史》

《世界文学》

《外国文学》

《西亚非洲》

《语言学资料》

b　西文期刊

Advances in Literary Study

Africa：Journal of the International African Institute

African Affairs

African Languages and Cultures

African Studies Review

Comparative Literature Studies

Journal of the International African Institute

Research in African Literatures

The International Journal of African Historical Studies

The Journal of Imperial and Commonwealth History

c　豪萨文报刊

Gaskiya ta fi Kwabo

Jakadiya

Jaridar Nijeriya ta Arewa

Nigerian Citizen

Salama

Suda

d　斯瓦希里文报刊

Habari za Mwezi

Mambo Leo

Msimulizi

B. 文献

a　著作

a）中文著作

〔澳〕比尔·阿什克洛夫、加雷斯·格里菲斯、海伦·蒂芬：《逆写帝国：后殖民文学的理论与实践》，任一鸣译，北京：北京大学出版社，

2014 年。

〔加〕A．A．博亨主编《非洲通史：1880～1935 年殖民统治下的非洲》（第七卷），北京：中国对外翻译出版公司，2013 年。

〔马〕弗朗兹·法农：《大地上的受苦者》，杨碧川译，台北：心灵工坊文化，2009 年。

〔尼〕钦努阿·阿契贝、〔英〕C．L．英尼斯编《非洲短篇小说选集》，查明建等译，北京：译林出版社，2013 年。

〔尼〕哈吉·阿布巴卡尔·伊芒：《非洲夜谈》，黄泽全译，北京：世界知识出版社，1985 年。

〔尼〕泰居莫拉·奥拉尼央等主编《非洲文学批评史稿》，姚峰等译，上海：华东师范大学出版社，2020 年。

〔塞〕D．T．尼昂主编《非洲通史：十二世纪至十六世纪的非洲》（第四卷），张文淳等译，北京：中国对外翻译出版公司，1992 年。

〔上〕J．基-泽博主编《非洲通史：编史方法及非洲史前史》（第一卷），北京：中国对外翻译出版公司，1984 年。

〔苏〕伊·德·尼基福罗娃等：《非洲现代文学》（东非和南非），陈开种等译，北京：外国文学出版社，1981 年。

〔苏〕伊·德·尼基福罗娃等：《非洲现代文学》（北非和西非），刘宗次、赵陵生译，北京：外国文学出版社，1980 年。

〔坦〕E．凯吉拉哈比等：《未开的玫瑰花》，蔡临祥译，上海：上海译文出版社，1988 年。

〔坦〕法拉吉·卡塔拉姆布拉：《匿名电话》，蔡临祥等译，呼和浩特：内蒙古人民出版社，1981 年。

〔坦〕凯齐拉哈比：《混乱人世》，葛公尚、李君等译，昆明：云南人民出版社，1982 年。

〔坦〕穆·苏·穆罕默德等：《渴——坦桑尼亚小说选》，冯玉培等译，北京：外语教学与研究出版社，1982 年。

〔坦〕姆库亚：《沉沦》，蔡临祥译，哈尔滨：黑龙江人民出版社，1989 年。

〔坦〕穆西巴：《阴谋——一起轰动世界的奇案侦破》，蔡临祥译，北京：军事科学出版社，1989年。

〔坦〕夏班·罗伯特：《夏班·罗伯特寓言选》，张治强译，济南：山东人民出版社，1979年。

〔坦〕夏邦·罗伯特：《农民乌吐波拉》，葛公尚译，北京：外语教学与研究出版社，1980年。

〔坦〕夏邦·罗伯特：《想象国》，葛公尚译，北京：外国文学出版社，1980年。

〔乌干达〕马哈茂德·马姆达尼：《界而治之：原住民作为身份政治》，田立年译，北京：人民出版社，2016年。

〔英〕A. D. 罗伯茨编《剑桥非洲史·20世纪卷（1905～1940）》，李鹏涛译，杭州：浙江人民出版社，2019年。

〔英〕迈克尔·克劳德：《剑桥非洲史·20世纪卷（1940～1975）》，赵俊译，杭州：浙江人民出版社，2019年。

〔英〕约翰·达尔文：《未终结的帝国：大英帝国，一个不愿消逝的扩张梦》，冯宇、任思思、李昕译，北京：中信出版社，2015年。

毕桪主编《民间文学概论》，北京：民族出版社，2004年。

陈岗龙、张玉安等：《东方民间文学概论》（第四卷），北京：昆仑出版社，2006年。

高长荣编选《非洲当代中短篇小说选》，北京：外国文学出版社，1983年。

高长荣编选《非洲戏剧选》，北京：外国文学出版社，1983年。

高晋元：《英国—非洲关系史略》，北京：中国社会科学出版社，2008年。

洪霞、刘明周：《英帝国史》（第七卷），南京：江苏人民出版社，2019年。

季羡林主编《东方文学史》，长春：吉林教育出版社，1995年（2006年重印）。

黎跃进等：《东方现代民族主义文学思潮研究》（全2册），北京：昆仑出版社，2014年。

李保平：《传统与现代：非洲文化与政治变迁》，北京：北京大学出版社，2011年。

李鹏涛：《殖民主义与社会变迁：以英属非洲殖民地为中心（1890～1960）》，北京：社会科学文献出版社，2019 年。

李永彩：《南非文学史》，上海：上海外语教育出版社，2009 年。

陆庭恩、彭坤元主编《非洲通史》（现代卷），上海：华东师范大学出版社，1995 年。

孙晓萌：《语言与权力：殖民时期豪萨语在北尼日利亚的运用》，北京：社会科学文献出版社，2014 年。

童庆炳、陶东风主编《文学经典的建构、解构和重构》，北京：北京大学出版社，2007 年。

郑家馨主编《殖民主义史·非洲卷》，北京：北京大学出版社，2000 年。

中国基督教协会：《圣经》，南京：爱德印刷有限公司，1998 年。

钟敬文主编《民间文学概论》（第二版），北京：高等教育出版社，2010 年。

钟志清等：《希伯来经典学术史研究》，南京：译林出版社，2019 年。

资中筠：《散财之道——美国现代公益基金会述评》，上海：上海人民出版社，2003 年。

b）西文著作

Abalogu, U. N., G. Ashiwaju and R. Amadi-Tshiwala, eds. 1981. *Oral Poetry in Nigeria*. Lagos：Nigeria Magazine.

Abdu, Saleh and Muhammed O. Bhadmus, eds. 2007. *The Novel Tradition in Northern Nigeria：Proceedings of the 4th Conference on Literature in Northern Nigeria*. Kano：SK Amodu Printing and Publishing House.

Abdulaziz, Mohamed H. 1979. *Muyaka：19th Century Swahili Popular Poetry*. Nairobi：Kenya Literature Bureau.

Abdulraheem, Hamzat I., Saeedat B. Aliyu and Reuben K. Akano, eds. 2017. *Literature, Integration and Harmony in Northern Nigeria*. Malete, Kwara State, Nigeria：Kwara State University Press.

Abrahams, Roger D. 1983. *African Folktales*. New York：Pantheon.

Achebe, Chinua. 1975. *Morning Yet on Creation Day*. London：Heinemann.

Andrzejewski, B. W. , S. Pilaszewicz and W. Tyloch eds. 1985. *Literature in African Languages: Theoretical Issues and Sample Surveys*. Cambridge: Cambridge University Press.

Baldi, Sergio. 1977. *Systematic Hausa Bibliography*. Rome: Pioda.

Bertoncini, Elena Zúbková. 1989. *Outline of Swahili Literature: Prose Fiction and Drama*. Leiden: E. J. Brill.

Biersteker, Ann Joyce. 1996. *Kujibizana: Questions of Language and Power in Nineteenth and Twentieth Century Poetry in Kiswahili*. East Lansing: Michigan State University Press.

Boehmer, E. 1995. *Colonial and Postcolonial Literature*. Oxford: Oxford University Press.

Boyd, Jean and Beverly B. Mack, eds. 1997. *Collected Works of Nana Asma'u, Daughter of Usman dan Fodiyo (1793-1864)* . East Lansing: Michigan State University Press.

Breitinger, Eckhard and Reinhard Sander, eds. 1985. *Towards African Authenticity: Language and Literary Form*. Bayreuth: Bayreuth University.

Chimerah, Rocha M. 1998. *Kiswahili: Past, Present, and Future Horizons*. Nairobi: Nairobi University Press.

Dathorne, O. R. 1975. *African Literature in the Twentieth Century*. London: Heinemann.

Fieldhouse, David K. 1983. *Colonialism, 1870-1945: An Introduction.* London: Macmillan.

Finnegan, Ruth. 1970. *Oral Literature in Africa*. Nairobi: Oxford University Press.

Fishman, Joshua A. , ed. 1974. *Advances in Language Planning*. The Hague: Mouton.

Furniss, Graham. 1996. *Poetry, Prose and Popular Culture in Hausa*. Edinburgh: Edinburgh University Press.

Furniss, Graham and Liz Gunner, eds. 1995. *Power, Marginality and African Oral Literature*. Cambridge: Cambridge University Press.

Furniss, Graham and Philip J. Jaggar, eds. 1988. *Studies in Hausa Language and Linguistics, in Honour of F. W. Parsons.* London: Kegan Paul International.

Gann, L. H. and Peter J. Duignan. 1968. *Burden of Empire: An Appraisal of Western Colonialism in Africa, South of the Sahara.* London: Pall Mall Press.

Gann, L. H. and Peter J. Duignan, eds. 1969. *Colonialism in Africa, 1870–1960*, Vol. I: *The History and Politics of Colonialism, 1870–1914.* Cambridge: Cambridge University Press.

Garnier, Xavier. 2013. *The Swahili Novel: Challenging the Idea of "Minor Literature".* Woodbridge: Boydell and Brewer Limited.

Gérard, Albert S., 1971. *Four African Literatures: Xhosa, Sotho, Zulu, Amharic.* Berkeley: University of California Press.

——. 1981. *African Language Literatures: An Introduction to the Literary History of Sub-Saharan Africa.* Washington, D. C.: Three Continents Press.

——. 1986. *European-Language Writing in Sub-Saharan Africa.* Amsterdam: John Benjamins Publishing Company.

——. 1990. *Contexts of African Literature.* Amsterdam: Rodopi.

Guthrie, Malcolm. 1967–1971. *Comparative Bantu* Vol. 1–4. Farnborough: Gregg International Publishers.

Hailey, William Malcolm. 1968. *An African Survey: A Study of Problems Arising in Africa South of the Sahara.* London: Oxford University Press.

Harneit-Sievers, Axel, ed. 2002. *A Place in the World: New Local Historiographies from Africa and South Asia* Vol. 2. Leiden: Brill.

Harries, Lyndon. 1962. *Swahili Poetry.* Oxford: Clarendon Press.

Harrow, Kenneth W., ed. 1991. *Faces of Islam in African Literature.* Portsmouth: James Currey.

Hayatu, Husaini, ed. 1991. *50 Years of Truth: The Story of Gaskiya Corporation Zaria, 1939–1991.* Zaria: Gaskiya Corporation.

Herdeck, Donald E. 1973. *African Authors: A Companion to Black African Writing*, Volume I: *1300–1973.* Washington D. C.: Black Orpheus Press.

Hiskett, Mervyn. 1975. *A History of Hausa Islamic Verse.* London: School of Oriental and African Studies.

——. 1977. *An Anthology of Hausa Political Verse.* London: School of Oriental & African Studies, University of London.

——. 1984. *The Development of Islam in West Africa.* London: Longman.

——. 1994. *The Sword of Truth: The Life and Times of the Shehu Usuman dan Fodio.* Evanston: Northwestern University Press.

Irele, F. Abiola and Simon Gikandi, eds. 2004. *The Cambridge History of African and Caribbean Literature.* Cambridge: Cambridge University Press.

Jaggar, Philip J. 2001. *Hausa.* Amsterdam and Philadelphia: John Benjamins.

Jahn, Janheinz. 1966. *Geschichte der neoafrikanischen Literatur: Eine Einführung.* Düsseldorf/Köln: Diederichs.

JanMohamed, Abdul R. 1983. *Manichean Aesthetics: The Politics of Literature in Colonial Africa.* Amherst: University of Massachusetts Press.

Johnston, H. A. S. 1966. *A Selection of Hausa Stories.* Oxford: Clarendon Press.

Kirk-Greene, A. H. M. and Yahaya Aliyu. 1967. *A Modern Hausa Reader.* London: University of London Press.

Klíma, Vladimír, Karel František Růžička and Petr Zima. 1976. *Black Africa: Literature and Language.* Prague: Academia Publishing House of the Czechoslovak Academy of Sciences.

Knappert, Jan. 1967. *Traditional Swahili Poetry: An Investigation into the Concepts of East African Islam as Reflected in the Utenzi Literature.* Leiden: E. J. Brill.

——. 1971. *Swahili Islamic Poetry: Introduction, the Celebration of Mohammed's Birthday, Swahili Islamic Cosmology* Vol. I. Leiden: E. J. Brill.

——. 1979. *Four Centuries of Swahili Verse: A literary History and Anthology.* London: Heinemann.

——. 1983. *Epic Poetry in Swahili and Other African Languages* Vol. 12.

Leiden: E. J. Brill.

——. 1997. *Swahili Proverbs* Vol. 1. Burlington: The University of Vermont.

——. 1999. *A Survey of Swahili Islamic Epic Sagas.* Lewiston: Edwin Mellen Press.

Krapf, J. L. 1850. *Outline of the Elements of the Kisuáheli Language: With Special Reference to the Kiníka Dialect.* Tübingen: Printed by Lud. Fried. Fues.

——. 1882. *A Dictionary of the Suahili Language.* Ludgate Hill, London: Trübner and Co.

Last, Murray. 1967. *The Sokoto Caliphate.* London: Longman.

Lugard, Frederick. 1915. *Memorandum on Education in Nigeria.* Lagos: Nigerian Press.

——. 1965. *The Dual Mandate in British Tropical Africa.* London: Frank Cass.

Mack, Beverly and Jean Boyd. 1989. *The Caliph's Sister: Nana Asma'u 1793–1865, Teacher, Poet and Islamic Leader.* London: Frank Cass.

——. 2000. *One Woman's Jihad: Nana Asma'u, Scholar and Scribe.* Bloomington: Indiana University Press.

Mason, Jim. 2009. *Literature Outreach in Nigeria: A History of SIM Literature Work 1901–1980.* Scarborough, Ont. : SIM Canada.

Mazrui, Alamin M. 2007. *Swahili Beyond the Boundaries: Literature, Language and Identity.* Athens: Ohio University Press.

Mazrui, Ali A. and Alamin M. Mazrui. 1995. *Swahili State and Society: The Political Economy of an African Language.* Nairobi: East African Educational Publishers.

——. 1998. *The Power of Babel: Language and Governance in the African Experience.* Chicago: University of Chicago Press.

Mbaabu, Ireri. 1985. *New Horizons in Kiswahili: A Synthesis in Developments, Research, and Literature.* Nairobi: Kenya Literature Bureau.

Mora, Abdurrahman, ed. 1989. *The Abubakar Imam Memoirs.* Zaria:

Northern Nigerian Publishing Company.

Mulokozi, M. M. and T. S. Y. Sengo. 1995. *History of Kiswahili Poetry*, *A. D. 1000 – 2000*: *A Report*. Dar es Salaam: Institute of Kiswahili Research, University of Dar es Salaam.

Newman, Paul. 2000. *The Hausa Language*: *An Encyclopedic Reference Grammar*. New Haven and London: Yale University Press.

Ozigi, Albert and Lawrence Ocho. 1981. *Education in Northern Nigeria*. London: George Allen & Unwin.

Palmer, Herbert R. 1908. *The Kano Chronicle*: *Translated, With an Introduction*. London: Royal Anthropological Institute.

Pearce, R. D. 1982. *The Turning Point in Africa*: *British Colonial Policy 1938–1948*. London: Frank Cass.

Perham, Margery. 1960. *Lugard*: *The Years of Adventure 1858–1898*. London: Collins.

——. 1960. *Lugard*: *The Years of Authority 1898–1945*. London: Collins.

——. 1961. *The Colonial Reckoning*. London: Collins.

——. 1962. *Native Administration in Nigeria*. London: Oxford University Press.

——. 1967. *Colonial Sequence, 1930 to 1949*: *A Chronological Commentary upon British Colonial Policy Especially in Africa*. London: Methuen.

Perham, Margery and Mary Bull, eds. 1959. *The Diaries of Lord Lugard* Vol. 1–4. London: Faber and Faber.

Ratcliffe, B. J. and Howard Elphinstone. 1932. *Modern Swahili*. London: The Sheldon Press.

Rattray, R. Sutherland. 1913. *Hausa Folk-Lore, Customs, Proverbs, Etc*: *Collected and Transliterated with English Translation and Notes*. Oxford: Clarendon Press.

Robinson, Charles H. 1896. *Specimens of Hausa Literature*. Cambridge: Cambridge University Press.

Robinson, Ronald, John Gallagher and A. Denny. 1961. *Africa and the*

Victorians: *The Official Mind of Imperialism*. London: Macmillan.

Rollins, Jack D. 1983. *A History of Swahili Prose*, Part 1: *From Earliest Times to the End of the Nineteenth Century*. Leiden: E. J. Brill.

Schapera, I. , ed. 1937. *The Bantu - Speaking Tribes of South Africa*: *An Ethnographical Survey*. London: George Routledge & Sons.

Schön, J. F. 1862. *Grammar of the Hausa Language*. London: Church Missionary House.

Schumaker, Lyn. 2001. *Africanizing Anthropology*: *Fieldwork*, *Networks*, *and the Making of Cultural Knowledge in Central Africa*. Durham, NC: Duke University Press.

Skinner, Neil. 1968. *Hausa Readings*: *Selections from Edgar's Tatsuniyoyi*. Madison, London, etc. : University of Wisconsin Press for the Department of African Languages and Literature.

——. 1980. *An Anthology of Hausa Literature in Translation*. Zaria: Northern Nigerian Publishing Company.

Skinner, Neil, ed. 1969. *Hausa Tales and Traditions*: *An English Translation of ' Tatsuniyoyi Na Hausa '*, *Originally Compiled by Frank Edgar* Vol. Ⅰ. London: Frank Cass.

Steere, Edward. 1870. *A Handbook of the Swahili Language as Spoken at Zanzibar*. London: Bell & Daldy.

——. 1882. *Swahili Exercises*. London: Bell and Sons.

Tibenderana, Peter K. 2003. *Education and Cultural Change in Northern Nigeria 1906 - 1966*: *A Study in the Creation of a Dependent Culture*. Kampala: Fountain Publishers.

Tilley, Helen and Robert J. Gordon, eds. 2007. *Ordering Africa*: *Anthropology*, *European Imperialism*, *and the Politics of Knowledge*. Manchester: Manchester University Press.

Tremearne, A. J. N. 1913. *Hausa Superstitions and Customs*: *An Introduction to the Folk-lore and the Folk*. London: John Bale, Sons & Danielsson.

Turaki, Yusufu. 1993. *An Introduction to the History of SIM/ECWA in*

Nigeria, *1893-1993*. Jos：Challenge Press.

Vincent, William. 1800. *The Periplus of the Erythrean Sea*. London：T. Cadell, Jun. and W. Davies.

Wafula, Richard Makhanu. 2014. *Allegory to Allegorization*：*The Development of Shaaban Robert's Prose*. Saarbrücken：Lambert Academic Publishing.

Whiteley, Wilfred. 1969. *Swahili*：*The Rise of a National Language*. London：Methuen.

Williams, D. H. 1959. *A Short Survey of Education in Northern Nigeria*. Kaduna：Ministry of Education, Northern Region of Nigeria.

Wolff, Ekkehard. 1993. *Referenzgrammatik des Hausa*：*Zur Begleitung des Fremdsprachenunterrichts und zur Einführung in das Selbststudium*. Hamburg：LIT Verlag.

c）豪萨文专著

Abubakar, Tunau. 1977. *Wasan Marafa*. Zaria：Northern Nigerian Publishing Company.

Batten, T. R. and Rupert Moultrie East. 1934. *Koyarwar Labarin Kasa da Tarihi*：*Chikin Elementary*. Lagos：C. M. S. Bookshop.

Bello, Muhammadu. 1934. *Gandoki*. Zaria：Translation Bureau.

Dogondaji, Alhaji. 1955. *Malam Inkuntum*. Zaria：North Regional Literature Agency.

East, Rupert Moultrie. 1935. *Six Hausa Plays*. Lagos：West African Book Publishers Limited.

Edgar, F. 1911 – 1913. *Litafi Na Tatsuniyoyi Na Hausa*. Belfast：W. Erskine Mayne.

Funtuwa, Garba. 1978. *Gogan Naka*. Zaria：Northern Nigerian Publishing Company.

Goggo, Adamu Dan and Dauda Kano. 1969. *Tabarmar Kunya*：*A Hausa Comedy*. Zaria：Northern Nigerian Publishing Company.

Hadeja, Mu'azu. 1962. *Wakokin Mu'azu Hadeja*. Zaria, Nigeria：Gaskiya

Corporation.

Imam, Abubakar. 1945. *Tafiya Mabudin Ilmi*. Zaria: Gaskiya Corporation.

——. 1968. *Labaru Na Da da Na Yanzu*. Zaria: Northern Nigerian Publishing Company.

——. 1971. *Ruwan Bagaja*. Zaria: Northern Nigerian Publishing Company.

——. 1974. *Magana Jari Ce*. Zaria: Northern Nigerian Publishing Company.

Ingawa, Ahmadu. 1965. *Iliya Dan Maikarfi*. Zaria: Gaskiya Corporation.

Kano, Malam Mamman. 1924. *Dare Dubu da Daya: Inuwa Maigari Ya Yi Zane*. Zaria: Gaskiya Corporation.

Katsina, Amada. 1952. *Sihirtaccen Gari*. Zariya: Gaskiya Corporation.

Leo, Africanus. 1930. *Littafi na Bakwai na Leo Africanus*. Sheffield: J. W. Northend.

Makarfi, Malam Shu'aibu. 1970. *Zamanin Nan Namu: Wasanni Biyu*. Zaria: Northern Nigerian Publishing Company.

——. 1970. *Jatau na Kyallu*. Zaria: Northern Nigerian Publishing Company.

Na-Mangi, Aliyu. 1963. *Wakar Imfiraji*. Zaria: Gaskiya Corporation.

Northern Provinces of Nigeria. 1927. *Littafi na Koyon Karatu*. Northern Provinces, Nigeria: Education Department.

Sada, Alhaji Mohammed. 1971. *Uwar Gulma*. Zaria: Northern Nigerian Publishing Company.

Schön, J. F. 1885. *Magána Hausa: Native Literature, or Proverbs, Tales, Fables and Historical Fragments in the Hausa Language*. London: Society for Promoting Christian Knowledge.

Translation Bureau Zaria. 1935. *Al'amuran Duniya Da Na Mutane*. Zaria: Translation Bureau.

——. 1971. *Labarun Hausawa da Makwabtansu*. Zaria: Northern Nigerian Publishing Company.

Yahaya, Ibrahim Yaro. 1988. *Hausa A Rubuce: Tarihin Rubuce-rubuce Cikin Hausa*. Zaria: Northern Nigerian Publishing Company.

d) 斯瓦希里文专著

Abdulla, Muhammed Said. 1997. *Mzimu wa Watu wa Kale*. Nairobi: Kenya Literature Bureau.

Abedi, Kaluta Amri. 1973. *Sheria za Kutunga Mashairi na Diwani ya Amri*. Kampala: East African Literature Bureau.

Chiraghdin, Shihabuddin and Mathias E. Mnyampala. 1977. *Historia ya Kiswahili*. Nairobi: Oxford University Press.

Farsy, Muhammad S. 1982. *Kurwa na Doto: Maelezo ya Makazi Katika Kijiji cha Unguja (Zanzibar)*. Nairobi: Kenya Literature Bureau.

Frank, Cedric N. 1951. *Imekwisha: mifano ya Mateso ya Bwana Wetu Yesu Kristo*. Nairobi: Highway Press.

Hemedi'lAjjemy, Abdallah bin. 1978. *Habari za Wakilindi*. Nairobi: Kenya Literature Bureau.

Hyslop, Graham. 1962. *Afadhali Mchawi*. Nairobi: Oxford University Press.

——. 1970. *Mgeni Karibu*. Nairobi: Oxford University Press.

Kipling, Rudyard. 1950. *Hadithi za Maugli, Mtoto Aliyelelewa na Mbwa Mwitu*. Bombay: Macmillan.

Kuria, Henry. 1964. *Nakupenda, lakini....* Nairobi: Oxford University Press.

Maganga, C. 1997. *Historia ya Kiswahili*. Dar es Salaam: Chuo Kikuu Huria cha Tazania.

Mbaabu, Ireri. 1978. *Kiswahili: Lugha ya Taifa*. Nairobi: Kenya Literature Bureau.

——. 2007. *Historia ya Usanifishaji wa Kiswahili*. Dar es Salaam: Taasisi ya Uchunguzi wa Kiswahili, Chuo Kikuu cha Dar es Salaam.

Mbotela, James. 1962. *Uhuru wa Watumwa*. London: Nelson and Sons.

Mlacha, S. A. K. and J. S. Madumulla. 1991. *Riwaya ya Kiswahili*. Dar es Salaam: Dar es Salaam University Press.

Molière, J. B. p. and A. Morrison. 1945. *Tabibu Asiyependa Utabibu*. Dar es Salaam: East African Standard.

Morris, E. G. and R. A. Snoxall. 1949. *Elimu ya Kiswahili: Kitabu cha 1-3*. London: Longmans.

Mulokozi, M. M. 2017. *Utangulizi wa Fasihi ya Kiswahili: Kozi za Fashi Vyuoni na Vyuo Vikuu*. Dar es Salaam: KAUTTU.

Ngugi, Gerishon. 1961. *Nimelogwa! Nisiwe na Mpenzi: Mchezo wa Kuiga*. Dar es Salaam: East African Literature Bureau.

Nyerere, Julius K. 1967. *"Utekelezaji wa Azimio la Arusha": hotuba ya rais kwa Mkutano Mkuu wa TANU, Mwanza, tarehe 16 Oktoba, 1967*. Dar es Salaam: Wizara ya Habari na Utalii.

Robert, Shaaban. 1964. *Maisha Yangu*. London: Nelson.

——. 1967. *Utenzi wa Vita vya Uhuru, 1939 hata 1945*. Nairobi: Oxford University Press.

——. 1968. *Adili na Nduguze*. London: Macmillan.

——. 1968. *Kielezo cha Fasili*. London: Nelson.

——. 1968. *Mashairi ya Shaaban Robert*. London: Nelson.

——. 1968. *Pambo la Lugha*. Nairobi: Oxford University Press.

——. 1968. *Siku ya Watenzi Wote*. London: Nelson.

——. 1968. *Utubora Mkulima*. London: Nelson.

——. 1970. *Kusadikika: Nchi Iliyo Angani*. London: Nelson.

——. 1972. *Sanaa ya Ushairi*. London: Nelson.

——. 1973. *Kielezo cha Insha*. Nairobi: Oxford University Press.

——. 1974. *Kufikirika*. Nairoi: Oxford University Press.

Sengo, T. S. Y., J. S. Madumulla, S. A. K. Mlacha and S. D. Kiango. 2012. *Fasihi-Simulizi ya Mtanzania: Hadithi, Kitabu cha Pili*. Dar es Salaam: Taasisi ya Uchunguzi wa Kiswahili, Chuo Kikuu cha Dar es Salaam.

Snoxall, R. A. and A. E. Ibreck. 1960. *Elimu ya Kiswahili: Kitabu cha 4*. London: Longmans.

Steere, Edward. 1970. *Swahili Tales: As Told by the Natives of Zanzibar*. Nendeln, Liechtenstein: Klaus Reprint.

Stevenson, Robert Louis, Edwin W. Brenn. 1929. *Kisiwa Chenye Hazina*.

London：Longmans & Company.

Swift, Jonathan. 1932. *Safari za Gulliver*：Swift's "*Gulliver's Travels*". London：The Sheldon Press.

b　文章

a）中文文章

〔坦〕夏班·罗伯特：《夏班·罗伯特自传》，薛彦芳译，《世界文学》1988 年第 3 期，第 5~15 页。

高岱：《英法殖民地行政管理体制特点评析（1850~1945）》，《历史研究》2000 年第 4 期，第 88~96 页。

顾学稼：《杜波依斯与泛非主义运动》，《四川大学学报》（哲学社会科学版）1990 年第 1 期，第 80~88 页。

杭聪：《英国的帝国援助政策辨析（1929~1970）》，《唐山学院学报》2017 年第 2 期，第 74~81 页。

洪霞：《文化相对主义与间接统治制度》，《世界历史》2003 年第 2 期，第 45~52 页。

黄泽全、董洪元：《豪萨语和豪萨文的发展演变》，《西亚非洲》1984 年第 3 期，第 55~61 页。

李金剑：《我们为什么要研究非洲本土语言文学？——从〈斯瓦希里语文学概要——白话小说和戏剧〉一书说起》，李安山主编《中国非洲研究评论·非洲文学专辑》（第六辑），社会科学文献出版社，2016 年，第 192~203 页。

史哈布丁·齐拉格丁：《斯瓦希利语在东非各国的民族意识、团结和文化上的作用》，《语言学资料》1965 年第 4 期，第 1~4 页。

孙晓萌：《豪萨语书面诗歌的起源及其社会功能研究——以娜娜·阿斯玛乌的作品为例》，《外国语文》2018 年第 3 期，第 35~40 页。

孙晓萌：《豪萨语文学的独特现代起源》，《中国社会科学报》2017 年 8 月 22 日，第 6 版。

孙晓萌：《西化文学形式背后的民族性——论豪萨语早期五部现代小说》，《文艺理论与批评》2017 年第 6 期，第 53~58 页。

张象、姚西伊：《论英国对尼日利亚的间接统治》，《西亚非洲》1986年第 1 期，第 26~35 页。

b）西文文章

"The Kenya Literature Bureau Bill, 13th May 1980. " 1980. *Kenya National Assembly Official Record（Hansard）*. Republic of Kenya. Vol. LⅡ：811-814.

"Bibliography of Books by Margery Perham. " 1991. *The Journal of Imperial and Commonwealth History* 19. 3：231-232.

"Notes and News. " 1945. *Africa：Journal of the International African Institute* 15. 2：87-93.

"Notes and News. " 1954. *Africa：Journal of the International African Institute* 24. 1：61-65.

Abdurrahman, Umar. 2012. "Religion and Language in the Transformation of Education in Northern Nigeria during British Colonial Rule, 1900 - 1960. " *Intellectual Discourse* 20. 2：165-188.

Acquaviva, Graziella. 2019. "Identity and Memory in Swahili War Verses：The Long Road to an East African Self. " *Kervan-International Journal of Afro-Asiatic Studies* 23. 2：29-47.

Adakonye, Moses Africa and Baba Dahiru Jen. 2016. "Oral Literature as An Imperative for Rekindling Nigeria's Ethical Values for Sustainable Development. " *Journal of Good Governance and Sustainable Development in Africa* 3. 2：36-41.

Ahmad, Saidu B. 1989. "Stability and Variation in Hausa Tales. " *African Languages and Cultures* 2. 2：113-131.

Alidou, Ousseina. 2002. "Gender, Narrative Space, and Modern Hausa Literature. " *Research in African Literatures* 33. 2：137-153.

Arenberg, M. 2019. "Tanzanian Ujamaa and the Shifting Politics of Swahili Poetic Form. " *Research in African Literatures* 50. 3：7-28.

Barber, Karin. 1995. "African-Language Literature and Postcolonial Criticism. " *Research in African Literatures* 26. 4：3-30.

Bivins, Mary Wren. 1997. "Daura and Gender in the Creation of a Hausa

National Epic." *African Languages and Cultures* 10. 1: 1-28.

Brouwer, Ruth Compton. 1998. "Books for Africans: Margaret Wrong and the Gendering of African Writing, 1929 - 1963." *The International Journal of African Historical Studies* 31. 1: 53-71.

Cell, J. W. 1989. "Lord Hailey and the Making of the African Survey." *African Affairs* 88. 353: 481-505.

Cosentino, Donald J. 1978. "An Experiment in Inducing the Novel among the Hausa," *Research in African Literatures* 9. 1 : 19-30.

Crowder, Michael. 1987. " 'Us' and 'Them': The International African Institute and the Current Crisis of Identity in African Studies." *Africa: Journal of the International African Institute* 57. 1: 109-122.

East, Rupert Moultrie. 1936. "A First Essay in Imaginative African Literature." *Africa: Journal of the International African Institute* 9. 3: 350-358.

——. 1943. "Recent Activities of the Literature Bureau, Northern Nigeria." *Africa: Journal of the International African Institute* 14. 2: 71-77.

Ellerman, Evelyn. 1995. "The Literature Bureau: African Influence in Papua New Guinea." *Research in African Literature* 26. 4: 206-215.

Forde, Daryll. 1951. "International African Institute 1926-51, Report of the Administrative Director." *Africa: Journal of the International African Institute* 21. 3: 226-234.

Furniss, Graham. 1991. "Hausa Poetry on the Nigerian Civil War." *African Language and Cultures* 4. 1: 21-28.

——. 1991. "Standards in Speech, Spelling and Style—the Hausa Case." In *Language Standardization in Africa*. Eds. Norbert Cyffer, Klaus Schubert, Hans - Ingolf Weier and Ekkehard Wolff. Hamburg: Helmut Buske Verlag: 97-110.

——. 1998. "Hausa Creative Writing in the 1930s: An Exploration in Postcolonial Theory." *Research in African Literatures* 29. 1: 87-102.

——. 2011. "On Engendering Liberal Values in the Nigerian Colonial State: The Idea behind the Gaskiya Corporation." *The Journal of Imperial and Commonwealth*

History 39. 1: 95-119.

Gidley, C. G. B. 1970. "Review of Neil Skinner 'Hausa Readings: Selections from Edgar's Tatsuniyoyi'." *Bulletin of the School of Oriental and African Studies* 33. 2: 456.

Gikandi, Simon. 2007. "African Literature and the Colonial Factor." In *African Literature: An Anthology of Criticism and Theory*. Eds. Tejumola Olaniyan and Ato Quayson. Oxford: Blackwell Publishing: 54-59.

Gorman, T. p. 1974. "The Development of Language Policy in Kenya with Particular Reference to the Educational System." In *Language in Kenya*. Ed. W. H. Whiteley. Nairobi: Oxford University Press: 397-453.

Harries, Lyndon. 1950. "Swahili Epic Literature." *Africa: Journal of the International African Institute*. 20. 1: 55-59.

Hiskett, M. 1967. "Some Historical and Islamic Influences in Hausa Folklore." *Journal of the Folklore Institute* 4. 2/3: 145-161.

Hussey, E. R. J. 1932. "The Languages of Literature in Africa." *Africa: Journal of the International African Institute* 5. 2: 169-175.

Kirk-Greene, A. H. M. 1964. "The Hausa Language Board." *Afrika und Übersee* 47. 3/4: 187-203.

Knappert, Jan. 2011. "The Textualization of Swahili Epics." In *Textualization of Oral Epics*. Ed. Lauri Honko. Berlin, New York: Mouton De Gruyter: 247-262.

Lindfors, Bernth. 1989. "The Teaching of African Literature in Anglophone African Universities: A Preliminary Report." In *The Teaching of African Literature*. Eds. T. Hale & R. Priebe. Washington D. C. : Three Continent Press and the African Literature Association: 203-215.

Lugard, F. D. 1928. "The International Institute of African Languages and Cultures." *Africa: Journal of the International African Institute* 1. 1: 1-12.

Mazrui, Alamin. 2009. "Review of Outline of Swahili Literature: Prose Fiction and Drama." *African Studies Review* 52. 3: 204-205.

Mgeni, Ahmed. 1971. "Recipe for a Utopia." *Kiswahili* 41. 2: 91-94.

Nagy, Géza Füssi. 1989. "The Rise of Swahili Literature and the Œuvre of

Shaaban Bin Robert. " *Neohelicon* 16. 2: 39-58.

Ndulute, C. L. 1985. "Politics in a Poetic Garb: The Literary Fortunes of Mathias Mnympala. " *Kiswahili* 52. 1-2: 143-160.

Ofcansky, Thomas p. 1988. "Margery Perham: A Bibliography of Published Work. " *History in Africa* 15: 339-350.

Ohly, Rajmund. 1970. "The Morphology of Shaaban Robert's ' *Maisha Yangu Na Baada Ya Miaka Hamsini* ': A Study on Structural Poetics. " *Africana Bulletin* 13: 9-23.

Oumarou, Chaibou Elhadji. 2017. "An Exploration of the Canon of Hausa Prose Fiction in Hausa Language and Translation: The Literary Contest of 1933 as a Historical Reference. " *Advances in Literary Study* 5: 1-16.

Ratcliffe, B. J. 1942. "History, Purpose and Activities of the Inter-Territorial Language Committee. " *Bulletin of the Inter-Territorial Language* (*Swahili*) *Committee* 16: 1-8.

Rosenberg, Aaron L. 2008. "Making the Case for Popular Songs in East Africa: Samba Mapangala and Shaaban Robert. " *Research in African Literatures* 39. 3: 99-120.

Salamone, Frank A. 2000. "The International African Institute: The Rockefeller Foundation and the Development of British Social Anthropology in Africa. " *Transforming Anthropology* 9. 1: 19-29.

Scheub, Harold. 1985. "A Review of African Oral Traditions and Literature. " *African Studies Review* 28. 2/3: 1-72.

Smith, Edwin W. 1934. "The Story of the Institute: A Survey of Seven Years. " *Africa: Journal of the International African Institute* 7. 1: 1-27.

Smith, M. G. 1957. "The Social Functions and Meaning of Hausa Praise-Singing. " *Africa: Journal of the International African Institute* 27. 1: 26-45.

Spencer, John. 1974. "Colonial Language Policy and Their Legacies in Sub-Saharan Africa. " In *Advances in Language Planning*. Ed. Joshua A. Fishman. The Hague: Mouton: 163-175.

Sullivan, Joanna. 2009. "From Poetry to Prose: The Modern Hausa Novel. "

Comparative Literature Studies 46. 2: 311–337.

The Executive Council. 1928. "Text-Books for African Schools: A Preliminary Memorandum by the Council." *Africa: Journal of the International African Institute* 1. 1: 13–22.

Whitehead, Clive. 1991. "The Advisory Committee on Education in the [British] Colonies 1924–1961." *Paedagogica Historica: International Journal of the History of Education* 27. 3: 384–421.

Wilkening, Friederike. 2000. "Who Is J. W. T. Allen?" *Swahili Forum* 7: 237–258.

Wyatt, Beatrice. 1954. "International African Institute / L'institut International African." *Civilisations* 4. 2: 213–218.

Yakubu, Alhaji M. 1992. "Abubakar Imam Memoirs by A. Mora and Abubakar Imam." *African Affairs* 91. 362: 152–153.

Zachernuk, p. S. 1998. "African History and Imperial Culture in Colonial Nigerian Schools." *Africa: Journal of the International African Institute* 68. 4: 484–505.

c）豪萨文文章

Rufa'i, Abba. 1993. "Shin Adabin Afrika Sahihi ne ko kuwa ba sahihi ba ne?" In *Nazari a kan Harshe da Adabi da Al'adu na Hausa: Littafi na Uku*. Eds. Abba Rufa'i, Ibrahim Yaro Yahaya and Abdu Yahya Bichi. Zaria: Gaskiya Corporation: 112–142.

Pwedden, N. 1995. "The Abubakar Imam Interview." *Harsunan Nijeriya* XVII: 86–110.

d）斯瓦希里文文章

Kamera, W. D. 1983. "Fasihi-Simulizi na Uandishi katika Shule za Msingi." In *Fasihi* Vol. III. Dar es Salaam: Taasisi ya Uchunguzi: 39–54.

King'ei, Kitula. 1999. "Historia na maendeleo ya riwaya ya Kiswahili." *Chemchemi: International Journal of Arts and Sciences* 1. 1: 82–93.

c 学位论文

a）中文学位论文

刘丽：《英国殖民时期豪萨民族主义作家阿布巴卡尔·伊芒思想流变研究》，硕士学位论文，北京外国语大学，2017。

魏媛媛：《本土与殖民的冲突与共生：1498～1964年斯瓦希里文化在坦桑尼亚的发展》，博士学位论文，北京外国语大学，2013。

b）西文学位论文

Umar, Muhammad Balarabe. 1984. "*Symbolism in Oral Poetry*: *A Study of Symbolical Indices of Social Status in Hausa Court Songs.*" MA thesis. Ahmadu Bello University.

后　记

　　这本专著是在我所承担的国家社科基金项目结项成果基础上修改而成的，距离上一本专著《语言与权力：殖民时期豪萨语在北尼日利亚的运用》面世已逾八年，这足以给予一个从事人文社会科学研究的学者充分的个人体验与学术积累时间，对于自身的研究不断提出批判性反思，尝试回答非洲本土语言文学在受到西方文化和文学冲击后的嬗变过程、原因及影响，以及两大本土语言文学所在区域的非洲文化在发展、转型和建设中所做出的抉择。这期间我的工作和生活都发生了诸多变化，所幸的是，我依然可以坚守着自己热爱的研究，并将之付梓与读者分享，这其中要致谢的人远比文后的参考文献还多。

　　首先要感谢的是国家社科基金项目"英国殖民时期非洲豪萨语和斯瓦希里语本土文学嬗变研究（1900—1960）"的参与者们，由于本研究的对象是作为非洲两大地区通用语的本土语言文学，时间和地域跨度范围大，涉及的文献语种文本复杂，因此需要研究者展开横向的合作，离开这些同人的支持，这本专著是无法完成的。其中，魏媛媛博士参与了斯瓦希里语文学研究学术史的回顾、斯瓦希里语地区的殖民地语言政策及斯瓦希里语小说部分的研究；李坤若楠博士参与了斯瓦希里语民间故事和诗歌的研究；骆元媛副教授参与了斯瓦希里语作家夏班·罗伯特的研究；曾琼教授则从东方文学的整体研究视角给予了项目诸多宝贵建议。此外，我的博士研究生胡燕也全程参与了项目研究，并由此受到启发，将博士论文选题确定为"尼日利亚早期英语小说叙事研究"。

　　多位长期耕耘于非洲研究与外国文学研究领域的学界前辈都对本研究给予了莫大帮助。尽管毕业多年，我的导师、北京大学的李安山教授仍一直关注我的研究，并亲自为本书作序，体现出对晚学后辈的帮助与提携。北京外国语大学的金莉教授、冯玉培教授、陶家俊教授，上海师范大学的朱振武教授、卢敏教授，天津师范大学的黎跃进教授，中南财经政法大学的蔡圣勤教授，华中师范大学的黄晖教授、罗良功教授和电子科技大学的蒋晖教授都不吝赐教，为本书提出了颇有价值的修改意见。伦敦大学亚非学院的 Graham Furniss 教授、Lutz Marten 教授及尼日利亚贝洛大学的 Adamu Malumfashi 教授都是非洲语言文学研究领域的前沿学者，与他们的交流探讨使我受益匪浅。

我也要感谢我的家人，没有他们的奉献与付出，我在学术上的进步就无从谈起。我的先生宋磊多年来默默陪伴，让我心无旁骛地开展研究，在我绝望和沮丧时无条件地支持我，陪我走出生命中最黑暗的时刻。爱子宋叶蓁的到来，让我的生命完整而丰盈，也让未来充满着活力与希望。我的父母虽已步入古稀之年，罹患多种疾病，但依然顽强乐观地生活着，永远是我人生最好的榜样！

最后，我要衷心感谢社会科学文献出版社的高明秀主任和叶娟编辑，她们为本书的编校付出了辛勤细致的劳动。由于学识所限，书中难免存在疏失，期待得到各位专家学者的批评指正。

是为记。

孙晓萌

2022 年 6 月 28 日

图书在版编目（CIP）数据

英国殖民时期非洲本土语言文学嬗变研究：1900~
1960 / 孙晓萌著 . --北京：社会科学文献出版社，
2023.2

ISBN 978-7-5228-1153-6

Ⅰ.①英… Ⅱ.①孙… Ⅲ.①文学研究-非洲-
1900~1960 Ⅳ.①I400.6

中国版本图书馆 CIP 数据核字（2022）第 228359 号

英国殖民时期非洲本土语言文学嬗变研究（1900~1960）

著　　者／孙晓萌

出 版 人／王利民
组稿编辑／高明秀
责任编辑／叶　娟
责任印制／王京美

出　　版／社会科学文献出版社·国别区域分社（010）59367078
　　　　　　地址：北京市北三环中路甲 29 号院华龙大厦　邮编：100029
　　　　　　网址：www. ssap. com. cn
发　　行／社会科学文献出版社（010）59367028
印　　装／三河市东方印刷有限公司

规　　格／开　本：787mm×1092mm　1/16
　　　　　　印　张：19　字　数：309 千字
版　　次／2023 年 2 月第 1 版　2023 年 2 月第 1 次印刷
书　　号／ISBN 978-7-5228-1153-6
定　　价／128.00 元

读者服务电话：4008918866